अमरकान्त

जन्म : 1 जुलाई, 1925; ग्राम भगमलपुर (नगरा), जिला बलिया, (उ.प्र.)।

प्रकाशित कृतियाँ

सूखा पत्ता, काले-उजले दिन, कटीली राह के फूल, ग्रामसेविका, सुखजीवी, बीच की दीवार, सुन्नर पांडे की पतोह, आकाशपक्षी, इन्हीं हथियारों से (उपन्यास)।

जिन्दगी और जोंक, देश के लोग, मौत का नगर, मित्र-मिलन तथा अन्य कहानियाँ, कुहासा, तूफान, कलाप्रेमी, प्रतिनिधि कहानियाँ, दस प्रतिनिधि कहानियाँ, एक धनी व्यक्ति का बयान, सुख और दुख का साथ, अमरकान्त की सम्पूर्ण कहानियाँ (दो खंडों में) (कहानी-संग्रह)।

कुछ यादें, कुछ बातें (संस्मरण)।

नेऊर भाई, वानर सेना, खूँटा में दाल है, सुग्गी चाची का गाँव, झगरू लाल का फैसला, एक स्त्री का सफर, मँगरी, बाबू का फैसला, दो हिम्मती बच्चे (बाल साहित्य)।

पुरस्कार व सम्मान : सोवियतलैंड नेहरू पुरस्कार, मैथिलीशरण गुप्त पुरस्कार, उत्तर प्रदेश हिन्दी संस्थान पुरस्कार, यशपाल पुरस्कार, जन-संस्कृति सम्मान, मध्य प्रदेश का 'अमरकान्त कीर्ति' सम्मान, इलाहाबाद विश्वविद्यालय के हिन्दी विभाग का सम्मान, उपन्यास 'इन्हीं हथियारों से' साहित्य अकादमी से पुरस्कृत।

विशेष : विदेशी भाषाओं, प्रादेशिक भाषाओं, पेंग्विन इंडिया में कहानियाँ प्रकाशित, दूरदर्शन पर कहानियों पर फिल्में प्रदर्शित, रंगमंच पर कहानियों के नाट्य-रूपान्तरों का प्रदर्शन।

निधन : 17 फरवरी, 2014

सूखा पत्ता

अमरकान्त

राजकमल पेपरबैक्स

पहला पुस्तकालय संस्करण
पीपुल्स पब्लिशिंग हाउस, नई दिल्ली द्वारा
1959 में प्रकाशित

राजकमल पेपरबैक्स में
पहला संस्करण : 1984
छठा संस्करण : 2024

राजकमल पेपरबैक्स : उत्कृष्ट साहित्य के जनसुलभ संस्करण

राजकमल प्रकाशन प्रा.लि.
1-बी, नेताजी सुभाष मार्ग, दरियागंज
नई दिल्ली-110 002
द्वारा प्रकाशित

शाखाएँ : अशोक राजपथ, साइंस कॉलेज के सामने, पटना-800 006
पहली मंजिल, दरबारी बिल्डिंग, महात्मा गांधी मार्ग, प्रयागराज-211 001
1, अनमोल सोराबजी संतुक लेन, धोबी तलाव, मरीन लाइंस, मुम्बई-400 002
वेबसाइट : www.rajkamalprakashan.com
ई-मेल : info@rajkamalprakashan.com

बी.के. ऑफसेट
नवीन शाहदरा, दिल्ली-110 032
द्वारा मुद्रित

मूल्य : ₹299

SOOKHA PATTA
Novel by Amarkant

ISBN : 978-81-267-0983-0

अपनी बात

यह मेरे एक मित्र की कहानी है। बीते दिनों के संस्मरणों से भी युक्त उनकी मोटी डायरी पढ़ने के बाद यह उपन्यास लिखने की इच्छा उत्पन्न हुई, जो शीघ्र ही इतनी तीव्र हो गई कि मेरे दिमाग में स्वत: ही एक खाका उभरता गया और कुछ ही महीनों में मैंने इसे लिख लिया। नायक के व्यक्तित्व के विकास की दृष्टि से इसको तीन भागों में बाँट दिया गया है। यद्यपि ये तीनों ही भाग अपने में लगभग स्वतंत्र और पूर्ण होंगे। ऐसी रचनाओं में सबसे अधिक डर इसका होता है कि लेखक नायक के व्यक्तित्व पर हावी न हो जाए, इसीलिए मैंने कल्पना का बहुत कम सहारा लिया। वस्तुत: घटनाओं को सजा भर दिया है—जो कुछ परिवर्तन हुआ है, वह भाषा और शैली में ही। कुछ अति साधारण घटनाओं को काटा जा सकता था, पर उससे सम्भवत: उपन्यास का उद्देश्य विफल हो जाता जो यह था कि नायक के मानसिक संघर्ष और उथल-पुथल को सही-सही उतारा जाए। पात्रों के नाम निस्सन्देह कल्पित हैं।

अन्त में, मैं अपने मित्र के प्रति कृतज्ञता प्रकट करता हूँ, जिन्होंने अपनी डायरी का उपयोग करने के मेरे आग्रह को अनिच्छा के बावजूद स्वीकार कर लिया। उन्हीं के अनुरोध पर मैं उन सबसे क्षमा माँग लेता हूँ, जिनके जीवन के कुछ चित्र उनकी अनुमति के बिना ही इस उपन्यास में प्रस्तुत कर दिए गए हैं।

—अमरकान्त

20/5 करेलाबाग कॉलोनी,
इलाहाबाद
12-3-80

पहला खंड

मनमोहन

1

जब कभी अपने लड़कपन और स्कूली दिनों की बात सोचता हूँ तो सबसे पहले अपने चार दोस्तों और मनमोहन की याद आती है।

राजा बलि या वाल्मीकि के नाम पर बसे हुए अपने इस कस्बे की स्थिति सन् '43 में कुछ विचित्र ही थी। आज वहाँ कुछ तरक्की हुई है। वहाँ के छात्र और नवयुवक पैंट-कमीज पहनकर बुद्धिमान और आधुनिक नायक की व्यस्तता से झूम-झूमकर चलते हैं और अपने व्यक्तित्व के उत्थान के लिए लड़कियों का पीछा करना आवश्यक समझते हैं। किन्तु, तब ऐसे लोग गधे के सिर से सींग की तरह गायब थे।

उस समय हमारा शहर और जिला आज से कहीं अधिक पिछड़ा, भावुक और अकड़ू था। वहाँ के लोग, विशेषकर छात्र और नवयुवक, शहरीपन, फैशन और सुन्दरता के प्रति अनोखी घृणा और सन्देह का भाव रखते थे। दोस्त के लिए जान देने के गुण की कद्र थी, लेकिन कोई फैशनपरस्त या सुन्दर लड़का ऐसा कर सकेगा, इस पर सन्देह ही किया जाता। कम उम्र के सुन्दर लड़के आसानी से डरपोक और जनखे समझ लिये जाते, इसलिए अपने को लांछन और व्यंग्य से मुक्त रखने के लिए ऐसे लड़के भरसक नेकर न पहनते; कभी पहनते भी तो ऊपर से कमीज गिरा लेते। किसी में साहस और सदाचरण हो, इसके लिए यह जरूरी था कि वह देहाती किस्म के कपड़े पहने, जूतों से दूर रहे, बालों में तेल न लगाए, उन्हें झाड़े भी नहीं, खड़ी बोली न बोलकर भोजपुरी बोले, और बोलते समय अपनी आवाज को इस तरह खींचे कि वह न शहर का और न किसी कस्बे का रहनेवाला, बल्कि जिले के भीतरी-से-भीतरी लट्ठमार देहाती क्षेत्र का रहनेवाला मालूम हो।

बहादुरी और मर्दानगी उनके सर्वोत्तम आभूषण थे और इसका सबसे बड़ा सबूत यह था कि साल-भर वे असंख्य दल और गुट बनाकर मार-पीट करते। लंठई फैशन की तरह फैल गई थी। लंठ बनने की तमन्ना लगभग सबको होती, और ऐसे

लोग अपनी उम्र, बुद्धि, शक्ति तथा अन्य सीमाओं के अनुरूप दलबन्दी और मारपीट करके अपने हृदय की प्यास बुझाया करते।

जुलाई में, बरसात प्रारम्भ होते ही, स्कूल-कॉलेज खुलते थे; और जिस तरह बरसात में किस्म-किस्म के जंगली घास-पौधे, कीड़े-मकोड़े और फर-फतिंगे पैदा हो जाते हैं, उसी तरह स्कूल खुलने पर असंख्य दल बन जाते। पिछले वर्ष के झगड़े ही वैसे कम न थे, स्कूल खुलने पर वे ताजे हो जाते। इसके अलावा बहुत से नए झगड़े आरम्भ हो जाते। नाजुक लड़कों को लेकर बहुत से झगड़े होते ही, पर कोई अकड़कर चले या ऐंठकर बोल दे या हल्का-फुल्का मजाक कर दे तो वह भी यथेष्ट होता। दोनों ओर दल बन जाते, अकेले में घेरकर पीटने की कार्रवाइयाँ शुरू हो जातीं, किताबें छीन ली जातीं, अँगुलियाँ तोड़ दी जातीं, पैर बेकाम कर दिए जाते। शत्रु परीक्षा दें या परीक्षा देकर आनन्दपूर्वक घर चले जाएँ, यह असहनीय था। इसलिए कोशिश यही रहती कि उनको घेरकर उनके दाहिने हाथ के अँगूठे तोड़ दिए जाएँ, जिससे वे परीक्षा दे ही न सकें। इस कार्य में असफल होने पर परीक्षा के अन्तिम दिन स्कूलों के फाटकों पर बड़े-बड़े गोल लाठी, हॉकी-स्टिक, लकड़ी के चैलों, बेंतों, लोहे की छड़ों आदि से लैस होकर एकत्रित हो जाते कि दुश्मनों के बाहर निकलने पर जमकर पिटाई हो या उनके अंग-भंग कर दिए जाएँ।

उस समय मैं नवीं कक्षा में पहुँचा था। लड़कपन मेरा विस्मयजनक शान्ति से बीत गया था।

साँवला, खूबसूरत, चंचल, शर्मीला और खिलाड़ी—स्कूली तथा शहरी लंठों की बदतमीजियों और शरारतों से बचने के लिए मैं अधिकतर घर ही पर बना रहता, और खेल-कूद के नाम पर भाइयों से गाली-गलौज और मारपीट करके सन्तोष कर लेता। स्कूल जाता, घर आता और बस। मेरे आचरण के विरुद्ध किसी प्रकार का लांछन मुझे बर्दाश्त नहीं था। इससे सम्भवत: लाभ और हानि, दोनों हुए। लाभ यह कि जो समय मैं खेलने-कूदने में बिताता, उसमें पढ़ने-लिखने लगा, जिससे मेरी गणना तेज विद्यार्थियों में होने लगी; हानि यह कि सुन्दर और स्वस्थ शरीर से मैं वंचित रह गया।

लगता है, अपने छोटेपन की घुटन की क्षतिपूर्ति एक अन्य वस्तु से भी हुई। मेरे पिताजी उपन्यास पढ़ने के शौकीन थे। 'चलता पुस्तकालय' के विशेष सदस्य होने के नाते प्रति सप्ताह उनके पास दो पुस्तकें पहुँचा दी जातीं। मैं उन पुस्तकों को चोरी-छिपे पढ़ता। बारह-तेरह से अट्ठारह वर्ष की उम्र तक मैंने ढेरों उपन्यास पढ़ डाले, जिनमें कुछ तो बहुत ही अच्छे थे और कुछ बहुत घटिया। निस्सन्देह, वे अपने-अपने विशेष तरीके से समाज में व्याप्त असमानता, अन्याय, शोषण, छुआछूत, जातिवाद तथा स्त्रियों पर होनेवाले अत्याचारों के चित्र उपस्थित करते,

जिसके परिणामस्वरूप इन बुराइयों के खिलाफ मेरे दिल में घृणा और क्रोध पैदा हुआ। मैं एक ऐसे नायक के रूप में अपनी कल्पना करने लगा, जिसने देश से सारे अन्याय और शोषण को मिटा दिया हो, जिसकी पूजा देश की कोटि-कोटि जनता करती हो और जिसको वीरता और त्याग से प्रभावित होकर कोई अत्यधिक सुन्दर, शिक्षित और शरीफ लड़की अपनी समस्त शक्ति से मुझे प्यार करने लगी हो। नवीं कक्षा तक पहुँचते-पहुँचते मैंने अपने अन्दर एक हल्का उद्वेग और कुनमुनाहट महसूस करना शुरू कर दी थी। प्रातःकाल की असीम स्वच्छता से हृदय एक अपूर्व उत्साह और पवित्रता से भर जाता और रात्रि की कालिमा एक मीठी टीस, बेकली और उदासी उत्पन्न कर देती। मैं चाहने लगा था कि मेरे जीवन में कोई घटना घटे।

मेरे दोस्त मुझसे कम न थे। सबसे बड़ा था मनोहर। उसकी उम्र मुझसे दो वर्ष अधिक होगी। नाटा, दुबला-पतला और कुबड़े की तरह झुका हुआ, जब चलता तो नितम्ब के नीचे उसकी टाँगें त्रिभुज की दो रेखाओं की भाँति फैल जातीं, पैर के पंजे गधे के कानों की तरह दो दिशाओं को संकेत करते और एड़ियाँ अपेक्षाकृत पास-पास गिरतीं। बोलता तो मुँह से गाज निकलता। पढ़ने-लिखने में बुरा नहीं था, और दुनिया के किसी विषय के सम्बन्ध में उसको कुछ न मालूम हो, ऐसा मैंने कभी नहीं पाया।

स्त्रियों के सम्बन्ध में उसके ज्ञान का कोश अक्षय था। उसी से सबसे पहले पता लगा कि इस दुनिया में चार कोटि की स्त्रियाँ होती हैं, जिनमें हस्तिनी की महत्ता इसलिए है कि बड़े-से-बड़े लंठ-आवारे तक उनसे पार नहीं पा सकते। वाजिदअली शाह की मेहतरानी पान की सिट्ठी खाकर किस तरह पागल हो उठी थी, वेश्या-कन्याओं की नथुनी कब और कैसे उतरती है, शहर के कौन-कौन से रईस इशरतगंज जाते हैं, मुहल्ले में कौन-कौन-सी लड़की किससे फँसी है—इन सबके सम्बन्ध में वह असाधारण विस्तार के साथ बताता।

क्रान्तिकारियों और राष्ट्रीय आन्दोलन के सम्बन्ध में भी वह किस्से सुनाया करता। उसी से सर्वप्रथम यह जानने का सौभाग्य प्राप्त हुआ था कि नेहरूजी के कपड़े पेरिस में धुलने जाते हैं, गांधीजी अपनी जवानी में सालों रोज तवायफ के कोठे पर जाते रहे और सरदार पटेल घनश्यामदास बिड़ला के रिश्तेदार हैं। संगीत के प्रति उसकी महान आस्था थी। हारमोनियम पर दो-चार गतें वह स्वयं बजा लिया करता और गाने-बजाने के समय सर्वथा मौलिक तरीके से ताल दिया करता। बैजू बावरा और तानसेन के संगीत-पांडित्य का उल्लेख करते हुए वह कहता कि शब्दों का बड़ा महत्त्व है और जर्मनी वालों ने सामवेद का अध्ययन करके यह सिद्ध कर दिया है कि कुछ श्लोकों का एकान्त में उच्चारण करने से सामने वीणाधारिणी सरस्वती का सुस्पष्ट चित्र उभर आता है।

उसे यह अच्छी तरह मालूम था कि देश और जिले में कौन अच्छे-अच्छे पहलवान हैं और कब-कब महत्त्वपूर्ण कुश्तियाँ हुईं। शहर के हर गुंडे और आवारे के नाम और ठिकाने का उसे पता था और कुछ खास गुंडों के पतन की कहानी तो वह बहुत ही मजेदार ढंग से सुनाता था। चुड़ैलें रात को मैले का उबटन लगाती हैं, भागते बवंडर में थूकने से राक्षस पैदा हो जाते हैं, पैरों के नीचे से गुरुत्वाकर्षण शक्ति काट देने से आदमी आसमान में उड़ जाते हैं और एक खास मलहम लगा लेने से पानी पर चला जा सकता है, ऐसे गूढ़ विषयों के सम्बन्ध में भी वह किसी विशेषज्ञ जैसी सहजता से बात करता। उसकी बातें हम बहुत दिलचस्पी से सुनते।

दूसरे मित्र का नाम दीनानाथ था। मेरी ही उम्र का होगा। मझोला कद, जली हुई रस्सी की तरह ऐंठी बाँहें, फूली नाक और चींटी के समान मुलमुलाती आँखें। पढ़ने-लिखने में बहुत कमजोर और दूसरों से लड़ने-झगड़ने में उस्ताद, लेकिन बड़ा होकर ऐसा शरीफ हो गया था कि अचम्भा होता।

उसके बाप मामूली वकील थे। उसके घर की आर्थिक स्थिति सन्तोषजनक नहीं थी। हाँ, उसके अनुसार उसके रिश्तेदार उच्चपदस्थ और अत्यन्त ही प्रभावशाली थे। उसके फूफा डुमराव महाराज के मैनेजर थे और उनके पास सोने का एक पलंग और चाँदी की चौकी थी। उसके जीजाजी का भी कम महत्त्व नहीं था। वह एक फिल्म कम्पनी के डायरेक्टर थे और लीला चिटनिस, देविका रानी तथा अशोक कुमार रोज ही उनके पास आते। उसको आगे पढ़ने की जरूरत नहीं थी, क्योंकि उसके जीजाजी ने साफ-साफ कह दिया था कि टेंथ पास करने के बाद उसको बम्बई भेज दिया जाए, फिल्म कम्पनी में उसको अभिनेता का काम मिल जाएगा। हम उसकी बातें बड़ी हसरत से सुनते और उससे कुछ हतप्रभ भी हो जाते। रिश्तेदारों के मामलों में उसको छोड़कर हम सभी बहुत अभागे थे।

दीनेश्वर भी मुझसे उम्र में एक-डेढ़ साल बड़ा ही था। लम्बा, गोरा, बड़ी खोपड़ी, गिलहरी की पूँछ की तरह मोटे होंठ—देखने में अच्छा था। जादूगरी सीखने और प्यार करने के अलावा अन्य किसी बात में उसकी रुचि नहीं थी। दो बार अपनी माँ के गहने चुराने का सम्मान प्राप्त कर शहर में आनेवाले मदारियों से कुछ खेल सीख लिये थे, जिनमें से ताश, रूमाल और पेट में छुरा भोंकने के जादू उल्लेखनीय हैं। पिस्तौल प्राप्त करने के लिए पचपन रुपए देकर एक स्थानीय कांग्रेसी कार्यकर्ता द्वारा ठगे जाने का श्रेय भी प्राप्त कर चुका था। किन्तु उसके प्राण एक ही चीज में बसते। वह ऐसे अवसर की प्रतीक्षा में रहता जब वह किसी खूबसूरत लड़की, या लड़के को, पवित्र प्यार कर सके। अपने गाँव में उसने मैना नामक एक मुसलमान लड़की से असफल प्यार भी किया था और उसकी स्मृति में 'मैना' शीर्षक से एक

कहानी भी लिखी थी, जिसका नायक अपनी प्रेमिका की यादगार में शादी न करके एक मैना पाल लेता है।

चौथा मित्र था कृपाशंकर। मझोला कद, तगड़ा शरीर, चौड़ी छाती, फूले गाल और दृढ़ होंठ। शरीर से मोटा होने पर भी वह मुँह-दूबर था। हम लोगों के साथ होता तो अक्सर मौन रहता। अकेले में मुझसे बातें करता। सबसे अधिक ख्याति उसकी इस सम्बन्ध में थी कि वह रोज चौदह-पन्द्रह घंटे पढ़ता और परीक्षा में फिसड्डी नम्बर लाता। इसी कारण दर्जे के लड़के और मेरे अन्य मित्र उसकी उपेक्षा करते, परन्तु चाहते हुए भी मैं उसकी उपेक्षा न कर पाता, क्योंकि वह सदा मुझे अच्छी-अच्छी राय देता और मैं अपने को इसके सर्वथा अयोग्य पाता कि जो मेरा भला चेते उसका मजाक उड़ाऊँ।

मनमोहन मेरे नहीं, मेरे भाई के मित्र थे। हाईस्कूल पास करने के बाद भैया इलाहाबाद पढ़ने चले गए थे और वह स्थानीय सतीशचन्द्र कॉलेज में शिक्षा ग्रहण कर रहे थे। पढ़ने में वह काफी तेज थे। हाईस्कूल उन्होंने प्रथम श्रेणी में पास किया था और प्रान्त में उनकी आठवीं पोजीशन थी।

स्वस्थ गठीला शरीर, गोरा मुख, सुन्दर, सुडौल नासिका, छोटी, चंचल तथा चालाक आँखें, चपटे, मजबूत हाथ के गट्टे, मोटी लम्बी अँगुलियाँ, पतली कमर और पत्थर की पटिया की तरह चौड़ी दृढ़ छाती।

मनमोहन में एक आश्चर्यजनक विरोधाभास था। साथ ही गुणों और अवगुणों का ऐसा सुन्दर और अद्भुत समन्वय कि उसका समस्त व्यक्तित्व एक अनोखे रोमांटिक रहस्य से आवृत प्रतीत होता था। वह छात्रों और नवयुवकों की मर्दानगी, बहादुरी और लंठई की उमंगों का इस दुर्लभ साहसिकता, महानता, लापरवाही और सुरुचि के साथ प्रतिनिधित्व करते कि सारा युवक समाज उनका पदानुसरण करने को आतुर हो उठता था। स्टंट सिनेमा का नायक जिस अविश्वसनीय वीरता तथा साहस के साथ आचरण करता है, उसी तरह आचरण करने का वह भी प्रयास करते और इसमें काफी हद तक उन्हें सफलता भी मिलती।

सुन्दर जवान स्त्री अन्य गुणों से सम्पन्न होने के साथ वीर होने पर जिस प्रकार श्रद्धा, आदर तथा स्नेह से देखी जाती है, कुछ वैसी ही मनमोहन की स्थिति थी। मनमोहन काफी सुन्दर होने के अलावा, सामान्य धारणा के विपरीत, बहुत ताकतवर और साहसी भी थे। उनकी ताकत का हाल यह था कि अगर वह अपने दाएँ हाथ को फरसे की तरह सीधा करके किसी के सिर पर मार दें तो वह स्थान फौरन फूल जाता, और यदि चोट गले या गाल पर लग जाए तो ये स्थान फट जाए। उनके हाथ में बड़ी शक्ति थी और जब वह किसी का हाथ पकड़ लेते तो उनके शिकंजे से निकलना कठिन हो जाता।

उनमें विस्मयजनक साहस था। कभी वह पिटकर आए हों, ऐसा मुझे याद नहीं आता। पहले तो उनका दल ही बहुत बड़ा था, और अवसर आ जाने पर वह शहर और उसके आस-पास के गाँवों के लंठों और लठैतों को एकत्रित कर सकते थे, पर ऐसी जरूरत बहुत ही कम पड़ती। अक्सर उनकी यही कोशिश रहती कि अपने से लम्बे, मजबूत और शोख लोगों को अकेले या अधिक-से-अधिक दो-तीन व्यक्तियों के साथ पीटा जाए। वह अपने दुश्मन को धीरे-से बुलाते, उससे बहुत ही शान्त तथा लापरवाही के स्वर में दो-एक प्रश्न पूछते—जैसे 'क्या हो, तुमको भला ऐसा करना चाहिए?' या 'क्या हो, कहाँ जा रहे हो?' और वह व्यक्ति कुछ समझे या न समझे, वह उछलकर उसके गाल, या गले, या खोपड़ी पर जोर से एक हाथ जड़ देते, और उसके सँभलने-सँभलने तक दो-तीन हाथ और जमा देते, जिसके परिणामस्वरूप शत्रु बहुधा भाग निकलता।

इसको वह प्रेम से मारना कहते। उनकी मान्यता थी कि प्रेम से दो हाथ पड़ जाने पर बड़े-से-बड़े पहलवान की हिम्मत टूट जाएगी। अपने पर उनका ऐसा दृढ़ विश्वास था कि वह विकटतम स्थितियों में अकेले ही शेर की तरह घूमते और एक-दो बार घेर लिये जाने पर भी पता नहीं कैसे अछूते निकल आए।

इनके अलावा वह अन्य गुणों के भी स्वामी थे जिससे उनके प्रभाव में वृद्धि होती थी। पढ़ने-लिखने में तो वह बहुत तेज थे ही, खेलने-कूदने में भी किसी से कम नहीं थे। फुटबॉल और हॉकी के अच्छे खिलाड़ी थे; गोल की रक्षा में वह शहीद की लगन के साथ खेलते। वह अच्छा तैर लेते थे, छुरे का अच्छा निशाना लगाते थे और फुर्ती से पेड़ पर चढ़ लेते थे। और तो और, वह अच्छा गा भी लेते थे।

उस शहर की धरती पर उस समय एक विचित्र मानव चल रहा था, और आज भले ही इस बात को मानने से बहुत लोग इनकार कर जाएँ किन्तु उस समय ऐसा करना असम्भव था।

मनमोहन मारपीट करते और अपने विशेष तरीकों से अपना रोब भी जमाते—पर, उनको तुच्छता से घृणा थी। उस समय के अन्य लंठों की तरह उन्होंने बेकार की मारपीट, गाली-गलौज और कमजोर स्कूली लड़कों की किताबें छीनने में अपनी बहादुरी नहीं समझी। लंठई का तो ऐसा फैशन चल निकला था कि लड़के हलवाइयों के यहाँ जाकर भरपेट मिठाई खाते और पैसे देने के वक्त आपस में लड़ाई करके भाग निकलते। कुछ लोग गरीब खोमचेवालों की मूँगफली और रेवड़ी लूटने में अपनी शान समझते। कुछ लोग हलवाई की दुकान से रात में मिठाई के थाल लेकर भाग निकलते।

मनमोहन ने कभी ऐसी कोई हरकत नहीं की। उनकी मारपीट अक्सर ऐसे बदमाश लंठों और गुंडों से होती जो कमजोर लड़कों तथा जनता को सताकर अपना उल्लू सीधा करते।

अपने प्रभाव में वृद्धि करने का उनका एक ही तरीका था, और वह यह कि जो वस्तु अप्रत्याशित और अकल्पित होती, उसी को हठात् करके दुनिया को आश्चर्यचकित करने का प्रयास करते। गर्मी में धोती-कुर्ता और जाड़े में धोती-कुर्ता और अंटी ओढ़कर शहर की सड़कों का दस-ग्यारह बजे रात तक निरुद्देश्य चक्कर लगाते। ऐंठकर चलते हुए वह पैरों को झटके देते, अगल-बगल थूकते जाते—मुँह से थूक नहीं निकलता था, बस वह थू: कर देते—चारों ओर देखते जाते और बालों पर हाथ फेरते जाते। अपने तेलविहीन बालों पर हाथ फेर-फेरकर उन्होंने आगे के बालों को कलँगी या मुकुट की तरह खड़ा कर लिया था। ऐसा करने का उद्देश्य सम्भवत: यह था कि वह सिनेमा के वीर और सुन्दर नायकों जैसे दीखें।

दंड उनको बहुत प्रिय थे। अपनी नियमित कसरत के अलावा वह रात को नींद आने पर सौ-पचास दंड कर लेते थे। देर-सबेर नींद खुलने पर पचास-एक दंड मार देते थे। सिर और शरीर में दर्द होने पर अनगिनत दंड खींच जाते थे। अपनी अधिकांश मानसिक और शारीरिक कठिनाइयों को वह दंड से दूर करने का प्रयास करते और इस तरह रोजाना पाँच सौ या छह सौ दंड से कम का परता नहीं पड़ता था। इन बातों का वह शोख लापरवाही के साथ बयान करते, जिससे लोग हँस पड़ते थे, पर उनके प्रति आकर्षित भी होते और इसका नतीजा यह था कि स्कूल-कॉलेजों के लड़के सुबह-शाम, और जब इच्छा हो तब, दंड करने लगे।

मनमोहन धनी खानदान के थे, किन्तु वह अपने मित्रों के यहाँ जाकर जबर्दस्ती साग-सत्तू, रूखा-सूखा माँगकर खाते। वह पूछ लेते कि सत्तू-गुड़ होगा? भुजना मिल सकेगा? बासी दाल-भात और मिर्चों का अचार होगा? बासी दाल-भात और मिर्च का अचार उनको बहुत प्रिय था। ऐसी चीजें पेश करने में लोग संकोच करते, किन्तु जब वह आग्रह करके ये चीजें मँगाकर प्रेम से सफाचट कर जाते तो लोग बड़े प्रसन्न होते। इससे कौटुम्बिक निर्धनता के अहंकार की रक्षा भी होती, साथ में यह प्रभाव भी उत्पन्न होता कि वह निरभिमानी, राष्ट्रीय और प्रगतिशील विचारों के नवयुवक हैं।

वह बिजली की फुर्ती से बड़े-बड़े निवालों के जरिए अविश्वसनीय मात्रा में भोजन करना वीरता समझते और बहुत ही लापरवाही से दो-तीन ऐसी प्रतियोगिताओं का उल्लेख करते जाते, जिनमें उन्होंने खाने में बड़े-बड़े पहलवानों और दिग्गजों को पराजित किया था। उनकी ऐसी बातों का बड़ा अच्छा प्रभाव पड़ता। असर पैदा करने का उनका एक यह भी तरीका था कि बोलते समय अंग्रेजी के शब्दों का हिन्दीकरण कर देते। 'वह टहल रहा है' को कहते 'वह वाक रहा है'। 'खाने में बड़ा मजा आया' को कहते 'ईटने में बड़ा मजा आया'। किन्तु बिलैया छानना

उनकी सबसे आश्चर्यजनक हरकत होती। जब लड़के कक्षाओं में पढ़ते होते तो मनमोहन स्कूल के अहाते में किसी ऊँचे और मजबूत पेड़ पर चढ़कर किसी डाली को दोनों हाथों से पकड़ लेते और दोनों पैरों को डाली तथा हाथों के बीच के रास्ते से ले जाकर उलट जाते। घंटों वह बालखिल्य ऋषियों की तरह यह कौतुकपूर्ण साधना करते।

इन सब बातों से बाहर के छात्रों और नवयुवकों में उनका जबर्दस्त असर था। लड़के उन्हीं की तरह बात करने, उन्हीं की तरह चलने, उन्हीं की तरह बाल रखने, उन्हीं की तरह थूकने और उन्हीं की तरह मारपीट करने की कोशिश करते। उनकी एक अदना-से-अदना बात का अनुसरण करने में वे आत्मगौरव समझते। बिलैया छानने का तो इतना जबर्दस्त रिवाज चल पड़ा कि कभी-कभी स्कूलों के अहाते बालखिल्य ऋषियों के आश्रम जैसे प्रतीत होते।

संक्षेप में, न वह देहाती थे और न शहरी। पुरानी और नई सभ्यता के संघर्ष से उत्पन्न अनोखी असंगतियों का वह बड़ी खूबी के साथ प्रतिनिधित्व करते। उनके व्यक्तित्व में हास्य, गम्भीरता, साहस, रोमांस, अधकचरापन, अकड़ूपन, शिक्षा और अशिक्षा, बुद्धिमानी और नासमझी का अजीब सम्मिश्रण और समन्वय था। ऐसे व्यक्ति की मैत्री से मैं कितना प्रभावित होनेवाला था, इसको आज बताने की आवश्यकता नहीं। मैं केवल इतना ही कहूँगा कि उन्हें लंठ नहीं समझता था। मैं उनका आदर करता था।

2

शुक्रवार का दिन था। जल्दी छुट्टी हो गई थी। लगभग दो बजे कुछ खाने-पीने के बाद, मैं अपने मकान के सामने के खाली क्वार्टर की खुली छत पर सड़क की तरफ देखता हुआ किनारे बैठ गया। घर के सामने चारपाई या कुर्सी पर बैठकर सड़क पर से गुजरनेवाले व्यक्तियों को दिलचस्पी से निहारना मुझे सदैव प्रिय रहा है। लोग चाहे जैसी भी मुद्रा बनाकर जाएँ, उन्हें देखकर न मालूम क्यों हँसी आती। उस दिन भी बैठकर मैं चुपचाप यही काम कर रहा था।

करीब तीन बजे मनमोहन उसी रास्ते से गुजरे। मेरा ध्यान भंग हो गया। मनमोहन में एक यह खूबी थी कि वह चलते वक्त फुर्ती के साथ अगल-बगल, आगे-पीछे तथा ऊपर, छतों की ओर, देखते जाते। मैं यह नहीं कह सकता कि उन्होंने मुझे दूर से ही देख लिया था या नजदीक आने पर, किन्तु जीने के सामने पहुँचने पर वह घूम पड़े, बाएँ हाथ से बालों को सम्हाला, दाहिनी तरफ मुड़कर शराफत के साथ थूका और लंगूर जैसी फुर्ती से ऊपर चढ़ आए।

वह नंगे पैर थे। शरीर पर केवल धोती और लम्बा कुर्ता था। बाल रूखे और सिर के ऊपर कलँगी की तरह उठे थे। उनके दाहिने हाथ में पौन गज लम्बी लोहे की छड़ थी, जो एक सिरे पर तीर की तरह नुकीली थी और जिसको वह घुमा उठते थे।

"बैठ सकता हूँ?" बड़ी शराफत के साथ पूछने के बाद वह मेरी बगल में बैठ गए।

मैं उनके आकस्मिक तथा अप्रत्याशित आगमन से कुछ संकुचित हो उठा और उनकी बात का कुछ जवाब न देकर शरमाकर हँसते हुए एक ओर कुछ खिसक गया।

"पढ़ने नहीं गए क्या?" उनका दूसरा प्रश्न था।

मैंने न जाने का कारण बताया।

सामने देखते हुए वह मृदु स्वर में बोले, "खूब मन लगाकर पढ़ना चाहिए। स्कूल तो किसी भी हालत में नहीं छोड़ना चाहिए, इससे बड़ा हर्ज होता है। स्कूल में जो पढ़ाया जाता है उसको ध्यान से सुने और घर पर रात में चार-पाँच घंटे पढ़ ले तो बहुत है। रात में पढ़ने से बड़ा अच्छा रहता है। शाम को खेले-कूदे, नौ बजे रात तक घूमे-फिरे, लेकिन दस बजे पढ़ने जरूर बैठ जाए। चार बजे तक प्रेम से रोज पढ़ ले तो फर्स्ट क्लास कहीं नहीं गया।"

"मुझसे तो दस बजे के बाद जगा ही नहीं जाता।" मैंने संकोचपूर्वक अपनी मजबूरी बताई।

"ऐसी बात नहीं है!" मनमोहन ने उसी तरह मीठी आवाज में समझाया, "जगने से न जगना होता है! देखो, मैं तरीका बताता हूँ। यह जानते हो न कि रात में जगने के लिए जरूरी होता है कि दिन में सो लिया जाए? इसके लिए यह नियम बना लेना चाहिए कि स्कूल से आने के बाद—नाश्ता-पानी करके प्रेम से सो लिया जाए। इधर दो-तीन घंटे सोए और उधर रात में चार बजे से नौ बजे दिन तक प्रेम से सो ले। इतना बहुत काफी है। अब तुमको रात में नौ बजे तक का समय काटने का उपाय बताता हूँ। तुम्हारा कोई चलता-फिरता दोस्त है न? उसके यहाँ जाकर गप्पें लगाओ। उसको ऐसा दिखाओ कि पढ़ने-लिखने से तुमको कोई मतलब नहीं, पर यह ध्यान रहे कि जहाँ नौ बजे वहाँ से चलते बनो। एक सेकंड भी अधिक न रुको। घर आकर खाना खाओ, कुछ देर तक टहलो-घूमो और ठीक दस बजे पढ़ने बैठ जाओ। गर्मी हुई तो बाहर मेज-कुर्सी लगा लो और जाड़ा हुआ तो कमरे में चारपाई पर बैठकर रजाई ओढ़ लो। फिर प्रेम से पढ़ो। बड़ा मजा आएगा। अगर बीच में नींद आने लगे तो प्रेम से पचास-साठ दंड कर लो, सारी नींद हिरन हो जाएगी। सच कहता हूँ, नींद भगाने का इससे अच्छा कोई उपाय नहीं।" अन्त में उन्होंने बाईं ओर थूका।

मैं खिलखिलाकर हँस पड़ा। जवाब में वह भी हँस पड़े। अध्ययन की यह योजना बहुत मजेदार और आकर्षक लगी। पढ़ने-लिखने में अच्छा होने पर भी मैं मनमोहन की तरह तेज नहीं था और इस उपाय द्वारा मैं हाईस्कूल में प्रथम श्रेणी किसी पोजीशन के साथ प्राप्त कर लूँगा, यह सोचकर मुझे बहुत खुशी हुई। इस योजना के पक्ष में एक यह भी दलील थी कि इससे अचानक विद्यार्थियों में अत्यधिक लोकप्रिय हो जाने की सम्भावना है। बस एक ही कठिनाई थी, और वह यह कि मेरा कोई चलता-फिरता मित्र न था, जिसका नौ बजे तक समय नष्ट करने का साहस कर सकूँ, और यदि होता भी तो उतने समय तक अपने मुख से एक किस्म के अपराध के भाव को गुप्त रख सकने की मुझमें योग्यता नहीं थी। उस समय तो नहीं, किन्तु बाद में मालूम हुआ कि उस जमाने में शहर में ऐसे लड़कों की संख्या कम न थी जो मनमोहन की नकल करके दिन-भर अपने दोस्तों का समय बरबाद करते और सबके सो जाने पर रात्रि में एकान्त में पढ़ते थे। इसमें एक अनोखी रोमांटिक भावना निहित थी।

"कसरत-वसरत करते हो?" मनमोहन ने एक अन्य प्रश्न पूछा, जिसको सुनकर मैं चौंक उठा।

"करता हूँ।" मैं झूठ बोल गया, क्योंकि सयाना होकर भी कसरत नहीं करता हूँ, यह स्वीकार करना मेरे लिए लज्जा की बात थी।

"कौन-सी कसरत चलती है?"

"यही दंड-बैठक, और क्या!"

"कितने खींच लेते हो?"

"पचास बैठक और तीस दंड।" मेरे दिमाग में एकाएक यही संख्या आई और मैंने झट से बता दिया। दरअसल इतना ही मेरे लिए बहुत था, क्योंकि एक बार जब कसरत करने की कोशिश की थी तो दस से अधिक दंड करना मेरे लिए असम्भव हो गया था। उस दिन के बाद से वह योजना भी स्थगित कर देनी पड़ी।

"किस तरह दंड करते हो?"

उनके प्रश्न अब जिरह की तरह लगने लगे। आखिर दंड-बैठक करने के भी कई तरीके होते हैं? अचानक मेरे दिल में यह आशंका उत्पन्न हुई कि मेरे कसरत न करने की बात वह जानते हैं। मैंने कुछ घबराकर उनकी ओर देखा, किन्तु उनके मुख पर कोई दुष्ट भाव नहीं था। अपने को संयत कर उत्तर दिया :

"दो ईंटों पर करता हूँ।"

"ठीक है। पर इतने से ही काम नहीं चलेगा।" वह इस तरह बोले जैसे इसी अवसर की प्रतीक्षा में हों, "ईंटें खड़ी रखनी चाहिए। पट रखकर कसरत करने से जोर नहीं पड़ता। तुम्हारी तन्दुरुस्ती ठीक नहीं है, तुमको नियमित रूप से कसरत

करनी चाहिए। शरीर से बढ़कर इस दुनिया में कुछ नहीं। अच्छा शरीर रहेगा तो कोई कुछ बिगाड़ नहीं सकता। कोई मुश्किल बात नहीं। धीरे-धीरे करते रहने से सब ठीक हो जाएगा। छह-सात महीने में 400 बैठक और 200 दंड पर आसानी से आया जा सकता है। दंड-बैठक करने के बाद दो-एक मील दौड़ भी आना चाहिए, इससे पैर बँधने नहीं पाते। कुश्ती-वुश्ती से हमेशा बचना चाहिए, इससे दिमाग खराब हो जाता है। शाम को दो-चार आसन और प्राणायाम करने से शरीर का लचीलापन कायम रहता है। खाने-पीने में कमी कभी नहीं करनी चाहिए। सामने जो आए उसको प्रेम से खाना चाहिए। सवेरे नाश्ते पर बीस भिगोए बादाम और एक सेर दूध से काम चल जाएगा। रात को एक पाव रबड़ी या मलाई जरूर खा लेनी चाहिए। खाने-पीने से ही कसरती शरीर फैलता-फूलता है।''

''दूध तो मुझसे पिया ही नहीं जाता।'' मेरी तन्दुरुस्ती ठीक नहीं है, उनकी इस बात से मेरा दिल शर्म तथा अपमान से भर गया था, और इसी को छिपाने के लिए मैंने दूधवाली बात पेश की थी। वैसे यह सच था कि दूध से मुझे जितनी नफरत थी, उतनी अन्य किसी वस्तु से नहीं।

''ना हो, यह ठीक नहीं।'' उन्होंने मेरी आदत की आलोचना की, ''दूध जैसी अच्छी चीज कोई नहीं। न अच्छा लगे तो नाक बन्द करके जबर्दस्ती पी जाना चाहिए। धीरे-धीरे आदत पड़ जाएगी। एक साँस में दूध पीना अच्छा होता है, घूँट-घूँट पीने से ताकत नहीं आती। मुझे तो जब भी चाहे कोई दूध पिला सकता है। एक बार में डेढ़-दो सेर पी जाने से कोई नुकसान नहीं होता। मेरे घरवाले मुझसे बहुत तंग रहते हैं, कभी-कभी मैं सारा-का-सारा दूध पी जाता हूँ, जिससे न भाइयों को मिल पाता है, न बाबूजी को। कभी-कभी बाबूजी बिगड़ जाते हैं तो मैं भी कह देता हूँ कि तुम अब बूढ़े हुए, दूध-घी खाकर क्या करोगे, तुमने बहुत खाया है, अब मुझे खाने दो। अम्मा मेरा पक्ष लेती हैं तो बाबूजी को हारना पड़ता है और वह हँस पड़ते हैं। जरा अपना पंजा बढ़ाओ तो।''

पहले तो मैं बड़े चक्कर में पड़ा कि उनका उद्देश्य क्या है, पर जब उनके हाथ की ओर दृष्टि गई तो सब कुछ समझ में आ गया। उनका दाहिना पंजा मेरी दिशा में बाँग देते हुए मुर्गे की भाँति आगे लपक आया था। सन्देह की गुंजाइश नहीं थी, स्पष्ट था कि वह मुझसे पंजा लड़ाना चाहते हैं।

मैंने हाथ न बढ़ाकर उनकी ओर संकोच और झिझक से देखा। किन्तु उन्होंने पंजा लड़ाने का दृढ़ निश्चय कर लिया था, क्योंकि शीघ्र ही उन्होंने अपना हाथ आगे बढ़ाकर अपनी लम्बी-लम्बी अँगुलियों को मेरी अँगुलियों में फँसा दिया और तब कहा, ''जोर करो।'' मैं दुबला-पतला अवश्य था पर मेरी भी अँगुलियाँ कम मोटी और लम्बी नहीं थीं। मैंने अचानक तैश में आकर जोर किया और आश्चर्य था कि

बहुत ही आसानी से उनका पंजा ऐंठ दिया। उन्होंने स्वयं अचम्भा प्रकट करते हुए कहा, "अरे, तुम्हारे पंजे में बड़ा जोर है, फिर ऐंठना तो।" और इसके बाद फिर अपनी अँगुलियाँ आगे कर दीं। मैंने भी उनकी अँगुलियों में अपनी अँगुलियाँ फँसाकर दूने उत्साह से उनके पंजे को ऐंठने की कोशिश की। किन्तु इस बार मेरा प्रयास असफल सिद्ध हुआ। उन्होंने अपनी अँगुलियाँ लोहे की छड़ों की भाँति तान दी थीं। मैंने अपनी सारी ताकत लगा दी, पर सब व्यर्थ; जल्दी ही मेरे माथे पर पसीने की बूँदें आ गईं। वह असाधारण विश्वास के साथ मुस्करा पड़े और तत्पश्चात् बड़ी आसानी से अपनी अँगुलियों को सिकोड़कर मेरे पंजे को ऐंठ दिया।

मैं उनके पंजे की ताकत से अत्यधिक प्रभावित हुआ। मैंने सुन रखा था कि उनके पंजे में असाधारण ताकत है और जिले में उनका पंजा कोई नहीं ऐंठ सकता। यहाँ तक कहा जाता था कि वह मजबूत-से-मजबूत ताले या लोहे की सिक्कड़ ऐंठकर तोड़ देते हैं। ऐसे व्यक्ति से पंजा लड़ाकर मैंने एक अपूर्व आत्मगौरव का अनुभव किया। और अब यह स्पष्ट हो गया था कि मुझको उत्साहित करने के उद्देश्य से ही उन्होंने प्रथम बार अपना पंजा ऐंठ जाने दिया था।

"हिम्मत हारने की जरूरत नहीं। पंजे को भी मजबूत-से-मजबूत बनाया जा सकता है।" उन्होंने मुझे ढाढ़स बँधाया, "हमेशा अपने से मजबूत आदमी से पंजा लड़ाना चाहिए। पंजा लड़ाते समय सभी अँगुलियों को आगे तानकर पूरे पंजे को टेढ़ा करते जाना चाहिए। घर पर रोज एकान्त में आध-एक घंटा खिड़की की किसी छड़ में अँगुलियों को फँसाकर ऐंठने की कोशिश करने में गट्टा बहुत मजबूत होता है। एक और तरीका है। एक ईंट को खड़ा जमीन पर रखो। इसके बाद इस ईंट के दोनों किनारों पर दो ईंटें रख दो। फिर इन दोनों ईंटों के दोनों किनारों पर दो ईंटें रखो। इस तरह ईंटें रखते जाने से ईंटों का एक ढाँचा तैयार हो जाता है। इस ढाँचे के भीतर हाथ डालकर सबसे नीचे की अकेली ईंट को हाथ से पकड़ लो और फिर पूरे ढाँचे को एक हाथ से उठाने की कोशिश करो, धीरे-धीरे ईंटों की संख्या बढ़ाई जा सकती है। इससे पंजा बड़ा मजबूत हो जाता है। दंड करते समय ईंटों पर पाँचों अँगुलियों पर कसरत करने से भी पंजों में बहुत ताकत आती है। धीरे-धीरे सब होता है।"

इतना कहने के बाद उन्होंने बगल में फिर थूका और, "अच्छा, अब चलता हूँ फिर आऊँगा," कहकर अचानक खड़े हो गए। उन्होंने अपने कलँगीनुमा बालों पर हाथ फेरा, फिर अपने दाहिने हाथ की तीरनुमा लोहे की छड़ को पन्द्रह-बीस गज की दूरी पर स्थित शीशम के पेड़ की ओर फेंका। निशाना ठीक बैठा। छड़ की नोंक पेड़ की एक टहनी में धँस गई। इसके बाद बिना किसी की ओर देखे, कुछ आगे बढ़कर, वह छत से पन्द्रह-सोलह फीट नीचे धम-से कूद पड़े और पेड़ पर कुशलता से चढ़, छड़ को टहनी से खींच, इत्मीनान से नीचे उतरकर बालों को

झटके से सीधा करते तथा बगल में थूकते हुए किसी ऐतिहासिक नाटक के नायक की तरह टेढ़ी-मेढ़ी चाल से एक ओर चले गए।

मुझे यह सब स्वप्न की तरह लग रहा था। मनमोहन दो-एक बार हमारे घर आए थे, किन्तु उनसे कभी बात नहीं हुई थी। अगर बात हुई भी होती तो मुझे सपने में भी उम्मीद नहीं थी कि जिस व्यक्ति का सारा शहर लोहा मानता था, वह स्वयं आकर मुझसे दोस्ती कर जाएगा। मेरे मन में एक अकल्पित खुशी और गर्व का भाव फूट रहा था।

3

दशहरे की छुट्टी हो गई थी। बाहर कॉलेजों में पढ़नेवाले लड़के अपने जिले के लोगों से श्रेष्ठ होने का भाव लिये आ पहुँचे थे। भैया भी इलाहाबाद से आ गए थे। एक दिन मैं सायंकाल अपने दरवाजे के सामने टहल रहा था कि मनमोहन न मालूम किस दिशा से आँधी की तरह आकर मेरे सामने खड़े होकर कुछ अजीब आवाज में बोले, "कल दिन में खाने के बाद मेरे यहाँ आ सकते हो?"

नंगे पैर तो वह थे ही। विशेष बात यह थी कि सत्तू के रंग की एक अंटी ओढ़े हुए थे। उनकी मुद्रा से लगता था मानो वह बहुत व्यस्त हों और किसी अत्यन्त महत्त्वपूर्ण कार्य या मंत्रणा के लिए शीघ्र ही कहीं जानेवाले हों। मुझे ऐसा लगा कि किसी रहस्यमय योजना में मेरा सहयोग प्राप्त करने के लिए वह मुझको अपने यहाँ बुला रहे हैं। मुझे बहुत खुशी हुई।

"ठीक है, आ जाऊँगा।" मैंने सहर्ष उत्तर दिया।

"जरूर आना।"

"अच्छी बात है।"

इसके बाद वह जिस गति से आए थे, उसी गति से चले गए।

मनमोहन से मैत्री हुए लगभग तीन मास हो चुके थे। दिन-पर-दिन उनकी और मेरी घनिष्ठता बढ़ती गई। इससे मुझमें एक अभूतपूर्व परिवर्तन हो गया था। मेरे हृदय में अपने प्रति एक विस्मयजनक विश्वास का भाव उत्पन्न हो गया था, जिसके फलस्वरूप घूमने-फिरने और बातचीत में मैं कुछ शोख हो चला था। अनुकूल स्थिति पाकर मेरा दबा व्यक्तित्व दूने वेग से उभर रहा था।

अब मैं अक्सर मनमोहन के साथ रहने लगा। स्कूल से जाने के बाद वह और मैं रात में देर तक साथ-साथ घूमते। पुराने मित्रों से मेरा मिलना-जुलना बहुत कम हो गया। उन्होंने मेरी नई मैत्री और नए लक्षणों पर अवश्य गौर किया था और वे स्वयं मेरे पास बहुत कम फटकते। अचम्भे की बात यह थी कि मैंने भी उनके प्रति उदासीनता का रवैया अपना लिया था।

मनमोहन का मुझ पर जबर्दस्त प्रभाव था और उनकी एक-एक बात का अनुकरण करने में मैं गर्व का अनुभव करता था। मेरी चाल उनकी जैसी ही हो गई थी। मैं उसी तरह बालों पर हाथ फेरने और अगल-बगल थूकने और बोलचाल में मीठे और शान्त स्वर में वैसे ही मुहावरों का इस्तेमाल करने लगा था। घर पर दोनों जून मैं डटकर कसरत करता। पंजा लड़ाना मेरा नित्य का नियम हो गया। आशा से अधिक भोजन करके लोगों को आश्चर्यचकित करने में मुझे अत्यधिक प्रसन्नता होने लगी। बिलैया छानना, ताला-सिक्कड़ तोड़ने की कोशिश करना, ईंटों का ढाँचा उठाना, डालियों पर हाथ के सहारे लटककर चलना—मनमोहन जितने फन में माहिर थे, उतने ही फन में माहिर होने का मैं भी प्रयास करने लगा। ये सब हरकतें करके मुझे अपार सन्तोष होता। ऐसा लगता कि मैं बहुत बुद्धिमान, प्रगतिशील, देशभक्त और असाधारण हूँ। जैसे कोई शापग्रस्त ऋषि युगों बाद शाप से मुक्त होकर मनुष्य शरीर धारण कर स्वच्छन्दता से विचरण करने और अपने प्रभाव का प्रसार करने लगे—वैसा ही कुछ मेरा हाल था। मनमोहन ने मुझे शापमुक्त कर दिया था।

मनमोहन की मैत्री से शहर के छात्रों में मेरा असर जमने लगा था। चूँकि मैं अब उनके साथ बहुत रहने लगा था और वह मेरा बहुत खयाल रखते थे, इसलिए उनके अन्य साथी अनायास ही मेरा रोब मानने लगे। मुझमें कोई असाधारण बात थी, इसीलिए मनमोहन जैसा दिग्गज आदमी मुझको अपना मित्र बनाए हुए था, यह सभी समझते थे। बहुत से लोग, जो मनमोहन और भैया के साथी थे और जो मुझसे बोलने तक में अपनी हेठी समझते थे, वे ही अब आकर प्रेम से बातें करने और देर तक पंजा लड़ाने लगे। इनमें रमाशंकर और जमुना के नाम विशेष उल्लेखनीय हैं।

रमाशंकर लम्बे और दुबले-पतले थे। वह मनमोहन के साथ पढ़ते थे। मेरे ही मोहल्ले में रहते थे। उनकी अँगुलियाँ बहुत लम्बी और मोटी थीं और गट्टा मजबूत था। सीधे-सादे थे। उन्होंने अपनी जिन्दगी में किसी से मारपीट न की थी। किन्तु वह मनमोहन की तरह सदा किसी को मारने, ताले-सिक्कड़ को तोड़ने और खाने की प्रतियोगिताओं में अपनी विजय की बातें किया करते। दंड-बैठक वह भी करते। ईंटें खड़ी करके अँगुलियों के बल कसरत करने की चेष्टा में एक बार नीचे गिरकर यद्यपि अपना मुँह क्षतिग्रस्त कराने की वह ख्याति प्राप्त कर चुके थे, तथापि इन कोशिशों के बावजूद उनका शरीर आश्चर्यजनक गति से दुबला होता चला जा रहा था। इसकी उनको चिन्ता नहीं थी और मनमोहन को छोड़कर दुनिया के हर व्यक्ति को अपने से कमजोर और तुच्छ समझते थे।

मनमोहन से मेरी घनिष्ठता हो जाने पर उन्होंने मेरे प्रति अपने समस्त उपेक्षाभाव का आसानी से परित्याग कर दिया और आकर मुझसे पंजा लड़ाने और गप्पें झाड़ने लगे। शरीर से तगड़ा न होते हुए भी मेरा पंजा बहुत उपेक्षणीय नहीं था। मेरा खयाल

है, अपने जीवन का सबसे बड़ा आश्चर्य उन्हें उस समय हुआ होगा जब वह पन्द्रह-बीस मिनट की जोर-आजमाइश के बाद प्रथम बार मुझसे पंजा लड़ाने में हारे। किन्तु उन्होंने अपनी पराजय कभी स्वीकार नहीं की। वह मुझसे रोज पंजा लड़ाते, रोज हारते और फिर भी मुझको बहुत दुर्बल समझते। उनकी इस पराजय का एक सुपरिणाम अवश्य निकला। वह यह कि खाँसी-जुकाम जैसी मामूली चीजों से लेकर प्रेम जैसे गूढ़तम विषयों पर अवांछनीय स्पष्टवादिता के साथ वह मुझसे बातें करने लगे।

जमुना दूसरी किस्म के आदमी थे। वह भी मनमोहन के साथ पढ़ते और उनके साथ अक्सर घूमते। वह ठिंगने लेकिन काफी तगड़े थे। हाँ, उनके शरीर के मुकाबले में उनकी बुद्धि और पंजा इतने अशक्त थे कि अचम्भा होता। उनको यह हसरत रह ही गई कि उनका पंजा मजबूत होता। उसको मजबूत बनाने के लिए वह जी-जान से कसरत शुरू करते, और मुश्किल से एक सप्ताह गुजरने पाता था कि उनका जोर फटने लगता और वह उतावले हो उठते। ऐसी हालत में सीधे मेरे पास आते। निस्संकोच मेरी अँगुलियों में अँगुलियाँ फँसाकर जोर करने लगते और इत्मीनान से पराजित होने का सन्तोष प्राप्त करते। इससे वह जरा भी हतोत्साह न होते और छह-सात दिन बाद पुनः रण ठानने आ उपस्थित होते। जिस तरह शराबी जानता है कि शराब पीना बुरा है और फिर भी शराब पीता है, उसी तरह जानते थे कि मेरी पराजय अवश्य होगी, फिर भी वह पंजा अवश्य लड़ाते।

ऐसे ही कितने लोगों से मेरी जान-पहचान और मैत्री हो गई थी। कुछ लोगों से मैं कमजोर था, कुछ लोगों से मजबूत, पर यह महत्त्वपूर्ण नहीं था। महत्त्व की बात यह थी कि छात्र-समाज में मुझे मान्यता प्रदान की जा रही थी। इससे मैं बहुत खुश था और मेरा मन गुड्डी हो रहा था।

दूसरे दिन वायदे के अनुसार खाने के बाद मैं मनमोहन के यहाँ गया। उनके घर जाने का प्रथम अवसर था। उनका मकान पक्का, बड़ा और दोमंजिला था। सामने लोहे का एक फाटक था, जिसको खोलकर जाने पर बड़ा सहन मिलता था। मकान के बाहरी लम्बे बरामदे के दोनों ओर दो कमरे थे। दाहिनी तरफ के कमरे में मनमोहन रहते थे।

मैं कमरे में पहुँचा तो मनमोहन एक लम्बी-चौड़ी चारपाई पर गले तक एक रेशमी चादर ओढ़े चुपचाप सो रहे थे। दरवाजे के सामने दीवार पर स्वामी विवेकानन्द का बड़ा-सा चित्र टँगा था; चारपाई के सिरहाने एक ओर दो ईंटें रखी थीं। इन चीजों के अलावा कमरे में कुछ नहीं था और सब कुछ बड़ा स्वच्छ तथा सादा प्रतीत होता था।

मेरे पहुँचते ही वह कैसे जग गए, यह मैं नहीं जान पाया। वह बादशाही इत्मीनान से उठ खड़े हुए। उनके शरीर पर केवल एक हरी लुंगी थी। उठते ही वह

भीतर गए और मुँह धोकर फौरन बाहर आ पहुँचे। आकर उन्होंने लुंगी उतारकर चारपाई पर रख दी। उनके बदन पर अब केवल लँगोट रह गया था। सीधे खड़े होकर उन्होंने दाहिने तथा बाएँ झुककर अपने बदन को अजीब ढंग से तोड़ा और फिर नीचे झुककर दोनों ईंटों को साधकर फुर्ती के साथ दंड पेलने लगे। मेरे नमस्ते का सिर हिलाकर जवाब देने के अलावा वह अब तक मुझसे कुछ नहीं बोले थे। उनकी इस क्रिया को देखकर मुझे पूर्ण रूप से विश्वास हो गया कि कोई अत्यन्त ही गुप्त और महत्त्वपूर्ण कार्य करने का अवसर आ गया है।

मैं आश्चर्य और किंचित् श्रद्धा से उनको चुपचाप निहार रहा था। उनका शरीर कितना स्वस्थ और सुन्दर था! मेरे हृदय में उनके प्रति एक विचित्र और अस्पष्ट ईर्ष्या का भाव उत्पन्न हो गया। वह लगातार दंड खींच रहे थे। लगभग पचास-साठ दंड तो उन्होंने ईंटों पर पूरे पंजे रखकर किए, इसके बाद अँगुलियों के बल करने लगे। लगभग सवा सौ दंड पेलने के बाद वह सीधे खड़े हो गए, ललाट पर चमकती पसीने की बूँदों को हाथ से काछा और लुंगी लेकर भीतर चले गए।

इस बार जब बाहर आए तो कुर्ता और धोती पहने थे और उनके हाथ में एक बड़ा कटोरा था।

कटोरे का आधा हिस्सा मलाई से भरा था। मनमोहन चारपाई पर बैठकर मुझसे बोले, ''यहाँ आ जाओ।'' जब मैं चारपाई पर बैठ गया तो उन्होंने निर्विकार स्वर में कहा, ''खाओ।''

यह मुझ पर पूरा अत्याचार था। दरअसल, जबर्दस्ती दूध पीने की बार-बार कोशिश करने पर भी अब तक मैं उससे प्रेम नहीं कर सका था। रबड़ी तथा मलाई से तो मुझे सख्त नफरत थी। और, जो लोग प्रेम से जल्दी-जल्दी रबड़ी-मलाई उड़ा जाते थे उनको मैं बदतमीज और बेहया समझता था।

''आप ही खाइए, मुझे तो जरा भी पसन्द नहीं।'' मैंने अपनी मजबूरी बताई।

''खाओ,'' उन्होंने स्नेहपूर्वक डाँटा, ''इस तरह काम चलेगा? दाल-भात तो सभी खाते हैं। इन्हीं चीजों से शरीर बनता है।''

मैं अधिक विरोध न कर सका और इस आशा में कि मनमोहन जल्दी-जल्दी और मैं धीरे-धीरे खाऊँगा, और इस तरह मेरी जान बच जाएगी, मैंने कटोरे में हाथ डाल दिया। किन्तु मनमोहन ने मेरी एक न चलने दी। उन्होंने स्वयं बहुत कम खाया और मुझे बड़े भाई के अधिकार के साथ, स्नेहपूर्वक डाँट-डाँटकर खाने के लिए बाध्य किया। परिणाम इसका बहुत बुरा निकला, क्योंकि कटोरे की तीन-चौथाई मलाई मुझको खानी पड़ी। मुझे मनमोहन पर बहुत क्रोध आया।

खाने के बाद वह कटोरा लेकर भीतर चले गए, और इस बार जब बाहर निकले तो उनको देखकर मैं अचम्भे से स्तम्भित रह गया। उनके कन्धे पर बाँस की मजबूत

खपच्ची और ताँत से बना एक धनुष लटका था और हाथ में तीन-चार तीर थे। तीर भी बाँस की खपच्चियों से बने थे और उनके एक सिरे पर लोहे के काले और तेज भालानुमा फल लगे थे।

"चले आओ," कहकर वह कमरे से बाहर हो गए।

मैं मंत्रमुग्ध-सा उनके पीछे चल पड़ा।

उनके अहाते में मकान के दाहिनी ओर एक छोटी-सी फुलवाड़ी थी। चारों ओर मेहँदी बोकर फुलवाड़ी की सीमा निर्मित की गई थी। अन्दर कुछ पपीते और केले के पेड़ और गेंदे के फूल थे। एक ओर एक पक्का कुआँ था, जिसमें ढेकुली लगी थी। स्थान छोटा था—किसी ग्रामीण मन्दिर के छोटे बगीचे की तरह जहाँ थके-माँदे मुसाफिर आकर खाते-पीते और विश्राम करते हैं।

क्वार की धूप ऐसी तेज थी कि सिर और आँखें चनचना जातीं। समस्त वातावरण में चुप्पी और उदासी छाई थी। मनमोहन पपीते के पेड़ों से लगभग तीस हाथ की दूरी पर खड़े हो गए और तब दोनों हाथों में धनुष ले तथा उस पर तीर चढ़ाकर धनुष की प्रत्यंचा कान तक खींचते हुए एक तीर छोड़ा। तीर पपीते के एक पेड़ के तने में धँस गया। इसके बाद शेष तीर भी उन्होंने छोड़े और वे सभी पेड़ के तने में बिंध गए।

इसके बाद वह दौड़कर गए, तने से तीरों को उखाड़ लाए और मुझको देते हुए बोले, "अब तुम छोड़ो, बगलवाले पेड़ पर।"

अर्जुन और कर्ण की तरह वीर होने की कल्पना करने के बावजूद मैंने सपने में भी नहीं सोचा था कि मुझे एक रोज बाण छोड़ना पड़ेगा। लाचार होकर मैंने छोड़े और मुझे ऐसी सफलता मिली कि दो तीर तो पैरों के नीचे रुककर गिर गए और दो लक्ष्य-स्थान से दस-बारह हाथ की दूरी पर सरसराते हुए निकल गए।

मैं काफी शरमा गया। लेकिन मनमोहन ने मुझे ढाढ़स बँधाया, "तुम मेहनत से छोड़ते हो। कुछ लोग तो यह भी नहीं कर सकते। थोड़े अभ्यास से तुमको आ जाएगा।"

तदुपरान्त उन्होंने धनुष-तीर कुएँ की गच पर रख दिया और फिर टेंट में खोंसे एक छुरे को निकालकर केले के पेड़ पर फेंका। छुरा पेड़ में धँस गया। अन्त में उन्होंने मुझे भी छुरा चलाने को दिया। मैंने पाँच बार फेंका, जिसमें तीन बार तो छुरे और पेड़ में सम्बन्ध ही कायम न हुआ और दो बार लगा भी तो उसकी मूठ तने से टकराकर दूर बिछल गई।

इम बार भी उन्होंने मुझे आश्वासन दिया, "धीरे-धीरे रोज अभ्यास करने से निशाना ठीक हो जाएगा। निशाना साधते समय बाईं आँख बन्द कर लेनी चाहिए और तब लक्ष्य-वेध करना चाहिए। तुमको ये दोनों चीजें जल्दी-से-जल्दी सीख

लेनी हैं। घर पर सुविधा न हो तो यहाँ चले आया करो। आदमी कोशिश करे तो शब्द-वेधी बाण भी छोड़ना मुश्किल नहीं। जरा मेहनत करनी होगी।''

इसके पश्चात् हम कमरे में आए। वहाँ पहुँचते ही मनमोहन ने मुझसे मृदु स्वर में कहा, ''अब तुम जाओ। यही देखने के लिए तुमको बुलाया था। तुममें शहरीपन नहीं है। शहरी लोग वायदा करते हैं कुछ, और करते हैं कुछ। खाने के बाद आने का वायदा करेंगे और आएँगे शाम को, या नहीं ही आएँगे। तुम एकदम ठीक समय पर आए। एक छोटी-सी बात से ही आदमी की पहचान हो जाती है। तुम पर विश्वास किया जा सकता है। तुमको बड़े-से-बड़ा राज बता भी दिया जाए तो तुम किसी से न बताओगे। अच्छा जाओ।''

उनको नमस्कार कर मैं वहाँ से चलता बना। एक छोटी-सी बात से उन्होंने मेरे स्वभाव का पता लगा लिया, इससे मुझे बड़ा अचम्भा हुआ, पर साथ ही बहुत खुशी भी। पता नहीं क्यों, कुछ दिनों से मुझे ऐसा लग रहा था कि मनमोहन किसी क्रान्तिकारी दल के सदस्य हैं। सम्भवत: इसका कारण यह हो कि उनका व्यक्तित्व इतना रहस्यमय और असाधारण था कि उनका किसी रहस्यमय गिरोह से सम्बन्धित होना अत्यन्त स्वाभाविक लगता था।

यह खुशी की बात थी कि वह मुझको विश्वासपात्र समझते थे, क्योंकि इसका यह मतलब था कि वह कभी-न-कभी मुझको अपने दल में अवश्य सम्मिलित कर लेंगे। आज उनका व्यवहार शुरू से आखिर तक यही सिद्ध करता था। उस चिलचिलाती धूप में मैं तेजी से घर जा रहा था और मेरे मन में केवल यही विचार था कि मैं क्रान्तिकारी हूँ।

दशहरे की छुट्टी बड़े मजे में बीत रही थी। हम लोग शाम को घूमते और रात को रामलीला देखते। बैठकर गप्पें लड़ाने में भी बड़ा मजा आता। अक्सर बैठक हमारे दरवाजे पर होती और उसमें मनमोहन, भैया और उनके दोस्त शामिल होते। मैं भी आकर बैठ जाता और पूर्ण मौन के द्वारा बातचीत में योगदान करता।

मैं उस दिन की व्यग्रता से प्रतीक्षा कर रहा था जब मनमोहन मुझको अपने दल में शामिल कर लेंगे। एकान्त में रोज मैं सपने देखता। किन्तु ये सपने बहुत जल्दी भंग हो गए।

छुट्टी खत्म होने में दो-तीन दिन रह गए थे। एक दिन सबेरे बाहर की बैठक में बैठा पढ़ रहा था कि भैया ने भीतर आकर अचानक कहा, ''तुमको मनमोहन के साथ घूमते बहुत देखता हूँ। जब तक तुम टेंथ न पास हो जाओ, तुम्हारा उसके साथ घूमना ठीक नहीं।''

दहशत और आशंका से मेरे शरीर का रक्त सूख गया। मनमोहन भैया के मित्र हैं इसलिए मुझे उनसे मित्रता करने का कोई अधिकार नहीं है, यह मैं उस

समय समझ गया। किन्तु भैया ने और क्या सोचकर मुझसे यह बात कही थी? सम्भवतः उनको ईर्ष्या हुई हो। पर यह विचार आते ही मैंने अपने को धिक्कारा। वह मेरे बड़े भाई हैं और मेरे भले के सिवा और क्या चाहेंगे? तो क्या उनको मेरे आचरण पर सन्देह है? यह विचार मेरे लिए असह्य था। मनमोहन ने अब तक मेरे साथ बड़े भाई की तरह व्यवहार किया था, मुझे उनसे कोई शिकायत नहीं थी। किन्तु जब भैया ऐसा चाहते हैं तो मैं ऐसा ही करूँगा, यह मैंने तत्काल निश्चय कर लिया।

भैया ने मुझे समझाया, ''मैं यह नहीं कहता कि मनमोहन बुरे लड़के हैं। उनमें बहुत से गुण हैं। खुद वह मेरे मित्र हैं पर तुमको उनके साथ अधिक नहीं घूमना चाहिए। अपनी उम्र के लड़कों से दोस्ती करना अच्छा होता है। सबसे बड़ी पढ़ाई है। यह समझ लो कि तुमको टेंथ में फर्स्ट क्लास लाना है। मनमोहन जैसे लड़के के साथ तुम्हारा घूमना देखकर लोग न मालूम कैसी-कैसी बेकार बातें करते हैं। मैं यही चाहता हूँ कि मन लगाकर पढ़ो।''

अपने आचरण पर इस लांछन से मेरा हृदय अपमान से जलने लगा। मेरे सामने कोई चारा नहीं था। मेरी इच्छा होने लगी कि मैं फौरन मनमोहन से जाकर कह दूँ कि अब आपसे मेरा कोई सम्बन्ध नहीं। ऐसा तो सम्भव नहीं हुआ। लेकिन मैंने निश्चय कर लिया कि पहला मौका मिलते ही मैं उनसे साफ-साफ कह दूँगा कि वह मेरे यहाँ न आया करें।

उसी दिन मौका मिल गया। रात के लगभग आठ बजे, जब मैं बाहर चारपाई पर बैठकर पढ़ रहा था, वह मेरे यहाँ आए। आते ही चारपाई पर बैठकर बोले, ''पढ़ने का यह तरीका है कि बीच-बीच में दिमाग ताजा करते रहा जाए। कुछ देर के लिए स्टेशन घूम आना बुरा न होगा।''

आश्चर्य यह था कि उनके सामने आ जाने पर मेरे मुँह से बकार तक नहीं निकली।

''चलो, पाँच-दस मिनट में घूमकर चले आएँगे।'' उन्होंने फिर कहा।

''इस समय तबीयत नहीं है।'' मेरे मुँह से किसी तरह आवाज निकली। किन्तु, उन्होंने बहुत जिद की। मैं इनकार न कर सका। लाख चाह रहा था कि मैं उनसे साफ-साफ कह दूँ। पर पता नहीं क्यों मुँह न खुलता था।

स्टेशन पर पहुँचकर बाबूलाल की दुकान पर उन्होंने जबर्दस्ती चाय पिलाई। चाय पीने के बाद हम रेलवे प्लेटफॉर्म पर घूमने के लिए चल पड़े। रास्ते में मनमोहन ने मुझसे प्रश्न किया, ''तुम क्यों ऐसे बेरुखे हो रहे हो?''

अचानक उन्होंने इस तरह प्रश्न कर दिया कि मुझे कोई उत्तर न सूझा, और अधिक घेरघार करने पर जैसे बिल्ली आत्मरक्षा में हमला कर देती है, उसी तरह

मैंने आत्मरक्षा में सम्पूर्ण रहस्य का उदघाटन कर दिया, "भैया ने कहा है कि जब तक मैं टेंथ पास न कर लूँ, आपसे मिलना-जुलना बन्द कर दूँ।"

यह बात सुनते ही मनमोहन का मुँह अप्रत्याशित रूप से ऐसा फक हो गया कि मैं एकदम डर गया। कहीं भैया से वह बदला न लें। मैंने सोचा कि स्थिति सम्हालूँ, लेकिन इसके पूर्व कि मैं कुछ कहूँ, मनमोहन ने भारी और गमगीन आवाज में कहा, "ठीक है, जाओ पढ़ो।" और स्वयं घूमकर डगमग चाल से नाक की सीध में चले गए।

4

मनमोहन से मेरी बोलचाल बन्द हो गई। इस अमूल्य मैत्री-सम्बन्ध के टूट जाने से मुझे बड़ा दुख हुआ। मनमोहन ने मेरा क्या बिगाड़ा था? वह एक मनोरंजक और वीर प्रकृति के व्यक्ति थे; वह पढ़े-लिखे तेज, खूबसूरत तथा संस्कृत थे। उन्होंने बलिया के छात्रों और नवयुवकों की लंठई की परम्पराओं को एक अनूठा और शिष्ट रूप, भाव तथा गति प्रदान की थी। मेरी बुराई तो उन्होंने कभी चेती नहीं। उनका सदा यही आग्रह रहा कि मैं अपने स्वास्थ्य और बुद्धि का चरम विकास करूँ। उन्होंने भूलकर भी मुझ पर रोब नहीं गाँठा; सदा मेरी उन्नति के उपाय बताते रहे। यह कितनी तुच्छता की बात थी कि जो मेरा इतना खयाल रखता था उसको मैंने इस तरह दुत्कार दिया। उन्होंने यही सोचा होगा कि हम दोनों भाई बहुत ही छोटी तबीयत के आदमी हैं। यह सब सोचकर एक स्पष्ट अपराध की भावना मेरे हृदय को कचोटती।

मनमोहन से सम्बन्ध-विच्छेद हो जाने पर स्कूल जाने और घर पर पढ़ने-लिखने के अलावा मेरी सारी गतिविधियाँ स्वत: समाप्त हो गईं। और तो और, घर पर कसरत करना भी मैंने बन्द कर दिया। मेरा सारा उत्साह मर गया था। यह अचम्भे की बात थी और फिर भी मुझे कुछ भी अचम्भा नहीं हुआ। अवश्य मुझे इस बात का कभी-कभी डर हो जाता कि मनमोहन अन्य लंठों की तरह इसके बदले में भैया और मोहल्ले के अन्य लड़कों से झगड़ा करके सबको तंग करेंगे। किन्तु यह मेरी भूल थी और ऐसा सोचना उनके साथ अन्याय करना था। ऐसा उन्होंने नहीं किया। यहीं तक नहीं, वह पहले की तरह मेरे घर आते रहे; जब तक भैया रहे, उनके साथ बैठकर घंटों प्रेमपूर्वक बातें करते और जब भैया इलाहाबाद चले गए तो रमाशंकर तथा जमुना के साथ आकर बैठते। उनके आने पर मैं बहुधा उठता और चला जाता और यदि बैठा भी रहता तो न उनकी ओर देखता, न उनसे बोलता। किन्तु, उनकी इस अप्रत्याशित सदाशयता से मैं उनका बहुत कृतज्ञ था और हृदय में उनके प्रति जो आदर-भाव था, वह बहुत बढ़ गया।

लगभग दो महीने इसी तरह व्यतीत हो गए। इस दौरान में हम एक-दूसरे से एक शब्द भी नहीं बोले। किन्तु, अब पता नहीं कैसे मेरे हृदय में यह इच्छा होने लगी कि मनमोहन से फिर बोलचाल हो जाए। सम्भवतः इसका कारण यह हो कि मैं अपने को अपराधी समझता था, मन-ही-मन चाहता था कि जो गलती मैंने की, उसको सुधार लिया जाए। अथवा मनमोहन के मधुर व्यक्तित्व से आकर्षित होकर मेरा सारा निश्चय टूट रहा हो। चाहे जो हो, इसका परिणाम यह अवश्य निकला कि मनमोहन के आने पर जो उपेक्षा मैं प्रदर्शित करता, उसमें धीरे-धीरे कमी होने लगी। बोलचाल तो अब भी बन्द थी, पर मैं अब मनमोहन के आने पर उस स्थान से न उठता और वहाँ देर तक बैठा रहता। पहले उनकी ओर नहीं देखता था, अब देखने भी लगा। धीरे-धीरे इसका यह नतीजा निकला कि हम एक-दूसरे की ओर देखकर मुस्कराने और कभी-कभी एक-दूसरे की बातों का अप्रत्यक्ष रूप से समर्थन भी करने लगे।

दिसम्बर का महीना था। कड़ाके की सर्दी पड़ रही थी। उन दिनों बाजार में बड़े अच्छे-अच्छे अमरूद मिलते। रमाशंकर का घर बैरिया में था और बैरिया अमरूद के लिए बहुत प्रसिद्ध था। वहाँ इलाहाबादी अमरूदों के नए बगीचे लगे थे और उन बगीचों के बड़े-बड़े ताजे अमरूद शहर में आते ही बिक जाते। रमाशंकर को इन अमरूदों पर बहुत गर्व था और वह उनको स्नेह से 'नाशपाती' कहते। इन्हीं अमरूदों का जिक्र चल पड़ा तो रमा ने सबको अपने गाँव चलने का निमंत्रण दे डाला। परिणामस्वरूप मनमोहन, रमाशंकर, जमुना और कंचन, मेरा छोटा भाई बैरिया गए। मुझसे भी चलने का आग्रह किया, किन्तु मैंने इनकार कर दिया।

उस दिन रविवार था। खाने-पीने के बाद मैं बाहर की बैठक में पढ़ने बैठ गया। पढ़ते-पढ़ते लगभग तीन बज गए। ठीक इसी समय मनमोहन एक झोले में कुछ लिये हुए मेरे दरवाजे पर आ धमके। मेरा ध्यान भंग हुआ। उनको अकेले देखकर मुझे बड़ा अचम्भा हुआ, क्योंकि उनके साथ रमाशंकर, जमुना और कंचन भी गए, पर वे साथ नहीं थे।

मनमोहन कैसे चले आए? वह अकेले यहाँ क्योंकर टपक पड़े? उनसे बातचीत हो तो कैसे हो।

मैं कुछ नहीं बोला और अध्ययन में इतना व्यस्त होने का ढोंग करने लगा, जैसे उनको देखा ही न हो।

वह भी कुछ न बोले, बल्कि आगे बढ़कर झोले को धीरे से बैठक में रखे काठ के तख्ते पर उलट दिया, जिसके परिणामस्वरूप पच्चीस-तीस स्वादिष्ट, सुगन्धिपूर्ण और सेब के समान अमरूद फैल गए। मैं उनकी इस लीला को चुपचाप कनखियों से देख रहा था। अन्त में उन्होंने खाली झोले को लपेटा और अपनी मुट्ठी में दबाकर शून्य में देखते हुए मानो दीवार से कहा, ''पानी।''

मैं तत्काल उठकर भीतर से पानी लाया और चुपचाप मनमोहन के हाथ में दे दिया। पानी पीने की उनकी शक्ति को जानकर ही मैं बड़े लोटे में पानी लाया था, जिसको उन्होंने देखते-देखते खाली कर दिया। उन्होंने पानी इस तत्पर भाव से पिया कि यदि पानी मिलने में एक क्षण का भी विलम्ब हो गया होता तो निश्चित रूप से उनका प्राणान्त हो जाता। पानी पीने के बाद वह रुके नहीं, बल्कि मेरी आशंका के विपरीत घूमकर इस तरह चले गए, जैसे वायु का कोई झोंका हो जो दीवार से टकराकर दूसरी दिशा में मुड़ गया हो।

उनके जाने के बाद जब गाड़ी से रमाशंकर, जमुना और कंचन वापस आए तो मुझे यह सोचकर अत्यन्त आश्चर्य हुआ कि मनमोहन उन्हीं के साथ बैरिया जाकर भी किस उपाय से उनसे पहले ही वापस आ गए। किसी ने कुछ नहीं बताया, बल्कि आते ही उन्होंने तख्ते पर छितरे अमरूदों का रहस्य पूछा, जिसका उद्‌घाटन होने पर हँस-हँसकर प्रेमपूर्वक उन पर हाथ साफ करने लगे। कुछ ही देर में वे अमरूद तख्ते पर से उठकर उनके पेट में पहुँच गए। मैंने उनमें यह सोचकर हाथ नहीं लगाया था कि सम्भवत: मनमोहन वापस लौटें और अपने अमरूद वापस माँगें, और चूँकि मैंने पहले नहीं खाए थे, इसीलिए बाद में एक जिद में, आग्रह किए जाने पर भी, उन अमरूदों में से एक टुकड़ा भी खाने से इनकार कर दिया।

रात को जब मैं पढ़ रहा था तो मनमोहन मेरे घर फिर आए। आकर धीरे-से चारपाई पर बैठ गए और मेरे चौंककर देखने पर मुस्कराकर बोले, ''एकाध अमरूद मुझे भी खिलाओ।''

मैं बहुत शर्मिन्दा हुआ। मैंने संकोच के साथ बताया, ''अमरूद तो सब खत्म हो गए। रमाशंकर, जमुना और कंचन मिलकर खा गए।''

इस तरह हम लोगों की बोलचाल फिर जारी हो गई और इससे मुझे प्रसन्नता ही हुई। हम लोगों में फिर पहले जैसी मैत्री हो गई; बल्कि यह कहना अत्युक्ति न होगी कि हमारी घनिष्ठता पहले से बहुत बढ़ गई। मेरी कसरत फिर जोर-शोर से शुरू हो गई। मैं फिर मनमोहन के साथ घूमने लगा, उन्हीं की तरह चलने लगा, उन्हीं की तरह थूकने और बाते करने नगा। संक्षेप में, मेरी सभी पुरानी आदतें फिर लौट आईं और मैं फिर अत्यन्त प्रफुल्लित और उत्साहित हो उठा। आश्चर्य यह था कि भैया ने कुछ मास पूर्व मुझे जो शिक्षा दी थी उसे एकदम भूल गया था, और एकाध बार यदि उसकी याद भी आई तो मेरा खयाल है कि वह अत्यन्त अस्वाभाविक और अयथार्थ लगी थी।

पहले मनमोहन और मैं केवल शाम को ही घूमते, किन्तु इस बार सवेरे भी घुमाई शुरू हो गई। मनमोहन के ही सुझाव पर इस बार गंगाजी नहाने का कार्यक्रम आरम्भ हुआ था। वह सवेरे चार बजे ही आकर मुझे जगा देते और हम

दोनों कड़ाके की सर्दी में उसी वक्त नहाने चल देते। यह कार्य बहुत ही कष्टदायक था, किन्तु यह सोचकर कि इसमें मेरे स्वास्थ्य और व्यक्तित्व का विकास हो रहा है और इससे मैं मनमोहन का गहरा विश्वासपात्र होता जा रहा हूँ, मैं अत्यन्त ही उत्साह से अपना सहयोग प्रदान करता। हम सर्दी से काँपते-ठिठुरते जाते। कभी सर्दी इतनी बढ़ जाती कि वे अपने शरीर पर के कम्बल को मुझ पर डाल देते और स्वयं केवल कमीज तथा स्वेटर में अकड़कर चलने लगते। उनके चेहरे पर जरा भी शिकन न आती। मैं उनको कम्बल लौटाने की कोशिश करता, पर वह डाँट देते।

गंगाजी के किनारे स्थित एक खाली मड़ैया में हम लोग कसरत करने और फिर कुछ सुस्ताने के बाद स्नान करते। पानी बड़ा गरम मिलता और उसमें बैठकर सारा दुख दूर हो जाता। मनमोहन स्वयं अच्छे तैराक थे। वह तैरकर दूर तक जाते और कभी-कभी हाथों के सहारे मुझे भी गहरे पानी में ले जाते। मुझे तैरना बहुत कम आता था और वह तैराकी के विभिन्न फन मुझे सिखाते।

तैरने के अलावा हमारे सम्बन्धों में कुछ और नई घटनाएँ घटित हुईं। एक विशेष बात यह थी कि शाम को घूमने के बाद जब मैं पढ़ने बैठता तो मनमोहन भी मेरे साथ बैठ जाते और कभी-कभी वह मुझे अंग्रेजी या गणित मेहनत से पढ़ाने लगते और कभी-कभी स्वयं कोई पुस्तक उठाकर चुपचाप पढ़ने लगते। मेरी पाठ्य-पुस्तक भी वह उतने ही ध्यान से पढ़ते, जितने ध्यान से अपनी पुस्तक। मुझे कभी-कभी अचम्भा होता, और मैं कोई दूसरी किताब या पत्रिका लाकर उनको दे देता। इस तरह बहुत देर तक बैठे रहते और जब भोजन का वक्त आता तो हम बहुधा साथ-साथ भोजन करते। वह जरा भी आपत्ति न करते और प्रेम से भोजन करते रहते। किन्तु वह जितना भोजन करते उसका दूना चुकता कर देते। यद्यपि हमारे बीच पैसे-वैसे या बदला चुकाने का कभी प्रश्न नहीं उठा, किन्तु वह कभी अपने घर और कभी बाजार में इतना खिला देते कि मेरा मन रोने-रोने लगता।

इस तरह जाड़ा मजे में बीत गया। मनमोहन की दोस्ती से मैं बहुत खुश था। मुझे कभी-कभी ऐसा लगता कि मनमोहन और मेरी मैत्री का एक उद्देश्य है; हम दोनों का जन्म किसी असाधारण उद्देश्य की सिद्धि के लिए हुआ है; मानो इस देश में जितना कष्ट है, उसका निवारण करने के लिए हम दोनों की मैत्री हुई है; मानो हम दोनों इस देश की कोटि-कोटि जनता की अत्याचारियों और शोषकों से रक्षा करने के लिए साथ-साथ अपने व्यक्तित्व का निर्माण कर रहे हैं। मनमोहन के व्यक्तित्व में जो रहस्य था, उसने मुझे भी आवृत कर लिया था, यहाँ तक कि अपनी कल्पना-शक्ति से मैंने उनकी सम्भावनाओं में अनन्त विस्तार कर लिया था। एक

अस्पष्ट आदर्श की दलील से ही मैं मनमोहन और अपनी मैत्री का स्पष्टीकरण कर पाता। किन्तु इतना ही मेरे अपार उत्साह और आनन्द को बनाए रखने के लिए पर्याप्त था।

फरवरी के अन्त में वृक्षों, लताओं, पुष्पों, सुबह की मधुर शीतल वायु और मीठे उच्छ्वास उत्पन्न करनेवाली रातों से वसन्त किशोरी के यौवन की भाँति झाँक उठा था। एक दिन शाम को हम और मनमोहन बहुत कम घूमे, और जब मनमोहन मुझसे विदा लेकर जाने लगे तो उन्होंने जल्दी से एक बन्द लिफाफा मेरे हाथ में देते हुए उखड़ी आवाज में कहा, "यहाँ से चले जाने पर लिफाफा खोलकर पढ़ लेना।"

मैंने लिफाफा ले लिया। पता नहीं क्यों उस लिफाफे को हाथ में लेते ही मेरा हृदय एक अनजान आशंका से भर उठा। मैं चुपचाप घर लौट आया और बैठक में पहुँचकर लालटेन की रोशनी में लिफाफे का खत निकालकर पढ़ने लगा। वह एक प्रेम-पत्र था, जो इस प्रकार था—

मेरे कृष्ण,

खुश रहो!

यह पत्र पाकर तुमको आश्चर्य होगा। शायद कुछ दुख भी हो। मैं खुद नहीं जानता कि इसको क्यों लिख रहा हूँ। मैं पिछले कई दिनों से चाह रहा था कि तुमको मैं अपने दिल के जज्बातों से अवगत कर दूँ, किन्तु तुमसे इतना निकट होते हुए भी मैं कुछ भी न कह सका। इससे बड़ा दुर्भाग्य मेरा क्या होगा? तुम नहीं जानते कृष्ण, कि आज इस दुनिया में मुझसे अधिक दुखी कोई नहीं है। मैं एक अकथनीय व्यथा अपने दिल में छिपाए हूँ, इसको कैसे बताऊँ मेरे कृष्ण! मैंने इस वेदना को छिपाने की भरसक चेष्टा की है किन्तु सब कुछ मेरी सहन-शक्ति के बाहर हो गया है।

कृष्ण, तुम्हारे कारण मेरा जीवन कितना मधुर हो उठा है, यह मैं कैसे बताऊँ। तुम्हारी छोटी-से-छोटी बात से मैं पागल हो उठता हूँ। तुम कितने अच्छे हो! तुम मेरे जीवन पर छा गए हो। तुमसे अलग होकर मैं अपनी जिन्दगी की कल्पना नहीं कर सकता। तुम सदा मेरे हृदय में हो। जब मैं जागता हूँ, तो सबसे पहले तुम्हारी ही याद आती है और जब सोने लगता हूँ तो तुम्हारे ही ध्यान में खोकर मुझे नींद आ जाती है। ऐसा क्यों है, मेरे कृष्ण? मैं यह कभी नहीं जानता था कि तुमको मैं इतना प्यार करने लगूँगा। तुम्हारे हल्के-से इशारे पर भी मैं अपनी जान खुशी-खुशी से दे सकता हूँ। इसकी जब परीक्षा करना चाहो, कर लेना। मैं सदा तुम्हारा हूँ, भले ही तुम मेरे हो या न हो। ऐसा लग रहा है कि यह जिन्दगी खाक में मिलने के लिए है, किन्तु मुझे इसका जरा भी अफसोस नहीं। मैं मरते दम तक 'आह' न

करूँगा और मौत के समय मन में तुम्हारी याद और मुख पर मुस्कराहट होगी। अपार आशा और निराशा के बीच मैं यह पत्र तुमको लिख रहा हूँ। चाहे तो इसका उत्तर देना और चाहे पत्र को फाड़कर टुकड़े-टुकड़े कर देना। मेरी भूलों को क्षमा करना। मैं इन पंक्तियों के साथ अपने पत्र को समाप्त कर रहा हूँ :

यह तो चीज तुम्हारी ही है,
ठुकरा दो या प्यार करो।

दुनिया का सबसे अभागा किन्तु
सदा तुम्हारा

—मनमोहन

पत्र पढ़कर मैं सन्न रह गया। मनमोहन से मुझे ऐसी आशा नहीं थी। जिसका मैंने अपने बड़े भाई से कम किसी भी हालत में आदर नहीं किया था, उसको ऐसा पत्र लिखने का साहस कैसे हुआ? इस पत्र को लिखने का मतलब क्या था? उनसे मेरा अत्यन्त निकट सम्बन्ध था। अब वह मुझसे क्या चाहते थे? यह मेरे बर्दाश्त के बाहर था। आदर्श नायक! आदर्श मानव! वीरता! थू-थू! ऊपर से इस्पाती जामा पहने यह व्यक्ति मानसिक रूप से कितना नपुंसक निकला! हिमालय तुल्य उच्च आदर्शों की इतिश्री कहाँ हुई! मैं बड़े जोर से खिलखिलाकर हँस पड़ा। और इसके बाद ही मुझ पर क्रोध का भूत सवार हो गया! सचमुच मनमोहन ने मेरी पुष्पों की तरह कोमल और विकसित पवित्र भावनाओं को अपने पैरों तले कुचल दिया था। उन्होंने मेरे भरते व्यक्तित्व का गला घोटने का प्रयास किया था। इस तरह मुझे अपमानित करने का किसी को क्या अधिकार? उनके प्रति मेरा जो स्नेह था; उनके कदम-से-कदम मिलाकर इस दुनिया में आगे बढ़ने के जो अरमान थे, उन पर थूकने का उनको क्या हक?

सामने लालटेन जल रही थी, मेरे हाथ में पत्र था और वहाँ खड़े-खड़े अचानक मेरा हृदय एक अपमानित घृणा, अपमान और पीड़ा से भर उठा और मेरी आँखों से टप-टप आँसू गिरने लगे।

5

मनमोहन से बोल-चाल फिर बन्द हो गई। सबसे आश्चर्य की बात यह थी कि पत्र देने के बाद वह मेरे घर नहीं आए। दूसरे दिन स्कूल जाते समय रास्ते में बगल से होकर गुजरे, किन्तु न उन्होंने मेरी ओर देखा और न मैंने उनकी ओर। हम दोनों तेजी से अपने-अपने रास्ते चले गए। किन्तु उस दिन के बाद उन्होंने कुछ ऐसी

हरकतें कीं, मानो वह अपनी ही गलती से स्वयं अपमानित होकर क्रुद्ध हो गए हों, मानो उनकी भूल के पक्ष में एकमात्र दलील उनका क्रोध हो।

एक बार फिर कसरत और मनमोहन के प्रभाव से प्रेरित अन्य गतिविधियाँ ठप हो गईं। मेरे हृदय में उनके प्रति जो आदर-भाव था, उनके शक्तिशाली व्यक्तित्व का जो रोब छाया था, सब अकस्मात् खत्म हो गया। उन्होंने मेरे सामने कोई रास्ता नहीं छोड़ा था और अब वह किसी भी हालत में स्नेह के दावेदार नहीं हो सकते थे। मुझमें और चाहे कुछ न हो किन्तु सदाचरण जरूर था। मुझमें एक ईमानदारी थी, सन्मार्ग के प्रति एक आस्था थी, इन्हीं और उपकरणों से निर्मित किले के अन्दर मेरा व्यक्तित्व सुरक्षित था। इसी किले पर आक्रमण करने की मनमोहन ने कोशिश की थी, और मैं इसको बर्दाश्त नहीं कर सकता था। मेरी नजरों में वह अब एक अत्यन्त ही साधारण मानव से अधिक कुछ नहीं थे।

उनसे सम्बन्ध इस तरह टूट जाने पर मैं अकथनीय लज्जा, अपमान, उदासी, अकेलेपन और बेसहायपन का अनुभव करने लगा। किन्तु, सबसे अधिक मैंने अपने अन्दर एक अजीब किस्म की दहशत महसूस की। मनमोहन के साथ रहने पर मैं अपने को बहुत साहसी पाता था; मैं मानसिक रूप से किसी भी खतरे और कष्ट का सामना करने को तैयार रहता, पर यह हिम्मत अब खत्म हो गई थी। इतना ही नहीं, एक अस्पष्ट आशंका और भय ने मुझे जड़-सा कर दिया था। मनमोहन अब मुझको तथा और लोगों को तंग करेंगे, सम्भवत: दिल में यह डर बना हो। यह डर तो था ही। पर इतना ही नहीं, इससे भी अधिक कुछ था, जो मुझे खाए डालता था।

अपनी इस नि:सहाय मानसिक स्थिति में मैंने मनमोहन का पत्र घर में सबको दिया। बाबूजी मुझ पर बहुत बिगड़े, "...इन सब बेहूदों से मैंने बार-बार कहा कि पढ़ें-लिखें और अच्छे लड़कों की सोहबत रखें लेकिन ये तो पूरे आवारे हैं...।"

मेरी माँ तो घंटों बड़बड़ाकर मनमोहन और उनके घरवालों को कल्पनातीत गालियाँ देती रहीं।

उस समय भैया नहीं थे और मुझको सबसे अधिक डर उन्हीं का था। उन्होंने मुझे मना किया था और मैं नहीं माना था। मैं कौन-सा मुँह लेकर उनके सामने जाता? उनको बाद में सभी बातें मालूम जरूर हुईं; लेकिन तब स्थिति दूसरी थी।

मनमोहन से सम्बन्ध-विच्छेद हो जाने के बाद धीरे-धीरे मेरे यहाँ मेरे पुराने मित्र मनोहर, दीनेश्वर और दीनानाथ फिर जुटने लगे। कृपाशंकर तो कठिन परिश्रम कर रहा था, इस कारण वह बहुत कम आता। लेकिन कभी-कभी आता अवश्य—यहाँ तक कि मनमोहन से मैत्री के दौरान भी नियम से आता रहा। मेरे अन्य मित्रों को मनमोहन के साथ मेरी मैत्री पसन्द नहीं थी। फर्क सिर्फ यही था कि जहाँ उन्होंने

इसके सम्बन्ध में कुछ भी न कहना उचित समझा, वहाँ कृपाशंकर बार-बार यह कहता रहा कि यह दुनिया स्वार्थी है और सब मतलब के साथी हैं। मुझ पर अपार स्नेह रखने के अलावा इस दुनिया में स्वार्थ और पढ़ाई से अधिक कृपाशंकर को कुछ भी नहीं दिखाई देता था।

कुछ ही दिनों में मनमोहन मेरे सामने एक दूसरे रूप में आए।

मेरे घर तो वह न आते, पर रोज, दिन और रात में कई बार, मेरे घर के सामने से अवश्य निकल जाते। रात अगर अधिक बीत गई होती तो कोई गजल-वजल भी गाने लगते। सुन्दर धोती और कमीज के ऊपर अंटी और रेशमी चादर डालकर वह सिर को इस तरह टेढ़ा करके चलते, मानो सिर को किसी और तरीके से रखने पर उनके बिना तेल के लम्बे-लम्बे, रूखे बाल—बार-बार एक हाथ से उठाए-सँवारे जाने पर भी—माथे पर न ठहरेंगे। उनकी ये हरकतें देखकर मन में क्रोध ही उत्पन्न होता था।

इस बीच उन्होंने मेरे मोहल्ले के बनवारी नामक एक लड़के को अपना चेला बना लिया और अक्सर उसी के यहाँ रहने लगे। बनवारी मेरे ही दर्जे में पढ़ता था। वह दुबला-पतला था और उसको लंठ बनने का नया शौक चर्राया था। अपने शरीर के अनुपात में ही उसके पास शक्ति और साहस था, लेकिन शरारत और निर्लज्जता के मामले में उसके मन की गति सराहनीय थी। इधर वह बालेश्वरजी के मन्दिर में भक्तजनों के जूतों की चोरियाँ करके और हलवाइयों की दुकानों पर मिठाई खाने के बाद पैसे चुकाए बिना वहाँ से भागकर अपनी महानता और पराक्रम का निर्माण कर रहा था।

बनवारी से हम लोगों का मामूली साथ था। किन्तु जब से मनमोहन उसके साथ घूमने-फिरने और उसके यहाँ कभी-कभी सोने तक लगे, वह हम लोगों के बीच बैठकर गप्पें हाँकने और हम लोगों के साथ घूमने-फिरने में असाधारण दिलचस्पी लेने लगा। जब हम लोग घूमने निकलते तो पता नहीं किधर से आकर हम लोगों के साथ लग जाता। हम लोग बाहर बैठे रहते तो पास आ बैठता। वह प्राय: मारपीट में मनमोहन के कल्पनातीत पराक्रम और जूतों की चोरी के समय अपनी वीरता की गप्पें झाड़ा करता।

एक दिन हम—मनोहर, दीनेश्वर, दीनानाथ और मैं—मेरे घर के सामनेवाले क्वार्टर की छत पर बातें कर रहे थे। इसी बीच बनवारी भी आकर बैठ गया। कुछ देर तक वह अपने सम्बन्ध में डींगें मारता रहा फिर उठकर चला गया। आधे घंटे बाद फिर आया और उत्साह के साथ हमारी बातचीत में शामिल हो गया। जब रात झुकने लगी तो हम लोग चलने के लिए उठे। बनवारी भी उठा, लेकिन उठते ही वह चौंककर बोला, "अरे, मेरा जूता?"

यह अचम्भे की बात थी, क्योंकि सचमुच जहाँ उसने जूते निकाले थे, वहाँ उसके जूते नहीं थे। जूते कौन ले जाता? वहाँ कोई आया भी नहीं था। हमने जूतों को छत पर इधर-उधर खोजा। लेकिन जब वे नहीं मिले तो बनवारी अत्यन्त क्रुद्ध हो उठा और दीनानाथ के सामने जाकर बोला, "यह तुम्हारी ही बदमाशी है। मुझे तंग करने के लिए तुमने जूते कहीं फेंक दिए हैं।"

इस आरोप से दीनानाथ स्तम्भित होकर बनवारी की ओर भक्कू की तरह देखने लगा। हम लोगों को भी कम आश्चर्य नहीं हुआ। दीनानाथ वहाँ से एक क्षण के लिए भी नहीं उठा था। किस उपाय से वह जूते गायब कर देता, यह किसी की समझ में नहीं आया।

"यार, तू कैसी बातें करता है? विद्या की कसम खाता हूँ, जूते मैंने नहीं गायब किए। आखिर तुम्हारे जूते गायब करके मुझे क्या मिलेगा?" दीनानाथ अपनी सफाई देने लगा।

"बनो मत। मैं तुमको खूब जानता हूँ। तुम्हारे सिवाय कोई हो ही नहीं सकता। मैं कहता हूँ चुपचाप बता दो, नहीं तो बाद में मुझे दोष न देना।" बनवारी का क्रोध बढ़ रहा था।

दीनानाथ को भी गुस्सा चढ़ रहा था, और वह कुछ कहने ही जा रहा था कि एक अप्रत्याशित घटना घटी। इसी समय मनमोहन जीने से चढ़कर बिजली की फुर्ती से हम लोगों के पास आए और बिना कुछ कहे-सुने लपककर दीनानाथ के गाल पर दो तमाचे जड़ दिए। जाने से पहले वह दीनानाथ को चेतावनी देते गए, "साला! इतना छोटा है और ऐसी हरकतें करता है। सुन ले बे! अगर दो दिन के भीतर तूने जूते नहीं लौटाए तो तुझे जान से मार डालेंगे। यह मत समझना कि मैं चुप रह जाऊँगा। मैं जो कहता हूँ वह करके दिखाता हूँ।"

इसके बाद वह थूककर चलते बने। उनके पीछे-पीछे बनवारी भी चला गया। यह घटना इतनी तेजी से घटी थी कि हम सब हक्के-बक्के रह गए। आखिर ऐसा क्यों? यह सच है कि लड़कपन में दीनानाथ बहुत शरारती था। उसकी सबसे ज्यादा शोहरत इस बात में थी कि उम्र और लम्बाई में छोटे होते हुए भी वह बड़े-बड़े लड़कों के गिरोहों में घुसकर हल्की-फुल्की शरारतें करता था और दो-चार तमाचे या कनइठी भी पा जाता था। किन्तु जब से बड़ा हुआ था, उसकी ये शरारतें खत्म हो गई थीं, और वह अब आदर्शवाद और पवित्र जीवन के बारे में इतनी बात करने लगा था कि सुनकर अचम्भा होता। इसके अलावा वह कहीं उठकर गया भी नहीं था, फिर जूते कैसे गायब कर देता?

"जूते-वूते कुछ गायब नहीं हुए। यह सब चाल है। बनवारी जब बीच में उठकर गया और वापस फिर आया तो उसके पैर में जूते नहीं थे। वह जूते घर रख

आया था। मनमोहन के सुझाने पर उसने किया होगा।'' मनोहर ने सारे रहस्य का उद्घाटन कर दिया।

दरअसल, यही बात सच मालूम हुई। मुझे कुछ-कुछ याद आने लगा कि जब वह वापस आया था तो उसके पैर में जूते नहीं थे। तो यह सब पूर्व नियोजित था? मनमोहन ने हमको डराने के लिए ऐसा किया? और सचमुच हम बहुत डर गए थे। किन्तु, इस डर के अलावा मुझे बहुत ही शर्म मालूम हुई। दीनानाथ चाहे लाख शरारती हो, पर वह मेरा साथी था। बिना किसी कसूर के उसको इस तरह पीटा जाना अत्यन्त अपमानजनक था। लेकिन इस अपमान का मनमोहन से बदला ले सकूँ, इसमें मैं अपने को पूर्णतया असमर्थ पा रहा था। मेरा मुँह शर्म से झुक गया था।

तीन-चार दिन बाद एक और गुल खिला।

सायंकाल स्कूल से आने पर मैंने देखा कि निरंजन और पारस मेरे दरवाजे से थोड़ी दूर पर हाथ में नीम की सिटकुनें लेकर षड्यंत्रकारियों की तरह गुस्से में घूम रहे हैं। दोनों मेरे ही मोहल्ले के लड़के थे। निरंजन पतला और पिलपिला था, और दो साल पहले किसी बात पर उससे मेरा झगड़ा हो गया था, जिससे आज तक उससे बोलचाल बन्द थी। पारस मोटा, बेवकूफ और रोअनियाँ लड़का था। मुझे बड़ा आश्चर्य हो रहा था कि सिटकुन लेकर घूमने की उसकी हिम्मत कैसे हुई? ये लोग अजीब हरकत कर रहे थे। बनावटी क्रोध में बन्दर की तरह नाक-भौं सिकोड़कर दस-बारह हाथ की लम्बाई में—महावीर के जुलूस में तलवार, गदा आदि भाँज-भाँजकर प्रदर्शन करनेवाले छैलों की तरह—पैंतरेबाजी के लहजे में तेजी से घूमते, फिर पास आकर कुछ कानाफूसी करते और अन्त में फिर पैंतरेबाजी करने लगते।

नाश्ता करने के बाद मैं, मनोहर, दीनानाथ और दीनेश्वर घूमने निकले। स्टेशन के पास बाबूलाल की दुकान पर एक बेंच पर मनमोहन, निरंजन और पारस बैठे थे। निरंजन और पारस के सिटकुन भाँजने की घटना मैंने अपने मित्रों को सुना दी थी। जब हमने उन दोनों को मनमोहन के साथ देखा तो निश्चित रूप से डर गए। हम समझ गए कि आज कुछ होनेवाला है।

हम लोग ज्यों ही चाय की दुकान के निकट से गुजरे कि पारस और निरंजन झटके से उठकर हमारे पास आए। दोनों क्रोधपूर्ण मुद्रा में दीनानाथ के सामने खड़े थे। पारस सिटकुन हिलाते हुए दीनानाथ से पूछ रहा था, ''क्यों जी, तुमने अशोक से यह क्यों कहा कि पारस के बाप रोज रंडी के यहाँ जाते हैं?''

''मैंने नहीं कहा था...।''

दीनानाथ ने अभियोग का प्रतिवाद किया। किन्तु उसके मुँह की बात पूरी भी न होने पाई थी कि पारस ने उसको सिटकुन से मारना शुरू कर दिया। दीनेश्वर ने आगे बढ़कर उसको रोकने की कोशिश की तो उसके भी दो-तीन सिटकुनें लग

गईं। अब मेरा हाथ भी अपने-आप उठ गया और मैंने पारस के हाथ को पकड़ना चाहा। इस प्रयास में मुझे भी एक सिटकुन लग गई।

मनमोहन मुँह घुमाकर यह सब देख रहे थे। जैसे ही मेरे सिटकुन लगी, वह विद्युत गति से उठकर आए और—आशा के विपरीत—पारस को इतने जोर-जोर से मारने लगे कि हम सबको बड़ा अचम्भा हुआ। यह स्पष्ट था कि पारस को उन्हीं ने उकसाया था और अब वही उसको पीट रहे थे। पारस उनके शक्तिशाली हाथ की मार को सह न सका। 'बाप रे बाप' चिल्लाता हुआ वह इस तरह भागा जैसे अचानक एक जोर का डंडा खाकर कुत्ता चीखता-चिल्लाता हुआ भाग खड़ा होता है।

यह घटना शुरू से आखिर तक इतनी अजीब थी कि हमारा, विशेष रूप से मेरा, भय बहुत बढ़ गया।

मनमोहन हम लोगों को परेशान करने पर तुल गए थे। एक दिन शाम को दीनेश्वर की खुली छत पर बैठे हम चारों ताश खेल रहे थे। उसी समय मनमोहन न मालूम कहाँ से आए और छत के नीचे रखे बोरों में से एक पर लात रखकर बहुत नाराजगी की आवाज में दीनानाथ को बुलाया, "दीनानाथ! जरा नीचे तो आओ।"

हम सभी भय से इतने त्रस्त हो उठे कि नीचे जाने से दीनानाथ को मना भी न कर सके। मनमोहन की बात का विरोध करने का परिणाम क्या होगा, यह सोचकर ही सम्भवत: हम चुप हो गए थे। दीनानाथ भी बलि के बकरे की तरह भयातुर नीचे उतरकर उनके पास जा खड़ा हुआ। मनमोहन ने उससे बिना कुछ पूछे-ताछे या बताए-जताए उसके दो तमाचे मारे और कान को उमेठकर अन्त में कहा, "जाओ।"

इन सब बातों से हम लोगों का डर बढ़ता गया। मैंने सोचा कि हमारे अन्य साथियों, और मेरे भी, पिटने के दिन निकट आ रहे हैं। इसका परिणाम यह निकला कि हमने घूमना-फिरना बहुत ही सीमित कर दिया। स्कूल जाते और वहाँ से लौटते समय थर-थर काँपा करते।

एक दिन शाम को अजीब घटना घटी। हम लोग कहीं घूमने-टहलने न जाकर दीनेश्वर की छत पर जा बैठे थे। लगभग साढ़े चार बजे का समय था। करीब दस लंठ दौड़ते हुए आए और मेरे घर से लेकर रायसाहब कामेश्वर लाल के बँगले तक सड़क पर थोड़ी-थोड़ी दूर पर पंक्ति में खड़े हो गए। एक-दूसरे के बीच का फासला दस-पन्द्रह गज का था। उस गिरोह में गजानन, बन्ने, रशीद, माधो, बलराम चौबे और बैजनाथ जैसे प्रसिद्ध लंठ शामिल थे। इनमें कुछ तो ऐसे पेशेवर लंठ भी थे, जो साल में एक-दो बार जरूर ही पीटे जाते थे। उनके चेहरों पर गम्भीर क्रोध के कृत्रिम भाव अंकित थे और उनकी देह बेकार में अकड़ी थी। वे किसी की तरफ देख नहीं रहे थे। सभी डंडे या हॉकी-स्टिक से लैस थे। कभी-कभी उनमें से कोई

दौड़कर दूसरे लंठ के पास जाता, उसके कान में कुछ कहता और फिर अपनी जगह पर वापस आ जाता।

कुछ देर में मनमोहन उस सड़क पर निहत्थे आए और हर लंठ के सामने रुक-रुककर, उच्चता के भाव से, इस तरह बातचीत करने लगे जैसे किसी देश का सेनापति सैनिक अभिवादन स्वीकार करने के पश्चात् सैनिकों से परिचय प्राप्त करते समय प्रत्येक से दो-चार शब्द बोल ले। वह सड़क के इधर-उधर देख भी नहीं रहे थे; वह अत्यन्त व्यस्त नजर आ रहे थे।

पहले हम लोगों ने सोचा कि सम्भवतः किसी गुंडा-पार्टी से झगड़ा होनेवाला है। लेकिन जब आधा घंटा बीत गया और मारपीट शुरू नहीं हुई, और लंठ लोग सराहनीय उत्साह एवं धैर्य से अपने-अपने स्थान पर डटे रहे, तो हम डरे कि आज शायद हम सभी के पिटने का दिन आ गया है।

धीरे-धीरे अँधेरा छाने लगा। लंठ लोग बरसात के उन बादलों की तरह जमे रहे, जिनके बरसने की आशा हो, लेकिन जो न बरसें। डर के मारे हम भी छत के नीचे नहीं उतरे। वहीं चुपचाप बैठे उनकी हरकतें निहारते रहे। कभी-कभी फुसफुस करते और चुप हो जाते। हमारी स्थिति देखकर हमारा छोटा भाई कंचन भी आ पहुँचा। वह बीच-बीच में नीचे जाता और कुछ देर बाद आकर स्थिति की विस्तृत रिपोर्ट देता।

इस तरह काफी देर हो गई। न गुंडे सड़क से हटे और न हम ही छत से उतरे। अब ऐसा अँधेरा छा गया था कि हमको एक-दूसरे का चेहरा भी कठिनता से दिखाई देता। इसी समय मनमोहन ने छत के नीचे आकर पुकारा, "कंचन!"

हम सब डरे। लेकिन कंचन छत के नीचे चारदीवारी के पास पहुँचकर उद्धत स्वर में बोला, "क्या है?"

मनमोहन तेज और क्रुद्ध आवाज में बोले, "घर क्यों नहीं जाते? बेवकूफ हो! अब यही रह गया है कि मैं तुम लोगों को पीटूँगा?"

इतना कहने के बाद वह फौरन चले गए। तब कहीं हम लोगों में नीचे उतरकर घर जाने का अहसास हुआ।

मनमोहन के इस व्यवहार से मैं मन-ही-मन में बहुत परेशान था। दिल में एक ऐसे दुख, क्षोभ और घुटन का अनुभव करता, जिसका वर्णन करना कठिन है। मनमोहन से मुझे ऐसी आशा नहीं थी। इन हरकतों से उनमें और शहर के अन्य लंठों में कोई अन्तर नहीं रह गया था। इसका क्या अन्त होगा।

कभी-कभी अपनी निराशा में मैं सोचता कि मनमोहन बुरे नहीं, वह विपथगामी हो गए हैं। मैं समझाऊँगा तो अवश्य मान जाएँगे और सन्मार्ग पर चलने को बाध्य होंगे।

अपनी इन मानसिक स्थिति में मुझे मनमोहन के लिए सचमुच बहुत अफ़सोस होता, क्योंकि यह निर्विवाद था कि उनमें बहुत से असाधारण गुण थे, और वह अपनी शक्तियों को सही रास्ते पर लगाते तो निस्सन्देह दुनिया उनके पैर चूमती। कभी-कभी सोचता कि उनको अकेले में समझाऊँ, पर हिम्मत न होती। बड़ी मुश्किल थी। यदि सारी बेइज्जती केवल मेरी होती तो कोई बात भी थी, किन्तु मेरे कारण मेरे दोस्तों को मारपीट और अपमान सहना पड़ रहा था, और मैं कुछ भी न कर पा रहा था। यह सब मुझी को लेकर हो रहा था, इसलिए इस सम्बन्ध में जो कुछ भी भुगतना हो वह सिर्फ़ मुझे ही भुगतना पड़े, यही मेरे आत्मसम्मान के अनुकूल था।

समस्त अपमान और निरादर मेरे मित्र—खासकर दीनानाथ—सह रहे थे, और उसके निराकरण के लिए मैं कुछ नहीं कर पा रहा था। इससे ज्यादा शर्म की बात क्या हो सकती थी?

मैं अजीब मानसिक उत्तेजना का शिकार था। कभी इच्छा होती कि आत्महत्या कर लूँ। मैं कायर हूँ। मुझे जीने का क्या अधिकार है? मुझे किसी से मित्रता करने का क्या अधिकार है, जबकि मैं अपने मित्रों के सम्मान की रक्षा नहीं कर सकता?

कभी यह इच्छा होती कि मनमोहन से झगड़ा करूँ और उनसे पिटकर अपनी सारी बेइज्जती और हीनता को धो डालूँ।

ज्यों-ज्यों दिन बीतने लगे और मनमोहन की हरकतें बढ़ती गईं, मुझमें मनमोहन के हाथ से पिटने की भावना प्रबल होती गई। किन्तु, यह हो कैसे? मुझमें वांछनीय साहस नहीं जुट पा रहा था।

इसी दौरान में एक दिन कृपाशंकर मेरे घर आया। मैंने अब तक अपनी मानसिक प्रतिक्रियाओं से किसी को अवगत नहीं किया था। चूँकि कृपाशंकर मुझको अपने मन की छोटी-से-छोटी बात बताता और मेरी जिन्दगी की छोटी-से-छोटी बात में दिलचस्पी रखता, इसीलिए उसके आगमन का ऐसा प्रभाव हुआ कि उसके यह पूछने पर कि 'क्यों उदास हो?' मैंने उसको सब कुछ बता दिया। पर, सबसे अचम्भे की बात यह थी कि कृपाशंकर ने इसका कुछ उत्तर नहीं दिया। उसके मुँह से सहानुभूति का एक शब्द भी नहीं निकला। वह एक अजीब उपेक्षा के भाव से बैठा रहा और कुछ देर बाद अपनी कठिनाई के सम्बन्ध में बातें करने लगा। उसकी इस उदासीनता से मैं लज्जित हो गया और मेरा मुँह छोटा हो गया। मैंने उससे यह उम्मीद कतई नहीं की थी कि वह मेरी खातिर मनमोहन से लड़ाई ठान लेगा। अपने हृदय के बोझ को हल्का करने के उद्देश्य से ही मैंने उसको सब कुछ बता दिया था। किन्तु, उसने अच्छा तमाचा रसीद किया था। मेरे हृदय में जबर्दस्त अभिमान का भाव जाग्रत् हुआ, और मैंने निश्चय कर लिया कि मैं किसी से भी अपने दिल की बात नहीं कहूँगा। कृपाशंकर ने मेरा अपमान किया था।

दूसरे दिन मैं स्कूल गया, और जाते ही मुझे जब यह मालूम हुआ कि मनमोहन ने कृपाशंकर को बहुत पीट दिया है और इसीलिए वह स्कूल नहीं आया है, तो मुझे बड़ा अचम्भा हुआ। साथ ही मनमोहन पर बहुत गुस्सा आया। अब सब कुछ सहनशक्ति के बाहर हो गया था। शायद मनमोहन ने कल कृपाशंकर को मेरे साथ घूमते देख लिया था, इसीलिए उसको पीटा था। इससे बड़ा जुल्म और क्या हो सकता था? मनमोहन ताकि खुश रहें, इसलिए कोई किसी से दोस्ती भी न कर सकेगा, किसी के साथ घूम नहीं सकेगा? यह कहाँ की शराफत है? कृपाशंकर का इसमें क्या दोष है? उस बेचारे ने तो इस सारे मामले के प्रति अपनी उपेक्षा ही प्रकट की थी। उसको पीटना तो सरासर अन्याय है। अब चाहे जो हो इसमें मेरी जान भी क्यों न चली जाए, मैं इसका बदला अवश्य लूँगा—ऐसा मैंने सोचा।

कृपाशंकर का घर मेरे स्कूल के निकट ही था। जब दोपहर की छुट्टी हुई तो मैं उसके घर गया। वह बाहर अपने बरामदे में खाट पर चुपचाप पड़ा था। उसके सिर पर पट्टी बँधी थी और उसका चेहरा सूख गया था। मुझे देखते ही मुस्कराकर बोला, "मालूम होता है, सारे शहर में हल्ला मच गया है।"

"भाई, क्या बताऊँ, मैं बहुत शर्मिन्दा हूँ! मेरे कारण तुमको यह सब भोगना पड़ा।" मैंने उसकी बगल में चारपाई पर बैठते हुए दुखपूर्ण स्वर में कहा।

"कैसी बात करते हो, कृष्ण!" कृपाशंकर गम्भीर हो उठा, "आगे ऐसी बात मुँह से निकाली तो मुझसे बुरा कोई न होगा। इसमें कोई खास बात थोड़े है। मैं तुम्हारे लिए काम आऊँ या तुम मेरे लिए काम आओ, यह बहुत मामूली चीज है। यह तो होना ही चाहिए। पूरा किस्सा सुनोगे?"

"सुनाओ।"

वह बोला, "जब तुमने कल सब बातें बताईं तो मुझे बड़ा दुख हुआ। मैं यही सोचकर तुम्हारे यहाँ से चला कि मौका मिलने पर मनमोहन से पूछूँगा। मौका मिल भी गया। स्कूल के मैदान में कुएँ के पास मनमोहन से भेंट हो गई! उनके हाथ में एक छोटा डंडा था और वह शहर की ओर जा रहे थे। मैंने रोककर कहा, 'कृष्ण के साथ जो तुम कर रहे हो, वह ठीक नहीं। तुमको ऐसा नहीं करना चाहिए।' मेरी बात सुनना था कि उनके तेवर बदल चले। घूरकर एक-दो क्षण मेरी ओर देखा, फिर बोले, 'चुपचाप चले जाओ, नहीं तो ठीक नहीं होगा।' ऐ भाई कृष्ण, कोई किसी की क्यों सहे? मुझे भी गुस्सा चढ़ आया और मैंने उनको खूब खरी-खोटी सुनाई।"

इतना कहकर वह रुका तो मैंने प्रश्नसूचक दृष्टि से उसकी ओर देखा। उसने अपनी कथा फिर जारी की, "मैंने कहा—'क्या कर लोगे? जान से मार डालोगे?

मारो। छोटे और कमजोर लड़कों को पा गए हो तो तंग कर रहे हो। जानते हो, कृष्णकुमार तुमको अपने बड़े भाई की तरह मानता था और अब भी मानता है। तुमको उसके साथ भला ऐसा व्यवहार करना चाहिए था? बहुत जोर फट रहा है तो मजबूत लड़कों से क्यों नहीं लड़ते? प्रेम-व्रेम ही करना है तो किसी लड़की से करो। तुममें सचमुच मर्दानगी है तो जाकर किसी की लड़की भगाओ। तुम्हारी तो इसमें बड़ाई थी कि तुम कमजोर लड़कों को तंग नहीं करते। कृष्ण को मामूली दुख है? उसकी नींद तक हराम हो गई है। मैं तुमसे यही कहने आया हूँ कि यह सब छोड़ दो, नहीं तो बहुत बुरा होगा।''

मैं उसकी ओर अत्यधिक आश्चर्य से देख रहा था।

दो-चार क्षण बाद वह बोला, ''और तब जानते हो, क्या हुआ? मेरी बात सुनकर मनमोहन का चेहरा पत्थर की तरह सख्त हो गया। वह कुछ देर तक चुपचाप मेरी आँखों में घूरते रहे। फिर अचानक बिजली की फुर्ती से लपककर मेरे गाल पर इतने जोर से तमाचा मारा कि मेरी आँखों के सामने अँधेरा छाने लगा। लेकिन मैं फौरन सम्हल गया, और वह दूसरा तमाचा मारे, इससे पहले ही मैं उछलकर उन पर टूट पड़ा। दोनों एक-दूसरे से जूझ गए। मैं बेतहाशा उन पर हाथ और लात चलाने लगा। पर भाई, वह शख्स बहुत फुर्तीबाज है। उसने न मालूम किस तरह घूमकर अपने को मेरे शिकंजे से अलग कर लिया और फिर अपने हाथ के डंडे से मेरे सिर पर जोर में दो बार मारा। मेरी आँखों के सामने सब कुछ स्याह होने लगा और मैं वहीं बेहोश होकर नीचे गिर गया। खैर, इसकी मुझे परवाह नहीं। समझ गए होंगे बच्चू। अगर नहीं मानेंगे तो विजईपुर के लठैतों से पिटवाऊँगा।''

दोपहर का अवकाश समाप्त होनेवाला था, इसीलिए मैं वहाँ से फौरन चला गया। उस समय मेरा हृदय कृपाशंकर के प्रति अपार स्नेह और आदर से परिपूर्ण था। वास्तविक मित्र कौन है, आज मेरी समझ में अच्छी तरह आ गया था। मनमोहन से तो मुझे अत्यधिक घृणा हो गई थी, और मैंने निश्चय कर लिया था कि यदि उन्होंने भविष्य में मेरे किसी भी मित्र से कोई दुर्व्यवहार किया तो मैं उसको कतई सहन न करूँगा, बल्कि ईंट का जवाब पत्थर से दूँगा, और इसमें चाहे कोई भी परिणाम भुगतना पड़े, उसको सहर्ष भुगतूँगा। कृपाशंकर ने मेरी आँखें खोल दी थीं। मुझे कृपाशंकर की मैत्री के योग्य बनना था।

सायंकाल स्कूल से जब घर लौट रहा था तो स्टेशन के चौराहे पर एक छोटे अनजान लड़के ने मुझे एक बन्द लिफाफा दिया। लिफाफे पर मेरा नाम लिखा था, और उसकी लिखावट मनमोहन की थी। इसमें सन्देह की कोई गुंजाइश नहीं थी। मैंने मन-ही-मन मनमोहन का मुकाबला करने का दृढ़ निश्चय कर लिया था,

किन्तु उनका पत्र पाते ही मैं एक अभूतपूर्व भय और आशंका से जड़वत् हो गया। यह क्या नई आफत थी।

लिफाफा मैंने जेब के हवाले कर दिया। घर जाकर कुछ खाया-पिया, फिर लिफाफा लेकर चुपके से सामने के क्वार्टर की छत पर चला गया। वहाँ लिफाफा फाड़कर मैंने पत्र पढ़ा, जो इस प्रकार था :

प्रिय कृष्ण,

यह पत्र पाकर चौंकना मत। मैं तुमको मुँह दिखाने लायक नहीं रह गया हूँ। इसका मुझे हमेशा दुख रहेगा कि मेरी वजह से तुमको बहुत तंग होना पड़ा। तुम पिछली बातों को भूल जाओ, बस इतनी ही प्रार्थना मैं तुमसे कर रहा हूँ। अब आगे मुझसे ऐसी गलती नहीं होगी। में बहुत बुरा हूँ, बहुत बुरा। मैं इस काबिल नहीं हूँ कि तुम मुझे क्षमा करो। इतना ही कहना चाहता हूँ कि मैं तुमको हमेशा याद करूँगा, उस असली हीरे की तरह जो कभी, किसी भी हालत में, खराब नहीं होता।

दुर्भाग्य का मारा
—मनमोहन

पत्र पढ़कर मेरा हृदय एक अपूर्व करुणा और दुख से भर गया। मनमोहन जैसे सर्वगुणसम्पन्न व्यक्ति के लिए अपनी गलती महसूस करना कितना स्वाभाविक था! मुझे इससे एक सच्ची खुशी भी हुई। एक तो इससे मेरी मानसिक परेशानियों का काल समाप्त हो गया, दूसरे मनमोहन जैसा व्यक्ति सन्मार्ग पर आ गया था—वह व्यक्ति, जो एक समय मेरा आदर्श था, जिसने मेरे जीवन को आन्दोलित कर मेरे व्यक्तित्व की सम्भावनाओं का एहसास कराया, जिसको मैं अपने बड़े भाई की तरह प्यार करने लगा था, और जिसके सहयोग से मैं दुनिया से सभी प्रकार के कष्ट और अन्याय को समाप्त करने का स्वप्न देखता था। चाहे यह एक रोमांटिक भावना ही रही हो, पर वह सत्य थी, और उसका चाहे जो भी परिणाम निकलता, उसके लिए मैं मनमोहन का बहुत ही कृतज्ञ था। मनमोहन की मैत्री में मेरे आदर्श, मेरी कल्पनाएँ और मेरे स्वप्न मूर्त होने लगे थे। उन्होंने शक्ति और साहस की महत्ता से मुझको अवगत कराया था। उनका मैं सदा कृतज्ञ रहूँगा। संसार में एक ऐसा व्यक्ति है, जिसमें एक साथ इतने गुण हैं, यह गर्व की चीज थी। मैं उस व्यक्ति को सदा आदर से याद रखूँगा, मेरी आँखों में आँसू आ गए। मुझे मनमोहन के लिए बहुत दुख था।

किन्तु करुणा का वेग समाप्त होते ही मन को एक अजीब उदासी घेरने लगी। इन्हीं कुछ महीनों में मैं अपूर्व उत्साह, उमंग, दुख, निराशा और उत्तेजना के दौर से गुजरा था। किन्तु अब सब कुछ समाप्त हो गया था और अपने अन्दर मैं एक

अनोखी रिक्तता, व्यर्थता अनुभव करने लगा था। यौवन मेरे सामने अजीब हसरत और आशा से खड़ा था। मेरी कल्पनाएँ, मेरे सपने, मेरी उमंगें, मेरे आदर्श—ये सब कहाँ गए? मुझे ऐसा लगा कि मुझमें कोई व्यक्तित्व नहीं, कोई स्वतंत्र चेतना नहीं। मनमोहन से जब तक साथ रहा, मेरा मन आकाश के तारे छू रहा था, और जब उनका साथ छूटा, वह मरा-मरा-सा हो गया। मेरी हालत पालकी के पिछले कहारों जैसी थी। अगले कहारों के चलने पर जैसे पिछले कहार चलने लगते हैं और अगले कहारों के रुकने पर पिछले कहार भी रुक जाते हैं, उसी तरह जब-जब मनमोहन से मेरा साथ रहा, मेरा व्यक्तित्व गतिमान हुआ, और जब-जब उनसे दोस्ती टूटी, वह गतिरुद्ध हो गया। मैं इस दुनिया में क्या कर सकता हूँ? क्या सचमुच मुझमें स्वतंत्र चेतना नहीं? मैं हमेशा बुराई के विरुद्ध रहा, दुनिया का हर कष्ट मुझे पीड़ित करता रहा, गलत मार्ग पर चलने से मैंने सदा इनकार किया—यह सब क्या था?

और साहस? इस प्रश्न के दिमाग में आते ही, मेरे सामने सब कुछ स्पष्ट हो गया। पिछले कई दिनों से जो चीज मुझे खाए जा रही थी, वह यही अस्पष्ट आशंका थी कि मुझमें साहस नहीं है, मैं कायर हूँ, और मैं किसी भी तकलीफ का बहादुरी से सामना नहीं कर सकता। इस जीवन में आगे बढ़ने के लिए संघर्ष और तकलीफ जरूरी है, और जो संघर्ष नहीं कर सकता, जो तकलीफ बर्दाश्त नहीं कर सकता, उसका जीवन व्यर्थ है। यह साहसहीनता का ही परिणाम था कि मनमोहन मेरे साथियों को तंग करते रहे, और मैं कुछ नहीं कर सका। मेरे दिल में यही काँटा था।

मैं अब तरुणाई में पैर रख रहा था। मेरा शरीर एक जबर्दस्त बेचैनी से ऐंठने लगा था। मेरे हाथ और पैर बड़े और रूखे हो चले थे। मैं बढ़कर लम्बा हो गया था। मेरी आवाज गम्भीर हो गई थी। मुझमें साहस न हो—यह कैसी लज्जा की बात थी? मेरी यह सबसे बड़ी दुर्बलता थी, और साथ ही यह मेरे जीवन की सबसे बड़ी चुनौती भी—यह मैं अच्छी तरह समझ गया।

दूसरा खंड

तीन दोस्त

1

गर्मी की एक काली, शीतल और प्यारी रात। इस रात एक ऐसी घटना घटी, जिससे मेरी जीवन–धारा को एक निश्चित दिशा प्राप्त हुई।

परीक्षा सिर पर थी, इसलिए सब कुछ भूलकर मैं तैयारी में जुट गया। परीक्षा समाप्त होने के बाद मैंने अपने अन्दर एक अभूतपूर्व और अकल्पित परिवर्तन का अनुभव किया। जाड़े में कई दिनों की बदली के बाद अचानक आकाश स्वच्छ हो जाने पर जैसी खुशी होती है, वैसी ही खुशी से मेरा मन भर उठा था। लगता कि पिछली बातों से, पिछले दुख और निराशा से मेरा कोई सम्बन्ध नहीं और मैं नए सिरे से जिन्दगी शुरू कर रहा हूँ। अपने प्रति, अपने जीवन और संसार के प्रति, मेरा मोह बहुत बढ़ गया था। एक दिन अपनी कायरता और साहसहीनता की बात सोचकर मैं अत्यधिक उदास हो उठा था। किन्तु अब वह उदासी पता नहीं कैसे हिरन हो गई थी, और मुझे ऐसा प्रतीत हो रहा था कि मैं हिम्मती हूँ और दुनिया का बड़ा–से–बड़ा काम कर सकता हूँ। मैं अपने व्यक्तित्व की शक्ति को महसूस करना और कराना चाहता था। उत्साह और आशा के सिवाय मेरे लिए कोई चारा नहीं था। दबाव हटने से जैसे स्प्रिंग उछल पड़ता है, उसी तरह मनमोहन का भय हटने से मेरी उमंगें आकाश छू रही थीं। किन्तु साथ ही मुझमें यह समझ आ गई थी कि मुझे अपने स्वतंत्र साहस, स्वतंत्र चेतना और स्वतंत्र व्यक्तित्व का स्वयं निर्माण करना है।

मनमोहन ने हमारे मोहल्ले में आना छोड़ दिया था। कभी–कभी वह शहर में दिखाई पड़ जाता, पर मुझको देखकर दूसरी ओर कतराकर निकल जाता। शारीरिक ताकत के मामले में वह अब भी मेरा आदर्श था, किन्तु व्यक्तिगत साहस तथा स्वार्थ–शून्य मंत्री के मामले में कृपाशंकर ने अतुलनीय आदर्श की स्थापना की थी। मैं मनमोहन की तरह ताकतवर तथा कृपाशंकर की तरह साहसी और त्यागी होना चाहता था। शारीरिक ताकत का विकास करने के लिए मैंने फिर कसरत शुरू

कर दी थी और साहस तथा त्याग का काम करने के लिए मैं मानसिक रूप से तैयार हो गया था।

उस समय की स्थिति में राजनीति ऐसा प्रशस्त पथ था, जिस पर चलने से मेरे मन के आदर्श को आकार मिलता। सन '42 का आन्दोलन मेरी आँखों के सामने से गुजरा था, और उस आन्दोलन को जिस तरह दबाया गया था, उससे मैं भली-भाँति अवगत था। देश के क्रान्तिकारियों के बलिदान के किस्सों को पढ़-सुनकर यौवन का गर्व एवं आत्मसम्मान सोए शेर की तरह जाग उठता। कभी-कभी मुझे रोमांच हो आता और कभी-कभी मैं रो पड़ता। दिल जोश और क्रोध से भर उठता। जब उम्र और मन का कच्चा था, तो इन बातों का महत्त्व हृदय पर पर्याप्त प्रभाव नहीं उत्पन्न कर पाया था। किन्तु उम्र के बढ़ने से ज्यों-ज्यों मन सम्हलता गया दुनिया की सभी बुरी चीज व्यक्तिगत चुनौती के समान होने लगीं। कृपाशंकर तो सदा पढ़ने में लगा रहता, और उसने अपनी कोई रुचि भी प्रदर्शित नहीं की इसलिए उसके सम्बन्ध में कुछ नहीं कह सकता, किन्तु मनोहर, दीनेश्वर तथा दीनानाथ के मन की हालत मेरी ही जैसी थी। यह इस बात से सिद्ध है कि वे मेरे और निकट आ गए थे और मेरे साथ घूम-घूमकर तथा बैठकर मनोनुकूल बातें करने लगे थे।

मेरे तथा मेरे साथियों के दिल में विदेशी गुलामी के विरुद्ध घृणा एवं क्रोध उत्पन्न करने का सबसे अधिक श्रेय रामलाल नाम के एक रँगरेज को है, जिसने उन दिनों मेरे घर के ठीक सामने स्थित क्वार्टर में अपनी दुकान खोल ली थी। उसके सिर के बाल कटहल की छाल के काँटों की तरह छोटे, खड़े और कड़े थे। वह तेजी से बूढ़ा हो रहा था। नाकाबिल वैद्य की तरह वह डींग मारता कि आस-पास के चार-छह जिलों में उसकी तरह कपड़े रँगनेवाला कोई नहीं, सावन-भादों की भरी गंगा को वह तेजी से पार कर सकता है और कई बार पीछा करते हुए मगर को चकमा देकर वह पानी से बाहर निकलने में सफल हो चुका है। अंग्रेजों को उससे अधिक घृणा करनेवाला व्यक्ति आज तक मैंने नहीं देखा। भगतसिंह, चन्द्रशेखर आजाद, राजगुरु और अन्य क्रान्तिकारियों के त्याग और बलिदान के किस्से वह प्रशंसनीय मौलिकता और अतिरंजना के साथ सुनाता और बीच-बीच में अंग्रेजों को खूब गन्दी-गन्दी गालियाँ देता जाता।

अक्सर हम उसके यहाँ इकट्ठे हो जाते और उसकी बातें सुनते।

हमको वह प्रत्यक्ष रूप से तो न उकसाता, किन्तु उसकी बातों से कुछ ऐसी ध्वनि निकलती, जैसे वह कह रहा हो कि तुम जवान हो, अपने देश को आजाद करने के लिए तुमको अपना सब कुछ कुर्बान कर देना चाहिए, और यदि तुम निश्चेष्ट बैठे रहोगे तो तुम कायर और गद्दार हो। उसकी बातें सुनकर हमारे दिल

में अंग्रेजों के खिलाफ जबर्दस्त घृणा और क्रोध उत्पन्न होता। वह छह मास तक हमारे मोहल्ले में रहा, और जब हमने एक दिन यह गौर किया कि तूफान में नष्ट चिड़ियों के घोंसलों की तरह उसकी दुकान उजड़ी पड़ी है और उसका कोई पता-ठिकाना नहीं, तो हमको जहाँ इससे बहुत दुख हुआ, वहाँ यह कल्पना करके हम खुश भी हुए कि वह क्रान्तिकारी था और पुलिस की नजर से बचने के लिए फरार हो गया है।

परीक्षा समाप्त होने के पश्चात् दो ऐसी पुस्तकें पढ़ने को मिलीं, जिन्होंने मेरी और मेरे साथियों की विद्रोही भावभूमि के निर्माण और विस्तार में पर्याप्त योगदान किया। एक पुस्तक सम्भवत: 'भारत में सशस्त्र क्रान्ति की चेष्टा' थी और दूसरी पंडित सुन्दरलाल द्वारा लिखित 'भारत में अंग्रेजी राज' थी। इन पुस्तकों का अब भले ही कोई खास महत्त्व न हो, किन्तु उन दिनों लोग इनको छिपा-छिपाकर जिस चाव और उत्साह से पढ़ते थे, उसका स्मरण कर आज भी आश्चर्य होता है। इन पुस्तकों को पढ़कर पहली बार मुझे भारत के सम्पूर्ण इतिहास, यहाँ हुए अन्यायों और अत्याचारों के विरुद्ध संघर्ष करनेवाले उसके महान व्यक्तियों और उसकी प्रगतिशील संस्कृति के प्रति एकात्मता की अनुभूति हुई। हमारे घर की चारदीवारी के बाहर पैंतीस करोड़ लोगों का एक ऐसा पिछड़ा देश है, जिसकी उन्नति में सबकी उन्नति और जिसकी अवनति में सबकी अवनति निहित है—ऐसे ही भाव उन पुस्तकों को पढ़कर दिल में प्रथम बार उत्पन्न हुए। ये भाव बहुत स्पष्ट न थे, किन्तु अपनी अस्पष्टता में भी इतने शक्तिशाली थे कि जब भी हम लोग मिलते घंटों इसी सम्बन्ध में बातचीत किया करते।

समाचार-पत्र अधिक पढ़ने के आदी न होते हुए भी हम गांधीजी के सम्बन्ध में लोगों से कमोबेश सुना करते। किन्तु गांधीजी तथा उनके आन्दोलन के महत्त्व को समझने की न हमारे पास बुद्धि थी और न इच्छा। हमारा क्रोध इतना अधिक और बचकाना तथा हमारा अध्ययन एवं ज्ञान इतना अल्प था कि आतंकवादी क्रान्तिकारियों द्वारा अपनाया गया पथ हमको सर्वोत्तम प्रतीत होता। अत्याचारी अंग्रेजों तथा उनके पिट्ठुओं की दिन-दहाड़े हत्या करने, सरकारी खजानों, बैंकों और सरकार का साथ देनेवाले धनी लोगों को लूटने तथा ऐसी ही कार्रवाइयाँ करते-करते अन्त में फाँसी पर लटक जाने से अधिक आकर्षक, महान और देशभक्ति का काम हमारे लिए कोई नहीं हो सकता था। हम जल्दी-जल्दी अपने को भगतसिंह, आजाद, बिस्मिल, अशफाकुल्ला आदि के रूप में देखने को उत्सुक थे।

परीक्षा के बाद मनोहर, दीनानाथ, दीनेश्वर और मैं इसी जोश के वातावरण में रोज नियमित रूप से फिर घूमने निकलने लगे। हम लोग मुख्य रूप से विदेशी गुलामी और क्रान्तिकारियों के सम्बन्ध में बातें करते। जिस तरह चौराई चलती है

उसी तरह हम शहर के चारों ओर घूमते और अपनी बातों से प्रभावित होकर पानी में नहाए सुग्गे की तरह फूल-फूल उठते। हमारी हालत मिट्टी के तेल की तरह थी, जिसमें एक चिनगारी पड़ने की देरी थी। एक दिन वह चिनगारी पड़ भी गई।

नवाँ दर्जा पास करके दसवें में जाने से भी हम बहुत उत्साहित थे। अपने स्कूल की आखिरी परीक्षा पास करके हम कॉलेज में जानेवाले थे, यह बड़ी बात थी। हमको खूब पढ़कर अपना डिवीजन बनाना था, और इसके लिए हम कभी-कभी जोश में आकर गर्मी की छुट्टियों में मेहनत के साथ पढ़ने लगते। कभी-कभी रात में एक जगह एकत्रित होकर, मिलकर गणित लगाते। किन्तु इसमें अधिक सफलता न मिल पाती, और दो-चार हिसाब लगाने के बाद किसी बात का सिलसिला छिड़ने पर सबेरा हो जाता! हाँ, रात का वह जागना बहुत अच्छा लगता था।

और वह रात तो कभी भी न भूलेगी।

मेरे घर पर जमघट था। घर के सामने खुले सहन में हम काठ की चौकी बिछाकर हिसाब कर रहे थे। सारी दुनिया सोई थी। ऊपर स्वच्छ आकाश तम्बू की तरह तना था। हवा तेज थी, जिससे कभी-कभी सड़क की धूल उड़कर हमको ढँक लेती, पुरानी लालटेन भभक उठती और मन किनकिना उठता। कुछ दूर पर एक कुत्ता लगातार भौंक रहा था। इसके अलावा सब कुछ शान्त था। दिन-भर की जबर्दस्त गर्मी के बाद वायु चलने से वातावरण में जो शीतलता आ गई थी, उससे सब कुछ बड़ा भला लग रहा था।

लगभग डेढ़ बजे मनोहर ने अचानक अपनी पीठ सीधी की और बोला, "भाई, आज एक बात सुनकर बड़ा गुस्सा आया।"

हम समझ गए कि वह किस सम्बन्ध में बात करना चाहता है। पढ़ने में हमारी भी तबीयत नहीं लग रही थी, यह हमारे थके और ऊबे चेहरों से स्पष्ट था। इस विषय-परिवर्तन का सबने स्वागत किया और उत्सुकतापूर्ण दृष्टि से मनोहर की ओर देखने लगे।

उसने अपनी बात स्पष्ट की, "शहर के ही वह कांग्रेसी हैं। बैरिया के थानेदार ने उनको धोखे से गिरफ्तार करके बहुत पीटा है। सिर और मूँछ के बाल उखाड़ लिये हैं। नीच थानेदार ने एक कांस्टेबल से उनके मुँह में पेशाब भी करवाया। लेकिन वह आदमी बहादुर है। उसने कुछ भी बतलाने से इनकार कर दिया है।"

यही चिनगारी थी। हमने देशभक्तों पर विदेशी सरकार द्वारा किए गए जुल्मों के एक-से-एक किस्से सुने थे, किन्तु इस किस्से ने अंग्रेजी हुकूमत के खिलाफ जैसा क्रोध और घृणा उत्पन्न की, वैसी किसी भी बात ने नहीं। अथवा यों कहा जाए कि चूँकि यह हमारे जिले की हाल ही में घटित घटना थी, इसलिए उसने हमारे क्रोध

को क्रियात्मक बिन्दु पर पहुँचा दिया। एक ओर तो मुझे बहुत गुस्सा आया, और दूसरी ओर उक्त कांग्रेसी की बहादुरी और त्याग की बात सोचकर आँखें भर आईं।

"तबीयत में तो यही आता है कि इस कमीने थानेदार को जान से मार डाला जाए।" मैंने अपने गुस्से का इजहार किया।

दीनानाथ आगबबूला होकर बोला, "मैंने तो तय कर लिया है। एक दिन मैं इस हरामजादे थानेदार और यहाँ के कलक्टर को जान से मारकर फाँसी के फन्दे पर झूल जाऊँगा।"

उसकी इस प्रतिज्ञा से हम बहुत ही प्रभावित हुए। मनोहर और दीनेश्वर तो मुँह टेढ़ा करके काँपते होंठों में मुस्कराने लगे। उस समय जिले का कलक्टर अवश्य अंग्रेज नहीं था, किन्तु देशी कलक्टर भी विदेशी शासन के स्तम्भ होते हैं, यह हम सभी जानते थे। यह स्पष्ट था कि दीनानाथ ने उक्त दोनों सरकारी मुलाजिमों की हत्या कर उधमसिंह बनने का निश्चय कर लिया था।

इसके बाद कुछ देर तक हम लोग चुप रहे, मानो अपने गुस्से को नाप रहे हों, अथवा इस जुल्म का प्रतिकार करने का उपाय सोच रहे हों। दीनानाथ ने अनजाने में एक योजना की ओर संकेत किया था, फिर भी हम उसको ठीक से पकड़ न सके थे।

"यह सेठ आजकल बहुत नफा पीट रहा है। रोज बोरे पर बोरे गिर रहे हैं।" कुछ देर बाद अचानक मनोहर ने इस तरह कहा, जैसे उसका कुछ गूढ़ मतलब हो।

मेरे घर से बिल्कुल सटा दीनेश्वर का बड़ा, किलानुमा, मकान था। दीनेश्वर एक बिगड़े सेठ का लड़का था। उसके बाबा के जमाने में कारोबार बहुत फैला था, पर उसके पिताजी और चाचा लोगों ने अपनी अयोग्यता और ऐयाशी से उसे चौपट कर दिया था, जिसके परिणामस्वरूप वे गाँव में खेतीबारी और कुछ हल्के-फुल्के कारोबार करते थे। शहर के मकान का निचला हिस्सा, जो गोदाम का काम देता था, 'झग्गूराम बेचूराम' नामक फर्म को किराए पर दे दिया गया था, और ऊपर के हिस्से में दीनेश्वर एक नौकर के साथ रहता था। दीनेश्वर के मकान के सामने बोरों के अनगिनत गट्ठर पड़े थे जो 'झग्गूराम बेचूराम' के थे और जो गोदाम में नहीं रखे जा सके थे।

मनोहर की बात ने सम्भवत: हमारे दिलों में एक-सी प्रतिक्रिया उत्पन्न की। हमने चौंककर उन बोरों की ओर देखा और फिर हम मुस्कराने लगे। मुझे ऐसा लगा, जैसे मनोहर कह रहा हो कि यह सेठ जनता का शोषण कर बेहिसाब नफा पीट रहा है, कि यह नीच और सरकारपरस्त है, और चूँकि हम लोग देशभक्त हैं, इसलिए इसको मजा चखाना चाहिए।

"अरे भाई, मैंने देखा है, गट्ठर के बोरे एकदम नए हैं।" दीनेश्वर ने फुसफुसाहट की आवाज में पुष्टि की।

उसकी फुसफुसाहट ने मुझमें एक अजीब गति और क्रियात्मक समझ उत्पन्न कर दी। मेरे सामने एक ब्लेड रखा था, जिससे मैंने कुछ देर पहले पेंसिल बनाई थी। उस ब्लेड को मैंने हाथ में उठा लिया और 'आओ' कहकर उन बोरों के समूह की ओर बढ़ चला। साथी फौरन ही मेरे साथ हो लिये। एक गट्ठर के पास पहुँचकर मैंने असाधारण विश्वास और साहस के साथ उसे ब्लेड से काटना शुरू कर दिया। कुछ ही देर में गट्ठर खुल गया। हम चारों ने उसमें हाथ डाल-डालकर बोरे खींचने शुरू कर दिए। लगभग तीस बोरे बाहर निकालकर हम लोगों ने हाथ रोक दिए।

"भाई दीनेश्वर, इनको तुम अपने कोठे पर रख आओ।" मनोहर ने उत्साह से फूलते हुए बहुत ही धीरे-से कहा।

इसके बाद सब थोड़े-थोड़े बोरे हाथ में लेकर दीनेश्वर के कोठे पर पहुँच गए। वहाँ पहुँचकर हम बेतहाशा हँसने लगे। हमको अपने से ऐसी उम्मीद नहीं थी। कुछ देर बाद हम धीरे-धीरे हँसते हुए नीचे उतर आए।

जब हम चौकी पर आकर बैठे तो उस समय भी मुहल्ले के लोग बेखबर सोए थे। हमने एक ही भाव से परिचालित होकर यह काम किया था। फिर भी अचम्भे की बात यह थी कि हमने उसके सम्बन्ध में कुछ भी नहीं सोचा था। कुछ समय से हमारे हृदय में अंग्रेजों और उनकी सरकार के खिलाफ जो घृणा और क्षोभ संचित होता जा रहा था उसका यह व्यावहारिक रूप था जो स्वतः ही प्रकट हो गया था। बोरे चुराने का यह अर्थ था कि जो सेठ बेहिसाब मुनाफा कमाने के नाते शोषण और सरकारपरस्ती का प्रतीक था, उसको नुकसान पहुँचाकर हमने ब्रिटिश सरकार पर आघात किया है; हम देशभक्त और क्रान्तिकारी थे, इसका सबूत हमने दे दिया है। मैं तो अपने से अत्यधिक सन्तुष्ट था। मेरा व्यक्तित्व स्वतंत्र है और मुझमें पर्याप्त साहस है, इसकी वाकई में पुष्टि हो गई थी।

"साला जब देखेगा तो करम पर हाथ रख लेगा।" मनोहर ने धीरे-से हँसते हुए कहा।

"अरे, इनको तो गोली से उड़ा देना चाहिए।' दीनानाथ गुस्से में बोला।

मैंने गम्भीर स्वर में सुझाव पेश किया, "भाई, सबको प्रतिज्ञा कर लेनी चाहिए कि जान जाती है तो चली जाए पर हम इस बात को किसी पर प्रकट नहीं करेंगे।"

"भाई, मैं तो प्रतिज्ञा करता हूँ कि जब तक देश आजाद नहीं होगा तब तक मैं शादी नहीं करूँगा।" दीनानाथ ने दृढ़ स्वर में कहा।

कुछ मामलों में दीनानाथ को अनोखी मौलिकता प्राप्त थी। उसकी बात में एक निश्चित ध्वनि थी और उसने मेरे दिमाग में एक अजीब गति और सूझ पैदा कर दी।

मैंने अपनी लम्बी कॉपी में से एक सादा कागज फाड़कर अपने सामने रख लिया और फिर अपने बाएँ हाथ के अँगूठे को अपनी कलम की निब से जोर से

खोदा जिसके परिणामस्वरूप खून निकल आया, खून की बूँदों को मैंने चौकी पर टपकने दिया और फिर उसमें निब को डुबाकर निम्नलिखित प्रतिज्ञा लिखी :

"जब तक भारत स्वतंत्र नहीं हो जाएगा, मैं शादी नहीं करूँगा।"

—कृष्णकुमार।

इसका बिजली जैसा असर हुआ। सभा साथियों ने बारी-बारी से ऐसा ही किया। नेतृत्व के जोश में मैंने निब को जोर से भोंक लिया था, किन्तु हमारे साथी ऐसा न कर सके। खासकर दीनानाथ ने काफी परिश्रम और सतर्कता के साथ अपने अँगूठे को निब से धीरे-धीरे खोदकर खून निकाला। खून बहुत ही कम और फीका था। उनके अँगूठों पर निब से किए गए घाव इतने गहरे न हो सके, जिससे खून को नीचे टपकाया जा सके, इसलिए वे अँगूठों पर आए खून में निब बोर-बोरकर लिखते थे, इससे मुझे अपने पर गर्व हुआ। किन्तु, सबसे अचम्भे की बात यह थी कि मनोहर और दीनानाथ ने अपनी-अपनी प्रतिज्ञाओं के नीचे लिखे गए अपने नामों के आगे क्रमश: 'बिस्मिल' शौर 'आजाद' तखल्लुस जोड़ दिए थे। मुझको सोचने पर भी कोई तखल्लुस याद नहीं आया और सम्भवत: दीनेश्वर का भी यही हाल था।

यह कार्य सम्पन्न करके हम बहुत ही गम्भीर हो गए जिसका कारण यह था कि हमारे कन्धों पर भारत जैसे महान देश की जिम्मेदारी आ गई थी। हम एक ही इच्छा और एक ही उद्देश्य से संचालित हो रहे थे, और हमारे बीच अचानक एक ऐसी निकटता आ गई थी, जो एक आतंकवादी क्रान्तिकारी दल के सदस्यों के बीच होनी चाहिए। वस्तुत: हमने एक क्रान्तिकारी दल का निर्माण कर लिया था।

बोरों की चोरी की सेठ पर क्या प्रतिक्रिया होती है, इसको जानने के लिए हम दूसरे दिन सवेरे दीनेश्वर की छत पर एकत्रित हुए। हमारा यह खयाल था कि चोरी से तहलका मच जाएगा, सेठ के यहाँ से लोग दौड़ते हुए आएँगे, अपनी इस हानि पर सिर पीट लेंगे और अन्त में इसकी पुलिस में भो रिपोर्ट करेंगे। किन्तु, ऐसा कुछ नहीं हुआ। बोरे का गट्ठर ज्यों-का-त्यों खुला पड़ा रहा। उसकी ओर किसी का ध्यान भी आकर्षित होगा, इसका निश्चय करना दरअसल कठिन था।

बहुत देर बाद सेठ का मुनीम आया। उसका ध्यान गट्ठर की ओर आकर्षित हुआ। वह गट्ठर के पास पहुँचकर कुछ देर तक खड़ा होकर सुस्त नजरों से निहारता रहा और फिर मुड़कर निश्चिन्तता के साथ गोदाम में चला गया। हमारी यह धारणा गलत निकली कि मुनीम खुले गट्ठर को देखते ही दौड़ा-दौड़ा जाकर सेठ को सूचना देगा, क्योंकि उसने इत्मीनान से गोदाम को खोला, गद्दी पर जाजिम बिछाई और बही तथा कलम-दवात लेकर बैठ गया।

"यह साला तो आकर बैठ गया। चलो, इसको बताना चाहिए।" मनोहर ने इस ढंग से कहा, मानो सेठ जैसे गद्दार व्यक्ति का मुनीम होने के कारण वह भी गद्दार हो।

यह कहकर वह नीचे उतर गया। पीछे-पीछे हम भी थे। मुनीम के पास पहुँचकर उसने पूछा, ''कहिए मुनीमजी, यह गट्ठर कैसे खुला पड़ा है? सवेरे से ही हम लोग देख रहे हैं।''

मुनीम भूत की तरह काला और पतला था, और नाक पर चश्मा चढ़ाकर बही को गौर से निहार रहा था। मनोहर की बात सुनकर नाक पर से चश्मा उतारकर हमारी ओर एक क्षण देखा। फिर बोला, ''मोटियों की बदमाशी होगी, बाबू! सालों ने फाड़कर निकाल लिया होगा। मरभुखे तो हैं ही ससुरे। अब बताइए, किया जाए तो क्या किया जाए? पूछने पर सभी हरामजादे संठ खींच जाएँगे।''

मुझे बहुत जोरों से हँसी आ रही थी, जिसको मैं किसी तरह दबाए हुए था। दीनेश्वर तथा दीनानाथ का भी यही हाल था। पर मनोहर बड़ा घाघ निकला। वह बहुत ही गम्भीर था। मुनीम की बात जैसे उसको जँची न हो, इस तरह बोला, ''मोटियों का तो यह काम नहीं मालूम होता। देखते नहीं, गट्ठर किस होशियारी से फाड़ा गया है? मैंने तो सुना है, यहाँ क्रान्तिकारियों का एक जबर्दस्त दल काम कर रहा है। हो सकता है, उसी ने किया हो!''

क्रान्तिकारियों का दल बोरे चुराएगा, इस बात को मुनीम ठीक से न समझ सका। शायद इसीलिए कुछ देर तक भावहीन दृष्टि से मनोहर को देखता रहा। अन्त में 'होगा' कहकर वह अपने काम में लग गया।

इतना पर्याप्त था। हम लोग बाहर निकल आए। मुनीम की आँखों से ओझल होकर सबसे पहला काम हमने यह किया कि हम खुलकर हँसे। सबसे खुशी की बात यह थी कि मुनीम ने मोटियों को 'साले', 'हरामजादे' और 'मरभुखे' कहा था और चूँकि चोरी हमने की थी मोटियों ने नहीं, इसलिए उन गालियों के वास्तविक अधिकारी हम थे, जिसका स्पष्ट अर्थ यह था कि हमारे काम में क्रोध उत्पन्न करने की शक्ति थी, गालियों से हमको अपने कार्य की मान्यता प्राप्त हो गई थी।

उस रात को हमने फिर 'डकैती' डाली। इस बार खाली बोरों के गट्ठर के स्थान पर चीनी के बोरे पड़े थे। आज का कार्य दीनानाथ के नेतृत्व में सम्पन्न हुआ। हमको यह आशंका थी कि बोरों की चोरी से सेठ रात में पहरा बिठा देगा, किन्तु वहाँ एक चिरई का पूत भी नजर नहीं आया। पिछली रात चुराए गए एक बोरे को हमने करीब आधा चीनी से भर दिया, और अन्त में उसको लेकर ऊपर चले गए। आज हम हँसे नहीं, बल्कि अत्यधिक गम्भीर थे। हम अपने महत्त्व से प्रभावित हो गए थे।

''भाई, मुझे तो प्यास लगी है, मैं थोड़ी चीनी खाकर पानी पीऊँगा।'' दीनानाथ ने इच्छा प्रकट की, जो चीनी का बोरा काटने की वजह से अपने महत्त्व के प्रति सजग था।

मनोहर ने इसका विरोध करते हुए कहा कि चूँकि यह पार्टी की सम्पत्ति है, इसलिए हमको इसमें से कुछ भी नहीं छूना चाहिए।

दीनानाथ ने विरोध किया, ''इसमें हर्ज क्या है? जो रुपए भगतसिंह और आजाद लूटते थे, उसको मौका आने पर अपने ऊपर नहीं खर्च करते थे? आखिर भूखे मरकर देश का काम कैसे होगा? कुछ दिनों बाद जब हमको फरार होना पड़ेगा तो क्या हम डकैती से मिले पैसों को अपने ऊपर खर्च नहीं करेंगे? साफ बात तो यह है कि मैं काम करके आया हूँ और थक गया हूँ। अब आप मुझे खाने को कहीं से लाकर दीजिए।''

यह बात बहुत जँची। मनोहर उससे पराजित होकर सन्तुष्ट हो गया। दीनानाथ के मुँह से यह बात सुनकर कि हम पार्टी के रूप में कार्य कर रहे हैं और कुछ दिनों में हम पुलिस की नजर से बचने के लिए फरार हो जाएँगे, हम बहुत ही खुश हुए।

मैंने कहा, ''हमको बोरे बेच देने चाहिए, और जो पैसे मिलें उनसे पार्टी के कोष की शुरुआत करनी चाहिए। चीनी पास ही में रख दी जाए। जब हम कोई काम करके आएँगे तो चीनी खाकर और पानी पीकर अपनी थकान मिटाएँगे।''

''गर्मी में कभी-कभी बर्फ डालकर शर्बत भी बन जाएगा।'' मनोहर ने प्रस्ताव पेश किया।

''कुछ घी और आटा रख लिया जाएगा। कभी-कभी हलवा भी बना करेगा।'' दीनेश्वर ने राय दी। वह हलवा अच्छा बनाता था।

इन प्रस्तावों को सबने स्वीकार कर लिया। जब हम चीनी खाकर पानी पी चुके तो मनोहर ने समस्या पेश कर दी, ''पार्टी का नाम क्या रखा जाए?''

अब तक हमने इस पर विचार ही नहीं किया था। हम सभी गम्भीरतापूर्वक सोचने लगे। मनोहर ने ही सुझाव पेश किया, ''आजाद क्रान्तिकारी पार्टी कैसा रहेगा?''

यह नाम जँच गया और सर्वसम्मति से स्वीकार किया जानेवाला था कि दीनानाथ ने संशोधन प्रस्तुत किया, ''खूनी आजाद क्रान्तिकारी पार्टी रखा जाए। खूनी शब्द से हमारा उद्देश्य साफ हो जाएगा। उसका यह अर्थ होगा कि हम अंग्रेजों और उनके पिट्ठुओं के खून के प्यासे हैं और मौका आने पर हम देश के निए खून भी बहाने को तैयार रहेंगे।''

''और हमने अपनी प्रतिज्ञा भी खून से लिखी है।'' दीनेश्वर ने चहककर तुक-में-तुक मिलाई।

'खूनी' शब्द से सभी बहुत प्रसन्न हुए। मैं बिना कुछ बोले घर गया, बाहर की कोठरी खोलकर प्रतिज्ञा-पत्र लाया और फिर अपनी अँगुली को निब से खोदकर उस प्रतिज्ञा-पत्र पर सबसे ऊपर बड़े-बड़े अक्षरों में लिख दिया : 'खूनी आजाद क्रान्तिकारी पार्टी।'

हम लालटेन के चारों ओर दृढ़ता के साथ बैठे थे। हमारे मुँह जोश से फूल गए थे। मैं एकदम बदल गया हूँ, ऐसा मैंने महसूस किया। मुझे लगा कि मैंने अपनी कामना की चुनौती स्वीकार कर ली है, मैं मनमोहन से श्रेष्ठ हूँ और मैं दुनिया का कोई भी काम कर सकता हूँ।

2

बिना हथियार की आतंकवादी क्रान्तिकारी पार्टी की हालत उस स्त्री की तरह होती है, जिसको कोई मर्द न मिले। किन्तु, जिस तरह स्त्री मर्द खोज ही लेती है, उसी तरह आतंकवादी पार्टी भी हथियार खोज लेती है।

हम लोग हथियार की तलाश में थे, और एक दिन एक अनोखा शस्त्र हमारे हाथ आया।

क्रान्तिकारी पार्टी के निर्माण ने जीवन को एकदम बदल दिया था। हम तड़के उठते, उठकर कसरत करते और कुछ देर बाद डटकर घर्षण स्नान करते। हमने एक-एक 'गीता' खरीद ली थी, और स्नानोपरान्त उसका नित्य पाठ करते। दर्जे में हम गम्भीर और अन्य लोगों से दूर रहने की कोशिश करते। हम सदा साथ-साथ रहते और रहस्यमय ढंग से बातचीत करते। चलते वक्त हमारी छाती निकली रहती, हाथ तने रहते, किन्तु मुख पर ऐसी आशा का भाव रहता कि लोग हमको पहचानें कि हम देशभक्त और क्रान्तिकारी हैं।

स्कूल खुल गया था। सम्भवत: रविवार का दिन था। आसमान में सुरमई रंग के बादल एकत्रित होकर स्याह हो रहे थे। किसी समय भी पानी बरस सकता था। लगभग दस बजे थे और मैं बाहर अपनी कोठरी में बैठा पढ़ रहा था कि मनोहर ने तेजी से आकर मुझको बाहर आने का संकेत किया। उसकी गर्दन टेढ़ी थी, उसके सुअर-बाल हवा में उड़ रहे थे और उसके मुख पर अनोखी वीरता, विश्वास, रहस्यात्मकता तथा मूर्खता के भाव थे। मैंने फौरन समझ लिया कि 'देश की स्वतंत्रता' के लिए किए जानेवाले हमारे 'आन्दोलन' के हित में कोई अत्यन्त ही महत्त्वपूर्ण घटना घटित हुई है।

मैं बाहर निकल आया। फिर हम दोनों कुछ दूर पर स्थित एक शीशम के वृक्ष के नीचे आकर रुक गए। मनोहर फौरन अपनी कमीज की जेब में से एक छोटी-सी शीशी निकालकर मेरे सामने प्रदर्शित करते हुए होंठों-ही-होंठों में इस तरह मुस्कराया, जैसे उसने बहुत बड़ा काम किया हो और इसके लिए फाँसी के तख्ते पर भी चढ़ जाए तो आश्चर्य नहीं।

"बूझो तो इसमें क्या है?" टेढ़ी आँखों से मुझे देखते हुए बोला।

शीशी छह-सात अंगुल से अधिक लम्बी न होगी। वह 'एयर-टाइट' थी। उसका तीन-चौथाई हिस्सा गोल था, और उसके बाद वह पतली और नुकीली होती-होती अन्त में सुई की नोक के रूप में बन्द कर दी गई थी। उसमें कोई श्वेत तरल पदार्थ था। पहले तो मेरी समझ में नहीं आया कि उसमें क्या है, किन्तु बाद में फौरन ही मेरे दिमाग में यह विचार बिजली की तरह कौधा कि चूँकि क्रान्तिकारी लोग संकट-काल में पुलिस के हाथ में न पड़ने के लिए अपने पास पोटैशियम साइनाइड रखते हैं, इसलिए हो-न-हो यह पोटैशियम साइनाइड ही है। यह बहुत बड़ी चीज थी, और इससे मैं इतना उत्तेजित हो गया कि मेरे हृदय की गति बहुत तेज हो गई।

"पोटैशियम साइनाइड तो है।" किसी तरह अपनी भावनाओं को संयत कर मैंने कहा।

मेरी बात से मनोहर कुछ हतप्रभ-सा हुआ। सम्भवत: उसने सोचा था कि मैं शीशी के तरल पदार्थ को बहुत ही मामूली पदार्थ—स्प्रिट, पेट्रोल आदि समझूँगा और तब वह वास्तविक रहस्य का उद्घाटन कर मुझे आश्चर्यचकित कर देगा। किन्तु, उसमें जो वस्तु थी, उससे कहीं अधिक भयंकर और अप्रत्याशित चीज का मैंने नाम ले लिया था, इसलिए शायद उसमें ऐसी प्रतिक्रिया हुई।

शीशी को आगे बढ़ाकर उसने कुछ उदास स्वर में कहा, "क्लोरोफार्म!"

"क्लोरोफार्म? देखें!" कहकर मैंने शीशी उसके हाथ से छीन ली और दोनों हाथों में छिपाकर उसे इस तरह देखने लगा, जैसे वह पिस्तौल हो। पोटैशियम साइनाइड न होकर वह क्लोरोफार्म था, इससे मेरी उत्तेजना किंचित् मात्र कम न हुई। मैं अब 'क्रान्तिकारी' था। और यह अच्छी तरह जानता था कि डकैती डालने के समय क्लोरोफार्म सुँघाकर सेठ लोगों को अचानक बेहोश कर देने से हमारा कार्य बहुत सरल हो जाएगा। हमारे हाथ में क्रान्ति का सशक्त हथियार आ गया था, उससे हमारी ताकत तथा राजनीतिक क्षमता निश्चित रूप से बढ़ गई थी।

"भाई, यह तो बड़ी चीज है! कैसे मिली तुमको?" मैंने मनोहर की ओर ईर्ष्या मिश्रित प्रशंसात्मक दृष्टि से देखते हुए प्रश्न किया।

"बहुत आसानी से," मनोहर बातूनी स्त्री की तरह मन्द स्वर में जल्दी-जल्दी बोला, "बात यह है कि हमारी गली के मुँह पर भृगुआ की जो दुकान है, उसी के बगल में कुछ दिनों से एक डॉक्टर आया है। अरे, तुमने तो देखा ही है। 'गोपाल फार्मेसी' का साइनबोर्ड लगा है। मैंने उससे दोस्ती गाँठ ली। उसके यहाँ कभी-कभी दो-चार मरीज भी ले जाने लगा...जानते हो, अपने राम को तो किसी तरह काम निकालना है! साला मुझको बहुत मानने लगा है, कई दिनों में मैं देख रहा था कि उसकी अलमारी में क्लोरोफार्म की शीशी है। घात ही न लग पाता था। आज जाकर कहीं मौका मिला।"

वह रुका, मुँह के दोनों कोनों पर आए गाज को जबान से अन्दर खींचा और मुझको आत्मप्रशंसापूर्ण दृष्टि से देखते हुए फिर बोला, "आज सबेरे ही जाकर उसके यहाँ बैठ गया। बहुत देर तक गप्पें लड़ाता रहा। इसी इन्तजार में था कि वह कब टले और मैं अपना काम करूँ। करीब साढ़े नौ बजे उसको घर जाने की जरूरत हुई। घर उसका नजदीक ही है। बोला, 'मनोहर बाबू! दस मिनट में आया। तब तक आप यहाँ बैठे रहें।' बस मुँहमाँगी मुराद मिल गई। जब वह आँखों से ओझल हो गया तो मैं चुपके से उठा, अलमारी खोलकर क्लोरोफार्म की शीशी निकाली और उसको टेंट में खोंस लिया। जब वह आया तो उससे दो-चार बातें कीं, फिर छुट्टी लेकर भागा। वहाँ से सीधे तुम्हारे ही पास आ रहा हूँ।"

इस बात से अन्य साथियों को भी अवगत कराना अत्यावश्यक था, इसलिए हम दोनों पहले दीनानाथ के यहाँ गए और उसको साथ लेकर दीनेश्वर के यहाँ आए। वे दोनों भी अत्यधिक विस्मित और प्रभावित हुए। मनोहर ने फिर अपने साहसपूर्ण करतब का अपूर्व विस्तार के साथ बखान किया। हम इतना उत्साहित हुए कि हमने उससे आग्रह किया कि वह उस डॉक्टर के यहाँ से किसी-न-किसी तरह पोटैशियम साइनाइड भी प्राप्त करे। पोटैशियम साइनाइड का उल्लेख होने पर दीनानाथ ने घोषणा कर दी कि वह कभी भी अपने को पुलिस के हाथ में नहीं पड़ने देगा और गिरफ्तारी का मौका आने पर पोटैशियम साइनाइड खा लेगा।

इसके बाद क्लोरोफार्म की शीशी अपने पास कौन रखे, इस पर विचार-विमर्श हुआ। मनोहर और दीनानाथ ने अपनी मजबूरी जाहिर की। उन्होंने कहा कि उनके घर में छिपाने के लिए कोई गुप्त स्थान नहीं है और खामखाह के लिए खतरा मोल लेने से कोई लाभ नहीं। दीनेश्वर के घर में छिपाने का स्थान अवश्य था, किन्तु इसके पूर्व कि कोई ऐसा सुझाव आए, मैंने शीशी को अपने यहाँ रखने की सहर्ष इच्छा प्रकट की। मेरे प्रस्ताव को स्वीकार कर लिया गया। मेरे पास खून से लिखा प्रतिज्ञा-पत्र था। मेरे पास क्लोरोफार्म भी रहे, इससे मेरी स्थिति दृढ़ होती थी, मेरा महत्त्व बढ़ता था, और साथ ही मैं साहसी हूँ तथा किसी खतरे की परवाह नहीं करता, इस विश्वास की पुष्टि होती थी।

टेंट में छिपाकर मैं क्लोरोफार्म घर ले गया और उसको अपने सूटकेस में बन्द कर दिया। अपने ऊपर ऐसा महान दायित्व आ जाने की वजह से मैं बहुत गम्भीर हो गया था। मैं घरवालों की ओर एक अजीब रहस्यमय दृष्टि से देखता। मैं दरअसल यह चाहता था कि जिस कमरे में मेरा सूटकेस बन्द था, उसमें कोई प्रवेश न करे। इसलिए मैं उसको अक्सर बन्द कर देता, यथासम्भव उसके पास ही बना रहता और किसी लड़के-वड़के को उसमें घुसने या उसके पास जाने पर डाँट-डपटकर या कनपटी देकर भगा देता। वस्तुतः मुझे अपने घरवालों पर न मालूम

क्यों क्रोध आ रहा था, जैसे वे मेरे दुश्मन हों और क्लोरोफार्म की शीशी को मुझसे छीन लेंगे।

रात को मुझे नींद नहीं आई। सदा भय बना रहा कि कहीं कोई सूटकेस खोलकर क्लोरोफार्म चुरा न ले। जब भी आँख झपकती यही सपने देखता कि किस तरह बम और पिस्तौल से लैस होकर मैं अंग्रेजों को हिन्दुस्तान से मार भगाऊँगा। सबेरे जगने पर मैंने सबसे पहला काम यह किया कि सूटकेस को खोलकर देखा कि क्लोरोफार्म है कि नहीं।

शीशी अपने स्थान पर थी।

मेरी बेचैनी, मेरा उत्साह तथा मेरी उत्तेजना बहुत बढ़ गई थी। मेरा महत्त्व अपने अन्दर समा नहीं पा रहा था। समझ में नहीं आ रहा था कि क्या करूँ। मैं चाहता था कि लोग मेरे महत्त्व से अधिक अवगत हों, किन्तु ऐसा करने पर रोक थी। मैं अपने रहस्य की बात किसी से कहना चाहता था।

जलपान के पश्चात् स्थिति इतनी असह्य हो गई थी कि मैं अपने छोटे भाई कंचन को बुलाकर उस कमरे में ले गया, और सूटकेस में से क्लोरोफार्म की शीशी निकालकर उसको देते हुए बोला, "यह लो, अपने पास हिफाजत से रख लो।"

कंचन कुछ समझ न सका और मेरी ओर भकुआकर देखने लगा। मैंने गम्भीरतापूर्वक उसको समझाया, "यह क्लोरोफार्म है। इसको सुँघाने से आदमी फौरन बेहोश हो जाता है। शीशी को ठीक से रखना। अगर जरा भी फटा तो उससे एक धुआँ निकलेगा और घर के सारे लोग बेहोश हो जाएँगे।"

कंचन ने शीशी चुपचाप ले ली, किन्तु उसका आश्चर्य जरा भी कम न हुआ।

जब वह शीशी को लेकर जाने लगा तो मैंने उसको सारी स्थिति से अवगत करा देने की आवश्यकता का अनुभव किया। उसको रोककर समझाया, "देखो, यह बात किसी से कहना मत। हम लोगों ने एक क्रान्तिकारी दल बनाया है। खून से लिखकर यह तय किया है कि देश को आजाद कराएँगे। ऐसे कामों के लिए पैसे की जरूरत होती है। दीनेश्वर की छत के नीचे जो गोला है, वहीं से चीनी और बोरे चुराए गए हैं। यह सेठ अंग्रेजों का पिट्ठू है। बोरे बेचकर पैसे आएँगे। लेकिन इतने पैसों से कोई खास काम न हो सकेगा, इसीलिए क्लोरोफार्म लाया गया है। क्लोरोफार्म सुँघाकर बड़े-बड़े सेठों के यहाँ डकैतियाँ डाली जाएँगी। जब काफी पैसे हो जाएँगे तो उनसे पिस्तौल और बम खरीदे जाएँगे।"

कंचन उस समय लगभग तेरह-चौदह वर्ष का था। इतना बड़ा रहस्य जानकर वह बहुत ही प्रभावित हुआ और उसकी मुद्रा से एक अद्‌भुत व्यस्तता प्रकट हो रही थी। जब वह शीशी लेकर जाने लगा तो मुझको उस पर यकायक बहुत क्रोध आ गया। सम्भवत: मैंने अपना रहस्य खोलकर जो नीचता का कार्य किया था—और

उससे प्रभावित होकर कंचन ने भी रहस्यमय मुँह बना लिया था—उसकी प्रतिक्रियास्वरूप ऐसा हुआ हो। चाहे जो हो, मैंने उसको कड़े स्वर में चेतावनी दी, "जाओ, इसको ठीक से रख दो। पर किसी को बताना मत, चाहे जान चली जाए। याद रखना, अगर किसी को भी तुमने बताया तो तुमको जान से मार डाला जाएगा। हम बाप-भाई को नहीं गिनते। जो गद्दारी करते हैं उनको हम नहीं छोड़ते।"

इस चेतावनी से कंचन जरा भी भयभीत नहीं हुआ, बल्कि और उत्साहित हो गया तथा मुँह फुलाकर शीशी लेकर चलता बना। किन्तु कुछ ही देर में मेरा दिल एक अपरिसीम असन्तोष से भर गया। क्लोरोफार्म जैसी भयंकर और क्रान्ति के लिए उपयोगी वस्तु कोई अन्य व्यक्ति, चाहे वह मेरा भाई ही क्यों न हो, रखे, यह मुझको सहन न हुआ। इससे मेरा अपना महत्त्व कम होता था। कुछ देर बाद मैंने क्लोरोफार्म कंचन से माँगकर अपने सूटकेस में फिर रख दिया। यह बात कंचन को बुरी लगी और उसने सारी बात माँ को बता दी। माँ बहुत बिगड़ी और वह मेरे सामने आकर मेरे साथियों को अनगिनत गालियाँ देने और सब कुछ बाबूजी से कह देने की धमकी देने लगीं। मुझे बहुत गुस्सा आया। मैंने अम्मा की बात का जवाब नहीं दिया, लपककर कंचन के जोर-जोर से दो-तीन तमाचे जड़ दिए। जान से मारने की हिम्मत न पड़ी।

बाद में मुझे अपने कार्य पर बहुत ही ग्लानि और पश्चात्ताप हुआ। कंचन ने क्या बिगाड़ा था। वह तो अभी बच्चा था, वह किसी चीज की गम्भीरता और हल्केपन को क्या समझ सकता था, और जब मुझमें ही वांछनीय गम्भीरता नहीं तो दूसरों से आशा करनी ही व्यर्थ थी। मैं कितना नीच और ओछा हूँ ? जब ऐसी छोटी बात न पची तो भारी रहस्य को मैं कैसे पचा सकता हूँ। यह बहुत भारी दुर्बलता थी और इससे बड़े-से-बड़ा क्रान्तिकारी आन्दोलन मिनटों में चौपट हो सकता था। मैं जितना इस पर सोचता गया, अपने प्रति मेरा क्षोभ बढ़ता गया। तबीयत करती थी कि अपना गला दबा दूँ। बाद में मैंने कंचन को मनाया, उसको समझाया कि वह बाहर यह बात किसी से न कहे, और अन्त में मन-ही-मन निश्चय किया कि फिर कभी ऐसी गलती नहीं करूँगा।

क्लोरोफार्म की प्राप्ति से हम इतने उत्साहित हुए कि अपनी पार्टी के 'शस्त्रागार' के निर्माण में जुट गए। बोरे बेचने से लगभग दस रुपए मिले थे, जिनसे हमने एक छुरा, 'लाठी शिक्षक' नामक एक पुस्तक और एक टॉर्च खरीदी। दीनेश्वर ने अपने गाँव से चार लाठियाँ भी मँगा लीं, जो धुएँ से लाल की गई थीं और जिनको महीनों कड़ुवा तेल पिलाया गया था। इसी बीच एक और अद्भुत हथियार मुफ्त ही मिल गया। यह एक तलवार थी, जो मेरे गाँव के घर में पड़ी थी। मेरी माँ बताती थीं कि मेरे नक्कड़दादा के दादा काशी-नरेश के मंत्री थे और यह उन्हीं की तलवार

थी। चाहे यह गप्प ही हो, किन्तु तलवार वाकई में बहुत पुरानी थी। उसमें जंग लग गई थी। वह लम्बी और भारी थी। एक दिन मैं गाँव गया और अपने बिस्तर में छिपाकर तलवार ले आया। मेरे साथी इससे बहुत प्रभावित हुए। मेरी स्थिति काफी दृढ़ हो गई थी।

एक दिन दीनेश्वर की छत पर हमने ईंट के टुकड़ों से तलवार की सफाई की। अन्त में उसको धोकर कपड़े से पोंछा—अभी पूरी जंग तो नहीं साफ हुई थी, पर उसका रूप काफी सुधर गया था, उसी तरह जैसे किसी गन्दे भिखमंगे को नहलाकर कुछ साफ कपड़े पहना दिए जाएँ।

इसके बाद हम दीनेश्वर के बड़े हॉल में एकत्रित हो गए।

''भाई, हमको तलवार हाथ में लेकर यह प्रतिज्ञा करनी चाहिए कि जब तक देश आजाद नहीं होगा, हम चैन नहीं लेंगे। कोई करे या न करे, मैं तो करूँगा।'' दीनानाथ ने यह सुझाव देकर अपनी असाधारण मौलिक मनोवृत्ति का परिचय दिया।

इसका हमने सहर्ष समर्थन किया। और इसके बाद दीनानाथ ने अपने हाथ में तलवार ले ली और उसको भाँजना शुरू कर दिया। तलवार भारी थी और दीनानाथ दुर्बल, इसलिए उसने फौरन ही तलवार भाँजना बन्द कर दिया। उसका मुँह बिजली के 'हीटर' की तरह लाल हो उठा था। अन्त में उसने छाती निकालकर तलवार ऊँची करके चीखकर प्रतिज्ञा की, ''मैं इस तलवार की शपथ लेकर कहता हूँ कि जब तक देश आजाद नहीं हो जाएगा, मैं चैन नहीं लूँगा, शादी नहीं करूँगा और जब पुलिस पकड़ने आएगी तो पोटैशियम साइनाइड खाकर जान दे दूँगा।''

हमने भी बेवकूफों की तरह मुस्कराकर लगभग वैसी ही हरकतें कीं। मनोहर ने तलवार भाँजने में अद्भुत कमाल दिखाया। वह तलवार को लेकर कभी कमरे के एक कोने से दूसरे कोने तक दौड़ जाता, कभी वह बाएँ मारता और कभी दाएँ और कभी तलवार को अपने आगे फैलाकर एक ही स्थान पर ग्रामीण नर्तकी की तरह चारों ओर घूम-घूमकर अचानक खड़ा हो जाता। हमने यह नहीं सोचा था कि अंग्रेजों से लड़ते समय, या डाका डालते समय, हम इस तलवार का इस्तेमाल करेंगे, किन्तु, वह एक नई और अजीब चीज थी, और वह कुछ नहीं तो हमारी विद्रोही आत्मा की प्रतीक अवश्य थी।

''भाई, अब तो हमारे पास बहुत सामान हो गया है, हमको अब कोई कमरा या मकान ले लेना चाहिए। वहाँ तो बड़ी मुश्किल है। भैया हमेशा आते हैं, अगर देख लेंगे तो आफत मच जाएगी।'' दीनेश्वर ने चिन्तातुर स्वर में कहा।

दीनानाथ ने समर्थन किया, ''भाई, मैं भी यही सोच रहा था। घुरऊ नारायण का छपरा में एक मकान है। मुश्किल से उसका किराया चार रुपए होगा। कहो तो उसके लिए बातचीत की जाए।''

इस प्रस्ताव से हम बहुत जोश में आ गए। सचमुच हमारा एक क्रान्तिकारी संगठन था और उसके लिए निस्सन्देह एक गुप्त अड्डे की आवश्यकता थी। सर्वसम्मति से घर लेने का प्रस्ताव स्वीकार कर लिया गया।

"और भाई, एक बात मैं और कहूँगा। हमको अपनी पार्टी में स्त्रियों को भी लेने की कोशिश करनी चाहिए। स्त्रियों के रहने से सभी जोश से काम करेंगे। रंडियाँ तो इसमें आसानी से आ सकती हैं।" दीनेश्वर ने अत्यन्त ही गम्भीर होकर सुझाव पेश किया मानो बहुत दुखित हो।

इस बात से सभी बहुत उत्साहित हुए। हम बखूबी जानते थे कि क्रान्तिकारी दलों में स्त्रियाँ होती थीं, इसलिए इसमें कोई अस्वाभाविक बात न थी। इस प्रश्न पर हमने गौर ही नहीं किया था और हमने इस सूझ के लिए दीनेश्वर की तारीफ की।

3

अन्त में तय यह हुआ कि पहले मकान ले लिया जाए, और उसके बाद पार्टी में स्त्रियों को शामिल करने की कोशिश की जाए। घुरऊ नारायण का छपरा शहर से सटा एक गाँवनुमा छोटा टोला था जो म्युनिसिपल क्षेत्र के अन्तर्गत अवश्य आता था किन्तु जिसका एक ऐसा कटा-कटा स्वतंत्र व्यक्तित्व था कि सभी शहरवाले उसको गाँव ही समझते थे। वहाँ अच्छे खाते-पीते सम्पन्न लोगों के कई पक्के मकान थे।

इसी टोले में मुन्नीलाल श्रीवास्तव नामक एक पेंशनयाफ्ता अध्यापक रहते थे, जिनका एक मकान खाली था। इसी मकान को लेने के सम्बन्ध में बातचीत करने के लिए हम लोग एक दिन उनके यहाँ पहुँचे।

मुन्नीलाल श्रीवास्तव सम्पन्न व्यक्ति थे, जिसका मुख्य कारण यह था कि बलिया और बिहार में उनके काफी खेत थे। टोले के बीच उनका पक्का और मजबूत मकान था। उनकी उम्र लगभग साठ वर्ष होगी। ठिंगने, चकइठ—इस उम्र में भी खच्चर की तरह मजबूत दीखते थे। उनके होंठ बहुत पतले थे, लगता कि ईश्वर ने ब्लेड से चीरकर मुँह का निर्माण किया है। यह चीरा लम्बा भी था और जब वह हँसते तो दोनों सिरे कान को स्पर्श करते-करते रह जाते। उनकी चाल आकर्षक थी। जब चलते तो लगता कि पृथ्वी को हिलाने का प्रयास कर रहे हैं; हाथों में इतनी जुम्बिश आ जाती, मानो भरी नदी में तैर रहे हों! कुल मिलाकर देखने में अच्छे थे।

शुक्रवार को दो बजे ही छुट्टी हो गई। हम लोग उनके यहाँ गए। बरामदे में आरामकुर्सी पर लेटे अखबार पढ़ रहे थे। दोनों पैर आगे रखे एक काले स्टूल के

सहारे टिके थे और मुँह अखबार में डूबा हुआ था। हमारी आहट सुनकर चौंककर सीधे बैठ गए और हमें घूर-घूरकर देखने लगे।

"कौन हैं आप लोग?" एक ऐसे लहजे में प्रश्न किया जैसे घर में चोर घुस आए हों।

पहले किसी के मुँह से बात न निकली। फिर, यह सोचकर कि जब क्रान्ति करनी ही है तो इस तरह डरने से काम नहीं चलेगा, मैंने कुछ आगे बढ़कर कहा, "हम लोग विद्यार्थी हैं। सुना है यहाँ एक घर खाली है। उसी के लिए आए हैं।"

"कहाँ पढ़ते हैं?"

"गवर्नमेंट हाई स्कूल में।"

"अब तक कहाँ रहे?"

यहाँ कुछ देर के लिए मैं झिझका, फिर हड़बड़ाकर बोला, "शहर में एक कोठरी किराए पर लेकर रहते थे। पर वह बहुत छोटी है। वहाँ हल्ला बहुत होता है। यहाँ एकान्त रहेगा।"

"किस दर्जे में पढ़ते हैं?"

"टेंथ में।"

"कहाँ के रहनेवाले हैं आप लोग?"

ऐसी जिरह का सामना करना पड़ेगा, ऐसी मुझे उम्मीद नहीं थी। मैंने सोचा था कि हम लोग जाकर कहेंगे, हमको मकान चाहिए और वह दे देंगे। मुझे फौरन कोई उत्तर न सूझा और घबराहट में मैं पसीना-पसीना होने लगा। मनोहर ने मेरी स्थिति ताड़ ली और फट से बोला, "मेरा गाँव नरही है और ये लोग लहसनी के रहनेवाले...।"

"एक आदमी बोले," मुन्नीलालजी बिगड़ उठे। मेरी ओर अँगुली उठाकर कहा, "जो कुछ मैं पूछूँ उसका सिर्फ आप जवाब दें।"

मेरे शरीर का सारा रक्त सूख गया। मुझे ऐसा लगा कि यह बूढ़ा आदमी हमारे संगठन की सभी बातें जानता है। हम लोग खुफिया विभाग के किसी आदमी के चंगुल में तो नहीं फँस गए? हो सकता है कि मुन्नीलालजी पेंशन पाने के बाद पुलिस के एजेंट के रूप में कार्य करते हों, या किसी ने हमारी गुप्त बातों से इनको अवगत करा दिया हो। किन्तु, हमारी बात जानता ही कौन था? मैंने परेशान नजरों से अपने साथियों की ओर देखा। उनके चेहरों पर भी हवाइयाँ उड़ रही थीं।

"किस जाति के हैं आप लोग?" उनका अगला प्रश्न था, जो इस सन्तुष्टि और कड़ाई के साथ पूछा गया था, जैसे हम लोगों को जेर करने में उनको मजा आ रहा हो।

मैंने झट से बताया कि मैं ब्राह्मण हूँ, मनोहर और दीनेश्वर बनिया तथा दीनानाथ कायस्थ।

"आप लोग प्लेयर्स हैं ?"

"नहीं।"

"गाने का शौक है ?"

"नहीं।"

"सिनेमा-थिएटर का शौक है ?"

"नहीं।"

"बीड़ी-सिगरेट, भाँग-तम्बाकू और गाँजा-वाँजा तो नहीं पीते ?"

"जी नहीं।"

"अच्छा यह बताओ, अगर टोले के एक-दो आदमी तुम्हारा यहाँ रहना पसन्द न करें और तुमसे कुछ कहें तो क्या करोगे ?"

अजीब प्रश्न था। मैं बहुत डर गया। वह आखिर चाहते क्या थे ? ऐसी जिरह तो अदालत में ही होती होगी।

मैंने काफी सोच-समझकर उत्तर दिया, "करेंगे क्या ? आपसे कहेंगे और अगर आप भी हम लोगों का रहना पसन्द नहीं करेंगे तो मकान छोड़ देंगे। पर हम लोग कोई ऐसा काम नहीं करेंगे जिससे लोग हमारा रहना नापसन्द करें।"

वह रुके और सिर नीचा करके कुछ सोचने लगे। जिस तरह मदारी 'बेटा शिताबी' से अनगिनत प्रश्न पूछता जाता है, उसी तरह वह भी मुझसे पूछ रहे थे। इन प्रश्नों का कब अन्त होगा, इसका पता नहीं था। कहाँ से कहाँ आए। और तब मुझको दीनानाथ पर बड़ा गुस्सा आया। बेवकूफ ने न मालूम किस शैतान के जाल में फँसा दिया है। इस तरह समझे-बूझे और जाँच-पड़ताल किए बगैर कोई काम किया जाता है। मैं अब उम्मीद कर रहा था कि कुछ ही देर में वह बूढ़ा आदमी यह पूछेगा कि तुम लोगों ने 'खूनी आजाद क्रान्तिकारी पार्टी' संगठित की है ?

परन्तु ऐसा नहीं हुआ। मुन्नीलालजी ने अचानक प्रसन्न होकर कहा, "अच्छा ब्वायज! मकान तुमको मिल जाएगा। है यह मेरा ही मकान। किराएदार तो इसके बहुत आते हैं, पर मैं जान-बूझकर किसी को नहीं देता। मैं ऐसे किराएदार को देना चाहता हूँ जो ईमानदार और अच्छी चाल-चलन का हो। कुछ दिन पहले एक साला रहता था जो पूरा आवारा था...मैं आवारगी नहीं बर्दाश्त कर सकता, यह समझ लो। मैं ऐसा आदमी चाहता हूँ, जो चुपचाप अपने घर में रहे, खाए-पकाए, सिर झुकाए बाहर जाए, सिर झुकाए घर में आए। आजकल के लौंडे बहुत बहक गए हैं, दो पोछंटे की धोती और दो कौड़ी की बुलबुली काढ़कर देह तोड़ते हुए चलते हैं। समझते हैं कि लाट साहब के नाती हैं। बुलबुली खींचकर दस जूते पड़ जाएँ सिर पर तो सारी आई-बाई गुम हो जाए...मैंने उसको बहुत समझाया कि बेटा ठीक से रहो। पर वह नहीं माना। रोज रात को उसके यहाँ लफंगे इकट्ठे होते और गन्दी-

गन्दी बातें करते। आखिर निकाल दिया साले को घर से। खैर, तुम अच्छे लड़के मालूम पड़ते हो, तुमको मकान मिल जाएगा...समझे भैया, तुमको मकान मिल जाएगा। किराया तो इसका आठ रुपए है, पर तुम विद्यार्थी लोग हो, जाओ चार रुपए दे देना। चाहो तो देख सकते हो।" आखिर में वह इस तरह खाँसने लगे, जैसे बन्दर घुड़की देते समय खो-खो करता है।

मकान देखने से हमने इनकार कर दिया। हम अपने भय के निर्मूल होने तथा चार ही रुपए में मकान मिल जाने से बहुत खुश थे। मकान देखकर क्या करते, कोई रहना थोड़े था। मुन्नीलालजी को चार रुपए पेशगी किराया दिया, उनसे चाभी ली और वहाँ से चलते बने।

मकान के किवाड़ खोलकर जब हम भीतर घुसे तो मुन्नीलालजी के लिए 'साला बहुत बदमाश है', 'साला बहुत शैतान है' कहकर बेतहाशा हँसने लगे। क्रान्तिकारी जीवन का एक नया अनुभव था और उससे हम खुश थे। सबसे सन्तोष की बात यह थी कि मकान आसानी से नहीं मिला था और हमको ऐसी जिरह से तथा ऐसी आशंकाओं से होकर गुजरना पड़ा था, जिनका क्रान्तिकारियों को अक्सर सामना करना पड़ता है।

मिट्टी तथा खपरैल से बना वह घर बहुत छोटा था। बाहर-भीतर के कमरों के दरवाजे इतने पुराने थे कि काले होकर खदड़ गए थे। एक गलियारे से होकर भीतर जाना पड़ता था। बीस कदम चलने पर दाहिनी ओर एक छोटा कमरा था, वही गलियारा बाईं ओर घूमकर एक अँगनई में प्रवेश करता था। अँगनई मिट्टी की थी और उसमें घास तथा अनगिनत जंगली पौधे उगे थे। कमरा भी इतना बड़ा था कि उसमें सिर्फ दो बँसखटे पड़ सकते थे। मकान में बहुत सीलन थी। आधी ऊँचाई तक दीवारें भीगी-भीगी-सी लगती थीं। कच्चे फर्श पर चूहों ने बिल खोदकर काफी मिट्टी बाहर लगा दी थी। खिड़की न होने से तूफान आने पर ही हवा कमरे में पहुँचती। सारे घर से किसी पुराने तहखाने या सुरंग जैसी दुर्गन्ध निकलती, जल्दी से बाहर निकलकर ताजी वायु में पहुँचकर साँस लेने की इच्छा होती। वस्तुत: दो रुपए महीने पर भी वह मकान महँगा था।

पहले तो कुछ निराशा हुई, पर बाद में यह सोचकर कि ऐसा भुतहा मकान क्रान्तिकारियों के लिए आदर्श है, सन्तोष और प्रसन्नता भी हुई। किसी गुप्त आतंकवादी पार्टी का इससे अच्छा अड्डा और क्या हो सकता था? मैं और दीनेश्वर बाजार गए और वहाँ से एक झाड़ू, एक सुराही, शीशे का एक गिलास तथा एक ढिबरी खरीद लाए। इसके बाद हमने घर की सफाई शुरू की। मनोहर और दीनेश्वर आँगन के घास-पौध उखाड़ने लगे, दीनानाथ दीवार पर लगी मिट्टी की भुरभुरी झाड़ने लगा और मैं सारे मकान को झाड़ू से बुहारने लगा। लगभग एक घंटे में सफाई हो गई।

इसके बाद घर जाकर एक मामूली बिस्तरे में कुछ बोरे, एक दरी तथा तलवार लपेटकर लाए। 'लाठी शिक्षक' पुस्तक, छुरा, टॉर्च और क्लोरोफार्म की शीशी जेबों में रख ली गई थी। कमरे में चार बोरों के ऊपर दरी बिछा दी गई। दरवाजे के ठीक सामने दीवार से सटाकर दरी पर तलवार खड़ी कर दी, और उसके दाहिनी ओर 'लाठी शिक्षक' पुस्तक तथा क्लोरोफार्म की शीशी और बाईं ओर छुरा और टॉर्च रख दी गई। नए मन्दिर में भगवान की प्रतिमा स्थापित करने से जैसा सन्तोष होता है, वैसा ही सन्तोष हम लोगों को इस कार्य से हुआ।

इतना होने के बाद दीनानाथ ने पुनः अपनी प्रकृतिगत मौलिकता का परिचय दिया। उसने जेब से एक दुधिया निकाली और तलवार के ठीक ऊपर काफी ऊँचाई पर बड़े-बड़े अक्षरों में लिख दिया—'खूनी आजाद क्रान्तिकारी दल।' उसके कुछ नीचे उसने भारतवर्ष का एक नक्शा खींचा, नक्शे के बीच अपनी अद्‌भुत कल्पना एवं रुचि के अनुसार तिरंगे झंडेवाली 'भारतमाता' का चित्र बनाया और फिर नक्शे के चारों कोनों पर दीनानाथ श्रीवास्तव 'आजाद', मनोहर गुप्त 'बिस्मिल', दीनेश्वर अग्रवाल और कृष्णकुमार द्विवेदी लिख दिया। इतने से ही वह सन्तुष्ट नहीं हुआ, भारतमाता के सामने खड़े होकर माथा झुकाकर वन्दना की।

"भाई, एक चीज की कमी रह गई। यहाँ चीनी या कोई खाने का सामान होना चाहिए। चीनी भी तो खत्म हो गई।" सड़क पर निकल जाने पर मनोहर ने सन्तोष से मुस्कराकर कहा।

दीनेश्वर बोला, "चीनी तो लाई जा सकती है। मेरे घर के नीचे जो गोदाम है, उसके आँगन में आजकल चीनी का टीला लगा हुआ है। मैंने आज अचानक देखा। नीचे उतरकर जितनी चाहो लाई जा सकती है, नीचे उतरने के लिए पीछे एक जीना है। उसके दरवाजे में ताला लगा है, पर उस ताले को आसानी से तोड़ा जा सकता है।"

इस प्रस्ताव से सभी खुश हो गए और सर्वसम्मति से यह निश्चय किया गया कि आज ही रात को चीनी प्राप्त की जाए।

4

लगभग दस बजे तक रात को हम लोग दीनेश्वर के यहाँ एकत्रित हो गए। बारह बजे तक बैठकर चुपचाप पढ़ते रहे।

बाहर का वातावरण जब सारी आवाजों से मुक्त होता मालूम हुआ तो दीनेश्वर ने धीमे स्वर में कहा, "चलना चाहिए।"

हम लोग धीरे से उठ खड़े हुए और बड़े हॉल का पिछला दरवाजा खोलकर अँधेरे में बढ़ने लगे।

दीनेश्वर के मकान की चौड़ाई लगभग 40 फीट थी, किन्तु लम्बाई पचास गज से कम न होगी। ऊपर छत पर पहुँचने पर क्रमानुसार एक रसोईघर, एक छोटा कमरा, खुली छत और एक बड़ा हॉल पड़ता था। इसी भाग में अपने नौकर के साथ दीनेश्वर रहता था। हॉल से निकलने पर एक लम्बा, पक्का और खुला गलियारा था। गलियारे पर बाईं ओर काठ की एक रेलिंग चली गई थी और दाहिनी ओर ऊँची और पुख्ता दीवार का विस्तार था। गलियारे से होकर गुजरने पर दाहिनी ओर तीन कमरे पड़ते जिनमें पुरानी रजाइयों के झींगुरों भरे बंडल, काठ के बक्से और अलमारियाँ, सीमेंट, फटे-पुराने बोरे, शीशी-बोतलों के कंजास और दीमकों से चाटी गईं फटी-पुरानी किताबें छितरी पड़ी रहती थीं। जहाँ गलियारा समाप्त होता था, वहाँ आगे के हॉल के सामने ही एक दूसरा हॉल था, जिसमें से फूटकर एक जीना नीचे चला गया था। बाहर काठ की रेलिंग से नीचे झाँकने पर एक बड़ा आँगन दिखाई देता था। आँगन के बीचोबीच चीनी का बड़ा टीला गर्व से सिर ऊँचा किए खड़ा था।

टॉर्च जलाकर ऊपर से हमने चीनी के टीले को देखा। नीचे पहुँचने का एक ही उपाय था : पीछे के हॉल के जीने के दरवाजे में लगे ताले को तोड़ दिया जाए। ताला बड़ा, पुराना, लेकिन मजबूत था। हमने उसको पहले टेकुए से खोलने की कोशिश की। सफलता न मिलने पर ईंट मार-मारकर खोलने का प्रयास किया। इसमें भी कामयाबी न मिली तो वहाँ से हटकर हम लोग दीनेश्वर के कमरे में आकर बैठ गए।

मैं गम्भीरतापूर्वक सोच रहा था कि आखिर क्या किया जाए। इतने जोश के साथ आने के बाद निराश लौटना बड़ा बुरा लग रहा था। अचानक मुझे एक विचार सूझा और मैंने दीनेश्वर से पूछा, "दीनेश्वर भाई, पानी खींचने की रस्सी तो तुम्हारे पास होगी?"

दीनेश्वर ने हामी भरी।

मैंने अपनी योजना पर प्रकाश डाला, "भाई, मैं रस्सी पकड़कर नीचे उतर जाऊँगा। तुम लोग रस्सी को पकड़कर धीरे-धीरे छोड़ते रहना। फिर नीचे से इसी तरह खींच लेना। तीन आदमी हो, क्या एक आदमी को नहीं खींच सकते?"

अपनी इस योजना से मुझे बहुत उत्साह आ गया था। मुझे भय होने लगा कि साथी लोग कहीं इस स्कीम को काट न दें या उनमें से कोई यह न जोर देने लगे कि नीचे वही उतरेगा। लेकिन ऐसी कोई बात नहीं हुई। मैं ही नीचे उतरूँ, इस प्रस्ताव को सबने सहर्ष स्वीकार कर लिया। वे तीनों विशेष तगड़े न थे, और वे

मुझे ऊपर खींच लेंगे, इस पर साधारण स्थिति में मैं सन्देह भी कर सकता था। किन्तु मेरा उत्साह इतना असाधारण था कि मैंने सोचा, यदि वे मुझे खींच भी नहीं सकेंगे तो मैं किसी-न-किसी तरह ऊपर अवश्य आ जाऊँगा।

दीनेश्वर पानी खींचने की रस्सी लाया जिसे लेकर हम कमरे से बाहर निकल गए। आसमान साफ था। तारे मानो हमें आशा से निहार रहे थे।

मैंने सारे कपड़े उतार डाले। बदन पर सिर्फ लँगोट रह गया। नीचे उतरने से पहले मैंने मनमोहन की तरह बीस दंड लगाए और फिर रेलिंग फाँदकर दूसरी ओर खड़ा हो गया। साथी लोगों ने रस्सी दूसरी ओर लटका दी और उसको मजबूती से पकड़कर खड़े हो गए। मैं रस्सी पकड़कर नीचे लटक गया। जब साथी लोग रस्सी छोड़ने लगे तो मुझे कुछ डर लगा। लेकिन अब चारा ही क्या था?

चीनी का टीला मेरे पैरों से लगभग सात-आठ फीट की दूरी पर रह गया कि मेरा नीचे जाना बन्द हो गया?

"छोड़ो भाई, छोड़ो रस्सी।" मैं चिल्ला पड़ा।

"बस, इतनी ही है भाई! क्या अभी पहुँचे नहीं?" दीनानाथ का तीखा स्वर था।

बड़ी कठिनाई थी। किन्तु मैंने अधिक सोचना उचित न समझा और रस्सी छोड़कर मैं नीचे कूद पड़ा। परिणामस्वरूप चीनी के टीले पर गिरकर मैं नीचे सरक गया और मेरे पैर, छाती, पीठ तथा मुँह चीनी में बुरी तरह लिथड़ गए।

मैंने बदन पर से चीनी झाड़ने की आवश्यकता न समझी, और खड़ा होकर ऊपर मुँह करके बोला, "नीचे कूद गया हूँ, भाई! कोई घबराने की बात नहीं। रस्सी छोटी पड़ रही है, इसमें कोई दूसरी रस्सी या धोती बाँधकर बाल्टी नीचे लटकाओ।"

मेरी बात सुनकर मित्रों ने नीचे कई बार चारों ओर टॉर्च जलाई। फिर सब कुछ अँधेरे में खो गया। अचानक मैं बहुत डर गया। सारा घर सायँ-सायँ और झन-झन कर रहा था। टॉर्च के प्रकाश से उस विशाल एवं रहस्यमय आँगन और उससे सटे लम्बे और चक्करदार बरामदे के दैत्य की तरह खड़े खम्भों का दृश्य अपनी भयावह अस्पष्टता के साथ प्रकट हो गया था। मुझे ऐसा लगा, जैसे कोई भूत या चुड़ैल या जिन मेरी कार्रवाइयों को देख रहा हो और जल्दी ही वह पीछे से आकर मेरा गला घोंट देनेवाला हो। मैं अपने मन को ढाढ़स देने लगा कि भूत-प्रेत पर मुझे विश्वास नहीं करना चाहिए, और अगर भूत-प्रेत हों भी तो वे क्रान्तिकारियों को नहीं सताएँगे। पर मेरा डर गया नहीं। मुझे अपने साथियों पर बड़ा गुस्सा आया कि वे खामखाह के लिए देर कर रहे हैं।

जब साथियों ने टॉर्च जलाकर बाल्टी नीचे लटकाई तो कुछ जान में जान आई। मेरा शरीर भयजन्य उत्तेजना के कारण अब भी नियंत्रण में नहीं था और मैं एक अजीब हिंसा के साथ चीनी को मुट्ठी में ले-लेकर बाल्टी में भरने लगा। बाल्टी भरने के बाद मैंने चिल्लाकर कहा, "खींचो।" इस तरह चीनी का अपहरण आरम्भ हो गया। करीब पन्द्रह बाल्टी चीनी ऊपर भेजने के बाद मैंने ऊपर मुँह करके पूछा, "बस?" तो मेरे साथियों ने हामी भर दी।

इसके बाद मुझे खींचने के लिए रस्सी गिराई गई और मैं उसको पकड़कर खड़ा हो गया। किन्तु आश्चर्य की बात यह थी कि मैं दो मिनट तक उस रस्सी को पकड़कर खड़ा रहा, ऊपर नहीं खिंचा।

"क्या बात है यार?" मैं गुस्से से जल-भुनकर चिल्ला पड़ा।

ऊपर से मनोहर की घबराहट-भरी आवाज सुनाई पड़ी, "भाई, काठ की रेलिंग है, इससे होकर रस्सी सरक नहीं रही है। तीनों आदमियों का एक साथ नीचे झुककर खींचना गैरमुमकिन है।"

मेरे डर की सीमा न रही। मुझे लगा कि मैं नहीं हूँ और मेरे साथी, साथी नहीं कोई दूसरे व्यक्ति हैं। सारी स्थिति अजीब, अस्वाभाविक-सी लगने लगी। सारा घर अन्धकाराच्छन्न था। मुझे ऐसा लगा कि असंख्य भूत मुझे घेरकर खड़े हो गए हैं। इसी समय बाहर की ओर से खड़ाऊँ की खट-सट की आवाज आई, साथ ही दरवाजा खोलने की भी।

"रस्सी खींचो, कोई आ रहा है।" मैं जल्दी से बोला।

सौभाग्य से मेरी आवाज या दरवाजा खुलने की आवाज मेरे साथियों ने सुन ली और रस्सी ऊपर खींच ली गई। सचमुच, एक व्यक्ति दरवाजा खोलकर मद्धिम लालटेन लिये खटपट-खटपट करता हुआ अन्दर घुसा। उस विशाल निर्जन आँगन की ओर एक आदमी के आने से मेरे मन को कुछ राहत मिली और भूतों का भय गायब हो गया। पर, मुझे उससे बचना भी था। मैंने अधिक नहीं सोचा। झुककर दोनों हाथों से जल्दी-जल्दी चीनी हटाकर टीले में गड्ढा किया, फिर उसमें घुसकर अपने को चीनी से पूरा ढक लिया। केवल मेरी नाक साँस लेने के लिए बाहर निकली रही।

वह आदमी बुरी तरह खाँसते हुए—शायद डर के मारे—अन्दर आया। टीले के पास शायद कुछ देर तक खड़ा रहा। कुछ देर आँगन में घूमता रहा और अन्त में सन्तुष्ट होकर वापस लौट गया। जब तक वह रहा मेरी साँस ऊपर-नीचे हो रही थी कि वह अब आकर मेरा गला पकड़कर बाहर खींच लेगा। पर, उस आदमी को क्या मालूम कि कोई चीनी में घुसा पड़ा है। और उसने देख भी लिया होता तो मुझे जिन समझकर भाग खड़ा होता।

वह अन्त तक बुरी तरह खाँसता रहा। जब वह दरवाजा बन्द करके बाहर चला गता तो मैं चीनी हटाकर ऊपर आया। इस घटना से मुझमें न मालूम कहाँ का साहस आ गया था और अपने प्रति एक अपूर्व विश्वास उत्पन्न हुआ था। लेकिन अब क्या किया जाए? साथी लोगों का कहीं पता नहीं था।

मुझे अधिक देर तक रुकना नहीं पड़ा। एक-डेढ़ मिनट बाद ही पीछे जीने की ओर खटका हुआ, फिर टॉर्च की रोशनी आई और तत्पश्चात् मेरे साथी मेरे पास फुर्ती से आकर खड़े हो गए।

दीनेश्वर फुसफुसाहट-भरी आवाज में बोला, "जल्दी ऊपर चलो। मेरे घर में पुरानी चाभियों का एक गुच्छा था, उसी की मदद से जीने का ताला खोला है।"

मुझे बड़ी खुशी हुई। इसके बाद हम लगभग दौड़ते हुए वहाँ से रफूचक्कर हो गए। जब हम दीनेश्वर के कमरे में आकर खड़े हुए तो मेरे मित्रों ने प्रश्नों की झड़ी लगा दी।

"उस साले ने देखा तो नहीं?"

"तुम डरे तो नहीं?"

"चीनी में घुसने पर साँस कैसे लेते रहे?"

मैंने सभी प्रश्नों का गम्भीरतापूर्वक उत्तर दिया। अपने 'क्रान्तिकारी' काम में यह पहली दीक्षा थी।

"अरे, अगर वह साला तुमको पकड़ता तो हम नीचे कूदकर उसकी हत्या कर देते।" दीनानाथ ने आश्वासन दिया।

अड्डे में पहुँचकर मैंने कहा, "भाई, यह देश का बहुत बड़ा काम हुआ है। हमने अंग्रेजों के एक पिट्ठू को दुरुस्त कर दिया है। अगर उसको डर न दिखाया गया होता तो वह ये कपड़े थोड़े ही पहनता।"

"अब हमको डकैती भी डालनी चाहिए। हमको रुपयों की सख्त जरूरत है। काफी रुपए रहने से पिस्तौल वगैरह भी खरीदी जा सकेंगी और अपनी पार्टी को बढ़ाया जा सकेगा।" दीनेश्वर ने भावी योजना की ओर संकेत किया।

दीनानाथ ने समर्थन किया, "हाँ, यही ठीक है। भाई, मेरे गाँव में एक डाकखाना है। वहाँ रोज एक डाकमैन डाक का सामान लेकर आता है। उसके पास रुपए भी जरूर होते होंगे। बीच का रास्ता भी सुनसान पड़ता है। मेरा सुझाव है कि उसी को क्लोरोफार्म सुँघाकर बेहोश कर दिया जाए और रुपए छीन लिये जाएँ।"

यह योजना सबको पसन्द आ गई। हमने यह काम दीनानाथ के सुपुर्द किया कि वह सब कुछ ठीक से पता लगाकर सूचित करे। कब डाकमैन चलता है, कब

गाँव में पहुँचता है, किस समय सुनसान स्थान में पहुँचता है, उसकी शारीरिक शक्ति कैसी है और उसके पास कोई हथियार भी रहता है या नहीं—हमने निश्चय कर लिया कि इन सभी बातों का विस्तार के साथ पता लग जाने के बाद एक दिन उस डाकमैन को लूटेंगे।

सचमुच मुझे अपने ऊपर बड़ा गर्व हो रहा था। मैं बीच कमरे में खड़ा था। मेरा सारा शरीर चीनी से इस कदर सफेद हो गया था कि मेरे लँगोट का अस्तित्व भी नजर नहीं आता था। परन्तु मैं बहुत सन्तुष्ट और उत्साहित था। मैं असली अर्थ में 'क्रान्तिकारी' हूँ और साहस के मामले में अपने साथियों से श्रेष्ठ हूँ—ऐसे ही भावों से मेरा हृदय परिपूर्ण था।

5

दशहरा और दिवाली बीत गए और सर्दी किसी विजयी सेना की तरह तेजी से आई। सर्दी के आगमन से हम हाईस्कूल की अपनी परीक्षा के प्रति सजग और सतर्क हो गए। दीनानाथ ने सुझाव दिया कि हमको परीक्षा के लिए डटकर तैयारी करनी चाहिए और परीक्षा की समाप्ति के पश्चात् डाकमैन को लूटने की योजना को कार्यान्वित करना उत्तम होगा।

मनोहर और दीनेश्वर ने भी इस प्रस्ताव को सहर्ष स्वीकार कर लिया। मेरे लिए कोई चारा नहीं था; पर मुझे कुछ दुख भी हुआ। मैं यह नहीं चाहता था कि दुनिया की कोई भी चीज, चाहे वह जितनी भी महत्त्वपूर्ण हो, हमारी क्रान्तिकारी योजनाओं की प्रगति में बाधा उपस्थित कर सके। मेरे लिए देश और उसकी आजादी से बढ़कर कोई वस्तु नहीं थी।

परीक्षा की तैयारी में हम अवश्य जुट गए, पर रोज मिलने और शरीर की ताकत को बढ़ाने के हमारे कार्यों में कोई रुकावट पैदा नहीं हुई। मुझे अपने शरीर की बहुत चिन्ता थी। जब से हमारी क्रान्तिकारी पार्टी बनी, मैं रोज दंड-बैठक करता। इसमें एक रोज के लिए भी नागा नहीं किया। जबर्दस्ती पीते-पीते दूध तो अब मुझे बहुत अच्छा लगने लगा था। इसका अच्छा नतीजा भी यह हुआ था कि कुछ ही महीनों में मेरे शरीर में अपूर्व ताकत और चिकनाई आ गई थी। मेरे अन्य मित्र भी नित्य कसरत करते। इसका मनोहर और दीनेश्वर पर तो कोई खास असर नहीं दृष्टिगोचर होता था पर दीनानाथ में भारी परिवर्तन हो गया था। वह एक साथ ही—वही बताता था—दंड-बैठक, सूर्य-नमस्कार, आसन और प्राणायाम करता, जिसके परिणामस्वरूप उसका शरीर सूखे पेड़ की तरह रसहीन एवं शुष्क हो गया था और गाल असाधारण रूप से पिचक गए थे। इससे यह लाभ अवश्य हुआ कि

अपने दुबले-पतले शरीर के बावजूद वह अपने को अत्यधिक ताकतवर समझकर छाती निकालकर चलने लगा।

सायंकाल अपने अड्डे पर एकत्रित होकर हम कभी-कभी 'लाठी-शिक्षक' पुस्तक की सहायता से लाठी चलाने का अभ्यास करते। किन्तु किताब एक धोखा ही थी। उसके पाठों से कोई मतलब निकालना असम्भव था। कुछ दिनों बाद हमने किताब की मदद लेने से इनकार कर दिया और अपनी मौलिक रुचि तथा बल के अनुसार लाठी भाँज-भाँजकर सन्तोष करने लगे। कभी-कभी छुरा चलाने का रियाज भी करते। हमने आँगन में दीवार के सहारे काठ का एक बोर्ड खड़ा कर दिया था, और कुछ दूरी से उसी बोर्ड पर छुरे से निशाना साधते। इसमें जो असफलता मिली, वह विस्मयजनक थी, क्योंकि हममें से प्रत्येक को बोर्ड में एक बार भी छुरा न धँसा सकने का सम्मान प्राप्त हो रहा था।

कभी-कभी दीनानाथ छुरे को मुट्ठी में बाँधकर आँगन में दौड़ लगाता। फिर एक जगह पर खड़े होकर अपने बदन को फुर्ती के साथ तोड़ते तथा घुमाते हुए हवा को छुरे से भोंकता। उसके आग्रह पर हम भी ऐसा ही करते। कभी-कभी तलवार भी घुमाई जाती, जिसमें लाठी से भी बुरा हाल हो जाता।

कभी-कभी हम दौड़ने का अभ्यास करते। यह बहुत जरूरी था। क्रान्तिकारी होने की वजह से इसकी सम्भावना थी कि पुलिस कभी हमारा पीछा करे। ऐसे समय में दौड़ना ही काम आनेवाला था। हम तेजी के साथ दूर तक दौड़ने का प्रयास करते। साँस बाँधने के लिए टीले पर तेजी से दौड़ते और बालू पर भागते। दीनानाथ सबसे तेज दौड़ता। दीनेश्वर फिसड्डी था। इसके अलावा हम कभी-कभी पेड़ पर फुर्ती के साथ चढ़ते-उतरते, उसकी मोटी डालियों पर खड़े होकर पैर साधकर तेजी से चलते और डालियों पर हाथों के सहारे नीचे लटककर आगे सरकते। फुरसत के समय में अक्सर हम पंजे भी लड़ाते, अपनी प्रहार-शक्ति में वृद्धि के लिए तान-तानकर दीवार पर मुक्के लगाते और कभी-कभी अत्यधिक उत्साह में आकर अपने-अपने सिरों को आपस में जोर-जोर से टकराते। इससे हमारे सिरों में कभी-कभी गोलियाँ निकल आतीं, जिससे हम अत्यधिक सन्तुष्ट होते, क्योंकि यह इस बात का परिचायक था कि हममें पर्याप्त सहनशक्ति थी और हम पुलिस के जुल्म को आसानी के साथ बर्दाश्त कर सकते थे।

दिन तेजी से बीते। मेरे उत्साह का अन्त नहीं था। मुझे अपने से अपूर्व सन्तोष और अपने पर अपूर्व गर्व था। मेरी समस्त हीनता दूर हो गई थी। इतना ही नहीं, बल्कि मन में सदा एक असाधारण आत्मश्रेष्ठता का भाव बना रहता। मैं चाहता मुझे अधिक-से-अधिक साहस के कार्य करने को मिलें, अधिक-से-अधिक त्याग करने और कष्ट सहने के अवसर प्राप्त हों।

अपने अन्दर इन कुछ महीनों में कैसी शक्ति आ गई है, इसका एक दिन अजीब परिस्थिति में उद्‌घाटन हुआ। सायंकाल मैं घुरऊ नारायण छपरा जा रहा था। मेरे साथी पहले ही चले गए थे, क्योंकि घर में कुछ आवश्यक काम पड़ जाने से जल्दी आने का वादा करके मैंने उनको विदा कर दिया था। जब मैं अपने स्कूल के सामने की सड़क पर आया तो मेरी दृष्टि नन्हका लंठ पर पड़ी। नन्हका दुबला-पतला था। उसने दो पोछंटे की महीन धोती पहन रखी थी। कमीज भी उसकी साफ और अच्छी थी। वह फरवाली एक मुसलमानी टोपी पहने हुए था, जिसका उद्‌देश्य सीधे-सादे लोगों पर रोब जमाना था।

नन्हका बहुत शरारती और भ्रष्ट आचरण का लंठ था। बहुत दिनों बाद उसको आज देखकर मुझे बहुत अचम्भा हुआ। ऐसा बदमाश आदमी इतना नाटा और दुबला-पतला हो सकता है, इसकी मैंने कल्पना भी नहीं की थी। जब मैं छोटा था तो अपने भय के कारण मुझे नन्हका काफी लम्बा, तगड़ा और दुष्ट लगा था, और जब मैं खुद लम्बा होकर तगड़ा तथा साहसी हो गया था, तो वह अपनी लम्बाई से भी बहुत नाटा और हीन लग रहा था। मुझे यह कतई विश्वास नहीं था कि मैं उससे इतना लम्बा और ताकतवर हो गया हूँ।

मुझे उस दिन की घटना याद आई जब उसने मेरी किताब छीनी थी। मुझे किताब छीनी जाने के बाद के दिनों की भी याद आई जब मैं नन्हका के खयाल मात्र से भय से काँप उठता था। और आज मेरे सामने यह कितना तुच्छ लग रहा है? चाहूँ तो अभी इसके दस जूते लगाऊँ! यह विचार आते ही मेरा दिल गुस्से से भर गया। जितना ही मैं उसकी ओर देखता, मेरा गुस्सा बढ़ता जाता। कुछ ही देर में सब कुछ असह्य हो उठा। मेरे पुराने भय ने मेरी शारीरिक समर्थता में इतने भयंकर क्रोध और प्रतिहिंसा का रूप धारण कर लिया कि आज सोचकर हैरत होती है।

मैं उसको पीटने के लिए बेचैन हो उठा, और यह बेचैनी इतनी बढ़ गई कि मैं रुककर जोर-जोर से चिल्लाकर उसको ललकारने लगा, "अरे नन्हका! साला! हरामजादा! ठहर, आज मैं तेरा खून पी जाऊँगा। हरामी का पिल्ला, तू बहुत लड़कों की किताबें छीनता है, आज तेरे हाथ-पैर न तोड़ दिए तो कहना...असल बाप का बेटा होगा कि पास आएगा...।"

मेरी मुट्ठियाँ तन गई थीं और मैं क्रोध से हाँफने लगा था। नन्हका बहुत समझदार था। मेरी ललकार सुनकर पहले तो वह भभककर मेरी ओर देखने लगा, फिर सब कुछ समझ गया, और अन्त में दाहिनी ओर की एक गली में मुड़कर तेजी से भागा। मैं भी दौड़ा और गली के मुँह पर खड़ा होकर उसको और जोर-जोर से ललकारने लगा, "अबे साले, कहाँ भाग रहा है? अब लड़कों की किताबें छीनना... मारते-मारते भुरकुस निकाल दूँगा। कमीना, कुत्ता कहीं का!"

वह भागकर शीघ्र ही आँखों से ओझल हो गया। मैं अपने गन्तव्य स्थान की ओर चल पड़ा। मैं अपने से बहुत सन्तुष्ट था किन्तु कुछ देर बाद मेरा गुस्सा जब शान्त हुआ तो मुझे बहुत हँसी आई। नन्हका जान छोड़कर किस तरह भाग रहा था!

यह किस्सा जब मैंने अपने साथियों को सुनाया तो वह भी बहुत हँसे। दीनानाथ इससे बहुत उत्साहित हुआ और उसने अपने क्रान्तिकारी कार्यों में शहर के सारे लंठों को पीटने की योजना शामिल करने का आग्रह किया, जिसको यह कहकर स्थगित कर दिया गया कि परीक्षा के बाद इस पर विचार किया जाएगा।

इस अवधि में—परीक्षा देने से पूर्व—दो और घटनाएँ घटीं, जिनका हमारे शारीरिक और मानसिक विकास की दृष्टि से अत्यधिक महत्त्व है। कभी-कभी हम विजयीपुर घाट से नीचे उतरकर टौंस का किनारा पकड़ते हुए पश्चिम की ओर बहुत दूर निकल जाते। किनारे पर कोई निर्जन तथा स्वच्छ स्थान देखकर हम लोग बैठ जाते, पद्मासन लगाते हुए नाक से हवा खींच-खींचकर प्राणायाम करते, जोश में आकर ब्रह्मचर्य और क्रान्ति के सम्बन्ध में बातें करते, आखिर अँधेरा छा जाने पर वापस लौट आते।

एक दिन जब हम लौटे तो बीच रास्ते में हमारी दृष्टि एक धोबी के कपड़ों पर पड़ी। धोबी अब चलने की तैयारी कर रहा था। कुछ कपड़े उसने बटोरकर एक गट्ठर में बाँध लिये थे, कुछ अभी जमीन पर पड़े थे। धोबी गट्ठर के पास खड़ा था। जब पसारे हुए कपड़ों की पंक्ति समाप्त होने को आई तो दीनानाथ ने एक विचित्र हरकत की। उसने झुककर एक छोटे लड़के की कमीज उठा ली। धोबी ने उसकी चोरी देख ली। दरअसल, उसने धोबी को दिखाकर ऐसा किया था।

''ऐ, मैं सब देख रहा हूँ। चुपचाप कपड़ा रख दो नहीं तो ठीक नहीं होगा।'' धोबी अपनी जगह से चिल्ला पड़ा।

किन्तु, दीनानाथ ने कमीज नहीं रखी, बल्कि 'जरा तेज चलो' कहकर जल्दी-जल्दी चलने लगा। मैंने उसको मना किया कि धोबी गरीब है, उसकी कमीज लेने से कोई लाभ नहीं, पर वह नहीं माना। धोबी इसको बर्दाश्त न कर सका और 'अच्छा सरऊ' कहकर हमारे पीछे तेजी से दौड़ा। दीनानाथ भी कमीज लेकर भागा। हमारे लिए अब कोई चारा नहीं रह गया था और हम भी तेजी से भागे। धोबी हमको भयंकर गालियाँ दिए जा रहा था।

रास्ता भागने लायक नहीं था। साँझ तेजी से गाढ़ी होती जा रही थी, जिससे सारा वातावरण गहरी कालिमा में लिपटता जा रहा था। रास्ता मुश्किल से सूझता। कभी-कभी पैरों के नीचे ढेले या झौबे के नुकीले डंठल या काँटे आ जाते। काँटा गड़ने पर हम लँगड़े खड़े होकर फुर्ती से काँटा निकालते और फिर जान छोड़कर भागते। कई बार हमने दीनानाथ से कमीज फेंक देने का आग्रह किया, पर वह

कहता, 'साले को दौड़ने दो, देखें कितना दौड़ता है!' मुझको दीनानाथ पर बहुत गुस्सा आ रहा था, क्योंकि मैं उसको इतना नीच नहीं समझता था। धोबी की कमीज लेकर भागने में क्या तुक है? गुस्से का एक बहुत बड़ा कारण यह भी था कि दीनेश्वर मरियल घोड़े की तरह दौड़ रहा था, और यदि हम भाग भी निकले तो उसका पकड़ा जाना निश्चित था। पकड़े जाने पर कैसी फजीहत होगी?

धोबी भी छोड़नेवाला नहीं था। वह नाटा किन्तु तगड़ा था और वह 'पकड़ो सालों को' कहकर ललकारता हुआ बढ़ा चला आ रहा था। सौभाग्य से वहाँ अन्य आदमी नहीं थे, नहीं तो वे भी हमारे पीछे दौड़ पड़ते। हम तेजी से भाग रहे थे। कभी-कभी दीनेश्वर पीछे पड़ जाता तो हम कुछ रुककर उसको साथ लेकर फिर दौड़ पड़ते। वाकई में दौड़ अच्छी हो रही थी। हम लोग अक्सर दौड़ने का अभ्यास किया करते, इसलिए हमारी साँस फूलने का कोई सवाल नहीं था। पहले एक भय था, पर दौड़ की गर्मी से अब मन एक आनन्द से भर गया था। अब यह जिद सवार हो गई थी कि धोबी बच्चू चाहे जितना दौड़ें पर हम पकड़ में न आएँ। हम जवान थे, क्रान्तिकारी थे; दौड़ने में हम किससे कम थे?

धोबी भी कम नहीं था और जब हम नदी के सूखे पाट के ऊँचे कगारे के समीप पहुँचे, तो वह काफी नजदीक आ गया था। अब दीनानाथ ने 'ले जा साले अपनी कमीज' कहकर कमीज पीछे फेंक दी। धोबी ने रुककर कमीज उठा ली और जोर-जोर से गरजकर ललकारने लगा, "भाग गए सरऊ! असल बाप के हो तो आ जाओ, काटकर फेंक दूँगा। न मालूम कहाँ के दलिद्दर हैं साले...!"

हमने भागना बन्द नहीं किया और दौड़ते हुए कगारे पर चढ़ गए। ऊपर पहुँचकर हम रुक गए। हम लोग पसीने से लथपथ थे और घोड़ों की तरह हाँफ रहे थे।

"यार, बड़ा शैतान है तू।" मनोहर ने दीनानाथ को एक अनोखे प्रशंसात्मक भाव से देखते हुए झिड़की दी।

दीनानाथ बहुत गम्भीर था। उसने समझाया, "भाई, मैंने यह जान-बूझकर किया। इससे कितना अभ्यास बढ़ा है? मैं चोरी करना थोड़े ही चाहता था। मैं यह देखना चाहता था कि किसी के पीछा करने पर हम कितनी तेजी से भाग सकते हैं। मान लो, अगर वह धोबी न होकर पुलिस कांस्टेबल होता तो हमको भागना पड़ता कि नहीं? वह किसी पुलिस कांस्टेबल से कम तगड़ा और कम तेज नहीं दौड़ता था। बीस ही था, उन्नीस नहीं। अब आगे कोई पुलिस कांस्टेबल हमारा पीछा करेगा तो हम नहीं पकड़े जाएँगे, यह तय है। अपनी ट्रेनिंग के लिए यह बहुत बड़ा काम हुआ है। हमको अड्डे पर चलकर 'भारतमाता' को सिर नवाना चाहिए और चीनी का शर्बत पीना चाहिए।"

इस स्पष्टीकरण से हमारी आँखें खुल गईं। मैंने और मेरे साथियों ने इस पर इस दृष्टिकोण से विचार ही नहीं किया था। सचमुच देश की भलाई की दृष्टि से बहुत बड़ा काम हुआ था। इससे अपने और अपनी क्रान्तिकारी ताकत के प्रति जो विश्वास था, उसमें अपार वृद्धि हुई। अड्डे पर जाकर दीवार पर बनी भारतमाता के सामने सिर नवाकर बहुत देर तक हम लोग घुटनों के बल बैठे रहे। फिर सेठ के यहाँ से चुराई चीनी का, जिसको हमने अड्डे पर लाकर रख दिया था, शर्बत बनाया।

दूसरी घटना श्मशान घाट से सम्बन्धित है।

कभी-कभी हमारी बातचीत के दौरान भूत-प्रेत, चुड़ैल, जिन आदि का जिक्र चल पड़ता। मनोहर और दीनेश्वर का भूत-प्रेतों में बहुत विश्वास था। इस विषय पर उनके पास किस्सों का खजाना था। दीनेश्वर कुछ दिनों तक जादूगरों और मदारियों के चक्कर में रह चुका था, इसलिए जब ऐसी बातें चल पड़तीं तो उसके उत्साह का अन्त न रहता। वह कहना कि भूत-प्रेत आदि को वश में किया जा सकता है। जो कोई बारह बजे रात के गंगाजी के किनारे श्मशान घाट पर रह जाएगा उसमें एक दैवी शक्ति आ जाएगी और वह जो काम चाहेगा, प्रेतात्माओं से करा सकेगा। बस उसको एक क्षण के लिए भी डरना नहीं चाहिए। निडर रहने पर उसका कुछ नहीं बिगड़ेगा और यदि जरा भी डरा तो प्रेत-पिशाच उसका फौरन नाश कर देंगे।

उपन्यासों को पढ़ने से मुझको यह लाभ अवश्य हुआ था कि भूत-प्रेतों में मेरी किंचित् श्रद्धा नहीं थी। लेकिन भय की भावना दूर नहीं हुई थी। निर्जन स्थान में मुझे एक ऐसी दहशत जकड़ लेती, जिसका बयान नहीं कर सकता। यह विरोधाभास मुझको स्वीकार नहीं था। उस रात को दीनेश्वर की छत के नीचे आँगन में चीनी चुराते समय गहन अन्धकार में मैं जिस तरह डर उठा था, उससे मुझे बड़ी मानसिक पीड़ा हुई थी। जिस चीज पर मैं विश्वास नहीं करता, उससे क्यों डर जाता हूँ? इसका अर्थ यह था कि मैं अब भी पहले की तरह डरपोक हूँ। यह मैं नहीं चाहता था। मुझको इससे घृणा थी। मेरा यौवन, मेरा अपरिसीम और अप्रतिरोध्य उत्साह तथा मेरे क्रान्तिकारी विचार किस काम के थे? मैं ऐसी दुर्बलता को बर्दाश्त नहीं कर सकता था, जिससे मेरे व्यक्तित्व के विकास में रुकावट पैदा हो।

ऐसे ही भाव मेरे मन में उत्पन्न होते, जिनसे प्रभावित होकर मैं कभी-कभी रात में निर्जन स्थानों में जाने का प्रयास करता। कभी मैं रेलवे लाइन की पूर्वी गोमटी पार कर आगे निकल जाता, कभी अपने स्कूल के मैदान में चुपचाप बैठ आता और कभी अपने घर के आगे के भुतहे मकान के खँडहर से होकर गुजरता।

इससे मेरा भय कुछ कम जरूर हुआ था, पर ये शहर की बातें थीं। इसके अलावा मैं इन स्थानों में कुछ ही देर के लिए रहता, और जितनी देर रहता, उसमें भयभीत अवश्य हो जाता, चाहे मेरा भय बहुत ही कम क्यों न रहता हो!

चाहता मैं यह था कि ऐसे निर्जन स्थानों में मुझे जरा भी भय न सताए और यह उसी समय सम्भव था जब मैं और भी भयंकर स्थानों में जाकर देर तक रहूँ। श्मशान घाट से भी अधिक भयावह कोई स्थान हो सकता है, यह मैं कल्पना नहीं कर सकता था, और इसलिए उसका मेरे लिए विशेष आकर्षण था। श्मशान घाट मुझे चुनौती दे रहा था। वहाँ मेरे साहस, मेरी शक्ति और मेरे समस्त व्यक्तित्व की परीक्षा हो जाती। वहाँ जाकर रह आने की कल्पनामात्र से मन एक रहस्यमय उत्साह से परिपूर्ण हो जाता, हृदय एक ऐसे रोमांटिक भाव से गद्‌गद हो जाता, जो वर्णनातीत है।

एक दिन मैंने और दीनेश्वर ने निश्चय किया कि रात में चलकर श्मशान घाट पर रहा जाए। अकेले जाने की हिम्मत नहीं हुई। पर ऐसे काम में दो-तीन होने की इच्छा नहीं थी। इसलिए मैंने चुपके से दीनेश्वर से मामला तय किया। दो आदमी भी श्मशान घाट में जाकर रात-भर रह आए, यह बहुत बड़ी बात थी। मैंने मन-ही-मन यह सोचा कि इस बार सफल होने के बाद दूसरी बार मैं अकेले ही जाऊँगा। मुझको यह आकर्षण था कि इस कार्य में सफल होकर मैं और साहसी हो जाऊँगा तथा मेरा व्यक्तित्व और पुष्ट होगा; दीनेश्वर को सम्भवत: यह लोभ था कि श्मशान घाट पर विजय प्राप्त कर वह प्रेतात्माओं को वश में कर सकेगा। दोनों का उद्‌देश्य भिन्न होते हुए भी दोनों का निश्चय दृढ़ था।

लगभग ग्यारह बजे रात को हम दोनों पैरों में चप्पल डाल, कम्बल ओढ़, एक-एक सोटानुमा डंडा ले घर से रवाना हो गए।

सर्दी अच्छी पड़ रही थी। पूर्णिमा थी या नहीं, याद नहीं; पर चारों ओर छिटकी चाँदनी बहुत ही प्रिय लग रही थी। हवा कुछ तेज थी। हमने सिर को कम्बल से इस तरह ढँक लिया था जैसे कंटोप पहने हों। हमारी चाल तेज थी, दिल में जोश था और कभी-कभी हम एक-दूसरे की ओर देखकर व्यर्थ मुस्करा पड़ते।

टौंस नदी किसी विरहिणी की भाँति कृशगात और सुन्दर लग रही थी। उसको पार करके गंगाजी जाना था। टौंस पर अभी पुल नहीं बना था और नाव के जरिए ही उस पर जाना सम्भव था। आशानुकूल नाव इसी पार खड़ी थी और मल्लाहों का कहीं पता नहीं था। हमने नाव का लंगर खोला, उसको कुछ दूर तक पानी में ठेला और अन्त में उस पर चढ़ गए। नदी गहरी नहीं थी, धारा भी तेज नहीं थी। मैंने डाँड़ सँभाला और दीनेश्वर ने पतवार और कुछ देर में हम उस पार

पहुँच गए। नाव खेने में हम उस्ताद नहीं थे इसलिए इतनी आसानी से उस पार पहुँचकर हमको अचम्भा ही हुआ।

उस किनारे हमने नाव खड़ी कर दी और फिर तेजी से दक्षिण की ओर चल पड़े। टौंस में नाव खेकर मुझको जरा भी भय नहीं मालूम पड़ा। मेरे दिल में एक अनोखा सन्तोष था—इस बात का सन्तोष कि टौंस के किनारे शहर बसा है और उस शहर में हजारों लोग हैं और कोई बात होने पर चीख-पुकार मचाने से लोग आ सकते हैं। लेकिन नदी के किनारे की सर्द बालू को पार कर जब हम ऊँचे कगार पर चढ़े तो मेरे दिल में एक अजीब दहशत पैदा हुई। पीछे शहर का दृश्य आँखों से ओझल हो गया था, आगे नाना प्रकार की भयावह सम्भावनाओं से परिपूर्ण अनन्त भूखंड था। जीवित मानवता और उसकी गरम और गुलजार बस्ती से हमारा कोई भौतिक या मानसिक सम्बन्ध नहीं रह गया था। हम सबसे कटकर अलग हो गए। और मेरे भय का सम्भवतः यही कारण था।

मैंने अपने मन को दृढ़ किया। हवा तेज हो गई थी और सर्दी बढ़ गई थी। मेरे पैरों में जोर की ठंडक लग रही थी। दीनेश्वर का भी यही हाल था, पर हमने कुछ कहा नहीं। गन्ने और चने के खेतों के बगल से गुजरनेवाली पगडंडी से होकर हम तेजी से चले जा रहे थे। ज्यों-ज्यों हम आगे बढ़ते मेरा भय बढ़ता जाता। खेतों में खड़े ऊँचे-ऊँचे गन्नों तथा चने के खेतों के विस्तार की ओर नजर उठाने की भी इच्छा नहीं होती थी; पता नहीं क्या देखने को मिल जाए। हम एक-दूसरे की ओर भी न देखते। सारा जग शान्त था और उस भयावह निस्तब्धता में हमारी चप्पलों की फट-फट की आवाज ऐसी लग रही थी, जैसे हृदय पर कोई हथौड़े की चोट कर रहा हो।

हम बढ़े चले। पीछे लौटने का सवाल नहीं उठता था। लगभग आधे घंटे चलने के बाद ऊँचा भूखंड समाप्त हो गया। यहाँ से नीचे उतरना था। यहाँ गंगाजी दिखाई दे रही थीं। गंगा को देखकर दिल में एक अजीब उत्साह आया। भय बहुत कम हो गया। जब तक हम ऊँचे भूखंड पर चलते रहे और हमारे आगे-पीछे अनन्त भूमि के अलावा कुछ भी दिखाई न देता था, मेरा दिल भयावह अनिश्चितता तथा अनजान आशंकाओं से भर रहा था। किन्तु जब मैंने गंगाजी को देख लिया तो मुझे जैसे आधार मिल गया। अब मेरे सामने भूमि की अनन्तता नहीं थी, बल्कि आगे गंगा अपने पवित्र इतिहास और परम्परा के साथ स्वच्छ चाँदनी में सुखपूर्वक लेटी थी। इससे बड़ा सन्तोष हुआ।

मैं उमंग में आकर नीचे दौड़ पड़ा। दीनेश्वर भी मेरे पीछे भागा। नीचे आकर हम फिर तेजी से चल पड़े।

"कितना सुन्दर दृश्य है ?" मैं टौंस पार करने के बाद प्रथम बार बोला।

"इससे मन कितना पवित्र हो गया है? मुझे किसी किस्म का डर नहीं लग रहा।" दीनेश्वर ने कहा।

"मुझे भी।"

किन्तु 'डर' शब्द का उल्लेख होने से मैं पता नहीं क्यों कुछ डर गया! कोई अरुचिकर एवं असुखकर बात याद करके मन जैसा हो उठता है, वैसी ही मेरी हालत हो गई। पर यह स्थिति क्षणिक थी, और मैंने अपने अन्दर बलपूर्वक साहस और उत्साह भरा। अब हम फिर चुप हो गए थे। आगे का रास्ता बालुकामय और ऊँचा-नीचा था। हम तेज चलने का प्रयास कर रहे थे, किन्तु हमारी चप्पलें बालू में धँस जातीं और हमारी गति मन्द हो जाती। कभी-कभी मेरी या दीनेश्वर की चप्पल बालू में धँसकर पैर से निकल जाती। हम चप्पल लेने के लिए रुकते, रुकने से भय कुछ बढ़ जाता। हवा यहाँ और तेज हो गई थी, जिससे कभी-कभी बालू उड़कर हमको ढँक लेती।

पहले हम लोग नहाने के घाट पर गए। वहाँ से नदी का किनारा पकड़कर श्मशान घाट की ओर बढ़ चले। श्मशान घाट वहाँ से लगभग एक फलांग दूरी पर था। हमारी चाल में काफी तेजी आ गई थी। अपने गन्तव्य स्थान के निकट पहुँचकर हृदय एक अभूतपूर्व साहस तथा विश्वास से भर उठा। जो मंजिल अनजानी थी और जिसकी कल्पना मात्र से दिल में खतरनाक आशंकाएँ उत्पन्न हो जाती थीं, उसी को सामने देखकर मैं एक अनोखी दृढ़ता महसूस करने लगा। वह क्या श्मशान घाट है? न कोई प्रेत है, न पिशाच और बीच का रास्ता जिस आसानी से कट गया था, उसी आसानी से शेष रात श्मशान घाट पर नहीं कट जाएगी, इस पर अविश्वास करने का कोई कारण नहीं दीखा। दिन की बात दूसरी थी, पर रात में भी श्मशान घाट ऐसा मामूली होगा, यह देखकर मुझे बहुत अचम्भा हुआ।

इधर-उधर देखे बगैर हम श्मशान घाट पर आकर गंगा की ओर मुँह करके खड़े हो गए। गंगा एक ओर बालू के बड़े-बड़े टीलों तथा दूसरी ओर माटी की ऊँची चट्टानों के स्नेहाश्रय में चाँदनी की धवल सेज पर सोई थी। जल एकदम स्वच्छ और निर्मल था, जिसमें नन्ही-नन्ही रजत-लहरियाँ चैतन्य होकर मन्द गति से रेंग रही थीं। पैरों के पास किनारे पर गोल-गोल गाज तैर रहे थे। सामने, लगभग पचास फीट की दूरी पर, पानी में रेत निकल आई थी, जो कुछ आगे जाकर नुकीली शक्ल में समाप्त हो गई थी। दूसरे किनारे दूर अलग-अलग खड़े वृक्ष गंगा के आह्लादकारी सौन्दर्य को छक-छककर पी रहे थे।

"यहीं बैठा जाए।" मैंने कहा।

"बैठा जाए।" दीनेश्वर मेरी ओर देखे बिना धीरे से बोला।

हम दोनों चुपके से बैठ गए। सर्दी बहुत बढ़ गई थी और मेरे पैर बर्फ की तरह सर्द हो गए। हमने अपने सिर को, अपने कान को—नाक और आँख छोड़कर अपने सारे मुँह को—तथा अपने हाथों को कम्बल से अच्छी तरह ढँक लिया था, किन्तु भीतर कँपकँपी मची थी। ऐसा लग रहा था जैसे सर्दी यहीं से सारी दुनिया में बाँटी जाती हो।

मैं चाहता था कि कुछ बातचीत करूँ, पर मेरे मुँह से कुछ निकल ही न पा रहा था। अभी कुछ देर पहले गंगा के किनारे-किनारे चलने से जो खुशी हुई थी, वह पता नहीं कब गायब हो गई। चलना एक कार्य था। पर उस श्मशान घाट पर बैठने के बाद आस-पास के दृश्य को देखने तथा सोचने के अलावा कोई काम नहीं रह गया था। अभी आधी रात बाकी थी। लगा, मन पर कोई भारी बोझ रख रहा है।

"कौन है?" अचानक दीनेश्वर पीछे देखते हुए जोर से बोला। मेरा शरीर भय से सूख गया। मैंने भी पीछे घूमकर देखा। कोई नहीं था।

"क्या बात है?" अपने भय को दबातें हुए मैंने धीरे से पूछा।

"मुझे ऐसा लगा जैसे किसी ने पीछे से मेरे बालों को खींच लिया हो।" दीनेश्वर बोला। वह मुझे डरी-डरी आँखों से अजीब तरह से घूर रहा था। मेरी समझ में नहीं आया कि उसके बाल कोई कैसे खींचेगा। अपने को उसने सिर तक पूरा कम्बल से ढँक लिया था और कम्बल के भीतर हाथ डालना किसी अन्य व्यक्ति के लिए असम्भव था।

मैंने उसको समझाया, "बेकार में डर गए हो। तुमने सिर को कम्बल से ढँक लिया है, हाथ डालकर तुम्हारे बाल कैसे खींच लेगा? हो सकता है तुम्हारे बाल कोट के कॉलर में फँस गए हों और सिर को झुकाने पर खिंच गए हों। ठीक है न?"

"पता नहीं।" भय से अनमने स्वर में उसने उत्तर दिया और पानी में देखने लगा। स्पष्ट था कि उसके दिमाग ने मेरी दलील मान ली थी, पर उसका भय पूर्ववत् था।

डर मैं भी गया था। इस डर का एक और कारण था। दीनेश्वर के चिल्लाने पर जब मैंने सिर घुमाकर पीछे देखा तो एक अजीब भयावह दृश्य नजर आया। मेरी पीठ के पीछे कुछ ही दूरी पर आदमी की एक सफेद खोपड़ी पड़ी थी। खोपड़ी का मुँह मेरी ओर था। वह मुँह चियारकर हँसती हुई-सी प्रतीत हो रही थी। खोपड़ी से दस कदम की दूरी पर एक नर-कंकाल पड़ा था, जो बहुत पुराना नहीं था। मैंने और मेरे साथी ने अब तक जान-बूझकर इसकी ओर नहीं देखा था।

मेरे दिल को एक दहशत दबाती गई, जिस पर विजय प्राप्त करने के लिए मेरे अन्दर जबर्दस्त संघर्ष चलने लगा। इस भय को दबाने के लिए मैंने दुनिया-भर की

दलीलें दीं, किन्तु कोई नतीजा न निकला, और ऐसा लगने लगा कि वह नर-कंकाल मेरे पीछे आकर खड़ा हो गया। मैं चौंक-चौंककर पीछे देखने लगा। दूर के पेड़, जो अभी-अभी गंगा के सौन्दर्य को पीते हुए-से लगे थे, अब बड़े-बड़े प्रेतों जैसे प्रतीत होने लगे। लगा, गंगा ने हमारे भय को ताड़ लिया है, और वह किसी भयावनी जादूगरनी की तरह भावी विनाश की बात सोचकर मुस्करा रही है। यही नहीं, गंगा के किनारे का सारा बालुका-प्रदेश दीर्घ उसाँसें लेता-सा मालूम हुआ जैसे कोई विशालकाय जिन नींद से धीरे-धीरे जग रहा हो।

मेरे मित्र की हालत मुझसे भी बदतर थी, यह मैं आसानी से कल्पना कर सकता था। पता नहीं कब तक हम लोग इसी हालत में बैठे रहे हों, और तब दीनेश्वर ने मेरी ओर झुककर सायँ-सायँ आवाज में कहा, ''उस रेत के किनारे देखो।''

डर से मेरी साँस रुक गई। वह इस तरह बोला था, जैसे उसने किसी प्रेतात्मा का दर्शन कर लिया हो। मैं पानी में निकली रेतीली जमीन के किनारे गौर से देखने लगा—और कुछ ही देर में मैंने जो दृश्य देखा उससे मेरे शरीर का खून जमने लगा। रेत के दाहिने किनारे एक मुर्दा आ लगा था, जो काफी फूल गया था और जिसका चेहरा अत्यधिक भयावह तथा बीभत्स हो गया था।

''हिल रहा है!'' डरावनी आँखों से मुझे घूरते हुए फुसफुसाहट भरी आवाज में दीनेश्वर ने कहा।

सचमुच वह हिल रहा था, मैंने पहले ही गौर किया था। हवा के कुछ और तेज हो जाने के कारण उत्पन्न लहरों में वह झूल रहा था। लेकिन इससे मन को ढाढ़स नहीं बँधा। उल्टे भय बढ़ता गया।

इसी समय पता नहीं किधर से—शायद रेतीली जमीन या पीछे की ओर से—'हू-हू' की आवाज आई। यह आवाज मोटर लारी खुलने के समय उत्पन्न आवाज की तरह थी।

इस आवाज को सुनते ही दीनेश्वर उछलकर खड़ा हो गया और यह कहते हुए कि ''कृष्णकुमार भागो, मुर्दा 'हू-हू' करके हँस रहा है,'' चप्पलें जहाँ की तहाँ छोड़कर जोर से भागा। उसके भागते ही मेरा सारा विवेक और साहस रफूचक्कर हो गया और मैं भी उसके पीछे भाग चला।

दीनेश्वर दौड़ने में सदा फिसड्डी था, पर इस समय वह प्रशंसनीय फुर्ती के साथ भाग रहा था। जब हम लगभग डेढ़ फलांग निकल गए तो मेरा मन मुझको धिक्कारने लगा। मैं कितना बेवकूफ हूँ कि 'हू-हू' की आवाज से डर गया? हवा तेज चलती है तो ऐसी आवाज निकलती ही है, यह मैं अच्छी तरह जानता था। मैंने मुर्दे को हँसते हुए भी नहीं देखा था। यह तो दीनेश्वर के भयग्रस्त मन की कल्पना मात्र थी। जब मुझे इसी तरह डर जाना था तो मैं आया ही क्यों? मैंने न कोई प्रेत

देखा, न पिशाच। इस तरह अकारण भाग जाने से मुझको जो आन्तरिक पीड़ा होगी, इसको मैं खूब समझता था। यह मेरे उभरते हुए व्यक्तित्व का अपमान था।

''दीनेश्वर! रुको!'' मैंने दृढ़ स्वर में कहा।

दीनेश्वर की रुकने की इच्छा नहीं थी, किन्तु जब उसने मुझे रुकते हुए देखा तो वह भी रुककर मेरे पास आया।

''क्या है ?'' धीरे से उसने पूछा।

''सच-सच बताओ, क्या तुमने मुर्दे को हँसते हुए देखा था ?''

''ठीक से नहीं कह सकता,'' वह उसी स्वर में बोला, '' 'हू-हू' की आवाज हुई तो मुझे ऐसा लगा कि वह हँस रहा है।''

''यह तुम्हारे मन का वहम है, दीनेश्वर! हम लोगों का इस तरह लौटना ठीक नहीं। तुम तो जानते ही हो कि जब तेज हवा चलती है तो 'हू-हू' की आवाज होती है। याद करो, हम क्या निश्चय करके आए थे! रात भी बहुत कम रह गई है। इतने समय तक रहने से जब कुछ नहीं हुआ तो आगे भी कुछ नहीं होगा, यह विश्वास रखो। मन में ढाढ़स रखो। हम तो भाई क्रान्तिकारी हैं, हमारा दुनिया में कोई स्वार्थ नहीं है। अगर इस तरह डरकर भाग जाएँगे तो ब्रिटिश सरकार के जुल्म को कैसे बर्दाश्त करेंगे ? मेरा तो मन गवाही नहीं देता। चलो, लौट चलें।''

''लौटने से क्या फायदा है ? श्मशान घाट पर हम रह ही चुके हैं। चलो, घर चलें।'' उसने अपनी अनिच्छा प्रकट की।

''तुम बेकार में डर गए हो दीनेश्वर,'' मैंने उसको समझाने की कोशिश की, ''भूत-प्रेत कुछ नहीं है। सब मन का वहम है। भूत-प्रेत हैं भी तो वे इनसान का बुरा नहीं करते। तुम तो यह प्रतिज्ञा करके आए थे कि चाहे जान चली जाए, हम डरकर भागेंगे नहीं। मैं तो यही कहूँगा कि हमको भागना नहीं चाहिए। मैंने तो फैसला कर लिया है कि जरूर रुकूँगा, तुम रुको या न रुको। चलो-चलो, अगर कुछ होगा तो अकेले तुम्हीं को नहीं होगा, मुझको भी होगा।''

यह कहकर मैंने उसके कम्बल को पकड़ लिया और उसको खींचते हुए श्मशान घाट की ओर लौट पड़ा। वह कुछ नहीं बोला और मुँह फुलाए चलने लगा। उसकी जरा भी इच्छा नहीं थी, पर इसके अलावा उसके पास कोई चारा नहीं था, क्योंकि अकेले घर जाने की उसकी हिम्मत नहीं थी, यह मैं जानता था। दरअसल श्मशान घाट वापस जाने से मुझे फिर एक भय दबोचने लगा। पर मैंने उसके सामने घुटने न टेकने का निश्चय कर लिया।

घाट पर आकर हम फिर उसी स्थान पर चुपचाप बैठ गए। आकाश में तारे सर्दी से जम गए थे। शबनम खूब पड़ रही थी। लगता, आसमान धुएँ से भर उठा है। वायु की उग्रता बढ़ गई थी, जिससे बालू के गुबार लगातार उड़ रहे थे और गंगा के हृदय

में बड़ी-बड़ी लहरें उत्पन्न होने लगी थीं। पीछे खोपड़ी और नर-कंकाल उसी तरह पड़े थे, किन्तु मुर्दा अपने स्थान से हट गया था और लहरों में झूलता हुआ किनारे की ओर बढ़ रहा था।

मुर्दे को किनारे की ओर बढ़ते देखकर मैं बहुत डर गया था, पर मैंने दीनेश्वर को ढाढ़स बँधाना आवश्यक समझा, "भाई दीनेश्वर, डरना नहीं। लहरें तेज होने से यह मुर्दा अपने स्थान से हटकर इधर आ रहा है। कुछ देर में बहकर चला जाएगा।"

दीनेश्वर कुछ नहीं बोला। उसने एक बार मेरी ओर ऐसी दृष्टि से देखा, जैसे बलि पर चढ़ जानेवाला हो। मैंने महसूस किया कि मेरा स्वर बहुत ही अस्वाभाविक हो गया था, और मुझे अपने से डर-सा लग रहा था।

मुर्दा किनारे पर नहीं आया, बल्कि रेतीली जमीन के किनारे-किनारे घूमकर आगे बढ़ गया। इससे मेरे मन को ढाढ़स हुआ। मैंने एक अस्वाभाविक जोश में आकर दीनेश्वर से कहा, "भाई दीनेश्वर, कोई गाना गाओ। हमने बाजी मार ली है।"

दीनेश्वर अच्छा गाता था। अभी तक चुपचाप बैठा वह सामने के शून्य को निहार रहा था। मेरे सुझाव को सुनकर अचानक बहुत जोर से गाने लगा, "चरन कमल बन्दौं हरिराई।" किन्तु इसी समय हवा बहुत जोर से चली, अगल-बगल, पीछे और सिर के ऊपर बालू के गुबार उड़े, पीछे से 'हू-हू' की आवाजें आईं और मेरी पीठ के पीछे स्थित खोपड़ी डगरकर मेरे बाएँ पार्श्व में लगभग चार फीट की दूरी पर आकर रुक गई।

मेरे होश-हवास उड़ गए। दीनेश्वर ने गाना बन्द कर दिया। मेरी रगों में अपरिसीम भय जिन्दा कीड़ों की भाँति रेंग रहा था।

"डरना नहीं! कोई कविता सुनाओ!" मैं किसी तरह बोला।

मेरी मुट्ठियाँ तन गई थीं और दाँत बैठ से गए थे।

यकायक दीनेश्वर मेरी ओर मुँह करके और कम्बल से दाहिना हाथ निकालकर मुट्ठी को हवा में घुमाते हुए जोर से चिल्ला-चिल्लाकर भूषण की कविता कहने लगा :

साजि चतुरंग सैन अंग में उमंग भरि,
सरजा शिवाजी जंग जीतन चलत है।
भूषण भनत नाद बिहद नगारन के,
नदी-नद मद गैबरन के रलत है।
ऐल फैल खैल भैल खलक में गैल-गैल,
गजन की ठेल-पेल सैल उसलत है।
तारा सो तरनि धूरि धारा में लगत जिमि
थारा पर पारा पारावार यों हालत है।

मैं और दीनेश्वर, दोनों स्कूल की अंत्याक्षरी टीम के सदस्य थे, इसलिए हमको भूषण तथा अन्य पुराने-नए कवियों की बेहिसाब कविताएँ याद थीं। हाँ, अंत्याक्षरी प्रतियोगिताओं में हम जिस तरह कविताओं का पाठ करते थे, उससे सर्वथा भिन्न स्वर में दीनेश्वर ने कविता कही थी। वह गला फाड़कर चिल्ला रहा था, उसके स्वर में अत्यधिक क्रोध था और उसकी मुद्रा अत्यन्त विकृत हो गई थी। उसके इस तरह कविता-पाठ करने से मैंने अपने अन्दर एक अभूतपूर्व उत्तेजना और क्रोध का अनुभव किया, जैसे मुझे कोई जंग में ललकार रहा हो। मैंने भी भूषण की एक कविता पढ़ी। अपने समस्त निश्चय के विपरीत मैं भी जोर-जोर से क्रोध में चिल्लाने लगा था। कविता इस प्रकार थी :

भुज-भुजगेश की वैसंगिनी भुजंगिनी-सी
खेदि खेदि खाती दीह दारुन दलन के।
बखतर पाखरन बीच धँसि जाति, मीन,
पैरि पार जात पारावारा ज्यों जलन के।
रैयाराव चम्पति के छत्रसाल महाराज,
भूषन सकै करि बखान को बलन के।
पच्छी परछीने ऐसे परे परछीने बीर,
तेरी बरछीने बर छीने हैं खलन के।

इसके बाद हम सब कुछ भूलकर लगे कविता-पाठ करने। एक कहता, फिर दूसरा उसका जवाब देता। भूषण की जितनी कविताएँ हमको याद थीं, पहले उनको खत्म किया, फिर अन्य कवियों पर आए। अब अधिकतर शृंगार रस की कविताएँ याद थीं। किन्तु इन कविताओं को भी हम चिल्ला-चिल्लाकर ऐसे स्वर में कहने लगे, जैसे हम बहुत क्रोध में हों और एक-दूसरे को दुश्मन समझ रहे हों।

हमारे पास कविताओं का स्टॉक बहुत था और पता नहीं कब तक चिल्ला-चिल्लाकर कविता-पाठ करते रहे। हम लोग सब कुछ भूल गए थे या सब कुछ भूलने के लिए ही ऐसा आचरण कर रहे थे। यह अजीब चीज हो रही थी। इसकी हमने कल्पना भी नहीं की थी। दीनेश्वर जिस तरह गरज रहा था, वह प्रशंसनीय था। मेरी उत्तेजना अपने अन्दर सम्हल नहीं पा रही थी। मेरी इच्छा हो रही थी कि दीनेश्वर से लड़ने लगूँ, उसको पटककर पीटूँ या स्वयं उससे पटकी खाकर पिटूँ।

जब हम लोग सभी कविताएँ पढ़ चुके और आगे कोई याद नहीं रही, तो दीनेश्वर ने प्रश्न किया, "पंजा लड़ाओगे?"

उसका स्वर पहले जैसा ही उत्तेजित था।

"हाँ।" मेरा उत्तर था।

इसके बाद हम लोग पुरातन काल के उन योद्धाओं की तरह जूझ गए, जो तेगें, गदा, तलवार आदि से शक्ति आजमाइश करने के पश्चात् मल्ल-युद्ध करने लगें। पंजे के मामले में दीनेश्वर मुझसे बहुत कमजोर था, पर दरअसल हम पंजों की जोर-आजमाइश से प्रारम्भ करने के बाद फौरन ही एक-दूसरे को पीछे ढकेलने की कोशिश करने लगे थे। मेरे लिए कोई चारा भी नहीं था, क्योंकि दीनेश्वर ने मुझको ढकेलने में अपनी सारी शक्ति लगा दी थी। पता नहीं कब तक हम इस तरह करते रहे। हमारे कम्बल नीचे गिर गए थे। बहुत सम्भव था कि हम जल्द ही एक-दूसरे से गुँथकर कुश्ती लड़ने लगते, किन्तु पश्चिम की ओर स्नान-घाट से 'हरे राम, हरे राम' की आवाज सुनकर रुक गए।

दोनों ने उधर मुँह करके देखा। आवाज अब भी आ रही थी। मेरी सारी उत्तेजना और क्रोध फौरन गायब हो गया। दिल में एक ऐसी खुशी फूटने लगी, जिसका बयान नहीं।

"मालूम होता है घाट पर कोई नहा रहा है।" मूर्ख की तरह मुस्कराते हुए दीनेश्वर ने कहा।

"हाँ।" अपनी खुशी को दबाते हुए मैंने उत्तर दिया।

"सवेरा होनेवाला है। चलो चलें।"

"चलो।"

इसके बाद हमने अपना-अपना कम्बल ओढ़ा, चप्पलें पहनीं और...दीनेश्वर ने एक विचित्र हरकत की।

उसने अपनी मुट्ठी को हवा में तानते हुए जोर से नारा लगाया—'भारत माता की जै।' इस नारे में कितनी प्राणदायिनी शक्ति थी! मैंने भी ऐसा ही किया। मुझमें इतना उत्साह आया कि उस खोपड़ी को उठाकर फेंकने की तीव्र इच्छा उत्पन्न हुई। वह खोपड़ी, वह नर-कंकाल और वह मुर्दा—ये कितनी मामूली चीजें थीं? मुझको यह सोचकर बड़ा अचम्भा हुआ कि कुछ देर पहले मैं इन चीजों से बहुत डर गया था। मैंने हाथ से तो नहीं, किन्तु अपने दाहिने पैर के पंजे को खोपड़ी के नीचे लगाकर जोर से झटका दिया, जिससे खोपड़ी उछलकर दूर जा गिरी।

इससे मुझे बड़ा सन्तोष हुआ।

इसके बाद हम तेजी से स्नान-घाट की ओर चल पड़े। घाट पर नहानेवाला एक ही नहीं, बल्कि कई आदमी थे। 'जय गंगे', 'हर-हर महादेव' और 'हरे राम' की आवाजें आ रही थीं। हम काफी नजदीक पहुँच गए, सहसा एक-दूसरे की ओर देखकर हम दोनों जोर-जोर से हँसने लगे। यह हँसी रुकती ही न थी। घाट पर भी पहुँचकर हम हँसते रहे। जब हँसी रुकी तो हमने गंगा में स्नान किया। अब हम अत्यधिक गम्भीर हो गए थे।

कपड़े पहनकर जब हम लोग घर की ओर रवाना हुए तो पूर्वी क्षितिज की कालिमा फट चली थी। हवा शान्त हो गई थी। मैंने अपने अन्दर एक जबर्दस्त थकान का अनुभव किया। मेरे पोर-पोर में दर्द हो रहा था। किन्तु साथ ही मैंने अपने अन्दर एक अपूर्व आत्मविश्वास का भी अनुभव किया। लगा कि उम्र में मैं बहुत बड़ा और जिम्मेदार हो गया हूँ। लगा, मैं मौत से भी युद्ध कर सकता हूँ और दुनिया में मुझे किसी बात का डर नहीं।

6

परीक्षा समाप्त होने के बाद हम आजाद हो गए। अब अपनी क्रान्तिकारी कार्रवाइयों में तेजी लाने का समय आ गया था। सबसे पहले डाकमैन को लूटने की योजना को कार्यान्वित करना था।

परन्तु इसके पूर्व एक ऐसी घटना घटी, जिससे हमारे आन्दोलन को जबर्दस्त आघात पहुँचा। एक दिन जब हम अड्डे पर पहुँचे तो उसके ताले को टूटा हुआ पाया। अन्दर जाकर कमरे में जो कुछ देखा उससे हम सन्न रह गए। कमरे से छुरा, तलवार, क्लोरोफार्म की शीशी, 'लाठी शिक्षक' पुस्तक, चारों लाठियाँ तथा टार्च गायब थी। घर में केवल सुराही, गिलास और बोरे बचे थे जो इधर-उधर इस तरह उदास पड़े थे मानो क्रान्ति के हथियारों के अपहरण से उनकी आत्मा को चोट पहुँची हो।

हमारी समझ में नहीं आया कि यह सब कैसे हो गया। क्या मुन्नीलाल श्रीवास्तव को हमारे रहस्य का पता लग गया था? उन्होंने ही तो ताला नहीं तोड़वाया था? हो सकता है, उन्होंने मामले की पुलिस में रिपोर्ट कर दी हो। पर यह इस तरह की बातें सोचने का समय नहीं था। ताला चाहे जिसने तोड़ा हो, यह बात निर्विवाद थी कि हम लोगों की पार्टी का वह अड्डा अब निरापद नहीं था। उसको शीघ्रातिशीघ्र छोड़ देना ही ठीक था। इसलिए हमने कमरे में रखी कॉपी में से कागज का एक-एक टुकड़ा फाड़कर दीवार पर बनाए गए भारतमाता के चित्र और पार्टी तथा अपने नामों को मिटाया, फिर गिलास और बोरों को लेकर बाहर निकल आए।

बाद में पता चला कि यह रहस्योद्घाटन दीनानाथ की गलती की वजह से हुआ। उसके घर के सामने एक लड़का रहता था, जिससे उसकी पहले मित्रता थी, पर बाद में दुश्मनी हो गई थी। इस लड़के को दीनानाथ ने अपने क्रान्तिकारी जीवन की सभी बातें बता दी थीं। जब झगड़ा हुआ तो उसने लड़के को चेतावनी दी कि वह उसकी बम से हत्या कर देगा। क्रान्तिकारी दल से सम्बद्ध होने की वजह से वह बम भी बनाता है, इसको सिद्ध करने के लिए उसने गरम

दाल से जले अपने अँगूठे को दिखाते हुए कहा था कि बम निर्माण के समय एक बम फूट जाने से उसकी अँगुली जल गई थी। इस चेतावनी से वह लड़का चिढ़ गया और उसने प्रतिज्ञा की कि बम से भले ही उड़ा दिया जाऊँ पर दीनानाथ को जरूर मजा चखाऊँगा।

और उसने मजा चखा दिया था।

अड्डा छूट जाने का हमको अफसोस था ही, पर इससे कहीं ज्यादा अफसोस अपने बहुमूल्य हथियारों की चोरी से हुआ। समस्या थी क्लोरोफार्म की शीशी, तलवार और छुरा कहाँ से प्राप्त हों। इन हथियारों के बिना क्रान्तिकारी संगठन के रूप में हमारे अस्तित्व का कोई महत्त्व नहीं था। हथियार खरीदने के लिए पैसे की जरूरत थी और पैसे हमारे पास थे ही नहीं। बस एक ही उपाय था; वह यह कि दीनेश्वर के मकान के सेठ के यहाँ से अधिक बोरे चुराएँ; उनको बेचें और इस तरह पैसे प्राप्त करें।

इसका जल्दी ही सुअवसर भी मिल गया। सेठ के गोदाम में उन दिनों फिर नए बोरों के गट्ठर आए थे। दीनेश्वर की छत के पिछले हिस्से में स्थित जीने के ताले की चाभी अब हमारे पास थी, इसलिए एक रात हम नीचे गए और पूरे 90 बोरे ढो लाए। इन बोरों को शहर में बेचना हमने उचित नहीं समझा, क्योंकि अब हमको और हमारे उद्देश्य को लोग जानने-पहचानने लगे थे, ऐसा हमारा विश्वास था।

बोरों को लेकर मैं मनोहर के फूफा के यहाँ गया, जो मऊ से चार-पाँच कोस की दूरी पर रहते थे। वहाँ उनका चीनी का एक कारखाना चलता था। मनोहर ने आश्वासन दिया था कि जाते ही उसके फूफाजी मुझको नाश्ता और भोजन कराएँगे और उसके बाद 'प्रेम के साथ' सौदे की बातचीत करेंगे।

लगभग तीन बजे मैं उनके यहाँ पहुँचा। मेरा उद्देश्य जानकर उन्होंने बोरे भीतर भिजवा दिए। मैं बहुत भूखा था और उम्मीद कर रहा था कि वह फौरन मुझे यथेष्ट नाश्ता और भोजन कराएँगे, क्योंकि मनोहर का मैं लँगोटिया यार हूँ—यह बताना मैं नहीं भूला था। किन्तु नाश्ते के रूप में चीनी का शर्बत मिला। मुझको एक गिलास पकड़ाकर वह स्वयं स्नेहाधीन होकर लोटे से शर्बत ढालने लगे। जब गिलास आधा भर गया तो मैंने शिष्टाचार के वश में होकर 'बस-बस' कहना उचित समझा, पर भीतर-ही-भीतर यह पूरी उम्मीद थी कि वह पूरा गिलास भर देंगे, साथ ही दो-तीन गिलास और शर्बत का आग्रह करेंगे।

किन्तु उन्होंने मेरे कथन का अक्षरशः पालन करना जरूरी समझा, और जब मैंने 'बस-बस' कहा तो उन्होंने अपने लोटे को एकदम रोक दिया जिसके परिणामस्वरूप मुझे आधे गिलास शर्बत से ही नाश्ता करने का सन्तोष करना पड़ा।

भोजन के लिए भी मुझे अधिक प्रतीक्षा नहीं करनी पड़ी। फूफाजी पाँच मिनट के लिए अन्दर गए, और बाहर आकर मेरे हाथ में तीस रुपए देते हुए बोले, "अच्छा, अब जाइए। तीस रुपए दे रहा हूँ, जो कुछ बाकी रहा होगा, बाद में भेजवा दूँगा।"

रुपए लेकर जिस फुर्ती से मैं वापस लौटा, वह वाकई सराहनीय था। रुपयों की प्राप्ति से हम अत्यधिक सन्तुष्ट हुए और हथियारों की चोरी से जो निराशा हुई थी वह लगभग समाप्त हो गई। सारे रुपए हमने दीनेश्वर के पास जमा कर दिए।

अब हमने हथियार खरीदने तथा नए अड्डे के लिए मकान लेने के सम्बन्ध में फूँक-फूँककर कदम रखने का निश्चय किया। इसका मुख्य कारण यह था कि शहर के बहुत से लड़के और लोग-बाग हमको जानने लगे थे। मैंने तो एक दिन अपनी क्रान्तिकारी कार्रवाइयों के सम्बन्ध में कंचन से बताने के बाद आगे ऐसा न करने की जो कसम खाई तो आज तक उस पर दृढ़ रहा, किन्तु हमारे मित्र ऐसा न कर सके। उन्होंने तारीफ लूटने की गरज से अपने बहुत से अजीज दोस्तों को अपना गुप्त राज बताया और उन दोस्तों ने उसका ठाठ से प्रचार किया। इस लोकप्रियता से मुझको भी प्रसन्नता ही हुई। पर, सबसे अधिक प्रसन्नता की बात यह थी कि हमारी ख्याति शहर के कुछ अन्य क्रान्तिकारियों तक पहुँच चुकी थी। इसका एक दिन सबूत मिल गया।

रात को लगभग आठ बजे भोजन के पश्चात् मैं टहलते हुए माल-गोदाम की ओर गया कि रास्ते में अजीजुद्दीन नामक एक नवयुवक से भेंट हुई, जिसके सम्बन्ध में मैं सिर्फ इतना ही जानता था कि वह दो वर्ष पूर्व शहर का एक अच्छा-खासा लंठ था। उससे मेरी कभी बातचीत नहीं हुई थी। वह लम्बा और तगड़ा था। उसके बाल खड़े-खड़े, आँखें बिल्ली की तरह चमकती हुईं और मुख पर असाधारण शोखी थी। वह लुंगी और बनियाइन पहने हुए था।

"जरा रुको।" मेरे सामने खड़े होकर उसने कहा।

मैं डर गया। मैंने सोचा कि यह पुलिस का एजेंट है और मुझे गिरफ्तार करवाना चाहता है। उसके मुख की शोखी से मेरे सन्देह की पुष्टि होती थी। मैंने रुककर उसकी ओर शंकित दृष्टि से देखा।

"मुझे पहचानते हो?" उसने पूछा।

"नहीं।" मैं जान-बूझकर झूठ बोला।

"मेरा नाम अजीजुद्दीन है," उसने प्रसन्नतापूर्वक बताया। "मैं वही अजीजुद्दीन हूँ, जो अनन्त सोनार की आँखों में धूल झोंककर उसकी दुकान पर रखा नया लोटा लेकर भाग गया था। मैंने ही वहीद मियाँ के पाँच मुर्गे चुराकर

हलाल किए थे, और मैं ही बनवारीलाल वकील के अहाते में घुसकर उनकी तगड़ी बकरी चुरा लाया था।''

वह छोटा शहर था, और वहाँ छोटी-से-छोटी बात भी जल्द ही सबके कानों में पहुँच जाती थी। पर मैं उसके गुणों और योग्यताओं से परिचित नहीं था। पर जिस ईमानदारी से उसने अपने करतबों का बखान किया, उससे यह स्पष्ट हो गया था कि वह पुलिस का एजेंट नहीं है। उसने लंठई के शौक में आकर जो उपरोक्त हरकतें की थीं, उन पर उसको बहुत नाज था और पक्का विश्वास था कि उसको और उसकी बहादुरी को शहर का बच्चा-बच्चा जानता होगा।

मैंने उसकी बात का कुछ भी उत्तर नहीं दिया और चुपचाप उसकी ओर प्रश्नसूचक दृष्टि से देखने लगा।

''मेरे साथ आओ, एक काम है,'' वह अत्यन्त गम्भीरता से बोला और फौरन घूमकर आगे बढ़ चला।

मैं अजीब चक्कर में था। यह कहाँ ले जा रहा है? सचमुच ही तो यह पुलिस-एजेंट नहीं? किन्तु, सोचने या कुछ कहने का मौका न देकर जब वह आगे बढ़ गया तो मैं भी उसके पीछे चल दिया, यह सोचते हुए कि जो होगा, देखा जाएगा। मेरे हृदय में कुछ उत्सुकता उत्पन्न हो गई थी।

तहसीली स्कूल के सामने सड़क के दूसरे किनारे एक छोटा मन्दिर था जिससे सटी एक कोठरी थी। इस कोठरी के सामने आकर वह रुका। ''अभी आया,'' कहकर वह कोठरी के पास गया और दरवाजे को खटखटाया। जल्दी ही दरवाजा थोड़ा-सा खुला और एक व्यक्ति ने सिर बाहर निकालकर झाँकते हुए कहा, ''आओ।''

अजीजुद्दीन ने ''आओ भाई,'' कहकर मुझे बुलाया।

हम दोनों कोठरी में घुसे। दरवाजा भीतर से बन्द कर लिया गया। कोठरी बहुत छोटी थी। उसमें कोई खिड़की भी थी, यह मुझे याद नहीं। एक कोने में रखी एक निहायत छोटी मेज पर एक लालटेन जल रही थी। फर्श पर दो बँसखटे पड़े थे, जो कमजोर होने और सम्भवत: अधिक आदमियों के बैठने से नाव की तरह गहरे हो गए थे। एक बँसखटे पर लगभग तेईस-चौबीस वर्ष का एक नवयुवक बैठा था जो लम्बा, पतला और साँवला था। उसके मुख पर असाधारण गम्भीरता थी, जिससे उसके गाल का पिचकापन बहुत बढ़ गया था। वह इस भाव से देख रहा था मानो बहुत भारी खतरा उठाकर जिन्दगी में जी रहा हो, पर इसकी उसे कतई परवाह न हो। खाट पर बैठने का उसने हमको संकेत किया।

''आप मुझको जानते हैं?'' कठोर आवाज में उसने प्रश्न किया।

''नहीं।'' मैं सच बोला।

"कोई बात नहीं...। आप पिस्तौल चलाना जानते हैं ?" उसका दूसरा प्रश्न था।

"नहीं।"

"कोई बात नहीं। सिखा दिया जाएगा।" उसने रूखे स्वर में आश्वासन दिया।

वह जिस रुखाई से मुझसे पेश आ रहा था, वह मुझे कतई पसन्द नहीं थी। मैं कुछ डर भी गया था कि पता नहीं यह मुझसे क्या चाहता है। परन्तु, जब उसने पिस्तौल की बातचीत की तो मैं झट-से समझ गया कि यह कोई जबर्दस्त क्रान्तिकारी है। मैं पिस्तौल चलाना सीख जाऊँगा, यह जानकर मुझे बहुत प्रसन्नता हुई।

कुछ देर तक सामने की दीवार को चुपचाप, गम्भीर विचार की मुद्रा में निहारकर बोला, "मेरा नाम बलराम तिवारी है। मैंने आपके बारे में सुना है। आप ही लोगों ने चीनी और बोरे चुराए थे और मुन्नीलाल श्रीवास्तव को डकैती का नोटिस दिया था ? मुझे एक-एक बात का पता है। मेरी पार्टी का यही काम है कि होनहार नौजवानों को खोजकर उनका संगठन करे। हमारे लिए देश ही सब कुछ है। हमको देश के लिए मर-मिटने के लिए तैयार रहना चाहिए। भारतमाता के आँसू देश के नौजवान ही पोंछ सकते हैं। मैंने ही अजीजुद्दीन से आपको यहाँ लाने के लिए कहा था। आपसे एक काम लेना है। बोलिए, तैयार हैं ? डर लगे तो पहले ही कह दीजिए।"

"डर किस बात का ? हमने तो देश की आजादी के लिए खून से प्रतिज्ञा लिखी है।" मैं जोश में बोला। वह मुझे क्रान्तिकारी समझता है, यह जानकर मुझे बहुत खुशी हुई थी।

"किसी से कहिएगा तो नहीं ?"

"कभी नहीं।"

उसने दृढ़ स्वर में आदेश दिया, "दाहिने हाथ की मुट्ठी बाँधकर प्रतिज्ञा कीजिए कि जब तक जिन्दा रहूँगा यह रहस्य किसी पर प्रकट नहीं करूँगा।"

मैंने दाहिने हाथ की मुट्ठी बाँधकर प्रतिज्ञा की, "मैं भारतमाता की कसम खाकर कहता हूँ कि जब तक जिन्दा रहूँगा, यह रहस्य किसी पर भी प्रकट नहीं करूँगा।"

"ठीक है, अब काम की बात सुनिए।" उसका स्वर कुछ मृदु हो गया और उसके मुख पर एक असाधारण महत्त्व का भाव उभर आया, "इस शहर में दो ऐसे व्यक्ति हैं जो समाज के लिए अभिशाप हैं। वे शहर में व्यभिचार फैला रहे हैं। एक तो बाबू भोलासिंह हैं। आप तो जानते ही हैं कि भोलासिंह कितना भारी रंडीबाज है। रोज रंडी के कोठे पर जाता है। भले घर की बहू-बेटी की इज्जत की उसको जरा भी परवाह नहीं। कितनी ही मासूम और पवित्र नवयुवतियों के सतीत्व को इसने निर्दयता के साथ लूटा है। वह रोज शराब पीता और जुआ खेलता है। कमीनी पुलिस सब कुछ देखती है, पर कुछ नहीं बोलती। दूसरा आदमी मंजूर अली है। आप तो

उसके किस्से को जानते ही हैं। वह 80 वर्ष का हो गया, उससे ठीक से चला नहीं जाता, पर वह अपने एक लौंडे को देखने के लिए रोज कचहरी जाता है। इन दोनों को गोली से उड़ाना है। ये देश के नाम को कलंकित कर रहे हैं। हमने यह सोचा है कि इन दोनों के पास पहले एक-एक महीने की चेतावनी भेजी जाए और वे जब इतने पर भी न मानें तो उनकी दिन-दहाड़े हत्या कर दी जाए। उनकी मृत्यु से भारतमाता बहुत खुश होंगी। आप ही को दोनों खत लिखने होंगे। मेरी लिखावट पुलिस पहचानती है।''

इस प्रस्ताव से मैं बड़ा उत्साहित हुआ। इस पर मुझे कोई आपत्ति नहीं थी। जहाँ तक उक्त दोनों महानुभावों का सम्बन्ध है, मैं उनको अच्छी तरह जानता था। दोनों शहर के प्रसिद्ध रईस थे, दोनों ही वृद्ध थे, पर खाँ साहब मंजूर अली की उम्र भोलासिंह के बाप के बराबर थी। खाँ साहब लम्बे और धनुष की तरह आगे झुके हुए थे। उनके सभी बाल कपास हो गए थे, उनकी छोटी-छोटी आँखें गन्दी मक्खियों की तरह हिलती मालूम होती थीं। वह जिस तरह चलते थे उसको देखकर यमराज को भी उनसे सहानुभूति हो जाती। पर उनकी रसिकता अब भी नहीं गई थी। वह रोज अपने एक माशूक के दर्शन करने के लिए कचहरी जाते, ऐसा मशहूर था। यह माशूक कोई लौंडिया नहीं बल्कि एक वकील महोदय थे, जिनकी उम्र लगभग 40 वर्ष थी और जो काफी लम्बे और मोटे थे।

''ठीक है।'' मैंने सहर्ष अपनी स्वीकृति प्रकट की।

इसके बाद बलराम तिवारी ने मुझको कागज के दो सादे पन्ने और एक फाउंटेनपेन दिया। फिर स्कूल के अध्यापक की तरह कमरे में घूम-घूमकर खतों का मजमून बोलने लगे। पहला खत इस प्रकार का था—

नरक के गन्दे कीड़े भोलासिंह!

तुझे आगाह किया जाता है कि तेरे पाप का घड़ा पूरा भर गया है। तू रोज रंडी के यहाँ जाता है, रोज शराब पीता है, रोज जुए खेलता है और शरीफ घरों की नौजवान बहू-बेटियों पर पाप की दृष्टि रखता है, इस शहर की जनता यह बखूबी जान गई है। तू सारे समाज को गन्दा कर रहा है। तू देश के लिए कलंक है। तुझको जीवित रहने का कोई अधिकार नहीं। तुझको एक महीने की मोहलत दी जाती है अगर तूने आज से एक महीने के भीतर अपनी हरकतें बन्द नहीं कीं तो इकतीसवें दिन दिन-दहाड़े तेरे घर में घुसकर तुझे गोली से उड़ा दिया जाएगा। तेरे पीछे कुछ बहादुर क्रान्तिकारी नौजवान पड़ गए हैं। तू अब भी चेत। वे तेरे खून के प्यासे हैं। इन्कलाब जिन्दाबाद! भारतमाता की जय!

हम हैं तेरे जानी दुश्मन,
भारतमाता के क्रान्तिकारी लाड़ले

खाँ साहब मंजूर अली को लिखा गया पत्र भी लगभग ऐसा ही था। उसमें उनके दुर्गण विशेष की निन्दा करने के बाद अन्त में ठीक वैसी ही चेतावनी दी गई थी।

जब लेखन-कार्य समाप्त हो चुका तो बलराम तिवारी ने सन्तोषपूर्वक कहा, "ये खत लिफ़ाफे में बन्द करके भेज दिए जाएँगे। पर अभी काम अधूरा ही समझिए। उन दोनों में से एक को गोली आप ही को मारनी होगी। मौका आने पर पिस्तौल चलाना सिखा दिया जाएगा। आपके काम से मुझे बहुत खुशी होती है। मेरी पार्टी ने मुझको जिले-भर के क्रान्तिकारियों का संगठन करने का भार सौंपा है। जब आप काम पूरा कर लेंगे तो आपको पार्टी में शामिल करने की सिफारिश करूँगा। अच्छा अब जाइए। अजीजुद्दीन, तुम रुक जाना।"

जब मैं बाहर निकला तो मेरा मन उछल रहा था। हमने ईमानदारी के साथ काम किया था और हमारे कार्यों से हमारी ख्याति इतनी हो गई थी कि बलराम तिवारी जैसे बड़े क्रान्तिकारी हमको अपने दल में शामिल करने को तैयार थे। पिस्तौल और बम के साथ लैस होकर अंग्रेजों से युद्ध करने का जो मैंने ख्वाब देखा था, वह सत्य होनेवाला था। मैं अपने अन्दर के उत्साह, गर्व और आनन्द को सँभाल नहीं पा रहा था।

इस घटना से मैं इतना प्रभावित था कि इसके सम्बन्ध में मैंने अपने साथियों से कुछ भी न बताया। मैंने चूँकि भारतमाता की कसम खाकर प्रतिज्ञा की थी, इसलिए कुछ भी बताना गद्दारी होती, यह मैं अच्छी तरह समझ गया था। इससे मेरे हृदय में अपने साथियों से श्रेष्ठ होने का अनोखा भाव जाग्रत् हुआ। अब मैं भगतसिंह तथा 'आजाद' की कोटि में आसानी से आ सकता था क्योंकि मैं किसी गद्दार या अंग्रेज की हत्या कर सकता हूँ। इसके योग्य और समर्थ समझा जा रहा था। मैं उस दिन की प्रतीक्षा करने लगा, जब मुझे बलराम तिवारी बुलाकर पिस्तौल देगा और कहेगा—'जाओ, भोलासिंह या खाँ साहब मंजूर अली की हत्या कर डालो!'

परन्तु कुछ दिनों बाद मनोहर ने एक दूसरी समस्या प्रस्तुत कर दी। उस दिन सायंकाल जब वह मिला तो बहुत गम्भीर और उदास था। उसके जैसे बातूनी और दिलचस्प व्यक्ति के लिए वैसी मुद्रा धारण करना एक असाधारण एवं अस्वाभाविक बात थी।

"क्या बात है, मनोहर भाई?" मैंने पूछा।

वह गमगीन स्वर में बोला, "भाई, मैं सोचता हूँ, पार्टी के प्रचार करने के लिए बाहर जाऊँ। अब हमको देश के बड़े-बड़े क्रान्तिकारियों से सम्बन्ध कायम करना चाहिए। यशपालजी भगतसिंह और आजाद के साथी हैं। वह आजकल लखनऊ में रहते हैं। वह चुपचाप थोड़े ही बैठे होंगे? मैं सोचता हूँ, उन्हीं से

जाकर भेंट करूँ और उनको अपनी पार्टी का पूरा हाल बताऊँ। जब हमारे काम को जान जाएँगे तो बहुत खुश होंगे, इसमें कोई शक नहीं। मेरा खयाल है, वह हमको अपनी क्रान्तिकारी पार्टी में खुशी से शामिल कर लेंगे। उनसे पिस्तौल भी प्राप्त की जा सकेगी। कहो, ठीक कहता हूँ न?''

इससे बड़ी बात क्या हो सकती थी? उस समय हम किसी अन्य बड़े क्रान्तिकारी के पता-ठिकाने के सम्बन्ध में कुछ भी नहीं जानते थे। बस एक यशपालजी थे जिनके बारे में हम इतना जानते थे कि वह लखनऊ में रहकर 'विप्लव' नामक एक मासिक पत्रिका निकालते हैं। 'विलप्व' के दो-तीन पुराने अंक पढ़ने को मिल जाने से यह ज्ञान सम्भव हुआ था। किन्तु, हमारा यह दृढ़ विश्वास था कि पत्रिका चाहे यशपालजी भले ही निकालते हों, पर भगतसिंह और आजाद के साथी होने के नाते, उनकी गुप्त क्रान्तिकारी कार्रवाइयाँ जारी होंगी। उनसे यदि सम्पर्क स्थापित हो जाए और वह हमको अपनी पार्टी में शामिल कर लें तो बलराम तिवारी की पार्टी में शामिल होने से कहीं अधिक महान चीज थी। यह हमारे क्रान्तिकारी जीवन की अत्यन्त ही सनसनीखेज घटना सिद्ध होगी।

हमने मनोहर के प्रस्ताव का तत्काल समर्थन किया।

मनोहर ने हमारे समर्थन से उत्साहित होकर कहा, ''सोचता हूँ, मैं भेस बदलकर जाऊँ। भेस बदलकर जाने से पुलिस मुझको पहचान नहीं सकेगी। इससे यशपालजी से मिलने में भी आसानी होगी। उनके पीछे भी तो पुलिस रहती होगी। बोरे बेचकर जो रुपए मिले हैं, उनसे एक लम्बा कुर्ता बनवा लूँगा। कुर्ते को गेरुवे रंग से रँग दूँगा। एक लँगोट, एक बनावटी मूँछ और एक बनावटी दाढ़ी और जटा भी खरीदनी होगी। यशपालजी पर इसका असर भी पड़ेगा। जो पैसे बचेंगे, वे लखनऊ तक के किराए के लिए काफी होंगे। मैं चाहता हूँ, कल सबेरे ही रवाना हो जाऊँ। कपड़े और दाढ़ी-मूँछ लखनऊ में खरीद लूँगा।''

हमने स्वीकृति दे दी। मनोहर की उदासी और गम्भीरता गायब हो गई। मैं नहीं जानता था कि मनोहर इतना महान और त्यागी सिद्ध होगा। देश के लिए घर-बार छोड़कर बाहर जा रहा था, यह बड़ी बात थी। ओह, वह कितना चिन्तित था? निस्सन्देह, देश-कल्याण की चिन्ता ने उसको अत्यधिक चिन्तित कर दिया था। जब यह तय हो गया कि क्रान्ति की खातिर उसको बाहर जाना है, तो उसकी सारी चिन्ता गायब हो गई। मैं उससे बहुत प्रभावित हुआ।

दूसरे दिन मनोहर को विदा देने के लिए हम स्टेशन गए। हम जोश में थे। मुझको मनोहर से कुछ ईर्ष्या भी हो रही थी कि उसको अकेले ही यशपालजी से मिलने का सौभाग्य प्राप्त होगा। सन्तोष इस बात से था कि मनोहर के कहने पर

यशपालजी हमको अपने पास बुलाएँगे ही। जब गाड़ी खुली तो हमने धीरे से 'जय भारतमाता' कहकर मनोहर को विदा दी।

उस दिन शाम की ही बात है। मनोहर के छोटे भाई ने मेरे घर पहुँचकर मुझसे कहा, "चलिए, अम्मा बुला रही हैं।"

मेरे घर से लगभग आधा फर्लांग की दूरी पर एक पतली और गन्दी गली थी, जिसमें मनोहर का मकान था। मैं समझ गया कि अपने बेटे के सम्बन्ध में पूछताछ करने के लिए ही मनोहर की माँ ने मुझको बुलाया है। किन्तु, मनोहर ने अपने बारे में किसी से भी कुछ बताने की मनाही कर दी थी। मैंने निश्चय कर लिया कि मैं कुछ भी नहीं बताऊँगा।

जब मैं मनोहर की माँ के सामने खड़ा हुआ तो मैं बहुत गम्भीर था। वह रो रही थीं। वह गिड़गिड़ाती हुई बोलीं, "बेटा, सच-सच बताना कि तुम मनोहर को जानते हो? तुमसे तो उसका चौबीसों घंटे का साथ था। तुमको कुछ-न-कुछ जरूर मालूम होगा।"

"मुझे तो कुछ नहीं मालूम है। वह घर पर नहीं है क्या?"

"बेटा, जरा भी झूठ न बोलना। महतारी का कलेजा तुम नहीं जानते। जरा भी झूठ बोले तो बड़ा पाप लगेगा। इस लड़के के माथे पर हाथ रखकर कहो कि तुम कुछ भी नहीं जानते। मैं तुम्हारे पैरों पड़ती हूँ भैया, बता दो तो बहुत उपकार होगा।"

मैं कुछ भी न बताने के लिए कृत-संकल्प था, मैंने पास खड़े उनके चार वर्षीय लड़के के सिर पर हाथ रखकर दृढ़ स्वर में कहा, "मैं कसम खाता हूँ कि मैं कुछ भी नहीं जानता।"

देश के लिए झूठ बोलकर मुझे खुशी हो रही थी, किन्तु इस पर मनोहर की माँ जोर-जोर से रोकर कहने लगीं, "बताओ कहीं इस तरह रूठा जाता है? कल रात को देर से आए तो उनके बाबूजी ने उनको डाँट दिया। भला बताओ, बाप-महतारी तो डाँटते ही रहते हैं, कहीं उनकी बात का बुरा माना जाता है? उन्होंने गुस्से में कह दिया कि तुम बहुत घूमते हो, इस तरह देर तक घूमना-फिरना हो तो घर से निकल जाओ। यही बात बबुआ को लग गई। इसी से वह रूठकर चला गया है। हाय, पता नहीं मेरा लाल कहाँ होगा!"

वह इसी तरह विलाप करती रहीं। आध-एक मिनट बाद मैं चुपके से बाहर निकल आया। मैं बहुत उदास और निराश हो उठा था। मैंने सपने में भी नहीं सोचा था कि मनोहर अपने माँ-बाप से रूठकर यशपालजी से सम्पर्क स्थापित करने के बहाने घर सें भाग रहा है। मेरा सारा उत्साह किरकिरा हो गया। एक दुस्सह पीड़ा से मेरा दिल भर गया।

7

मनोहर को घर से भागे अभी एक हफ्ता भी न बीतने पाया था कि एक रोज हम लोग गिरफ्तार कर लिये गए।

गिरफ्तारी का कारण फौरन मालूम हो गया। एक दिन पहले शहर की जरीना नामक एक प्रसिद्ध वेश्या के यहाँ कुछ नौजवान घुस गए थे, जरीना और उसके घरवालों को बाँध दिया था और अन्त में पाँच सौ रुपए लेकर चम्पत हो गए थे। शहर की पुलिस वहाँ के क्रान्तिकारियों से कम बुद्धिमान नहीं थी। उसने सोचा कि यह डकैती है, और जहाँ एक-से-एक रईस और एक-से-एक गुंडे रुपए दे आते हैं, वहाँ से रुपए लेकर भागने का कार्य क्रान्तिकारियों के सिवाय कोई नहीं कर सकता। फलस्वरूप उसने शहर के कुछ ऐसे नवयुवकों को पकड़ा, जिनको वह क्रान्तिकारी समझती थी, और जिनसे ऐसे कार्य की उम्मीद थी। मैं, दीनेश्वर दीनानाथ, बलराम तिवारी और अजीजुद्दीन गिरफ्तार कर लिये गए।

साँझ बीतते ही मेरे घर पुलिस का छापा पड़ा। शहर कोतवाल, चार पुलिस कांस्टेबल तथा खुफिया विभाग के दो कर्मचारी अचानक आ धमके। घर में आंतक-सा फैल गया। मैं भीतर दूध-लाई खा रहा था। पुलिस के आगमन की सूचना मिली तो भय से शरीर का सारा रक्त सूख गया। सारे बदन में अजीब-सी सनसनाहट होने लगी। मेरा खाना छूट गया। औरतें चीख-चीखकर इस तरह रोने लगीं, जैसे गमी हो गई हो।

कुछ ही देर में बाबूजी अन्दर दाखिल होकर औरतों पर बिगड़ उठे, "क्या शोर मचा रखा है ? कोई गमी हुई है कि इस तरह रो रही हो तुम लोग ? लड़का है, रोना-धोना बन्द करो। उठो बेटा, हाथ-मुँह धो लो और कपड़े बदल लो।"

जेल जाने की बात सुनकर औरतें जोर-जोर से रोने लगीं। मैंने उठकर हाथ-मुँह धोया, और कपड़े बदले और चुपके से बाहर जाने लगा कि माँ दौड़कर आईं और मुझे पकड़कर रोने लगीं, "अरे बाबू हो बाबू! तुम जेल में कैसे रहोगे बाबू... तोशक-गलइचा पर सोनेवाले, तुम जमीन पर कैसे सोओगे बाबू...।"

मुझे अब तक पता नहीं था कि आखिर मैं किसलिए पकड़ा जा रहा हूँ। सोच रहा था कि कहीं हमारे क्रान्तिकारी कार्यों का पुलिस को पता तो नहीं लग गया है और इसीलिए मुझे पकड़ने आई है ? पता नहीं कब तक जेल में रहना पड़े या फाँसी पर ही झूलना पड़े—यह सब सोचकर तबीयत भर आई। गले में जैसे कोई गोला अटक गया हो। इच्छा करने लगी कि मैं जोर-जोर से रोऊँ। पर ऐसा न कर सका और माँ को झिड़क दिया, "झूठमूठ के लिए रो रही है ? कोई फाँसी पर चढ़ने जा रहा हूँ ? बहुत जल्दी आ जाऊँगा।"

इसके बाद उससे अपने को जबर्दस्ती से छुड़ाकर मैं बाहर चला आया। बाहर की बैठक की पुलिस तलाशी ले रही थी। मोहल्ले के दो आदमी चश्मदीद गवाहों के रूप में उपस्थित थे। सबसे आश्चर्य की बात यह थी कि बाबूजी असाधारण उत्साह में थे। उनके मुख पर जरा भी शिकन नहीं थी। वह घूम-घूमकर खुफिया पुलिस के कर्मचारी और पुलिस को प्रत्येक स्थान प्रसन्नतापूर्वक दिखा रहे थे। जो स्थान पुलिस की निगाह से बच जाता उसकी ओर अँगुली से संकेत करके कहते, "जरा इसको भी देख लें।" उनके मुख पर ऐसा भाव था, जैसे कोई अपने किसी मित्र को नए मकान का कोना-कोना दिखाकर प्रसन्न हो। मेरी उपस्थिति से तो जैसे वह सर्वथा अनभिज्ञ थे।

एक बार पुलिस कोतवाल ने अपने हाथ पर बैठे एक मच्छर को मारकर कहा, "यहाँ तो बहुत मच्छर हैं।"

इस पर बाबूजी किसी विदूषक की तरह मुँह बनाकर बोले, "दरोगाजी, यही तो यहाँ का प्रसाद है। उज्र न हो तो किस्सा अर्ज करूँ। 15 जून, सन् '35 में मेरी बहन की शादी थी। मैंने नवेद पर अपने घर का पता दिया, 'मच्छर भवन, मच्छर रोड, बलिया'। अब साहब, हमारे रिश्तेदारों ने यह समझ लिया कि मैंने अपना पुराना मकान बदल दिया है। वे गाड़ी से उतरते और पहले मच्छर रोड का पता लगाने की कोशिश करते। अब दुनिया के पर्दे पर कहीं मच्छर रोड हो तब तो! सारा शहर छानने के बाद आखिर हारकर वह पुराने मकान पर आते।" अन्त में ठहाका मारकर हँस पड़े।

पूरी तलाशी हो जाने के बाद शहर कोतवाल ने कहा, "अच्छा वकील साहब, तलाशी में तो कुछ भी नहीं मिला। अब हम जरा आपके लड़के को लिये जा रहे हैं। माफ कीजिएगा, आपको कष्ट दिया।"

"अरे कोई बात नहीं, लड़का आपका है। शौक से ले जाइए।" बाबूजी ने अत्यधिक उत्साह से कहा।

जब मैं पुलिस के साथ कमरे से बाहर निकला, तो वह कमरे में ही चुपचाप खड़े रहे, किन्तु जब मैं बाहर दरवाजे पर पहुँचा तो वह तेजी से बाहर निकलकर शहर कोतवाल से बोले, "दरोगाजी, अभी यह बच्चा ही है। माँ-बाप को छोड़कर एक दिन भी बाहर नहीं रहा है—भूल-चूक माफ कीजिएगा...।" आगे वह कुछ भी नहीं बोल सके। उनका स्वर भरभरा गया था। आखिर दूसरी ओर मुँह करके नाक छिड़कने लगे।

रेलवे स्टेशन पार कर जब मैं अँधेरे में पुलिस के साथ कोतवाली की ओर बढ़ा तो भय से मेरा कलेजा मुँह को आने लगा। पता नहीं, ये मेरा क्या करेंगे। लगा कि अब अपने माँ-बाप से कभी भेंट नहीं होगी। मैं अपने को हिम्मत बँधाने लगा कि

मैं क्रान्तिकारी हूँ, देशभक्त हूँ, भारत की आजादी के लिए अपनी जान कुर्बान करने की मैंने ही प्रतिज्ञा की थी, किन्तु इससे कोई लाभ नहीं हुआ। मेरे हृदय की सारी शक्ति पता नहीं कहाँ सुप्त हो गई थी ? मेरे क्रान्तिकारी जीवन की समस्त उमंग और उत्साह मेरी दुर्बलता और मजबूरी के सामने हिचकियाँ ले रहे थे। पानी को मुट्ठी में पकड़ने की कोशिश की तरह अपने को सँभालने की मेरी सारी कोशिशें व्यर्थ हुईं। लगा कि मैं वह नहीं हूँ जो एक दिन या एक घंटे पहले था, लगा कि मैं डरपोक हूँ, यही स्वाभाविक है और मैं जो क्रान्तिकारी पार्टी में शामिल हो गया था, यह मेरे स्वभाव के विपरीत था।

उसी रात मैं हवालात की एक कोठरी में बन्द कर दिया गया। उसी कोठरी में बलराम तिवारी और अजीजुद्दीन भी रखे गए थे। उनसे मालूम हुआ कि दीनेश्वर, दीनानाथ और कृपाशंकर भी गिरफ्तार किए गए हैं और वे दूसरी कोठरी में बन्द हैं। कृपाशंकर की गिरफ्तारी से मुझे बड़ा आश्चर्य हुआ। हवालात में उन तीनों की उपस्थिति से मेरे भय और आतंक में कुछ कमी हुई। बलराम तिवारी तो पुलिसवालों और अंग्रेजों को लगातार गालियाँ दे रहा था। इन गालियों से कभी मन में साहस भी उत्पन्न हो जाता।

उस रात को हमसे कुछ भी नहीं पूछा गया। दूसरे दिन सबेरे ही पुलिसवाले बलराम तिवारी और अजीजुद्दीन को कहीं दूसरी जगह ले गए। मैं अकेला रह गया। मेरा भय फिर बढ़ गया। दोपहर का समय किस तरह कटा, यह बता नहीं सकता। कोई हल्की-सी भी आहट या खटका होने पर लगता कि पुलिसवाले आ गए और अब वे मुझको भयंकर यंत्रणाएँ देंगे। एक भयावह अनिश्चितता ने मुझको बेतरह आतंकित कर दिया था।

दोपहर का खाना लेकर घर से कंचन आया। वह मुझे अजीब दृष्टि से घूर रहा था। जब मैं खाना खा चुका तो उसने पास आकर चुपके से कहा, "भैया, बाबूजी ने कहा है कि डरो नहीं। जो कुछ आए धीरज से बर्दाश्त करो।" बाबूजी का सन्देश बहुत ही अस्वाभाविक लगा। पुराने जमाने के आदमी, वह ब्रिटिश सरकार के समर्थक थे। उनसे ऐसी आशा नहीं थी। पता नहीं क्यों, इस सन्देश को सुनकर मैं बहुत ही डर गया।

भोजन के लगभग दो घंटे बाद खुफिया विभाग का एक कर्मचारी मेरी कोठरी में घुसा। मेरे घर की तलाशी के समय भी वह मौजूद था। उसका नाम रज्जन चौबे था। वह लम्बा और तगड़ा था। उसके बड़े मुँह पर मूँछें घास की तरह बेतरतीबवार उग आई थीं। उसकी आँखें छोटी थीं और जब वह देखकर मुस्कराता तो उससे बहुत डर लगता।

"खाना खा लिया बेटा ?" मेरे पास बैठकर उसने बहुत मीठे स्वर में प्रश्न किया।

"हाँ!" मैंने उत्तर दिया। मैंने महसूस किया मेरे शरीर में जरा भी ताकत नहीं।

"डरने-वरने की कोई बात नहीं बेटा, इत्मीनान से रहो।" वह अत्यधिक व्यस्त होकर बोला, "बात यह कि तुम्हारे बाबूजी को, वकील साहब को, मैं नजदीक से जानता हूँ। ऐसा भला आदमी जिले-भर में चिराग लेकर ढूँढ़ने पर नहीं मिलेगा; हाँ जी, मैं न कहता हूँ, इसीलिए छिपकर दौड़ा चला आ रहा हूँ, नहीं तो, बाप रे, अगर अफसर को यह मालूम हो जाए कि मैं इस तरह तुमसे मिल रहा हूँ, तो फौरन डिसमिस कर दे। बड़ा जालिम आदमी है। पर मैंने भी तय कर लिया है कि डिसमिस भले ही हो जाऊँ, वकील साहब के लड़के का बाल भी बाँका नहीं होने दूँगा। बात यह है भैया कृष्णकुमार...कृष्णकुमार ही तुम्हारा नाम है न?...हाँ, हाँ ठीक है, देखो न, मैं कितनी जल्दी भूल जाता हूँ...हाँ बेटा, बात यह है कि जितने तुम्हारे साथी पकड़े गए हैं, सभी ने सब कुछ उगल दिया है। तुमसे कहता हूँ, ये सभी साले पहले नम्बर के हरामी और स्वार्थी हैं। पहले तो अपने स्वार्थ के लिए छोटे-छोटे लड़कों को फँसाते हैं, पर जब चूतड़ पर चार हंटर पड़ते हैं तो थूककर चाटने लगते हैं। सभी सालों ने माफी माँग ली है। मार से तो भूत भागता है। ऐसे टुटूरू-टूँ की क्या हिम्मत है? शहर कोतवाल भी बहुत कड़ा आ गया है, पानी पिला-पिलाकर मारता है। पर कोई बात नहीं बेटा कृष्णकुमार, तुमको एक बात करनी होगी। बस इतना बता दो कि जरीना के यहाँ से रुपए चुराते समय तुम्हारे साथ कौन-कौन थे...आगे तो मैं सम्हाल ही लूँगा।"

उसकी बात से मुझे बहुत दहशत हुई। अपने मीठे व्यवहार और बोली के बावजूद वह बोलते समय बहुत क्रूर और दुष्ट लग रहा था। मेरे बाबूजी से उसका परिचय है, यह जानकर मुझे अत्यधिक आश्चर्य हुआ क्योंकि कभी भी मैंने उसको अपने घर आते नहीं देखा था। जहाँ तक चोरी की बात है, उसके सम्बन्ध में मैं जानता ही क्या था?

"मैंने रुपए नहीं चुराए। मुझे इसके बारे में कुछ भी नहीं मालूम।" मैंने उत्तर दिया।

"बेटा कृष्णकुमार, अब तुम यहीं गलती कर रहे हो," उसका स्वर वैसा ही मीठा था, "जब तक तुम कुछ बताओगे नहीं तब तक मेरे हाथ-पाँव कटे रहेंगे और मैं तुम्हारे लिए कुछ न कर सकूँगा। मैं तुम्हारा दुश्मन थोड़े ही हूँ? अगर तुम्हारे मन में ऐसी बात हो तो उसे फौरन निकाल दो। मैं तो तुम्हें बचाने आया हूँ। बेटा, अब यह छिपा थोड़े है कि रुपए किसने चुराए। तुमसे बताता हूँ। मैं इसको बुरा भी नहीं मानता। अरे भाई, जवानी के जोश में सबसे गलतियाँ होती हैं। मैं खुद जब तुम्हारी उम्र का था तो इन क्रान्तिकारियों के पीछे दौड़ता था। रात को रात और दिन को दिन नहीं समझता था। पर, हैं ये सब बड़े कमीने। मुझको तो चढ़ा देते थे और अपने आप

पुलिस से मिले रहते थे। तब से बेटा, इनसे नफरत हो गई। मैं अच्छी तरह जानता हूँ कि तुमको भी इसी तरह उल्लू बनाया होगा सालों ने। ठीक है न?...अरे एकदम यही बात है। एक बात जानते हो? तुमसे कहता हूँ, भीतर से मैं किसी भी साले से कम देशभक्त नहीं हूँ। क्या समझते हो, मुझे देश से प्रेम नहीं?...अरे जाओ, इन हरामजादे क्रान्तिकारियों और कांग्रेसियों से लाख दर्जे अधिक हूँ। सच कहता हूँ, इन कमीनों से मन फिर गया है। मैं तो तुमसे इतना भी करने को नहीं कहता, पर यह कोतवाल जरा झक्की किस्म का आदमी है। इसके पहले मुइनुद्दीन साहब थे, मादरजात खूनी को भी छोड़ने को कहता था तो मने कहीं करते थे। अब तो जमाना ही साला दूसरा हो गया। खैर, तुम ऊपर से कबूल लो, मैं सब देख लूँगा। बेटा, इसमें कुछ भी नहीं है...कोई साला हमारी-तुम्हारी देशभक्ति तो छीन नहीं लेगा? हाँ, बता तो दो, बेटा।''

''मुझे कुछ भी नहीं मालूम।'' मेरे मुँह से निकला न मालूम क्यों, उसके प्रति मेरे दिल में घृणा का भाव भरता जा रहा था।

उसमें यथेष्ठ धैर्य था। मेरे उत्तर से वह जरा भी विचलित न हुआ। प्रेम से मुस्कराकर बोला, ''जानते हो, मैं तुमको बेटे की तरह मानने लगा हूँ, इसलिए ऐसा कह रहा हूँ। नहीं तो मुझको क्या गरज पड़ी थी, बताते या न बताते...और बताना ही पड़ता। जब कोतवाल लगता मारने तो सब कुछ यहाँ बताना पड़ता। मैं खुद कहता हूँ, ऐसा जालिम शहर कोतवाल न कभी आया था, न आएगा। बड़े-से-बड़े सरकश लोग उसके सामने दाँत चियार देते हैं। हमारी-तुम्हारी क्या बिसात है? तुम्हीं बताओ, तुमको घंटों बेंत से मारा जाए, तुम्हारे शरीर में सुइयाँ गाड़ दी जाएँ, तुम्हारी छाती पर दस ईंट रखकर चार जवान चढ़ जाएँ, तुम्हारी जाँघों में मोटे डंडे बढ़ाये जाएँ, तो तुम सब कुछ उगल दोगे कि नहीं? इन चीजों को मैं खुद बुरा समझता हूँ पर यह कोतवाल ऐसा है कि अपने बाप की भी बात नहीं मानता। इसलिए कहता हूँ कि एक बार बता दो, फिर तुम्हारी तरफ कोई अँगुली उठा दे तो ससुरे की अँगुली तोड़ दूँगा।''

अत्याचार की बात सुनकर मेरी रूह काँप गई, पर मेरे मुँह से पहलेवाला ही उत्तर निकला, ''मुझे कुछ भी नहीं मालूम।''

वह माननेवाला नहीं था। उसने दूसरा लोभ दिया, ''एक बात और है। बेटा, सच कहता हूँ, यह मौका है। जिन्दगी बन जाएगी। इसी हवालात में तुम्हारी तरह कितने ही सीधे-सादे नौजवान आए। मैंने उनको समझाया और वे मान गए। फिर मैंने उनकी अफसरों से सिफारिश की और उनमें से आज कोई डिप्टी है, कोई कलक्टर है, कोई तहसीलदार है—सभी मजे से रुपए झाड़ रहे हैं। राजा हैं। ये क्रान्तिकारी साले तो दो दिन के साथी हैं। इन हरामजादों का दस्तरखानों की

मक्खियों की तरह का हाल है। काम निकल जाने पर उड़न-छू हो जाएँगे और मौका पाकर मारकर घास में फेंक देंगे। तुम्हारी सारी जिन्दगी चौपट हो जाएगी और ये मौजें करेंगे। मेरा कहना मान लो; तुम भी मौज करोगे।''

इसके बाद उसने तिरछी आँखों से मुझे इस तरह घूरा कि मेरा सारा बदन सिहर गया। अब मुझे अच्छी तरह मालूम हो गया कि यह शुरू से आखिर तक झूठ बोल रहा था। मुझसे सब कुछ उगलवाने के लिए वह चालबाजी-भरी बातें कर रहा था।

''मैंने चोरी नहीं की।'' मैंने फिर कहा।

''अच्छा जाने दो। यही कबूल कर लो कि बलराम तिवारी, अजीजुद्दीन, दीनेश्वर, दीनानाथ और तुमने मिलकर सरकार को उलटने की साजिश की है। मैं आगे सब सँभाल लूँगा। क्या करूँगा, कोतवाल के पैरों पड़ूँगा।'' उसने तड़ाक से दूसरा प्रस्ताव पेश किया।

''यह गलत है।'' मेरे मुँह से किसी तरह निकला।

''सोच लो। सभी यह कहते हैं कि रुपए लेकर तुम्हीं भागे थे।'' अचानक उसका स्वर बहुत कड़ा हो गया।

''मैं नहीं जानता।''

''अच्छा, तो तुम जानो और तुम्हारा काम जाने!'' कहकर वह उठा और कमरे से बाहर निकल गया।

उसके जाने के बाद मैं इतना भयभीत और आतंकित हो गया, जिसकी मैंने कल्पना नहीं की थी। मैंने महसूस किया कि श्मशान घाट में जाकर जो भय उत्पन्न हुआ था उसमें और इस भय में फर्क है। श्मशान घाट में इस बात का एक सूक्ष्मतम सन्तोष था कि हम जब चाहें भाग सकते हैं। लेकिन यहाँ पर कोई चारा नहीं था। अपनी इच्छा और दूसरों की इच्छा पर निर्भर रहनेवाली विकट स्थितियों में बहुत अन्तर होता है। एक में रोमांस रहता है, दूसरी में नंगा यथार्थ। एक में स्थिति-संचालन का सूत्र अपने हाथ में रहने से पलायन को भी वीरता समझने का भ्रम करने की गुंजाइश रहती है, दूसरे में एक पग भी पलायन सदा के लिए जीवन पर दाग लगा देता है। जेल में मैं नंगे यथार्थ के सामने खड़ा था। मैंने ऐसी मजबूरी कभी भी महसूस नहीं की थी। मेरे पैरों के नीचे की जमीन नहीं थी, मेरे दिल में ताकत नहीं थी और मेरे शरीर में रक्त नहीं था। मैंने उन सारी प्रतिज्ञाओं और निश्चयों को याद किया, जो मैंने अपने को साहसी, और अपने व्यक्तित्व को महान बनाने के लिए किए थे। मैंने उन क्रान्तिकारी कार्यों को स्मरण किया जो मैंने देश की आजादी के लिए उत्साह और उमंग से फूल-फूल कर किए थे, किन्तु इनमें से किसी से भी मैं साहस धारण न कर सका। जब भारतमाता को आजाद करने का पवित्रतम उद्देश्य मुझे साहसी नहीं बना सका, तो इसका यही अर्थ था कि मैं स्वभाव से कायर, नीच

और भगोड़ा हूँ। मुझे अफसोस होने लगा कि मैंने बेकार में क्रान्तिकारी जीवन को अपनाया। मुझे लगा कि पुलिस का एक तमाचा भी मैं बर्दाश्त नहीं कर सकता, भयंकर यंत्रणाओं की बात तो दूर की है। इतना सोचते ही मेरे दिमाग में यह विचार उत्पन्न हुआ कि जब पुलिस की यंत्रणाएँ असहनीय हो जाएँगी तो सारा कसूर कबूल लूँगा। यहाँ भी तो पलायन का रास्ता है। इस विचार से मन को कुछ राहत मिली, जैसे अँधेरे में कोई रास्ता सूझ गया हो। किन्तु, कुछ ही देर बाद मेरी इच्छा करने लगी कि हवालात की उस एकान्त कोठरी में फूट-फूटकर रो पड़ूँ।

पता नहीं कब तक मैं इसी तरह सोचता रहा और जब सब कुछ असह्य हो गया, तो लेटकर दोनों हाथों के बीच अपना मुँह छिपा लिया और सोचना बन्द कर दिया। साहस और जोश अब मेरा साथ छोड़ चुके थे। अब सिर्फ मेरी दुर्बलता मुझसे लिपटी थी।

मुझे होश उसी समय हुआ, जब शहर कोतवाल दो कांस्टेबलों और खुफिया विभाग के रज्जन चौबे के साथ भीतर आ धमका।

''क्यों जी चौबे! इसने कुछ बताया कि नहीं?'' शहर कोतवाल ने भीतर घुसते ही कड़े स्वर में चौबे से पूछा।

''अभी तक तो कुछ नहीं बताया।'' उत्तर मिला।

उसने मुझको देखकर कड़ककर पूछा, ''क्यों बे! सच-सच बता, तूने जरीना रंडी के यहाँ से रुपए कब और क्यों चुराए थे? तेरे साथ कौन-कौन थे? बलराम तिवारी, अजीजुद्दीन, दीनेश्वर और दीनानाथ से तेरा साथ कब हुआ? एक-एक बात बता, नहीं तो मारते-मारते हलवा बाहर कर दूँगा।''

पुलिस के आने पर मैं खड़ा हो गया था। मैंने निश्चय कर लिया था कि पहले मैं कुछ भी नहीं बताऊँगा, और जब पुलिस की यंत्रणाएँ बर्दाश्त से बाहर हो जाएँगी तो मैं सब कुछ कबूल लूँगा। कायर और गद्दार बनना मेरे हाथ में था। इससे मन में एक अजीब ढाढ़स आ गया था।

''मैं कुछ नहीं जानता।'' मैंने धीमे स्वर में उत्तर दिया।

''नहीं जानता? यह साला इस तरह नहीं मानेगा,'' कहकर पुलिस कोतवाल लपककर आगे बढ़ा और मेरे माथे, गाल और पीठ पर अपने हाथ से जोर-जोर से प्रहार करने लगा। इस प्रहार से मेरे शरीर में एक अजीब तनाव और विरोध उत्पन्न हुआ। मुझे यह जानकर आश्चर्य हुआ कि पुलिस की मार को सहना असम्भव नहीं। मुझ ऐसा लगा कि मैं भयंकर-से-भयंकर यंत्रणा भी बर्दाश्त कर सकता हूँ। इस मार ने मेरी सुप्त चेतना, गर्व, आदर्शवादिता और पुरुषत्व को जगा दिया। मुझमें एक अकल्पित दृढ़ता आती गई। उसके प्रहार ने जादू की छड़ी का काम किया था और उससे मेरा व्यक्तित्व एकदम बदल गया था। मैं कायर नहीं, मैं नीच नहीं हूँ, मैं

इसके सर्वथा अयोग्य हूँ कि मैं अपने देश के सम्मान को बेच सकूँ। ज्यों-ज्यों मार तेज होती गई, मुझमें एक क्रोध पैदा होता गया—एक ऐसा क्रोध, जिसका अस्तित्व मुझमें विद्यमान था, जो कुछ ही देर पूर्व असम्भव और अस्वाभाविक लगता था।

कोतवाल मारकर थक चुका था। उसके लम्बे-लम्बे हाथ बहुत ताकतवर थे, और उसके अन्धाधुन्ध प्रहार से मेरे बदन में जबर्दस्त पीड़ा हो रही थी।

''अब भी नहीं बताएगा?'' हाँफते हुए उसने प्रश्न किया।

''मैं कुछ भी नहीं जानता।'' मेरे स्वर में दृढ़ता थी।

''अच्छा तो बनाओ साले को मुर्गा, इस तरह नहीं मानेगा।'' उसने कड़ककर कहा।

उसके बोलते ही दोनों सिपाहियों ने मुझे पकड़ा और जबर्दस्ती मुर्गा बना दिया। जब मैं छोटा था तो अपने स्कूल में कई बार मुर्गा बन चुका था, इसलिए इस पर मुझे कोई विशेष आपत्ति नहीं थी। किन्तु, मुश्किल से दो मिनट तक इस स्थिति में रहा था कि पीछे से शहर कोतवाल ने एक लात जमाई, जिससे मैं मुँह के बल गिरा। मेरी नाक फूट गई और खून बहने लगा।

मैं खड़ा हुआ तो फिर मुर्गा बनाया गया। जब मैं मुर्गा बनता तो कोतवाल उसी तरह से पीछे से लात मार देता। तीन बार उसने ऐसा किया। मैं गुस्से से अन्धा हो गया, और जब वे चौथी बार मुर्गा बनाने के लिए आगे बढ़े तो मैं तनकर बोला, ''नहीं बनूँगा मुर्गा मैं।''

इस पर कोतवाल बहुत बिगड़ा और दोनों कांस्टेबलों को ललकारा, ''मारो साले को!'' इतना सुनना था कि वे यमराज के दूतों की तरह मुझ पर टूट पड़े। मुझ पर जोर-जोर से प्रहार करने लगे। उफ, कितने जबर्दस्त उनके हाथ थे और कितनी निर्दयता से वे मुझको पीट रहे थे? एक-एक प्रहार से ऐसा लगता कि प्राण निकल जाएँगे। मैं चिल्ला उठता। पर इस चिल्लाहट के बावजूद मुझ पर एक जिद सवार होती गई। मैं दृढ़ होता गया। मुझे लगा कि मरना बहुत आसान है। आज मैं यहीं मरूँगा, पर इन कमीनों को कुछ नहीं बताऊँगा। मैं क्रान्तिकारी हूँ, मैं देशभक्त हूँ, मैं गद्दार नहीं बन सकता। मुझमें एक शक्ति है, मुझमें एक आग है। बाबूजी, आपने सब कुछ बर्दाश्त करने के लिए मुझे जो सन्देशा भेजा था, उसका मैं अक्षरश: पालन कर रहा हूँ।

मुझ पर मार तेजी से पड़ती गई। यंत्रणा से मैं कराह-कराह उठता था। और तब धीरे-धीरे मेरा ज्ञान लुप्त हो गया और कुछ ही देर में मैं अचेत हो गया।

पता नहीं कितनी देर तक मैं अचेत रहा। जब होश हुआ तो पुलिस के वे मुलाजिम अब भी मौजूद थे। शहर कोतवाल ने कहा, ''देखा मजा? इस वक्त इतना ही काफी है। सोचने-समझने का तुमको मौका दिया जाता है। भले आदमी की तरह

सभी बातें बतला दो। छिपाने में है ही क्या? जिन दोस्तों को तुम अपना दोस्त समझते हो, उन्हीं सालों ने बताया है कि तुमने रुपए चुराए थे। तुमको पूरा मौका दिया जाता है, ठीक से सोच-समझ लो। कल आएँगे।''

इसके बाद वे चले गए। मैं चुपचाप उसी तरह पड़ा रहा। शरीर में भयंकर पीड़ा हो रही थी। यह सब कैसे हो गया था? मैं यह सब कैसे बर्दाश्त कर गया? मुझे बड़ा अचम्भा हो रहा था। मैं जुल्म बर्दाश्त कर सकता हूँ, इसकी अनुभूति कितनी महान थी? मैं सन्तुष्ट था। प्रसव पीड़ा के पश्चात् नवप्रसूता माँ की तरह मेरे हृदय में एक अपूर्व शान्ति व्याप्त थी, अपने ऊपर मुझे ऐसा गर्व होने लगा, जैसा पहले कभी नहीं हुआ था। इसके साथ ही, भविष्य के कष्टों और जुल्मों के लिए दिल में उपेक्षा और उदासीनता का भाव भी उत्पन्न हुआ। चाहे जो हो, मैं झुकूँगा नहीं, मैं झुक नहीं सकता।

किन्तु दूसरे दिन सबेरे ही हम लोग छोड़ दिए गए। रंडी के यहाँ से जिन लोगों ने रुपए चुराए थे, वे पकड़ लिये गए थे। शहर ही के कुछ गुंडे थे। पुलिस हमारे ऊपर मुकदमा चलाने में असमर्थ रही। इतनी जल्दी छूटने की मुझे आशा नहीं थी।

8

छूटने पर मेरे घरवाले बहुत खुश हुए, पर मुझे एक भारी दुख और निराशा ने घेर लिया। इसका सबसे बड़ा कारण यह था कि दीनेश्वर और दीनानाथ ने जेल में माफी माँग ली थी। मुझे उनसे यह उम्मीद न थी।

यही नहीं, दीनेश्वर और दीनानाथ जेल से छूटने के बाद एकदम बदल गए थे। दीनानाथ का तो घर से निकलना तक बन्द हो गया। एक दिन मैं उससे भेंट करने उसके घर गया तो उसके पिताजी ने मुझको बुरी तरह डाँटा-फटकारा। उन्होंने कहा, ''आप डूबा, जग डूबा। तुम्हीं ने मेरे लड़के को बिगाड़ा है।'' उन्होंने मुझे दीनानाथ से मिलने नहीं दिया। मुझे बहुत बुरा लगा और मैं चुपचाप वापस लौट आया।

मैंने उनके लड़के का क्या बिगाड़ा था? उनके लड़के ने ही तो पुलिस से माफी माँगकर देश की पीठ में छुरा भोंका था। कुछ दिनों बाद उन्होंने गाँव जाकर दीनानाथ की शादी कर दी। पता नहीं, अपनी शादी के समय दीनानाथ को यह याद था कि नहीं कि उसने आजादी से पहले शादी न करने की अपने खून से प्रतिज्ञा लिखी थी।

दीनेश्वर तो ऐसा बदला कि पहचाना नहीं जाता था। उसमें ऐसी बेहयाई का विकास हुआ कि हैरत होती थी। उसको वेश्यागमन की आदत पड़ गई थी। पता नहीं, बुरी संगति में पड़कर या स्वेच्छा से उसने रंडी के यहाँ जाना शुरू किया था। वह मुझसे आँखें न चुराता; उल्टे रोज मिलता। जब भी मिलता कमला नामक एक

वेश्या का उल्लेख करता, जिसको वह अत्यधिक प्यार करने लगा था। वह उस वेश्या की एक-एक बात अवांछनीय विस्तार के साथ बताता। उसकी बातों से ऐसा न लगता कि वह कुछ दिनों पहले किसी क्रान्तिकारी पार्टी का सदस्य रह चुका था। वह पूरा बेशर्म हो चुका था। कुछ दिनों बाद तो वह मिठाई का दोना और रबड़ी लेकर दिन में भी उस वेश्या के यहाँ जाने लगा। सबसे अचम्भे की बात यह थी कि वह मुझसे भी अपनी बातों में दिलचस्पी लेने की आशा करता; किन्तु मुझे घृणा होती। कुछ दिनों बाद मैंने खुद उससे बचना शुरू कर दिया।

लेकिन सबसे खुशी की बात यह थी कि कृपाशंकर पर जेल में बहुत मार पड़ी थी पर उसने माफी नहीं माँगी थी। वस्तुतः वह हमारे साथ बहुत कम रहता, लेकिन पता नहीं किसने उसका नाम बता दिया था कि वह भी गिरफ्तार कर लिया गया था। मेरा एक मित्र इतना बहादुर है, यह मेरे लिए अत्यधिक गर्व की बात थी।

कृपाशंकर को उसके पिताजी ने गाँव भेज दिया था। मैं एकदम अकेला पड़ गया था। मुझे एक-एक क्षण काटने लगा। क्या इसी दिन के लिए हमने क्रान्तिकारी पार्टी की स्थापना की थी? यदि सभी लोग इसी तरह माफी माँग लेंगे तो देश आजाद कैसे होगा? जिन मित्रों के सहयोग से मैंने अपने जीवन के आदर्श को पाला और विकसित किया था, उनमें से एक ने शादी कर ली थी, दूसरा घर से भाग गया था और तीसरा एक रंडी पर मर रहा था। अब मैं अपने इस आदर्श को कैसे पुष्ट करूँ। मेरे पास काम नहीं था। मुझे रास्ता नहीं सूझ रहा था।

मैं सबेरे उठता, नहाता, कसरत करता, नाश्ता करता और सो जाता। दोपहर में उठता, भोजन करता और फिर सोता तो शाम को ही उठता। इतना मैं पहले कभी नहीं सोता था। पता नहीं, कब की खुमारी बाकी थी। कभी-कभी मैं सोचता था कि बलराम तिवारी से भेंट हो जाए तो मामला फरियाए। इसके लिए मैं शहर की सड़कों का शाम को बेहिसाब चक्कर काटता, पर इससे कुछ भी लाभ नहीं हुआ। बलराम तिवारी और अजीजुद्दीन ने माफी नहीं माँगी थी, इसीलिए मैं उनसे बहुत प्रभावित था। मैं चाहता था कि उनकी पार्टी में शामिल होकर अपने क्रान्तिकारी जीवन को कायम रखूँ, पर वे तो शहर से जैसे उड़ गए थे।

एक दिन सायंकाल सहदेव नामक अपने एक सहपाठी से मेरी मुलाकात हुई। वह मिडिल पास करके आया था, मुझसे तीन-चार साल बड़ा था और उससे कभी भी मेरी रब्त-जब्त नहीं रही। पढ़ने-लिखने में वह बहुत तेज नहीं था, पर हँसमुख बहुत था। उसमें सबसे बड़ी विशेषता यह थी कि वह सदा खद्दर के कपड़े पहनता।

''देश-सेवा का काम छूट गया क्या?'' उसने हँसकर पूछा।

मैंने उसको अपनी सारी स्थिति और मजबूरी का हवाला दिया। सुनकर वह गम्भीर हो गया और माथे पर बल डालकर कुछ सोचने लगा। अन्त में आत्म-

महत्त्व-युक्त स्वर में बोला, ''कल आठ बजे सवेरे तैयार रहना, एक जगह ले चलूँगा।''

मैंने उससे पूछा कहा, ले चलेगा, पर उसने कुछ भी बताने से इनकार कर दिया। उसके रहस्यपूर्ण रुख से मैं कुछ उत्साहित हुआ। दूसरे दिन मैं उसके साथ गया। जिस मकान में मुझे जाना पड़ा, वह भृगुजी के मन्दिर के पास एक गली में स्थित था। मकान का दरवाजा भीतर से बन्द था। दरवाजा फौरन खुला और हम लोग अन्दर घुस गए।

मकान एकदम खाली था, बस उसमें एक ही व्यक्ति था। उसी व्यक्ति ने दरवाजा खोला था। उस व्यक्ति के नेतृत्व में मैं और सहदेव आँगन पार करके कमरे में घुस गए। कमरा साफ-सुथरा और हवादार था। उसमें दीवार से सटकर एक ओर छोटा तख्ता पड़ा था। तख्ते के सामने एक मेज और दो कुर्सियाँ थीं। तख्ते पर हम बैठे और कुर्सी पर वह व्यक्ति। उस व्यक्ति की उम्र लगभग पैंतीस वर्ष की होगी। दुबला-पतला, लम्बा; आँखें बड़ी-बड़ी थीं। वह खद्दर की धोती और बनियाइन पहने था। उसके मुख से अपने प्रति असाधारण विश्वास का भाव प्रकट हो रहा था।

''कहिए, पुलिस की मार खाकर भी देश-सेवा की तमन्ना अभी बाकी है या खत्म हो गई?'' उसने मुस्कराकर मुझसे प्रश्न किया।

मुझे यह प्रश्न बहुत अपमानजनक लगा, जैसे वह बहुत बहादुर हो और अन्य लोग कायर।

''तमन्ना न होती तो यहाँ दौड़ा भी न आता।'' मेरा संक्षिप्त उत्तर था। उस व्यक्ति ने फौरन ताड़ लिया कि मुझे उसकी बात बुरी लगी है, इसलिए मृदु स्वर में बोला, ''ठीक है, इसीलिए मैंने भी आपको बुलाया है। पहले हमारा परिचय हो जाए। मेरा नाम अखिलानन्द वर्मा है। मैं समाजवादी विचारों का आदमी हूँ। सन् '42 से ही पुलिस मेरा अकारण पीछा कर रही है, पर मालूम पड़ता है, पिछले जन्म में कुछ पुण्य काम किए थे, इसलिए अब तक बचा हूँ।'' वह अपनी बात से खुश होकर हँस पड़ा।

''समाजवाद आप जानते हैं?'' हँसी समाप्त होने के बाद फौरन गम्भीर होकर उसने पूछा।

''नाम सुना है, पर ठीक से कुछ नहीं जानता,'' मैंने वास्तविकता पर प्रकाश डालना उचित समझा।

''अच्छी बात है, धीरे-धीरे समझ में आ जाएगा,'' अखिलानन्द वर्मा बोले, ''एक बात मैं यह कहना चाहूँगा कि आपने अभी तक देश की स्वतंत्रता के लिए जो रास्ता अपनाया था, वह गलत है। वह आतंकवाद का रास्ता है। आतंकवाद, जानते हैं किसको कहते हैं? जब कुछ मुट्ठी-भर नौजवान बम और पिस्तौल की

सहायता से हिंसा करके अपने उद्देश्य को सिद्ध करना चाहते हैं, तो वहीं से आतंकवाद की शुरुआत हो जाती है। कुछ अंग्रेजों की हत्या करने और कुछ डकैतियाँ डालने से किसी देश को आजादी नहीं मिल जाया करती। एक अंग्रेज को मारने पर उसकी जगह दूसरा अंग्रेज फौरन आ जाएगा, पर उस हत्या के बदले में बहुत से नौजवान फाँसी पर अवश्य लटका दिए जाएँगे। फिर भी हर देश की आजादी की लड़ाई में आतंकवादी कार्रवाइयाँ होती हैं। आरम्भ में जब देश की जनता में जागृति नहीं होती तो कुछ भावुक नौजवान क्रोध में आकर हत्या आदि का सहारा लेते हैं। पर साम्राज्यवादी सरकार के पास बहुत बड़ी हिंसात्मक शक्ति होती है। जब तक देश की लाखों-करोड़ों जनता जाग्रत् नहीं होती, साम्राज्यवादी शक्ति से मुकाबला नहीं किया जा सकता। अपार जनशक्ति ही विदेशी गुलामी को खत्म कर सकती है, इसलिए आतंकवाद से देश का लाभ नहीं हो सकता। जब क्षोभ अधिक होता है और शक्ति तथा ज्ञान की कमी होती है, तब आतंकवाद का जन्म होता है। अध्ययन से ज्ञान होता है और ज्ञान से सही तथा गलत को समझने की शक्ति उत्पन्न होती है। इस शक्ति को साधारण जनता के उत्थान में लगाने से ही कल्याण हो सकता है।''

मैं उनकी ओर अचम्भे से देख रहा था। मैंने यह सोचा था कि वह कोई क्रान्तिकारी होंगे, जो मुझको अपने दल में शामिल करने का प्रस्ताव रखेंगे। पर उन्होंने उस पथ की निन्दा शुरू कर दी, जिस पर चलकर मैंने स्वतंत्रता प्राप्त करने की कल्पना की थी। इसके पहले इस तरह मुझे किसी ने नहीं समझाया था। बात तर्कसंगत लग रही थी और मेरे दिल में पता नहीं एक कैसी खुशी फूट रही थी।

''दरअसल, आतंकवाद क्रान्तिकारी आन्दोलन के लड़कपन का सूचक है,'' अखिलानन्द वर्मा ने आगे कहा, ''लड़कपन में बहुत-सी बेवकूफियाँ करते हैं, जिनको बड़े होने पर सोचने से हमें शर्म भी लगती है। बहुत लोग उत्सुकता, क्षणिक भावुकता, रोमांस और नायक बनने की भावना से आतंकवाद के पथ पर चलते हैं और बाद में कष्टों का सामना पड़ने पर उसको छोड़कर अपने आन्दोलन की पीठ में छुरा भोंकते हैं और अपने बहुत से साथियों की जिन्दगी बरबाद करते हैं। आप अपनी पार्टी का हाल ले लीजिए। आप लोग लड़के थे। आपकी बुद्धि कच्ची थी, आपके पास ज्ञान की कमी थी, आपके साधन सीमित थे, पर आपके दिल में देश की सेवा की लगन थी। आपके पास जोश और उत्साह था, पर सिर्फ जोश और उत्साह से ही कोई चीज नहीं हो जाती। आपने बोरे चुराए, चीनी चुराई, कुछ भ्रष्ट आचरण के लोगों को डकैती के नोटिस दिए, पर इन सभी चीजों से देश एक कदम भी आगे बढ़ा? हो सकता था कि आगे चलकर आप एक-दो सरकारपरस्त लोगों या एक-दो अंग्रेजों की हत्या कर देते, पर इससे क्या आता-जाता? आप बेकार में

पकड़कर फाँसी पर चढ़ा दिए जाते और कुछ मूल्यवान जिन्दगियाँ बरबाद हो जातीं। आपके साथी तो पहले ही प्रहार पर भाग चले। इसलिए यह बहुत जरूरी है कि हम ठीक से समझें कि हमारा आदर्श क्या है और इस आदर्श को प्राप्त करने के लिए कौन-सा रास्ता अपनाएँ! यह निरन्तर अध्ययन और उचित पथ-प्रदर्शन से सम्भव है।'' मैं सन्न रह गया था। उनकी बातों में कितनी सच्चाई थी? वह सच्चाई कड़वी थी और मीठी भी।

''बिटिश साम्राज्य एक बहुत बड़ी ताकत है, और उसका मुकाबला सिर्फ हम या आप या कुछ चुने हुए आदर्शवादी और बहादुर नहीं कर सकते। यह उसी समय मुमकिन है, जब यहाँ का एक-एक मजदूर, एक-एक किसान, और एक-एक नौजवान एक साथ विद्रोह का झंडा उठा दे। जनता के बल से बड़ी ताकत इस दुनिया में कोई नहीं। किन्तु देश की आजादी से ही मामला तय नहीं हो जाता। आज इस दुनिया में बहुत से ऐसे देश हैं, जो राजनीतिक रूप से स्वतंत्र हैं, पर वहाँ की जनता गरीब-की-गरीब है। खुद ब्रिटेन और अमेरिका में, जो स्वतंत्र, शक्तिशाली और धनी राष्ट्र हैं, लाखों की संख्या में लोग बेकार हैं; ऐसा पूँजीवाद की वजह से होता है। इस दुनिया में कुछ ऐसे लोग हैं, जो मुट्ठी-भर होते हुए भी बहुत धनी हैं। अपने-अपने पैसे के बल से सरकारें बनाते और तोड़ते हैं। दूसरी ओर लाखों-करोड़ों की संख्या में अपार जनता है, जो गरीब है, जिसके खाने, पहनने और रहने का कोई ठिकाना नहीं, जिसके बच्चों के पढ़ने का बन्दोबस्त नहीं। आप जो अन्न खाते हैं, वह किसान पैदा करता है। फिर वह स्वयं क्यों इतना गया-गुजरा है? आप कपड़े पहनते हैं, बालों में सुगन्धित तेल लगाते हैं, जूते-चप्पल पहनते हैं, और भी बहुत-सी आपको सुविधाएँ प्राप्त हैं—ये सभी चीजें मिलकर मजदूर तैयार करता है। फिर वह खुद क्यों जानवर की जिन्दगी बिताता है? इसलिए कि कुछ लोग मुनाफा कमाने के लिए उसका शोषण करते हैं। इसलिए सिर्फ राजनीतिक स्वतंत्रता से काम नहीं चलेगा। स्वतंत्रता के बाद क्या हम ऐसी सरकार बनाएँगे, जिसमें धनी लोगों को गरीबों पर जुल्म करने की छूट हो? कतई नहीं। हम ऐसी सरकार बनाने के पक्ष में हैं जिसमें अमीर और गरीब का भेद मिट जाए, जिसमें न अमीरी रहेगी और न गरीबी, अगर अमीरी रहेगी तो सभी के लिए और अगर गरीबी रहेगी तो भी सभी के लिए। हम पूँजीवाद तथा हर किस्म के शोषण को खत्म कर देंगे। संक्षेप में यही समाजवाद है। हमारे लिए राजनीतिक स्वतंत्रता और समाजवाद दोनों जरूरी हैं। समझ में आ रहा है न?''

''हाँ।'' मैं बहुत ही प्रभावित था।

''ठीक है,'' वह सन्तुष्ट होकर बोले, ''आज इतना ही। ये चीजें लेक्चरबाजी से नहीं समझ में आ सकतीं। इसके लिए गम्भीर अध्ययन जरूरी है। आप डटकर

पढ़िए और जो न समझ में आए, वह मुझसे पूछिए। धीरे-धीरे सब कुछ साफ हो जाएगा। मैं आपको तीन किताबें दे रहा हूँ, उनको ले जाइए और पढ़िए। खत्म होने पर दूसरी ले जाइएगा।''

इतना कहकर वह फौरन उठ गए, एक कोने में रखे एक सूटकेस को खोला और उसमें से तीन किताबें निकालकर मुझको दीं। किताबें लेकर मैंने उनको नमस्ते किया और बाहर निकल गया। घर आकर मैंने उन किताबों को ध्यान से देखा। उनके नाम आज याद नहीं रहे, पर उनमें से दो राहुलजी की लिखी थीं। तीसरी शायद 'कम्यूनिस्ट घोषणा-पत्र' थी।

मुझे कुछ अजीब-सा लग रहा था। यह सही था कि अखिलानन्द वर्मा की सभी बातें मुझे तर्कसंगत लगी थीं, किन्तु बाहर निकलने पर मुझे ऐसा लगा कि मैं उनको हृदयंगम नहीं कर सकता। उनकी बातों ने मेरे समस्त व्यक्तित्व को तुच्छ कर दिया था। वस्तुतः मुझे अपने पर शर्म आने लगी। देश की आजादी के लिए बोरे और चीनी चुराना कितनी शर्मनाक और तुच्छ बात थी? मुझे अपनी पवित्र भावना, अपने उत्साह, अपने आदर्श और सन्मार्ग पर चलने की अपनी शक्ति पर सन्देह होने लगा। जैसा कि अखिलानन्द वर्मा ने कहा था, क्या मैंने क्षणिक भावुकता में आकर देश-सेवा का कार्य किया था? या रोमांस अथवा नायक बनने की भावना से इस पथ पर सन्नद्ध हुआ था? मुझे ऐसा लगा कि सभी बातें मुझ पर लागू होती हैं। मेरा एक दबा व्यक्तित्व था, और मैंने एक रोमांटिक महत्त्व की कल्पना करके देश-सेवा के मार्ग को चुना था। यह सोचते ही मेरा हृदय एक दुस्सह वेदना से भर उठा। मन में न मालूम कैसी बेचैनी छा गई? अपना पुराना जीवन और पिछले कार्य मुझको हास्यास्पद लगने लगे। तो भी मैं अपने इन पिछले कार्यों पर हँस न सका। उन्हीं से होकर मैं निकला था। उन्हीं क्षणों को जीकर मैं इस स्थिति में पहुँचा था। मैंने एक उमंग में आकर कुछ कार्य किए, उनके लिए पुलिस की मार खाई। फिर भी मैं देशभक्त नहीं था...जैसे किसी कारीगर, या कलाकार या लेखक की महीनों और वर्षों की मेहनत बेकार हो जाए और उसे नए सिरे से शुरू करना पड़े! मेरी सारी जिन्दगी मेरे आगे अपनी समस्त परीक्षाओं और अनिश्चितताओं से भरी थी और मुझे सब कुछ नए सिरे से शुरू करना था। मैं सही अर्थों में देशभक्त और जनता का सेवक होना चाहता था।...

मैं रास्ते-भर ऐसे ही विचारों में खोया रहा। ज्यों-ज्यों मैं सोचता गया, मेरे हृदय का दुख गाढ़ा होता गया।

तीसरा खंड

उर्मिला

1

एक समय ऐसा भी था जब मेरा जीवन किसी का स्नेह पाकर लहलहा उठा था। आज उन दिनों की याद करता हूँ तो हृदय पीड़ा से भर उठता।

हाई स्कूल मैंने प्रथम श्रेणी में पास किया। मनोहर और कृपाशंकर दूसरी तथा दीनेश्वर और दीनानाथ तीसरी श्रेणी में आए। मैंने और कृपाशंकर ने स्थानीय सतीशचन्द्र कॉलेज में इंटरमीडिएट प्रथम वर्ष में अपने नाम लिखा लिये। दीनानाथ ने कानपुर की एक मिल में नौकरी कर ली थी। मनोहर एक-डेढ़ मास तक बनारस और इलाहाबाद का भ्रमण करने के पश्चात्—लखनऊ वह नहीं गया था—घर आ गया था। वह भी किसी नौकरी की तलाश में या। दीनेश्वर की तरह उसने भी देशभक्ति के सम्बन्ध में बात करना एकदम छोड़ दिया था। बहुधा, वह अपने घर के सामने रहनेवाले एक मारवाड़ी सेठ की जवान लड़की से चल रहे अपने प्रेम का उल्लेख करता। जहाँ तक दीनेश्वर का सम्बन्ध है, वह अपने प्रेम को मूर्त रूप देने के लिए, 'कमला शुद्ध घी विक्रेता' नाम से ठीक चौक में एक दुकान खोलकर इत्मीनान से जनता की अश्रद्धा प्राप्त करने लगा था।

दिन तेजी से बीते। सन् '45 और '46 समस्त विश्व, देश तथा मेरे विकास की दृष्टि से अत्यधिक महत्त्वपूर्ण थे। विश्वयुद्ध समाप्त हो चुका था, कांग्रेस के नेता छोड़े जा चुके थे, आजाद हिन्द फौज के गिरफ्तार सैनिकों की रिहाई और हड़तालों की नई लहर से जोश तथा विदेशी गुलामी के प्रति क्रोध एवं घृणा का ऐसा जबर्दस्त तूफान उठ खड़ा हुआ, जो पहले देखने में नहीं आया था। इस नई उमंग एवं जोश ने मेरी सारी निराशा को धो-पोंछकर साफ कर दिया। इन नई ताकतों और इस राष्ट्रीय क्रान्तिकारी ज्वार को सही-सही समझने में समाजवाद ने मुख्य रूप से सहायता की। मैं निरन्तर अध्ययन कर रहा था जिसके परिणामस्वरूप मेरी दृष्टि स्पष्ट हो गई। मैं अब अच्छी तरह समझ गया कि दुनिया में शोषण एवं अन्याय क्यों है, युद्ध क्यों होते हैं, एक देश दूसरे देश को क्यों दबाता है, सभी जुल्मों और

विषमताओं को समाप्त करने के लिए मामूली लोगों के संगठन एवं एकता की आवश्यकता है और उन्नत जीवन के लिए इनसान द्वारा किया जानेवाला संघर्ष अत्यधिक महान है।

इस नए ज्ञान और प्रकाश से मुझमें एक अजीब धीरता, गम्भीरता और निश्चिन्तता का उद्‌भव हुआ, उस नदी की तरह, जो पहाड़ से मैदान में उतरने पर मन्द एवं धीर गति से चलने लगती है। अपनी पिछली असफलताओं तथा बेवकूफियों के लिए मेरे हृदय में अब पश्चात्ताप और लज्जा का भाव नहीं रह गया था। वे मेरे विकास की कड़ियाँ थीं। बाढ़ आने से ही जमीन उपजाऊ होती है। यदि मैंने आगे बढ़ने के प्रयास में गलतियाँ की थीं, मूर्खतापूर्ण आदर्शवाद के प्रवाह में बह गया था, कष्ट सहे थे और भावनाओं के ज्वार-भाटे का अनुभव किया था, तो इससे मेरा मन पुष्ट ही हुआ था। इन स्थितियों से गुजरने पर मुझमें वैसी गलतियाँ न करने का निश्चय तथा आगे बढ़ने की आकांक्षा उत्पन्न हुई। पुस्तकों का अध्ययन करने का मुझमें जबर्दस्त शौक पैदा हुआ। पाठ्य-पुस्तकों के अलावा अन्य विषयों पर लिखित पुस्तकों के अध्ययन का जो सिलसिला उस समय आरम्भ हुआ, वह मालूम होता है, जीवन के अन्त पर ही समाप्त होगा।

अखिलानन्द वर्मा के प्रभाव में आकर मैं छात्र-संगठन का सदस्य बन गया था, जिसके परिणामस्वरूप मैंने अध्ययन के अलावा डटकर राजनीतिक कार्य आरम्भ कर दिए। उन्हीं दिनों हमने सारे जिले में छात्र-संगठन की शाखाएँ खोलीं। इससे छात्रों में जबर्दस्त जागृति पैदा हुई। हम सदा उमंग और उत्साह में रहने लगे। सारे देश तथा विश्व की उन्नति की जिम्मेदारी हमारे कन्धों पर आ गई थी, ऐसा हम महसूस करते। कक्षाओं में हम हाजिरी के समय 'यस सर' के बजाय 'उपस्थित महाशय' कहने लगे। मैं अपने संगठन के साथियों के साथ सार्वजनिक प्रदर्शन एवं सभाओं का संगठन करता और उनमें जोश-खरोश के साथ भाग लेता।

इस सारी तूफानी हलचलों के बावजूद मेरे दिल में एक अजीब इत्मीनान था। मुझे अपने शरीर से एक किस्म का मोह होता जा रहा था। नियम से कसरत करने और खाने-पीने से मैं काफी स्वस्थ और तगड़ा हो गया था। मेरी छाती निकल आई थी, कन्धे पुष्ट हो गए थे; बाँहें गठीली हो गई थीं। रान, पिंडलियाँ, और हाथ-पैर के पंजे ताकतवर हो गए थे, गर्दन दृढ़ हो गई थी। मैं एक लम्बा-चौड़ा मर्द हो गया था। एक समय ऐसा था, जब मैं अपनी खूबसूरती को अभिशाप समझता था। किन्तु, आज जब मैं मजबूत, साहसी और अध्ययनशील हो गया था, तो मुझे अपनी सुन्दरता और शक्ति के एहसास से खुशी और गर्व हो रहा था। दिल को सदा एक मीठी व्याकुलता कचोटा करती। वास्तव में मेरा मन नारी की ओर भाग रहा था। इस आकर्षण में एक दृढ़ स्पष्टता थी। किसी मन-पसन्द सुन्दर स्त्री के जवान शरीर और

मन पर अधिकार की कल्पना से ही दिल में तूफान पैदा हो जाता। मैं किसी सुन्दर और सुशील लड़की से प्यार करना चाहता था। मैंने इस सुकोमल भावना को कुचलने का प्रयास नहीं किया, उसको भीतर-ही-भीतर पल्लवित और पुष्पित होने दिया। आजादी के पूर्व एक दिन मैंने शादी न करने की जो प्रतिज्ञा की थी, उसका आज महत्त्व नहीं था। आदमी के शरीर और मन की स्वाभाविक और साधारण आवश्यकताओं का दमन अनुचित और अमानवीय है, इस पर मेरा दृढ़ विश्वास हो गया था।

पूरा साल बीत गया और इंटरमीडिएट (प्रथम वर्ष) की मेरी वार्षिक परीक्षा समाप्त हो गई। डटकर कसरत करना, डटकर खाना, नई-नई पुस्तकों का अध्ययन करना और मौके आने पर राजनीतिक आयोजनों में भाग लेना—यही मोटे तौर पर मेरा साल-भर का कार्यक्रम रहा। मैं अपने विकास की अत्यन्त ही स्वाभाविक और उत्साहवर्धक स्थिति से गुजर रहा था। आदर्श तथा यथार्थ और शक्ति तथा ज्ञान के समुचित समन्वय से मेरा व्यक्तित्व सहज, उन्नत और सशक्त हो रहा था। मैं अपने से सन्तुष्ट था।

इसी दौरान की एक मामूली, किन्तु अनोखी घटना के उल्लेख का लोभ नहीं रोक सकता। मेरे घर से ठीक सटा हुआ कलवतिया महरिन का घर था। उसकी बड़ी लड़की अपने आवारा पति की मार और जुल्म से ऊबकर ससुराल से भाग आई थी। उसका नाम जतिया था। जतिया की उम्र मैं ठीक-ठीक नहीं बता सकता, शायद सत्रह या अठारह की हो। वह चढ़ी नदी की तरह जवान थी। उसका पतला और नाटा शरीर यौवन-भार से खिंचकर धनुष की तरह टेढ़ा हो गया था। बहुत गोरी थी वह, पर उसके चेहरे की बनावट अच्छी नहीं थी।

हाँ, वह मुझको चाहती थी।

वह मेरे घर बर्तन माँजती थी। जब भी वह मेरे पास से होकर गुजरती तो मुझे या तो अजब बेशर्मी से घूरती जाती, या किसी से नजाकत से ऐंठ-ऐंठकर जोर से बोलने लगती या उमंग में आकर गदही की तरह छलाँगें लगाती हुई भाग जाती। कुछ दिनों बाद उसने मुझे देखकर मुस्कराना शुरू कर दिया—एक ऐसी उन्मादक मुस्कराहट, जिसमें स्पष्ट एवं अकपट निमंत्रण था कि मैं उसको एकान्त में पाकर अपने दृढ़ आलिंगन में बाँध लूँ।

लेकिन वह मेरे हृदय में प्रेम-भाव उत्पन्न न कर सकी। उसका शरीर और उसके नखरे मुझ किंचित् भी आकर्षित न कर पाते थे; मुझमें एक अरुचि ही उत्पन्न होती। उसके पतले शरीर पर तरबूजों की तरह भारी-भारी उरोज बड़े अस्वाभाविक लगते।

मैं जानता था कि सारा मोहल्ला उस पर लालची कुत्तों की तरह सतृष्ण दृष्टि लगाए हुए है। मुझे उन गन्दे लोगों पर बहुत गुस्सा आता और मैं अपने समाजवादी

आदर्शवाद में सोचता कि ये लोग एक गरीब लड़की को अपने पैसों के बल पर पथभ्रष्ट करने पर तुले हैं। किन्तु, इस आदर्शवाद ने भी उसके प्रति मेरे हृदय में कोई सहानुभूति पैदा नहीं की। मैं कर भी क्या सकता था? यदि किसी दूसरी किस्म की सहायता करनी होती तो सहर्ष तैयार हो जाता। पर वह जो कुछ चाहती थी, उसको देने की आकांक्षा मेरे मन में नहीं उत्पन्न होती थी। मैं प्यार चाहता था, वह सिर्फ वासना उत्पन्न करने में समर्थ थी। अकारण और निरर्थक वासना के वशीभूत होने का विचार मेरे लिए अरुचिकर था।

मैं आदर्शवादी प्यार का भूखा था, एक ऐसी लड़की के प्यार का जो सुन्दर और सुशील हो, जो मेरी भारी-से-भारी उपेक्षा पर भी मुझे तन-मन-धन से प्यार करे और जिसके संकेत पर मैं बड़े-से-बड़ा त्याग करने को तैयार हो जाऊँ। मुझे जाति का गम नहीं था, मैं किसी भी जाति की लड़की को प्यार कर सकता था, किन्तु जतिया मुझमें वांछित आदर्श अनुप्राणित न कर पाती थी।

एक दिन की बात है। गोधूलि वेला का झुटपुटा था। मैं बाहर से भीतर जा रहा था। चौखट के पास जतिया मिली, जो भीतर से आ रही थी।

मैं चुपचाप निकल जाना चाहता था। पर मुझे तिरछी नजर से देखने के बाद वह, बचकर निकलने की जरा भी परवाह न करती हुई, जान-बूझकर इस तरह आगे बढ़ी कि उसके शरीर से मुझको धक्का लग गया। मैंने चौंककर उसकी ओर देखा। उसने भी पहले विस्मय और किंचित् क्रोध का ऐसा भाव प्रकट किया मानो उसने जान-बूझकर यह हरकत न की हो, और इसमें दोष मेरा ही हो। किन्तु, फौरन बाद ही, मुस्की काटकर अत्यन्त मीठे और धीमे स्वर में बोली, "देखकर नहीं चलता है?"

मैं उसकी बात से डर गया कि मुझ पर लांछन लगा रही है। कहीं इसकी बात कोई सुन ले। पर, वहाँ कोई नहीं था और उसके मुख के भाव ऐसे थे कि वह लांछन लगा रही है, यह सन्देह करना व्यर्थ था। उसकी मुद्रा, उसकी आँखें, उसका सारा शरीर हजार-हजार ढंग से एक ही इशारा कर रहे थे। मैं वहाँ से भाग खड़ा हुआ। वहाँ से हटने पर मेरा हृदय एक अजीब क्रोध और वितृष्णा से भर गया, जैसे मेरा किसी ने अपमान कर दिया हो।

मैंने उससे बचना शुरू कर दिया। मेरी यही कोशिश रहती कि मैं उसके सामने न पड़ूँ। पर, उसमें कोई परिवर्तन नहीं हुआ। वह सामने पड़ने पर कुछ-न-कुछ छेड़खानी करने की चेष्टा करती।

और तब एक दिन आखिरी फैसला हो गया।

बालेश्वरजी के मन्दिर में कोई धार्मिक समारोह था, उसके सिलसिले में हमारे घर के सभी लोग गए हुए थे। मैं ही अकेला घर में रह गया था। भीतर से दरवाजा

ओठँगाकर मैं आँगन में चारपाई पर चुपचाप पड़ा था। मुझे जरा भी उम्मीद नहीं थी कि कुछ देर बाद चुपके से किवाड़ खोलकर जतिया भीतर घुस आएगी।

"मलिकाइन जी!" भीतर ओसारे में खड़े होकर उसने पुकारा।

पता नहीं क्यों, उसके आ जाने से मेरा कलेजा धक् से कर गया। मैंने उसकी बात का कोई उत्तर नहीं दिया।

"मलिकाइन कहाँ गईं?" अचानक मेरी चारपाई के पास आकर कुछ झुककर उसने प्रश्न किया।

"सब मन्दिर गए हैं।" उत्तर देने के अलावा मेरे पास कोई चारा नहीं था।

एक क्षण वह खड़ी रही, फिर दोनों हाथों को ऊपर करके बदन को तोड़ा और अन्त में यह कहकर कि 'घर में पानी नहीं, जरा पानी पी लूँ' वह आँगन में लगे 'हैंडपाइप' की तरफ बढ़ गई। पानी पीने के बाद वह वहीं दो-चार क्षण खड़ी रही, फिर पास आकर मृदु स्वर में बोली, "पानी पियोगे?"

ओसारे में जलती लालटेन का मद्धिम प्रकाश उसके शरीर पर पड़ रहा था। वह कुछ संकुचित होकर खड़ी थी। उसके मुख पर सदा की तरह मुस्कराहट नहीं थी, बल्कि गम्भीर लावण्य का एक अजीब भाव उभर आया था। वह मुझे भली लग रही थी—यह जानकर मुझे बड़ा अचम्भा हुआ।

और तब अचानक मेरा सारा शरीर उत्तेजना में ऐंठने लगा। यह क्या था? क्या यह प्रेम था? नहीं, कतई नहीं। मेरे सामने खाई थी, और लगा कि मैं उसमें गिरना चाहता था। नहीं, यह नहीं हो सकता। मेरी एक सीमा थी, मैं एक आदर्श से बँधा था, और जिस तरह रस्सी से बँधा कुत्ता उछल-उछलकर भौंकता है, उसी तरह यकायक खड़ा होकर मैं गुस्से में चिल्ला पड़ा, "नहीं चाहिए पानी। तू फौरन यहाँ से निकल जा...।"

मेरी आवाज सुनकर उसने चौंककर मुझे देखा। फिर उसका मुँह छोटा हो गया। वह वहाँ रुकी नहीं और बिना किसी ओर देखे चुपचाप बाहर निकल गई।

इसके बाद वह कभी मेरे पास नहीं आई। वह मुझसे कटी-कटी रहने लगी। मेरे सामने से वह निकल जाती, पर भरसक मेरी ओर न देखती; देखती भी तो इस भाव से, जैसे वह मुझे नहीं पहचानती।

कुछ दिनों बाद उसका बाप मर गया, तब वह समाज के पाप का किस तरह शिकार हुई, यह दूसरी ही कहानी है। परन्तु, कभी-कभी मुझे उसके लिए अफसोस हुआ है। कभी-कभी मैं सोचता हूँ, यदि उस दिन उससे मेरा सम्बन्ध हो गया होता तो क्या मैं उसको समाज के जाल से बचा सकता था? यदि मैं उसको प्यार करता होता तो बात दूसरी थी। तब उसके लिए कुछ भी कर सकता था, पर जब ऐसी बात नहीं थी तो उसके साथ सम्बन्धित होने का क्या परिणाम निकलता, यह बताने में

मैं आज भी असमर्थ हूँ। यह सच है कि जिसको मैं प्यार नहीं कर सकता था, उससे प्यार करने का ढोंग करना मेरे स्वभाव के प्रतिकूल था। यह मेरे लिए असह्य था। कभी-कभी यह सोचता हूँ कि यदि जतिया उर्मिला की तरह होती तो क्या होता?

2

रविवार को यह घटना घटी। छह-सात दिनों से पानी बरस रहा था। हवा तेज थी। देखते-ही-देखते न मालूम कहाँ से काले बादल आकर जम जाते जैसे कोई पेड़ पर चढ़कर डालियों को जोर से झकझोरे और पके आम भद-भद, भद-भद गिरने लगें, वैसी ही तेजी और आवाज से आसमान से जल बरसना शुरू हो जाता।

अचानक बहुत जोर की आवाज हुई, जैसे घर का ही कोई हिस्सा भरभराकर बैठ गया हो। मैं उछलकर बाहर के कमरे से भीतर भागा। वहाँ मेरे पिताजी तथा घर के और लोग स्तम्भित, भयभीत और चिन्तित एक-दूसरे को देख रहे थे।

"देखना तो बेटा, किसका मकान गिरा है।" पिताजी ने कहा।

मैंने बदन में कमीज डाली, हाथ में छाता लिया और तेजी से बाहर निकल गया। आवाज पूरब से आई थी, इसलिए उसी ओर दाहिनी गली के मोड़ तक पहुँचते-पहुँचते दौड़कर जाते हुए दो-तीन व्यक्तियों से मालूम हुआ कि गंगाधारी बाबू का मकान गिर गया है। मैं स्वयं घबरा गया। पहले तो इच्छा हुई कि मैं दौड़कर घटना-स्थल पर पहुँच जाऊँ पर पिताजी को सूचित करना उससे भी आवश्यक समझकर लौट पड़ा। इस दुखद समाचार को सुनकर पिताजी इस तरह चौंके जैसे नींद में कोई बुरा सपना देख लिया हो।

"चलना तो मेरे साथ।" तेजी से आगे बढ़ते हुए उन्होंने कहा था।

मेरे पिताजी के पुराने मित्र गंगाधारी बाबू पहले एक दूसरे मोहल्ले में किराये के मकान में रहते थे लेकिन करीब तीन महीने हुए उन्होंने इस गली में एक मकान खरीद लिया था, जो बड़ा होने के बावजूद बहुत पुराना था।

वहाँ पहुँचकर हमने जो दृश्य देखा, वह बहुत भयावह था। बाहर के बरामदे और बैठक को छोड़कर सारा मकान नीचे बैठ गया था। आँगन के तीनों कमरे, भंडार-घर, रसोई-घर, पीछे का ओसारा और उससे लगा गलियारा, गुसलखाना, सभी अब धुआँई मिट्टी, बाँस के बल्ले, पत्ते, फूस, नरिया-थपुआ और ईंटों के ढेर के सिवाय कुछ नहीं रह गए थे। बरामदे में पन्द्रह-बीस साहसी आदमियों की भीड़ मूसलाधार वर्षा की परवाह न कर संकट-काल में सहायता करने के उद्देश्य से एकत्रित हो गई थी। परन्तु, उनके करने के लिए कुछ था, यह उन्हें सूझ नहीं रहा था, क्योंकि घर के सभी प्राणी सुरक्षित थे। वे पास-पास खड़े मकान के

विनाश को अपनी आँखों से अच्छी तरह देख-देखकर अफसोस और सहानुभूति प्रकट करते।

गंगाधारी बाबू अपने कुटुम्बीजनों के साथ बैठक में खड़े थे। वह कभी दरवाजे से सिर निकालकर एक-दो आदमियों से बात कर लेते, कभी सिर ऊपर करके हरहर चूते आसमान को किंचित् हास्यपूर्ण कौतूहल से निहार लेते, जैसे घर गिरने का उनको कोई गम नहीं हो, और यदि हो भी तो उसको उन्होंने बहादुरी से बर्दाश्त कर लिया है।

धोती और कुर्ते को झुठलाता-सा उनका मोटा थलथल शरीर, मिली हुई मोटी-मोटी भौंहों के नीचे चिकनी, स्वप्न देखती-सी आँखें, गिलहरी की पूँछ की तरह मूँछें—वस्तुत: उनकी पूरी आकृति स्थिति को मानो चुनौती दे रही थी।

"आइए भाई, आइए।" अपने मित्र को देखकर गंगाधारी बाबू ने हँसते हुए कहा।

पिताजी निस्संकोच बैठक में घुस गए। पीछे-पीछे मैं भी। हमारे प्रवेश करते ही गंगाधारी बाबू की पत्नी ने घूँघट काढ़कर दीवाल की ओर मुँह कर लिया। उनके पास ही खड़ी दोनों छोटी लड़कियाँ आँखें फाड़कर नवागन्तुकों को देखने लगी थीं। उनकी आँखों के नीचे आँसू की एक-दो बूँदें सूख गई थीं। कुछ ही दूरी पर पलंग से सटकर उनकी बड़ी लड़की उर्मिला संकोचपूर्वक खड़ी थी, जिसके मुख पर अज्ञान में ही भय, आशंका और चिन्ता के भाव अंकित हो गए थे।

"पहले यह बताओ, सब सही-सलामत तो हैं?" पिताजी ने घर में प्रवेश करते ही प्रश्न किया।

"हाँ भैया, तुम्हारी दुआ से सब ठीक है," गंगाधारी बाबू इत्मीनान से बोले, "मैं तो दीवाल के नीचे दबकर कभी का मर-मुर गया होता।...बात यह हुई कि ठीक पाँच मिनट पहले सिर में तेल लगाने रसोई-घर में गया था। खयाल तो यह था कि शीशी में तेल लेकर वहीं सारे शरीर में मालिश करूँ...फिर पता नहीं क्या सूझी कि शीशी लेकर बैठक में ही आ गया। बचना लिखा था...।" उनके स्वर में उत्साह भर आया, "भाई, पिछले दो-तीन दिनों से मेरा मन कह रहा था कि यह मकान जरूर गिरेगा। मैंने सबसे कह भी दिया कि भरसक सब काम बैठक ही में किया करो। कमरे मामूली चू रहे थे, साथ में मिट्टी भी गिर रही थी।...कल रात बैठक ही में भोजन बना, लड़कियों पर तो पूरी रोक लगा दी थी कि बैठक से कोई बाहर न निकले! जरूरी ट्रंक-बिस्तर रात ही को हटाकर बैठक में रख लिये गए थे। सच पूछो तो मकान गिरने से मुझे खुशी ही हुई है। उसको गिरवाकर बनवानेवाला तो था ही, फर्क इतना ही पड़ा कि जो चीज चार-छह महीने बाद होती, वह आज ही हो गई...।" उनके ललाट पर सहसा चिन्ता की कुछ रेखाएँ उभर आईं, "हाँ,

एक बात का गम जरूर है। मेरा हारमोनियम बाजा अन्दर बीचवाले घर में ही रह गया। खयाल ही न आया...।''

''छोड़ो भाई आजा-बाजा! हारमोनियम बहुत मिलेंगे। भगवान का लाख-लाख शुक्र है कि उसने इतनी कीमती जानें बचा दीं। जिन्दा रहने पर मकान भी बहुत मिलेंगे। चलिए, जो हुआ सो अच्छा हुआ, अब आगे की फिक्र कीजिए।'' पिताजी कुछ देर के लिए रुके, जैसे मन की बात प्रकट करने से हिचकिचा रहे हों। फिर बोले, ''मैं तो यही प्रार्थना करूँगा कि आप लोग मेरे यहाँ चले चलिए। इस बारिश का कोई ठिकाना नहीं कि कब तक जारी रहे। इस हालत में कहा नहीं जा सकता कि यह बैठक भी कब धँस जाए। इसीलिए किसी बात की चिन्ता किए बगैर मेरे यहाँ चले चलें आप लोग, मैं अपना धन्यभाग समझूँगा।''

अकस्मात् गंगाधारी बाबू ठहाका मारकर हँस पड़े। फिर गम्भीर होकर मृदु स्वर में बोले, ''अरे नहीं भैया, बस आपकी कृपा चाहिए। मेरा खयाल है आज-कल में बारिश रुक जाएगी। बारिश रुकते ही मैं मकान में काम लगा दूँगा। तब तक इस बैठक में आराम से वक्त कट जाएगा। मेरा मन कह रहा है कि बैठक गिरेगी नहीं। तुम जरा भी कष्ट न करो, चलने दो जैसा चल रहा है।'' उनकी आँखें झपक गईं और वे खाँसने लगे।

''तकलीफ किस बात की, गंगाधारी भाई?'' पिताजी ने आग्रह किया, ''यह संकोच करने का समय नहीं है। तुम खुद देखो, यह बैठक कमजोर है कि नहीं? मान लो, यह बैठक भी न गिरे, पर खतरा उठाने से फायदा? संयोग की बात कोई नहीं जानता। अगर गिर जाए तो लेने के देने पड़ेंगे कि नहीं? फिर मैं यह थोड़े कह रहा हूँ कि तुम चलकर वहाँ हमेशा के लिए रहो। इसी बीच मकान खोजा जाएगा, अगर कोई ढंग का मिल जाए तो चले जाना...मैं क्या रोकने जाऊँगा? बात तो इस समय की है। मुझे तो डर है, अगर बारिश इसी तरह होती रही तो यह कमरा भी जरूर गिर जाएगा। तुम कोई बात अपने मन में न लाओ...।'' और जैसे उनकी बात उपयुक्त व्यक्ति के कानों में न पड़ रही हो, इससे सहसा अवगत होकर उन्होंने एक-दो बार खाँसा, फिर जिस दिशा में गंगाधारी बाबू की पत्नी खड़ी थीं, उसी ओर मुँह करके शून्य को निहारते हुए कुछ जोर से आदर-सूचक स्वर में बोले, ''भाभीजी, मैं अपना धन्यभाग समझूँगा, अगर आप लोग चलकर मेरे यहाँ रहें।...मेरे घर को अपना घर ही समझें। इसमें कोई ऐसी-वैसी बात सोचने की नहीं। दुख-सुख सब पर पड़ता है। अगर मैं आज आप लोगों के काम आऊँगा, तो कल जब मुझ पर पड़ेगी आप लोग भी मेरे काम आएँगे। फिर वहाँ चलकर हमेशा थोड़े ही रहना है?...मैं इतना जोर इसलिए दे रहा हूँ कि यह कमरा भी बहुत कमजोर है और किसी भी समय नीचे बैठ सकता है।''

इसके बाद गंगाधारी बाबू की ओर घूमकर यह कहते हुए कि आप लोग ठीक से सोच-विचार लें, तब तक हम बाहर खड़े हैं। बाहर निकलकर वह बरामदे में खड़े हो गए। साथ मैं भी आ गया।

विचार-विमर्श में देर न लगी। जल्दी ही गंगाधारी बाबू बाहर आकर बोले, ''भाई, तुम्हारी ही जीत हुई। सबकी यही राय है कि इस समय यहाँ रहना ठीक नहीं है।''

इस सूचना से पिताजी को निस्सन्देह प्रसन्नता हुई, जो उनकी आँखों की चमक में झलक रही थी। उन्होंने मुझसे कहा, ''बेटा, तुम अपनी चाची को लेकर घर चलो। वहाँ जाकर कन्हैया को भेज देना। नौकर और दो-तीन मजदूर लगाकर हम सामान उठवा ले चलेंगे...क्यों गंगाधर भाई?''

''मैंने तो तुम्हीं पर छोड़ दिया है, भैया! जैसा चाहो करो।'' गंगाधारी बाबू ने जोर से हँसते हुए अपनी स्वीकृति प्रकट की।

मैं तुरन्त ही सबको लेकर चल पड़ा। एक छाते में गंगाधारी बाबू की पत्नी आ गई थीं, दूसरे में उर्मिला और गीता; तीसरा छाता स्वयं ओढ़कर उसमें सबसे छोटी लड़की निर्मला को अपनी गोद में ले लिया था।

मकान से गली में उतरते ही उर्मिला ने मुझको देखा। कुतूहल और विस्मय से फैली उन आँखों में एक क्षण के लिए कृतज्ञता और विश्वास के भाव झिलमिला आए हों, ऐसा मुझको आभास हुआ। इसके पूर्व दो-एक बार दूर से ही उड़ती नजर डालकर मैंने उसे देखा था और समझ लिया था कि मामूली-सी लड़की है। कमरे में भी लज्जा और शिष्टाचारवश मैंने उसको ठीक से नहीं देखा। मुझे क्या मालूम था कि कुछ लड़कियों का रूप, लावण्य और स्वास्थ्य उनके संकोच और साधारण वस्त्रावरण में दुबका-सा रहता है, जो नजदीक से गौर से देखने पर ही पकड़ में आता है और निकटता बढ़ने पर छुरी की तरह हृदय में धँसता जाता है। मुझे अचम्भा हो रहा था। करीब सत्रह की उम्र; लम्बी, पतली और गोरी—फूल की तरह खिल गई थी। यौवन के भार और संकोच से धीमी चाल, जो शरीर की लचक और कोमलता को दुगुना कर देती है। चेहरे और बड़ी-बड़ी रसीली आँखों में अबूझ तीखापन था।

सबसे अधिक उसके सुकुमार मुख की निर्दोषता और अनभिज्ञता ने मुझे स्पर्श किया। और सहसा मैं अपने पिताजी के प्रति अत्यधिक कृतज्ञ हो उठा—जैसे किसी अपरिचित व्यक्ति ने मुझको मेरे व्यक्तिगत संकट से उबार लिया हो।

''बेटा, तुम्हारा नाम क्या है?'' रास्ते में उर्मिला की माँ ने पूछा।

नाम बताने पर बोलीं, ''तुम लोगों का उपकार मरते दम तक नहीं भूल सकूँगी, बेटा। क्या बताऊँ तुमसे, जब घर के मर्द ही लापरवाह रहें तो स्त्री कितना करे! बरसात शुरू होने के पहले से ही मैं कह रही थी कि मकान की मरम्मत हो जानी

चाहिए। पर कौन सुनता है ? जवाब मिलता था—समय आने पर सब कुछ हो जाएगा। इधर कई दिनों से मैं कह रही थी, इस मकान में रहना ठीक नहीं, पर कौन मानता है ? यह तो कहो भैया, मैंने कल रात हालत खराब देखकर जिद करके ट्रंक और बिस्तर बैठक में रखवा लिये। पता नहीं कैसी बुद्धि है इनकी, राजपाट दे दो तो एक दिन में बेच दें!...तुम्हीं बताओ, पाँच हजार मकान के डूबे, सामान का जो नुकसान हुआ, वह अलग...हम कहाँ के रहे ? यह तो कहो, भगवान ने तुम लोगों को भेज दिया।'' उनका स्वर रुआँसा हो गया था।

मैं सान्त्वना के लिए कुछ कहने ही जा रहा था कि अचानक मेरी दृष्टि उर्मिला के मुख पर पड़ी, जिस पर अस्पष्ट शर्म और क्षोभ की रेखाएँ सिमट आई थीं, मानो किसी गैर आदमी के सामने अपने पिता की आलोचना से उसके दिल को चोट पहुँची हो। मैं स्वयं संकुचित हो उठा। और मेरा संकोच बढ़ता ही गया, ज्यों-ज्यों मैं यह सोचता गया कि उस लड़की के लिए मेरा मन क्यों असाधारण उत्साह से भर आया था।

मैं कुछ नहीं बोला। हवा तेज हो गई। छातों की निरर्थकता को सिद्ध करती वर्षा का आक्रोश बढ़ रहा था।

मेरे घर की छत का बड़ा कमरा उर्मिला की माँ को अपनी बच्चियों के साथ रहने के लिए दिया गया था। इससे पहले उस कमरे में मेरी विधवा चाची रहती थीं, पर चूँकि वह अकेले शरीर थीं, इसलिए उनको नीचे जीने के पास स्थित छोटी कोठरी रहने के लिए दे दी गई।

यह सब प्रबन्ध करके जब मैं बाहर निकला तो मेरा हृदय एक अपूर्व कोमलता और गम्भीरता से परिपूर्ण था।

3

उस रविवार को रात-भर मुझे ठीक से नींद नहीं आई। मैं अजीब-अजीब सपने देखता रहा। दूसरे दिन सवेरे जब नींद खुली तो मेरा मन एक मीठी अकुलाहट से भरा था। पहले तो मेरी समझ में ही नहीं आया कि आखिर ऐसा क्यों है ? किन्तु बाद में, जब कल की सारी बातें शुरू से आखिर तक याद पड़ने लगीं, तो सब कुछ स्पष्ट हो गया। मेरे घर में न मालूम मेरे किस भाग्य से परियों के देश से एक जादूगरनी आ गई थी और उसने अपनी जादू-भरी दृष्टि से मेरे मन को बाँध लिया था। क्या मैं उर्मिला को प्यार करता हूँ ? इस विचार के आते ही मेरे हृदय की गति तेज हो गई। एक ही दिन में यह कैसा परिवर्तन हो गया था ? या यह मेरा भ्रम था ? जिस उर्मिला को

मैंने देखा तक नहीं था, उसी के अपने घर की चौहद्दी में आ जाने और परिणामस्वरूप उसके सम्पर्क में आने की अकल्पित सम्भावना से मैं लोभ में आ गया था?

पर मैं इस स्वार्थपूर्ण और तुच्छ बात को स्वीकार करने को तैयार नहीं था। बात कुछ दूसरी ही थी। कभी-कभी नारी की कोई बात या उसकी कोई परिस्थिति या उसका कोई मूड या उसके रूप की कोई स्थिति हृदय में तीर की तरह कुछ ऐसी बिंध जाती है कि कोई उपाय नहीं बन पड़ता।

उर्मिला की किस चीज से मैं आहत हो गया था, यह बताने में असमर्थ हूँ; सिर्फ इतना कह सकता हूँ कि यकायक उसकी हर बात प्यारी लगने लगी थी।

जब से मैं उर्मिला के लिए एक कोमल भाव का अनुभव करने लगा था, मुझे अपने ही घर में भारी संकोच मालूम होने लगा था। यह संकोच भी अजीब था। एक जवान और निर्दोष लड़की किसी संकट में पड़कर मेरे यहाँ आई थी, और इस स्थिति का लाभ उठाकर मैं उसके पीछे पड़ जाऊँ, इससे अधिक छोटी बात की मैं कल्पना नहीं कर सकता था। यदि वह मेरी भावनाएँ जान गई तो उसके दिल को कितनी चोट पहुँचेगी और वह मुझे कितना नीच समझेगी। ऐसी स्थिति मेरे लिए असह्य थी। इसके अलावा मुझे अपने से ही बड़ा असन्तोष हो रहा था। मुझे अपनी सुन्दरता पर जो गर्व हो गया था, वह खंडित होकर चूर-चूर हो रहा था। लगता कि मैं बहुत ही बदसूरत हूँ। मुझे अपनी हर बात बुरी लगती।

मेरी चाल, मेरी बोली, मेरी हँसी—सभी अस्वाभाविक और भद्दी महसूस होतीं। यही नहीं, मुझे लगता कि मैं बहुत ही मामूली और बौना किस्म का आदमी हूँ, मेरा न कोई आदर्श था और न है, और मैं दुनिया में कोई बड़ा काम नहीं कर सकता। यह अजीब दशा थी, और मैं इसको समझने में असमर्थ था। कभी-कभी मैं अपने से खीझ उठता, कभी-कभी सारी स्थिति के विरुद्ध मेरा मन विद्रोह कर उठता, किन्तु बस। आखिर में मुझे पराजित होना पड़ता।

इसी दौरान में मुझे यह जिद सवार हुई कि मैं उर्मिला से यथासम्भव अधिक-से-अधिक दूर रहूँ। मैं चुपके से घर में आता, चुपके से खाता-पीता और चुपके से बाहर निकल जाता। घर में मैं बहुत सम्हलकर बोलता। छोटे लड़कों या माँ से क्रोध में झड़पकर बोलने की तो मेरी आदत ही छूट गई। अधिकतर बाहर ही बना रहता। घर में जहाँ उर्मिला रहती, वहाँ जान-बूझकर नहीं जाता। पढ़ने में मेरी तबीयत अवश्य न लगती, पर एकान्त में बैठकर मुझे अच्छा लगने लगा था।

एक परिवर्तन मुझमें और हुआ। मुझमें साफ-सुथरा रहने और कुछ फैशन से चलने, बोलने, बातें करने की इच्छा जाग्रत् हुई। इसके पूर्व मुझे अपने कपड़ों की परवाह नहीं थी; जो भी इस स्थिति में मिलता, पहनकर भागता। किन्तु अब मुझसे गन्दे कपड़े पहने ही न जाते थे। मैं अपने कपड़ों को ढंग से रखता ताकि वे गन्दे

न हो सकें, और अगर कोई कपड़ा जरा भी गन्दा होता तो मैं उसको अपने हाथ से साफ करता या धोबी से धुलवा लेता। रोज तेल लगाकर अपने बालों को कायदे से झाड़ने-काढ़ने और अपने जूतों-चप्पलों में पॉलिश लगाने की मेरी आदत नहीं रही थी; अब ये नए शौक पैदा हो गए थे।

और तो और, कभी-कभी मैं एकान्त में अपनी शक्ल को आईने में देर तक देखा करता।

मैं उर्मिला से दूर रहकर भी उसके अस्तित्व के माधुर्य और गरिमा को महसूस किया करता। मेरे घर में वह रहती है—चलती है, खाती-पीती है, काम-धाम करती है, सोती है, यह विचार ही मेरे लिए पर्याप्त और महान था। उसके कुछ बँधे नियम थे, जिनको कुछ ही दिनों में मैं भली-भाँति जान गया था। वह तड़के उठकर ऊपर के कमरे, छत, नीचे के कमरों और आँगन में जरूर झाड़ू लगाती। माँ ने कई बार कहा, "बिटिया, नौकर तो है ही, क्यों जान दे रही हो?" पर वह न मानती। उसकी माँ कहती, "अरे भाईबो! यह सयानी हुई, अब नहीं करेगी तो कब करेगी? नौकर के लिए और बहुत काम हैं।" उसको काम करते देखकर बाबूजी बहुत खुश होते और 'ठीक है बेटी' कहकर उसको सराहा करते। अपने हाथ से काम करने की आदत को बाबूजी बहुत पसन्द करते थे और नौकरों के रहते हुए भी वह स्वयं अपने सभी काम अपने हाथ से ही करने का प्रयास करते।

झाड़ू-बुहारू के पश्चात् वह स्नान करके हम लोगों के लिए नाश्ता तैयार करने लगती। हठ करके ही उसने यह काम माँ से छीना था। मर्द और बच्चों के नाश्ते के लिए चाय के अलावा कुछ नमकीन छान लेने का मेरे यहाँ कायदा था। चूँकि हम ब्राह्मण थे, इसलिए दूसरी जाति की बनाई हुई कच्ची रसोई हमारे घरवाले नहीं खा सकते थे, पर नाश्ते में कोई हर्ज नहीं था। इस जाति-भेद से मुझे सख्त घृणा थी, और इसकी मैं मौका-बेमौका निन्दा भी किया करता, जिस पर मेरी माँ मुझ पर बिगड़ उठतीं। मुझे पूरा विश्वास था कि यदि यह जाति-भेद न रहता तो उर्मिला दोनों वक्त भोजन भी बनाती। सन्तोष मुझे इस बात से था कि मेरे बाबूजी ऐसी संकुचित मनोवृत्ति के न थे। वह पक्के सनातनी थे, लेकिन अवसर आने पर अन्धविश्वासों से इस तरह किनाराकशी कर लेते कि अचम्भा होता। वह जान-बूझकर ऐसा न करते; यह तो उनकी प्रकृति मात्र थी। मौके की ऊँचाइयों तक उठने की उनमें असाधारण क्षमता थी। किसी गन्दी और संकुचित चीज को वह भीतर से बर्दाश्त नहीं कर पाते थे। उन पर मुझे सदा गर्व होता।

नाश्ते के बाद वह छोटे बच्चों को नहला-धुलाकर तैयार कर देती। फिर स्कूल जाने के लिए अपने शरीर के काम में लग जाती। स्थानीय बालिका विद्यालय में पढ़ती थी। वह मेहनत के साथ अपने बाल झाड़ती-झूड़ती, चोटी गूँथती, साड़ी

पहनती, भोजन करती, अन्त में 'टाइमटेबुल' देखकर अपना बस्ता सजाकर, पूर्ण रूप से तैयार हो जाती। कुछ देर बाद उसके स्कूल की गाड़ी आती और वह घर से निकल पड़ती।

उसके जाने के बाद मैं भी उठता और कॉलेज जाने की तैयारी करता। कॉलेज से मैं पहले ही चला आता, और शाम को जब उर्मिला स्कूल से आती तो मैं बाहर के कमरे में मौजूद रहता। कुम्हलाए फूल की तरह उसका मुख थका-थका और बुझा-बुझा-सा लगता। दिन-भर स्कूल में पढ़ने पर शाम को कैसी भूख और थकान महसूस होती है, इसको मुझसे अधिक कौन जान सकता था? इस वक्त उर्मिला एक छोटी बच्ची की तरह लगती—एकदम मासूम। और उसके लिए मेरा दिल छटपटा उठता। खाने-पीने के बाद वह फिर हरी हो जाती। उसके मुख पर मनोहारी तृप्ति एवं सन्तुष्टि तथा उसके होंठों पर लाली उभर आती, और वह फिर घर में उत्साह के साथ चलने-फिरने, चहक-चहककर बोलने और अन्य काम-धामों में हाथ बँटाने लगती।

आठ या दस दिन बीते होंगे, तभी एक रोज एक साधारण-सी घटना घटी।

मैं सायंकाल कमरे में बैठा पढ़ रहा था कि उर्मिला और कंचन तेजी से आए। उर्मिला निस्संकोच जल्दी-जल्दी बोली, "दादाजी, हम लोगों का एक झगड़ा तय कर दीजिए। कंचन कह रहे हैं कि पानीपत की तीसरी लड़ाई मुगलों और मराठों में हुई थी। मैं कह रही हूँ, मराठों और अहमदशाह दुर्रानी में हुई थी।"

कंचन आठवीं कक्षा में पढ़ता था, किन्तु पढ़ने-लिखने के मामले में वह सदा गोबर-गणेश रहा। मैं उर्मिला के इस तरह आने से स्तम्भित रह गया था। वह प्रथम बार मुझसे बोली थी। मैंने उसको किंचित् विह्वल भाव से देखा; सम्भवतः इस तरह देखने से उसका सारा उत्साह ठंडा पड़ गया और वह कंचन के पीछे ठिठकी-सी खड़ी हो गई।

"पानीपत की तीसरी लड़ाई मराठों और अहमदशाह दुर्रानी के बीच हुई थी।" मैंने अपने स्वर को साधकर गम्भीरतापूर्वक निर्णय दिया।

मेरे इस निर्णय से उर्मिला फिर उत्साह में आ गई और वह 'ले लो' कहकर कंचन को मुँह चिढ़ाती हुई वहाँ से चलती बनी। कंचन का मुँह छोटा हो गया। मैं विस्मय-विमुग्ध भाव से उसको जाते देखता रहा। इसका यह अर्थ था कि इन कुछ ही दिनों में कंचन और उर्मिला के बीच पर्याप्त घनिष्ठता स्थापित हो गई थी। इतना सोचते ही मैं एक गहरी वेदना से स्तम्भित रह गया। मैंने एक असहाय बेकली का अनुभव किया। मुझे लगा, उर्मिला के लिए प्रेम का बीज मेरे हृदय में अंकुरित एवं पल्लवित हो उठा है, और उसकी जड़ें गहरी होती जा रही हैं। उसके बिना जीवन निरुद्देश्य एवं निरानन्द लगने लगा। यह आखिर कब तक चलेगा? मैं इसको इस

तरह चुपचाप कब तक प्यार किए जाऊँगा? मुझमें कौन-सा रूप तथा कौन-सी योग्यता और कहाँ का भाग्य है कि उर्मिला जैसी लड़की मुझको स्वत: प्यार करने लगेगी? और एक दिन वह मेरे भाव को बिना जाने ही यहाँ से चली जाएगी और मेरा जीवन रेगिस्तान की तरह नीरस और वीरान रह जाएगा। यह असह्य था।

मैं उसके लिए अत्यधिक व्याकुल हो उठा। उससे यथासम्भव दूर रहने की मेरी जिद समाप्त हो गई। मुझमें यह तीव्र आकांक्षा उत्पन्न हुई कि मैं उसके अधिक-से-अधिक निकट रहूँ, उसको अधिक-से-अधिक देखा करूँ। और इसके अनुकूल मैंने आचरण भी आरम्भ कर दिया। मैं अब अक्सर घर ही में बना रहता। जहाँ उर्मिला रहती, वहाँ मैं किसी-न-किसी काम का झूठ-मूठ बहाना बनाकर पहुँच जाता। मुझे भीतर-ही-भीतर लगता कि यह बुरा है। पर मैं अपने को रोक न पाता। यदि अकेले में वह मेरे पास से होकर गुजरती तो मैं उसको गौर से देखता।

सम्भवत: मेरे इस परिवर्तन की ओर उसका ध्यान आकर्षित हुआ, क्योंकि दो-तीन दिन बाद मैंने गौर किया कि जब मैं उसकी ओर देखता हूँ तो वह भी एक अनोखे चकित भाव से मेरी ओर देखती है। उसके इस तरह देखने से मैं कभी-कभी उत्साहित होता। सोचता, वह भी मेरी ओर आकर्षित हुई है, और इस विचार के आते ही निश्चय करता कि आगे वह जब भी मुझे देखेगी तो मैं अपनी आँखों के जरिये अपने हृदय का समस्त प्यार व्यक्त कर दूँगा।

परन्तु यह अवसर आते ही मैं मूर्ख की तरह दूसरी ओर आँखें फेर लेता। मैं उसके सामने अपने को कितना तुच्छ और बेवकूफ अनुभव करता!

मैंने कुछ और आश्चर्यजनक हरकतें भी आरम्भ कर दीं। मैं घर की मामूली-मामूली बातों पर उर्मिला को सुनाते हुए गम्भीर स्वर में अपनी आदर्शवादी सम्मति प्रकट करने लगा। कंचन को मैं अक्सर गम्भीर अध्ययन के द्वारा प्रथम श्रेणी में पास होने के महत्त्व से अवगत कराने लगा। कभी-कभी मैं माँ को देश में उस समय होनेवाले आन्दोलनों के सम्बन्ध में विस्तार के साथ बताता और अन्त में उपदेश भी देने लगता कि देश की आजादी के लिए भारत के बच्चे-बच्चे को बड़ी-से-बड़ी कुर्बानी के लिए सन्नद्ध रहना चाहिए। कभी-कभी आकर मैं माँ से झूठ-मूठ कहता, ''आज मैंने एक चमार के साथ एक ही थाली में भोजन किया।'' मेरे कई मित्र हरिजन भी थे, और मैंने पहले कई बार उनके साथ एक ही बर्तन में भोजन भी किया था, किन्तु उस समय झूठ बोलने का मेरा यह उद्देश्य रहता कि उर्मिला समझ ले, मैं ब्राह्मण जाति में पैदा होने पर भी जाति-भेद में विश्वास नहीं करता, मैं नीच किस्म का आदमी नहीं, बल्कि राष्ट्रीय एवं प्रगतिशील विचारों का बुद्धिमान नवयुवक हूँ। मेरे ये प्रदर्शन वांछित प्रभाव उत्पन्न करने में सफल होते थे या नहीं, मैं नहीं कह सकता।

कभी-कभी एकान्त में मुझे अपने इस दिखावे से कोफ्त और घृणा होती, पर उर्मिला के सामने जाने पर मैं फिर ऐसा ही आचरण करने लगता।

परन्तु कुछ दिन बाद उर्मिला ने मेरी ओर देखना ही बन्द कर दिया। वह सामने से निकल जाती। मैं उसको एकटक निहारता रह जाता और वह एक क्षण के लिए भी मुँह घुमाकर मुझको न देखती। उसका यह व्यवहार मेरी समझ में न आया। क्या मुझसे कोई गलती हो गई है? और तब मुझे ऐसा लगा कि चूँकि मैं उसको घूर-घूरकर देखता हूँ, और उसको आकर्षित करने के लिए अशोभनीय आत्म-प्रदर्शन करता हूँ, इसलिए वह मुझे नीच और दुराचारी समझकर मुझसे नाराज हो गई है। वह घर में काम करती होती, और मैं भीतर के ओसारे या आँगन में चारपाई पर देर तक चुपचाप बैठा रहता—इस आशा में कि शायद वह भूलकर मेरी ओर देखे। पर वह भूलकर भी उधर न देखती। मुझे इससे बहुत तकलीफ होती। मेरा हृदय निराशा की अतल गहराइयों में डूबने लगता। क्या मैं बुरा हूँ। क्या मैं आवारा हूँ? मैं अपना दिल चीरकर उसको कैसे दिखाऊँ कि मैं उसको प्यार करता हूँ—सच्चा प्यार!

रात को अपने कमरे में पढ़ते वक्त मैं हर क्षण प्रतीक्षा करता रहता कि सम्भवत: उस दिन की तरह उर्मिला कंचन के साथ अपने किसी आपसी विवाद को निबटाने के लिए आए। मेरी आँखें किताब पर रहतीं, किन्तु कान दरवाजे की ओर लगे रहते। पर, सब व्यर्थ। वे दोनों छत पर पढ़ते, और भूलकर भी बाहर आने का नाम न लेते। तब मैंने भी एक हथकंडा निकाला। यह बहाना करके कि कमरे में गर्मी होती है, एक दिन मैं भी अपनी लालटेन लेकर छत पर ही पहुँच गया। मुझे आशा थी कि वहाँ आँखों के सामने रहने से कोई बात खड़ी हो उठने पर वे मेरे पास दौड़े आएँगे। मैं किताब पर आँखें जमाए उस समय की प्रतीक्षा करता रहता। पर वह समय ही न आता।

अपनी इस लाचारी पर मेरा मन रोने-रोने को होने लगता। मैं क्यों इतना तुच्छ हो गया हूँ। जब वह मुझसे बोलना नहीं चाहती तो मैं क्यों अपने समस्त आत्मसम्मान का परित्याग कर उसके पीछे पड़ा हूँ? चूँकि वह एक संकट में मेरे यहाँ आई है, इसलिए क्या मुझे उससे यह आशा करने का अधिकार है कि वह मुझसे प्यार करे? मैं उस पर अपना व्यक्तित्व, अपना प्यार जबर्दस्ती नहीं थोपूँगा। मैं उससे दूर रहूँगा, दूर—चाहे इसमें मुझे अपने को मिटाना ही क्यों न पड़े!

इस निश्चय के अनुसार मैं फिर उससे दूर-दूर रहने लगा। छत पर पढ़ना मैंने बन्द कर दिया। छत पर ही क्यों, रात में पढ़ना ही मैंने बन्द कर दिया। पढ़ने में दरअसल मेरी तबीयत लगती नहीं थी। शाम को उर्मिला के अपने स्कूल से आने के पहले ही मैं घूमने निकल जाता। लौटता तो चुपचाप बाहर बैठा रहता। दिन में वह कभी-कभी सामने आती और मैं एक अनजान जिद के आवेश में उसकी ओर

न देखता। किन्तु मैं बहुत उदास और दुखी रहने लगा। मुझे कभी-कभी अचम्भा होता कि मुझे क्या हो गया है ? क्या प्रेम में ऐसे ही निर्दय दुख, निराशा और मजबूरी को बर्दाश्त करना पड़ता है।

और तब वह दिन आया।

मैं सायंकाल घूमने जरा विलम्ब से गया। उर्मिला स्कूल से आ चुकी थी। मुझे प्यास लगी थी। जाने के पहले भीतर के ओसारे में चारपाई पर बैठकर मैंने कन्हैया से पानी माँगा। सामने आँगन में मेरी माँ, उर्मिला की माँ और उर्मिला बैठी थीं। दोनों वृद्ध महिलाएँ चावल बीन रही थीं और उर्मिला तरकारी काट रही थी। उर्मिला बुनी हुई रुई की तरह सफेद साड़ी तथा पीला ब्लाउज पहने थी। वह बहुत साफ और सुन्दर लग रही थी। अपने तमाम निश्चय के बावजूद उसकी ओर देखने से मैं अपने को नहीं रोक सका। वह तो मेरी उपस्थिति से मानो अनभिज्ञ ही थी। मैं उसकी ओर देख रहा था, और मेरा हृदय एक दुख से भरता जा रहा था। मैं उसको क्यों प्यार करता हूँ ? फिर भी इसके अलावा कोई चारा नहीं था। पता नहीं कब तक मैं अपने दुख और निराशा का बोझ ढोता रहूँगा। तभी उर्मिला ने अपना सिर घुमाकर मेरी ओर देखा। उसकी बड़ी-बड़ी चमकती आँखें एक क्षण, या सम्भवत: दो क्षण के लिए मेरे मुख पर स्थिर हो गईं और उसके होंठ एक हल्की और सुन्दर मुस्कराहट से फैल गए—निर्दोष मुस्कराहट से। तत्पश्चात्, उसका मुख कुछ आरक्त हो उठा और उसने फुर्ती से अपनी दृष्टि नीचे झुका ली। उन आँखों में सम्भवत: उत्सुकता और मेरे मन के दुख को समझने के भाव थे। उस दृष्टि और उस मुस्कराहट ने मेरे हृदय में तूफान मचा दिया। मुझमें न मालूम कौन-सी शक्ति उत्पन्न हुई कि मैं बिना पानी पिए उठ खड़ा हुआ और तेजी से बाहर निकल गया।

जैसे हवा में तिनका उड़ता है, उसी तरह मैं निस्सीम आह्लाद में उड़ा चला जा रहा था। मेरे लिए यही बहुत था। मैं इससे अधिक कुछ नहीं चाहता था। इतने ही से मुझे जैसे सारे जग का राज्य मिल गया था। मेरी निराशा, मेरा दुख और आत्महीनता के भाव हिरन की तरह न मालूम कहाँ भाग गए थे। मैं अपने अन्दर गजब की ताकत, उत्साह और आत्मविश्वास का अनुभव कर रहा था। लग रहा था कि मैं बहुत महान हूँ और दुनिया का बड़े-से-बड़ा काम कर सकता हूँ।

मैं रेलवे-लाइन पकड़े सागरपाली की ओर चला जा रहा था। मेरे पैर उड़ रहे थे। इच्छा हो रही थी कि मैं तेजी से दौड़ने लगूँ, या जोर-जोर से गा उठूँ या खूब जोर से हँसूँ। मस्जिद से आगे निकल जाने पर एक पुलिया मिली। मैं उसी पर चुपचाप बैठ गया। शाम तेजी से उतर रही थी। सामने खेतों का अनन्त विस्तार फैला था। वायु नई दुल्हन की तरह धीरे-धीरे लहरें ले रही थी। बाईं ओर स्थित आम के बगीचों में पक्षी चहचहा रहे थे। मेरे शरीर और प्राणों में अकथनीय मधुर पुलक एवं

कोमलता भरी थी। मेरा मन अपूर्व उल्लास और आह्लाद से परिपूर्ण था। मेरी पलकों में अजीब नरमी आ गई थी।

रात हो गई, पर मैं अपने उल्लास में विजड़ित वहीं बैठा रहा। मैं बहुत देर तक चुपचाप बैठा रहा। मेरे दिमाग में कोई विचार नहीं था। बस मुझे सब कुछ बहुत अच्छा लग रहा था—बहुत अच्छा और बहुत मधुर।

दूसरे दिन सामने आने पर विस्मय और आनन्द से मैंने उर्मिला को देखा। मैंने सोचा था कि वह मेरे सामने आने पर मुस्कराकर फिर मुझे देखेगी : मुस्कराकर नहीं भी, तो उसकी आँखों में खुशी का भाव रहेगा, इसका मुझे पूर्ण विश्वास था। पर, ऐसी कोई बात न हुई। वह मुझे बिना देखे चली गई। वह गम्भीर थी। उसके मुख के स्वभावगत निर्दोष भावों में जैसे एक सूक्ष्म खिंचाव आ गया था। इसके बाद कई बार मैं उसके पास से गुजरा, पर उसने मेरी ओर दृष्टिपात न करने का मानो दृढ़ निश्चय कर लिया था। कभी-कभी ऐसा आभास होता कि वह अपना मुख मेरी ओर घुमा रही है, किन्तु एक ऐसे निश्चित बिन्दु पर आकर उसका मुख स्थिर हो जाता, जहाँ से वह किसी ओर न घूमता और उसकी आँखें मेरी आँखों से मिलती-मिलती रह जातीं।

इसके बाद मुझे बहुत निराशा हुई। मैं और कुछ नहीं, बस यही चाहता था कि वह एक बार मेरी ओर उसी तरह देखे।

और तब मुझे ऐसा लगा कि कल मुझको देखकर वह मुस्कराई नहीं थी और भ्रमवश मैंने ऐसा सोचा था। आत्मतोष के लिए यह मेरी कल्पना मात्र थी। यदि वह मुस्कराई भी थी तो इसका कारण यह नहीं था कि वह मुझको प्यार करने लगी है या मेरी ओर आकर्षित हुई है; उसका यह स्वभाव ही था। मामूली-मामूली बात पर भी प्रसन्नता से उसकी आँखें चमक उठतीं और उसके मुख पर मुस्कराहट थिरक उठती। मैं कितना मूर्ख हूँ!

और तब देखते-देखते मेरा सारा उत्साह, मेरी सारी खुशी और मेरा सारा आत्मविश्वास काफूर हो गया।

किन्तु, एक रात उर्मिला कंचन के साथ मेरे कमरे में फिर आ धमकी।

"दादाजी, हमको अंग्रेजी पढ़ा दीजिए," आते ही उसने कहा, "बैठो कंचन। खड़े क्यों हो? अंग्रेजी पढ़ने के लिए तुम्हीं न कह रहे थे?"

"मैं क्या कह रहा था? अंग्रेजी तुम्हारी कमजोर है।"

"अच्छा भाई, मेरी ही कमजोर सही। तुम भी तो पढ़ोगे न?" वह कुछ शरमाकर बोली और आगे बढ़कर कुर्सी पर बैठ गई।

पता नहीं यह कैसे सम्भव हुआ। मैंने अपनी सारी आशा खो दी थी, तभी वह आई। उस दिन की मुस्कराहट और घोर निराशा के बाद उसके अचानक इस तरह आगमन ने मेरे हृदय को बुरी तरह आन्दोलित कर दिया।

अंग्रेजी पढ़ाना मैंने स्वीकार कर लिया। जिस अध्याय को पढ़ाना था, वह ताजमहल से सम्बन्धित था। मैंने यत्नपूर्वक पढ़ाना आरम्भ किया। वह पास बठी रहे और मैं पढ़ाता रहूँ, यह मेरे लिए बहुत था। मेरी सारी जिन्दगी इसी तरह बीत जाए तो मुझे कोई गम नहीं था।

ताजमहल की सुन्दरता का वर्णन आया तो कंचन ने कहा, "भैया तो आगरा हो आए हैं। इस बार छुट्टी में मैं भी जाऊँगा।"

"सच दादाजी? कैसा है? देखने में अच्छा लगता होगा?" उर्मिला ने अत्यधिक उत्तेजित होकर मुझसे प्रश्न किया।

मेरे चाचाजी आगरे में नौकरी करते थे, और एक बार मैं वहाँ हो आया था।

मैंने ताजमहल के सौन्दर्य का विस्तारपूर्वक वर्णन किया, जिसको सुनकर उसकी आँखें खुशी से चमक उठीं। वह कुछ देर तक खोई-खोई दृष्टि से अपने सामने शून्य को देखती रही, फिर उदास स्वर में बोली, "मैंने ही बहुत कम शहर देखे हैं। एक बार बनारस और एक बार गाजीपुर गई हूँ। बाबूजी को छुट्टी में भी घर ही रहना पसन्द है।"

उसकी उदासी और असमर्थता से मुझे बहुत क्लेश पहुँचा। किन्तु मैं उसको कैसे सान्त्वना दे सकता था?

"दीदी, आपसे ज्यादा तो मैं ही घूमा हूँ। मैंने इलाहाबाद देखा है, छपरा देखा है, रसड़ा भी घूम आया हूँ। आपसे एक शहर ज्यादा देखा है, कि नहीं?"

उर्मिला का चेहरा फिर खिल उठा। वह स्नेहसिक्त चिढ़े स्वर में बोली, "अच्छा, रसड़ा को भी गिनोगे? रसड़ा भी कोई शहर है? बलिया जिले की एक मामूली तहसील है। इस तरह तो मैंने सागरपाली और बैरिया और तूर्तीपार और नगरा भी देखे हैं। ठीक-ठाक बताओ, तुमने कुल मिलाकर कितने गाँव और शहर देखे हैं?"

कंचन के लिए अब बड़ी कठिनाई आ गई। वह कुछ बुदबुदाते हुए जल्दी-जल्दी अपनी अँगुलियों के पोर गिनने लगा, पर तीव्र इच्छा और कोशिश करने के बावजूद सात से ज्यादा स्थान घूमने का दावा प्रस्तुत नहीं कर सका। सम्भवत: उर्मिला ने मन-ही-मन गिन लिया था, क्योंकि कंचन के बताने के बाद वह झट से बोली, "मैंने ग्यारह देखे हैं।"

"गाँवों को नहीं माना जाएगा। बस शहर। मैंने आपसे एक शहर अधिक देखा है। रसड़ा शहर तो है ही। भैया से पूछिए।" कंचन अपनी जिद पर अड़ा रहा।

"क्यों दादाजी, आप ही बताइए रसड़ा शहरों में गिना जाएगा?" वह भी जिद में आ गई थी।

"रसड़ा शहरों में नहीं गिना जाएगा। कंचन तुम हारे। गाँव तो मैंने भी बहुत कम देखे हैं। इसका मुझे दुख भी रहता है। हमारे देश के लोग गाँवों में ही रहते हैं। हमारी

बची-खुची संस्कृति और सभ्यता गाँवों ही में देखने को मिलती है। मेरी दिली ख्वाहिश है कि एक दिन मैं अपने गाँवों का भ्रमण करूँ। क्या बताऊँ, अब तक सिर्फ तीन गाँव देख सका हूँ। तुम तो मुझसे भी जीत गईं। कौन-कौन से गाँव देखे हैं तुमने अब तक?''

मेरा निर्णय पक्षपातपूर्ण था, क्योंकि रसड़ा एकदम गाँव नहीं था। गाँव से उसका स्वरूप सर्वथा भिन्न था; उसने एक छोटे-मोटे कस्बे की शक्ल धारण कर ली थी। इसके अलावा गाँव-प्रेम का अपना आदर्श प्रस्तुत कर मैंने उसकी दृष्टि में अच्छा व्यक्ति बनने का प्रयास किया। किन्तु मेरे प्रश्न से उसका सारा उत्साह ठंडा हो गया और वह गम्भीर तथा किंचित् संकुचित होकर चुपचाप अपनी पुस्तक की ओर देखने लगी। मेरे प्रश्न का उत्तर उसने नहीं दिया। मैं बहुत हतप्रभ हुआ। भरी महफिल में जैसे किसी ने अपमान कर दिया हो। उसने मुझे अपनी ही दृष्टि में कितना तुच्छ बना दिया था?

मुझे भय था कि अब वह पढ़ने के लिए कभी मेरे पास नहीं आएगी, लेकिन ऐसा हुआ नहीं। रात में रोज वह कंचन के साथ अंग्रेजी पढ़ने के लिए आने लगी। मेरी खुशी का ठिकाना नहीं था। मैं दिन-भर बेचैनी से इस समय की प्रतीक्षा करता रहता। मेरे प्राण उन्हीं क्षणों में बसते थे।

इस अध्यापन के दौरान मैं अवसर देखकर कोई ऐसी बात छेड़ देता, जिससे उर्मिला खुश हो जाए और उस पर मेरे व्यक्तित्व का प्रभाव पड़े। कभी मैं कोई जोकरी और कोई चालाकी की बात कह देता। ऐसी बातों से वह बच्चों की तरह खुश हो जाती। अधिकतर, मैं राजनीति की बातें छेड़ता विशेष रूप से 'भारत में अंग्रेजी राज' में पढ़ी वे कथाएँ मैं सुनाता जिनमें अंग्रेजों के जुल्म के विरुद्ध भारतीय नारियों के वीरतापूर्ण संघर्ष का उल्लेख किया गया था। कभी-कभी मैं समाजवाद का भी उल्लेख करता, और उस पर प्रकाश डालते समय मैं जी-भरकर जाति और वर्ग के भेदों की तीव्र निन्दा करता। मुझे इन बुराइयों से सख्त नफरत तो थी ही—यह सब बताने पर मेरा यह उद्देश्य होता कि उर्मिला का दृष्टिकोण व्यापक बने और अन्धविश्वास खत्म हो।

इस तरह मैंने उसको लक्ष्मीबाई, भगतसिंह, चन्द्रशेखर 'आजाद', कल्पनादत्त आदि के संघर्षमय जीवन से विस्तार के साथ परिचित कराया। बहुत-सी बातों को वह समझती और बहुत-सी बातों को नहीं भी। कभी-कभी वह बहुत प्रभावित हो जाती। उसकी आँखें स्वप्नमयी हो जातीं और होंठ बिचकने-से लगते। दुख और कष्ट की बातें उसको जरा भी बर्दाश्त न होतीं। मैं अंग्रेजों के अत्याचारों का इसलिए उल्लेख करता कि उसके हृदय में अंग्रेजों के विरुद्ध घृणा उत्पन्न हो। अपने उद्देश्य में मैं सफल होता या नहीं, यह मैं नहीं बता सकता, किन्तु मेरी बातों से उसकी

बड़ी-बड़ी आँखों में गहरी व्यथा की स्याही फैल जाती और उसके ललाट पर मानसिक क्लेश की रेखाएँ उभर आतीं।

अपनी बातों के जरिए मैं उसके मन को छू पाता था या नहीं, यह भी मैं नहीं बता सकता।

और तब मैंने कुछ और साहस किया। सम्भवतः बेहयाई भी! जैसे कोई पहाड़ पर चढ़ते-चढ़ते गन्तव्य स्थान पर पहुँचने के पूर्व बीच ही में थक जाए और फिर भी जिद में आकर चढ़ता जाए, कुछ ऐसी ही हालत मेरी थी।

मैंने उसको अब अपनी भूतपूर्व क्रान्तिकारी पार्टी तथा अपनी हास्यास्पद बहादुरी के किस्से भी बताने आरम्भ किए। इन बातों को उर्मिला के कानों में डालने के लोभ को मैं रोक नहीं सका। मुझ पर एक नशा सवार था। जैसे वसन्त ऋतु में वायु मन्द, कोमल और मस्त होकर समस्त वातावरण को उल्लसित करने लगती है, उसी तरह मेरी सारी बातें और मेरी सारी हरकतें उर्मिला को हर्षित तथा उल्लसित करने के उद्देश्य से अनुप्राणित थीं।

और तब वह दिन आया। आज जब वह दृश्य मेरी आँखों के सामने चाँदनी में खिली, वायु-प्रकम्पित रजनीगन्धा के समान झूम उठता है, तो मैं गहरी वेदना से चौंक उठता हूँ।

जीने के पास चाची के कमरे के सामने गुसलखाना पड़ता था। इस गुसलखाने में बाबूजी और औरतों को छोड़कर और कोई नहीं नहाता था। हम लोग कुएँ पर स्नान करते थे। ऐसा कोई नियम नहीं था, पर ऐसा होता ही था।

साढ़े आठ का समय होगा। बाबूजी पूजा-पाठ और नाश्ता करके बाहर चले गए थे। मेरी तबीयत पढ़ने में न लगी तो अपने स्वभाव के विपरीत बाहर से आकर भीतर के ओसारे में चुपचाप बैठ गया। माँ रसोई-घर में भोजन बना रही थी। उर्मिला तथा उसकी माँ का कहीं पता नहीं था। सम्भवतः वे ऊपर हों, यह सोचकर उर्मिला के एक-एक शब्द को सुनने को बेकरार मेरे कान ऊपर की ओर लगे थे।

उर्मिला ऊपर नहीं थी। कुछ ही देर में गुसलखाने में स्नान कर जब वह निकलकर चाची के कमरे की ओर बढ़ी तो उसको देखकर मैं अवाक् रह गया। उसके हाथों में धुली साड़ी थी और वह सिर्फ पेटीकोट और ब्लाउज पहने हुए थी। तिनके चुगती गौरैया के समान फुदक-फुदककर वह धीरे-धीरे दौड़ रही थी। उसका यौवन और रूप दमक रहा था। उर तथा नितम्ब प्रदेशों की समुन्नत, अछूती कलात्मक और आह्लादकारी मर्यादाएँ, चन्दन की तरह श्वेत और पवित्र उसकी गर्दन, जिन्दगी से भरपूर उसकी गोल-गोल और मुलायम बाँहें। उसके पेटीकोट का पिछला भाग वायु से फड़फड़ाकर नाव के पाल की तरह तनकर फूल-फूल उठता। सम्भवतः तौलिया से रगड़ने से उसकी सुन्दर नाक और कोमल कपोल इस तरह

लाल हो उठे थे, जैसे झरने के शीर्ष भाग को उषा की प्रथम आभा छू ले। उसके मुख पर गहरी तृप्ति, सन्तुष्टि और प्रफुल्लता के भाव खेल रहे थे।

दुनिया में इतना भी सौन्दर्य है, इसकी मैंने कल्पना नहीं की थी।

गुसलखाने और चाची की कोठरी के बीच के आधे रास्ते को तो वह चुपचाप पार कर गई, किन्तु इसके बाद गर्दन मोड़कर अचानक मेरी ओर देखा। ओसारे में उसने मेरी उपस्थिति की कल्पना तक नहीं की थी। और देखते ही उसका चेहरा भय से सूख गया। उसके मुँह से एक हल्की चीख निकली, और दोनों हाथों से अपने को छिपाने का प्रयास करती हुई वह झुककर तेजी से भागकर चाची के कमरे में घुस गई।

मैं उठकर बाहर चला आया और अपने कमरे में औंधे मुँह पड़ रहा। यह सब क्या हो गया है? मैं कैसा हो रहा हूँ? पता नहीं, मैं किस देश में पहुँच गया हूँ। ऐसा लगा, जैसे मैं रुई की तरह हल्का होकर श्वेत बादलों के समान आकाश में उड़ रहा हूँ।

4

पता नहीं उस दिन कब तक मेरी आँखों से आँसू गिरते रहे। इस घटना ने मेरे मन को उर्मिला से इस तरह जोड़ दिया कि उसको तोड़ने पर मैं ही टूट जाता। जैसे मैं हवा, पानी और भोजन के बिना जीवित नहीं रह सकता, उसी तरह उर्मिला के बिना भी नहीं रह सकता—ऐसा मुझे लगने लगा। जिसके लिए मैं इतना रो सकता हूँ, वह मेरी है और उस पर मेरा पूरा अधिकार है। उर्मिला ने स्वयं खुश होकर मानो अपने जीवन और यौवन, अपने मन की गूढ़तम इच्छाओं तथा अनिच्छाओं के कोमल रहस्यों का सारा दायित्व मुझे सौंप दिया था, और इस विचार से मैं पुरुषों के गर्व एवं गौरव से फूल उठा।

उस दिन उसके लिए मेरे हृदय में अपूर्व आदर का भाव उत्पन्न हुआ। मैं उससे जान-बूझकर बचने लगा। मैं उसकी इज्जत करता हूँ। मैं उससे डरता हूँ। मैं उसको अपनी जिन्दगी की तरह प्यार करता हूँ। मैं नहीं चाहता कि वह मुझे देखे और उस दिन की बात का स्मरण कर दुखित या लज्जित हो। उस दिन वह जिस रूप में मेरे सामने से गुजरी थी, उसमें उसका कोई दोष नहीं था, और इस कारण मैं बार-बार उसके सामने जाकर अपनी 'महत्ता' प्रमाणित करूँ—इस विचार से मैं स्वयं संकुचित हो उठा। वह मुझे प्यार करे या न करे, किन्तु मेरी वजह से वह जरा भी दुखी हो, यह मेरे लिए मर जाने की बात थी।

परन्तु, वह खुद मुझसे बच रही थी, यहाँ तक कि जब मैंने उसके सामने जाने का प्रयास छोड़ दिया तो उसके दर्शन ही दुर्लभ हो गए। दो-तीन बार वह मेरे पास से गुजरी, तो उस समय उसकी हालत अजीब हो गई। मुझसे दृष्टि मिलाते ही

उसका मुँह बिजली की तेजी से दूसरी ओर घूम जाता, फिर वह एक ही दिशा में पत्थर की तरह स्थिर दृष्टि से इस तरह देखने लगती, जैसे वह वहाँ से भाग सकती तो भाग जाती या जमीन में समा सकती तो समा जाती। उसकी दृष्टि की निर्दोषता ने सम्भवतः नारी-जीवन के रहस्य की समझ से उत्पन्न उपायहीन लज्जा एवं विरोध का रूप ग्रहण कर लिया था।

किन्तु, उससे दूर रहकर मेरी कोई गति नहीं थी। जब मैं अकेले में होता तो उस दिन के उसके रूप की याद सुगन्धपूर्ण ताजे पुष्प के समान मेरे मन में खिल उठती और मुझे पागल बना देती।

और तब धीरे-धीरे मेरे हृदय में यह इच्छा उत्पन्न होने लगी कि मैं उर्मिला के शरीर को—उसके रेशम के समान मुलायम लम्बे-लम्बे और काले बालों, उसकी कोमल पतली-पतली अँगुलियों, गुलाब की पँखुड़ियों के सदृश उसकी पलकों और सुए जैसी सुन्दर उसकी नासिका को अपने हाथों से छुऊँ।

यह एक अजीब भावना थी, जिसकी तीव्रता दिन-पर-दिन बढ़ती गई और जो समुद्र में उठे ज्वार की तरह मेरे संयम के तट को तोड़ने-फोड़ने का प्रयास करने लगी।

अपनी कोमल इच्छा की बाढ़ में मेरे मन में यह स्पष्ट और दृढ़ विश्वास उत्पन्न हुआ कि उर्मिला मुझको सचमुच प्यार करती है। उस दिन की घटना के बाद लज्जा के कारण वह मेरे पास न आती, लेकिन यदि वह मुझे प्यार नहीं करती तो मुझे देखकर मुस्कराती ही क्यों, रोज शाम को वह मुझसे पढ़ने क्यों आती और जेल में मुझ पर मार पड़ने के विस्तृत विवरण को सुनकर उसका मुँह व्यथा से स्याह क्यों पड़ जाता?

उसके शरीर और प्राणु से न मालूम कब का मेरा नाता है और इस पृथ्वी पर उसका अस्तित्व सिर्फ मेरे लिए है—मेरा यह विश्वास जोर पकड़ता गया। मेरा मन नाच-नाच उठता। मैं उसकी लाज की दीवार को किस तरह तोड़ूँ? अपने प्रेम को उसके चरणों में कैसे अर्पित करूँ? मेरे सामने यही जटिल समस्या थी, और इसको हल करने के लिए दिन-रात मैं बेचैन रहने लगा।

एक दिन रास्ता सूझ गया।

शनिवार को उर्मिला स्कूल से जल्दी छुट्टी पा जाती थी। मैं रोज ही कॉलेज से जल्दी चला आता था। एक शनिवार को जब वह स्कूल से आई तो मैं बाजार से अमरूद और केले खरीद लाया। मैंने यह सोचा था कि सबके लिए हिस्से लगाऊँगा और इसी बहाने उर्मिला से बोलने का अवसर प्राप्त हो जाएगा।

मैंने हिस्से लगाए। जो घर में थे, उनको उनके हिस्से दिए और जो नहीं थे उनके हिस्से अलग रख दिए। अन्त में एक बड़ा अमरूद और केले हाथ में लेकर उर्मिला की माँ से पूछा, "चाची, उर्मिला कहाँ है?"

"ऊपर ही होगी, बेटा।" नीचे बैठकर मेरी माँ से बातें करती हुई उर्मिला की माँ ने उत्तर दिया।

मैं जानता था कि वह ऊपर ही है। अमरूद और केले लेकर धड़कते दिल से ऊपर चढ़ गया। वह कमरे में बैठी कुछ सी रही थी। उसने मुझे कमरे में आते देखा तो हड़बड़ाकर उठी, हाथ के कपड़े को नीचे रखा और झट कमरे से बाहर जाने के लिए बढ़ी। काले चौड़े बॉर्डर की स्वच्छ साड़ी में वह बहुत अच्छी लग रही थी।

"केले और अमरूद खरीदे गए थे। यह तुम्हारा हिस्सा है।" मेरे मुँह से अपनी समस्त इच्छा और निश्चय के बावजूद बहुत कठिनता से आवाज निकली।

"नहीं।" उसने गर्दन टेढ़ी करके उत्तर दिया। उसके होंठ बिचक गए, आँखें सिकुड़ गईं, जैसे वह अपनी इच्छा के विरुद्ध बोल रही हो।

"क्यों?" मैंने बहुत साहस करके पूछा।

उसने कोई उत्तर न दिया और बाहर की ओर इस तरह देखने लगी, जैसे वहाँ से निकल जाना चाहती हो।

"सबने लिया है, यह तुम्हारा हिस्सा है। ले लो।" कहकर मैंने केले और अमरूद उसके हाथ में जबर्दस्ती थमा दिए, इस आशा में कि वह ले लेगी।

किन्तु जैसे आग से छू गया हो, इस फुर्ती से उसने अपना हाथ खींच लिया और सिर हिलाकर 'नहीं–नहीं' करती हुई कमरे से बाहर निकल गई। केले और अमरूद नीचे गिर गए।

मैं जड़ की तरह खड़ा रह गया। एक निर्दय एवं निस्सहाय वेदना से मेरा अन्तर परिपूर्ण हो गया। मेरा उत्साह, मेरी उम्मीदें और खुशी टूटकर चकनाचूर हो गई थी।

इस घटना ने मेरे दिमाग पर जबर्दस्त प्रहार कर यह बात स्पष्ट कर दी कि वास्तव में मैं कहाँ खड़ा हूँ। उर्मिला मुझसे प्यार करती है, इससे बड़ी असत्य चीज क्या हो सकती थी? उसने कभी भी तो कोई ऐसा काम नहीं किया था जिससे यह आभास मिलता कि वह मुझको प्यार करती है। उस दिन की उसकी मुस्कराहट नारी–सुलभ शिष्टाचार के अलावा और क्या हो सकती थी? इसी शिष्टाचार से प्रेरित होकर उसने मुझसे बातचीत भी की है। मैंने उसकी शराफत का गलत मतलब लगाया। मेरा प्रेम अपने ही तर्क से आगे बढ़ता रहा। तिनकों के सहारे मैं अपने प्रेम को रूप, रंग और आकार देता रहा। अब वे सहारे भी चले गए। उर्मिला ने अपने मन के भाव को खोलकर रख दिया था और मुझे किंचित् भी सन्देह की गुंजाइश नहीं थी। जो कुछ मैं करूँगा, उसकी इच्छा के अनुसार ही करूँगा। मैं ऐसा तुच्छ और बेशर्म नहीं कि जबर्दस्ती उस पर प्यार थोपूँ।

एक असहनीय दुख ने मेरे जीवन को अभिभूत कर दिया। मेरा शौक–शृंगार समाप्त हो गया। मैं घर से गायब रहने लगा।

कभी–कभी इच्छा करती कि घर से भाग जाऊँ। मुझको एक ऐसी हाहाकारी गम्भीरता दबोचने लगी जिसका खयाल कर मैं आज भी काँप उठता हूँ। मैंने स्वयं प्यार किया था, मैं स्वयं अपनी इच्छाओं के अनुकूल अपने सपनों को आकार देता रहा था और आज जब मैं गहरी निराशा और दुख में डूबा तो इसमें उर्मिला का कोई दोष नहीं था। यह कैसी असहनीय स्थिति थी! यदि मेरे दुख में उर्मिला का कुछ भी दोष होता तो मेरे लिए कुछ सन्तोष की चीज होती। कूलहीन समुद्र में हाथ मारने के अलावा मेरे पास क्या चारा था?

इसी दौरान में एक दिन मैं बीमार पड़ गया। सम्भवत: खाने–पीने की लापरवाही के कारण हुई खराई–सेवराई तथा शीत में सोने की वजह से ऐसा हुआ। सवेरे उठा तो शरीर टूट रहा था। अंग–अंग में पीड़ा थी और नाक जकड़ी हुई थी। मैंने किसी को बताया नहीं। बिना कुछ खाए–पिए कालेज चला गया। किन्तु सायंकाल जब लौटा तो बुखार चढ़ आया था। सिर फट रहा था और कमर टूट रही थी।

मेरी शक्ल देखकर माँ ने ताड़ लिया। दौड़ी हुई पास आई और मेरे सिर पर हाथ रखते हुए चौंककर बोली, "बाप रे, कपार तो आग की तरह जल रहा है। उठो–उठो, यहाँ हवा में मत बैठो। ऊपर चलो, बिछौना लगा देती हूँ। वहीं लेटो। खराई–सेवराई हो गई होगी। बार–बार कहती हूँ, समय पर मुँह में कुछ डाल लिया करो...पर मेरी तो कुत्ते की हालत है, भूँकती रहती हूँ...कौन सुनता है...कन्हैया, बबुआ की खाट ऊपर पहुँचा दे।"

मैंने खाट ऊपर ले जाने का विरोध किया, किन्तु माँ के सामने मेरी एक न चलने पाई। उसकी बात ठीक भी थी। बाहर के कमरे का भीतर से सम्बन्ध नहीं था, भीतर नीचे कोई खाली कमरा था नहीं, इसीलिए ऊपर ही शरण मिल सकती थी। ऊपर का कमरा काफी लम्बा और खासा चौड़ा था।

मेरी चारपाई बिछ गई और मैं उस पर लेट गया। उर्मिला अभी स्कूल से नहीं आई थी। उसकी तथा मेरी माँ मेरे पास बैठी थीं। शरीर की पीड़ा तथा बेचैनी बहुत बढ़ गई थी और मैं कराहने लगा था। बार–बार मैं करवटें बदलता। माँ चिन्तित होकर मेरे सिर और बदन पर हाथ फेर रही थी।

किन्तु, इस बीमारी से मुझे बहुत सन्तोष हुआ—जैसे उसने मेरे लाचार और भटकते दुख और निराशा को रूप और मार्ग दे दिया हो। मुझे ऐसा लगा कि अब जीने की मेरी इच्छा नहीं है। मैं मरना चाहता हूँ। मेरा प्यार निष्फल हो गया है। मेरा प्यार, मेरे जीवन का प्रथम प्यार, मेरी उभरती जवानी का प्रथम प्यार, पल्लवित, पुष्पित और फलित होने के बजाय काँटे की तरह मेरे हृदय में धँसता चला आ रहा है। मैं अब मरूँगा और इसीलिए यह बीमारी भी आई है। जिसको मैं अपने प्राण

से भी अधिक चाहने लगा हूँ और जो मुझे नहीं चाहती, उसी की आँखों के सामने मरूँ, ऐसी ही आकांक्षा मेरे दिल में उस समय उत्पन्न हो रही थी।

कुछ देर बाद उर्मिला आई। कमरे में पहुँचकर ठिठक गई, और खड़ी होकर चुपचाप मेरी ओर देखने लगी। एक क्षण मैंने उसको देखा। उसके मुख पर गम्भीर उत्सुकता और किंचित् नासमझी के भाव अंकित थे। उसके आने से मुझे शर्म मालूम हुई कि मैं मजबूरी में पड़कर कराह रहा हूँ। फौरन ही मेरा कराहना बन्द हो गया।

उर्मिला की कौतूहलपूर्ण दृष्टि देखकर माँ ने उसको बताया, ''कृष्ण है बेटी, बुखार लेकर बैठ गया है। खराई-सेवराई करने और शीत में सोने से हुआ है। दिन-रात भूँकती रहती हूँ कि समय पर पानी पी लो, समय पर खा लो, पर ये अपने मन की ही करते हैं। लड़का ऐसा नहीं है, वह कहना मान लेता है, पर कृष्ण और कंचन मुझे बहुत तंग करते हैं। छोटे लड़कों की बात दूसरी है, पर ये तो बड़े हुए, इनके पीछे कहाँ तक पड़ूँगी? अब पड़ा कराह रहा है। करूँ तो क्या करूँ?''

''क्या बेकार में बक-बक कर रही है? मैं अब एकदम अच्छा हूँ, तू जाकर अपना काम देख।'' मुझे माँ पर गुस्सा आ गया था।

उर्मिला कुछ देर तक उसी तरह खड़ी रही, फिर वहाँ से हटकर अलमारी पर अपनी किताबें रखीं और चुपचाप बाहर निकल गई। कुछ देर बाद पुनः आई और नीचे फर्श पर बोरा बिछाकर बैठ गई।

मेरे शरीर का दर्द और बुखार बढ़ता गया। माथा फट रहा था। अपनी सारी शक्ति लगाने पर भी मेरी बेचैनी कम नहीं हुई, बल्कि बढ़ती गई और मैं फिर कराहने लगा।

''क्या है मेरे बेटे?'' माँ ने मेरे सिर पर हाथ रखकर व्याकुल स्वर में पूछा, ''सिर में बहुत दर्द है? कपार तो बहुत जल रहा है। कंचन को दवा के लिए भेज देती, पर सोचती हूँ, पहला दिन है। एक-आध दिन देखकर ही दवा देनी चाहिए।''

''हाँ-हाँ! एक-आध दिन तो देख ही लेना चाहिए,'' उर्मिला की माँ ने समर्थन किया, ''सिर में दर्द है तो लौंग पीसकर लगाई जा सकती है, उससे आराम मिलेगा। उर्मिला, नीचे से लौंग पीसकर ला तो बेटी।''

उर्मिला फौरन उठकर नीचे गई, और कुछ देर बाद लौंग पीसकर लाई तथा मेरे सिरहाने खड़ी होकर मृदु स्वर में बोली, ''सिर सीधा कर लीजिए, लौंग लगा दूँ।''

उसके इस तरह बोलने पर मेरे हृदय में जबर्दस्त अभिमान और जिद की भावना उत्पन्न हुई। वह मेरी कौन है? मैं मर जाऊँगा, पर लौंग नहीं लगवाऊँगा। और इतना सोचते ही न मालूम कहाँ से मेरी आँखों में आँसू भर आए, जिनको छिपाने के लिए मैंने अपने शरीर को धनुषाकार करके सिर को छाती में गाड़ लिया और बोला, ''अब सिर में दर्द नहीं है।''

माँ बिगड़कर बड़बड़ाने लगी, "इसी से, भाभीजी, मन थोड़ा हो जाता है। यह अपनी बुद्धि के सामने दवा-दारू को भी कुछ नहीं समझते। यह कृष्ण तो मुझको हमेशा भूँजता रहता है। क्यों रे मनमौजी, अभी 'बाप-बाप' कर रहा था। जब वह इतनी मेहनत करके दवा पीसकर लाई तो लगवा क्यों नहीं लेता? सीधा हो जा भैया, लौंग लगते ही सिर का सारा दर्द हिरन हो जाएगा।"

मैंने कुछ भी उत्तर नहीं दिया और पैर से लेकर सिर तक सारे शरीर को चादर से ढँक लिया।

माँ खीझकर और बड़बड़ाई और फिर रोने भी लगी। उर्मिला की माँ ने भी समझाया। किन्तु मैं अपने निश्चय पर दृढ़ रहा और अपने मुँह पर से चादर नहीं हटाई।

मेरे दर्द में कमी नहीं हुई। बुखार उतर जाता तो दर्द भी गायब हो जाता, पर बुखार तो चढ़ रहा था, मैं दाँत पर दाँत बिठाए चुप रहने की यथाशक्ति कोशिश कर रहा था, लेकिन इससे विशेष लाभ नहीं हुआ और मुँह से कराहने की आवाज निकल ही जाया करती।

कुछ देर बाद बाबूजी आए तो उन्होंने आज दवा न देने के विचार का समर्थन करते हुए हिदायत दी कि सारा कमरा फिर से साफ कर दिया जाए, खिड़कियाँ ठीक से खोल दी जाएँ, चारपाई के नीचे चिलमची रख दी जाए और सिरहाने की ओर स्टूल पर पानी तथा नींबू रख दिए जाएँ।

बाबूजी के जाने के बाद उर्मिला ने धीरे-धीरे सारा घर झाड़ डाला, खिड़कियाँ ठीक से खोल दीं, चिलमची साफ करके नीचे रख दी और स्टूल पर एक लोटा पानी रखकर उसको गिलास से ढक दिया। नौकर नींबू लाने के लिए बाजार चला गया था।

बाबूजी के आने पर मैंने मुँह पर से चादर हटा ली थी, और दीवार की ओर मुँह करके उर्मिला के काम करने के शब्द सुनता रहा। मैं नहीं चाहता था कि वह मेरे लिए कुछ भी करे, पर कुछ कहने की हिम्मत नहीं पड़ी। और तब पता नहीं मेरे हृदय में एक कैसा उद्वेग उत्पन्न हुआ कि करवट दूसरी ओर फेरकर मैंने उर्मिला को गौर से देखा। उसके मुख पर कुतूहल का भाव नहीं था। वह अत्यधिक गम्भीर थी। उसका चेहरा सूखा-सूखा-सा लग रहा था, जैसे उसने दिन-भर कुछ खाया-पिया न हो या स्वयं बीमार पड़नेवाली हो। मेरा दिल गहरी करुणा, क्लेश और पश्चात्ताप से भर उठा और मुझे अफसोस होने लगा कि मैंने व्यर्थ ही में लौंग लगाने से इनकार कर दिया। लगा, उसके किंचित् दुख को भी मैं बर्दाश्त नहीं कर सकता।

दूसरे दिन सबेरे बुखार लगभग नहीं था, किन्तु दोपहर के बाद दो बजे से फिर मेरी तबीयत भारी हो उठी—यहाँ तक कि उर्मिला के स्कूल से आने तक बुखार और शरीर का दर्द बहुत बढ़ गया। कंचन डॉक्टर के यहाँ से दवा लाया। दवा खाने के कुछ देर बाद बहुत जोर की कै हुई। लगा, प्राण निकल जाएँगे। किन्तु बाद में मन हल्का हो गया।

धीरे-धीरे आराम मालूम होने लगा। बुखार काफी उतर गया था। और कुछ देर बाद मुझे नींद आ गई।

जब नींद खुली तो रात काफी बीत गई थी। सभी सोए थे। सामने दरवाजे के पास लालटेन धीमे-धीमे जलकर गन्दी लाल रोशनी फेंक रही थी। चाँदनी खिड़की के रास्ते आकर मेरे पैरों के पास लोट रही थी। सारा वातावरण सायँ-सायँ और झन-झन कर रहा था।

शरीर में कोई खास कष्ट न होते हुए भी जागते ही मैं कराह उठा। सम्भवत: दुर्बलता से ऐसा हुआ। उर्मिला उस समय भी जगी थी, खड़ी होकर मेरे मुँह की ओर कुछ झुककर मृदु स्वर में पूछा, "कैसी तबीयत है ? कुछ चाहिए!"

मेरा मन अजीब-सा होने लगा। लगा, इस पृथ्वी पर उर्मिला केवल मेरे लिए जन्मी है।

"कुछ नहीं चाहिए।" मेरा स्वर भर्राते-भर्राते रह गया।

वह गई नहीं, बल्कि चुपचाप खड़ी रही। मेरे मन में न मालूम कहाँ से एक मीठी दुर्बलता, भावुकता और एक दुस्सह करुणा आषाढ़ की प्रथम वर्षा के बादलों की तरह उमड़ने-घुमड़ने लगी।...मैं अपनी गलती की माफी माँग लूँगा।

"उर्मिला..." किन्तु इसके आगे मैं कुछ न बोल सका।

उर्मिला ने दो-चार क्षण तक मेरी बात की प्रतीक्षा की। किन्तु फिर भी जब मैं कुछ नहीं बोला तो वह मेरे मुँह पर झुक आई और मेरे कपार पर हाथ रखते हुए अजीब ही स्वर में बोली, "तबीयत तो ठीक है न ?"

मैंने उसकी ओर देखा। उसकी आँखों में असीम मृदुलता थी। उसकी नाक और होंठ किसी रहस्यमय भावावेश से काँप रहे थे। यह क्या है ? मैं इसको बर्दाश्त न कर सका। मुझे कँपकँपी-सी होने लगी। मैंने दाँत भींच लिये, फिर शीघ्रता से दूसरी ओर करवट बदलकर बड़ी कठिनता से बोला, "जाओ सो रहो, मैं ठीक हूँ।"

5

एक दिन मेरे गाँव से चार व्यक्ति आकर मेरे घर में कुछ दिनों के लिए ठहरे, जिससे रात्रिकालीन शयन-व्यवस्था में कुछ फेर-बदल करनी पड़ी। वे हमारे खास पट्टीदार थे और रिश्ते में चचा लगते थे। शहर में लड़का देखने आए थे।

घर में निस्सन्देह चारपाइयों की कमी थी। मैंने और कंचन ने तो सहर्ष अपनी चारपाइयाँ दे दीं। एक बँसखट बगल के गुप्तजी के यहाँ से प्राप्त हुई। बस अब एक खाट की और जरूरत थी, जिसके लिए अम्मा, उर्मिला की माँ, चाची तथा स्वयं उर्मिला ने एक-दूसरे के बाद आग्रह किया कि उनकी ही चारपाई ले ली जाए, किन्तु

चूँकि उर्मिला सबसे छोटी थी, इसलिए उसके प्रस्ताव को सबने बहुत शीघ्र स्वीकार कर लिया।

मैं चंगा होकर घूमने-फिरने लगा था। सोता मैं ऊपर ही था। मैंने अपनी ओर से आग्रह नहीं किया कि मेरी चारपाई नीचे कर दी जाए, और जब इस प्रश्न पर किसी ने विशेष ध्यान नहीं दिया तो मुझे बहुत ही खुशी हुई और मैंने उसको चलने दिया। वास्तव में मुझे एक अज्ञात बेशर्मी ने जड़ कर दिया था। उस दिन रात को मेरे मुँह पर झुककर उर्मिला ने मेरे प्रति जो अपनी सहानुभूति प्रकट की थी, वह स्नेहजन्य थी या मेरी अस्वस्थता एवं असहायता से उत्पन्न दया-भाव से प्रेरित—यह मैं निश्चय नहीं कर सका था। वह सदा की भाँति स्वस्थ, सौम्य, तटस्थ एवं निर्दोष थी और उसके व्यवहार से यह नहीं ज्ञात होता था कि वह उस रात की घटना से किंचित् भी सम्बद्ध है। कभी-कभी मैं उसको अपनी ओर कुछ गौर से, और सम्भवतः घूरकर, देखते हुए पकड़ लेता। कभी मेरे पास गुजरते हुए वह तेजी में सिर घुमाकर मेरी ओर देखती तो उसकी दृष्टि में विद्युत की चमक का आभास पाता। ऐसे क्षणों में मैं खुशी से पागल हो जाता और सोचता कि वह मुझे प्यार करती है। परन्तु, ऐसे अवसर बहुत ही कम आते और बाद में उसके मुख पर पृथकत्व, अछूतेपन, निर्दोषता और पवित्रता के ऐसे भाव निखर उठते कि वह मुझसे प्यार करेगी, यही बात नितान्त असम्भव लगती। मैं निश्चय और अनिश्चय की एक अजीब निर्दयी स्थिति में फँसा था और एक रोज कोई अप्रत्याशित घटना घटेगी, इस आशा से मैंने अपनी खाट को नीचे ले जाने का प्रश्न ही नहीं उठाया।

चारपाइयों से जो लोग वंचित हुए थे, उनको फर्श पर सोना था। कंचन माँ की चारपाई पर जाकर घुस रहा और माँ को बिस्तर नीचे बिछाना पड़ा। मेरा बिस्तर ऊपर के कमरे में ही बिछा। ऊपर के कमरे की लम्बाई पूरब-पश्चिम थी। पूरब की ओर एक बड़ा दरवाजा था। उत्तर दिशा में दीवार में दो बड़ी-बड़ी खिड़कियाँ थीं, जो एक-दूसरे से बहुत दूर नहीं थीं। दरवाजे की ओर स्थित खिड़की के सामने मेरी चारपाई पड़ती, जिसकी पंक्ति में कुछ ही दूर पश्चिम की तरफ उर्मिला का बिस्तर लगता था। एकदम पश्चिम की ओर दक्षिणी दीवार से सटकर एक चारपाई पर गीता और निर्मला तथा उसी पंक्ति में मेरी चारपाई के सामने उनकी माँ सोती थी।

ऊपर के कमरे के सब बिस्तर उर्मिला ही बिछाती थी। खाने-पीने के बाद जब मैं सोने आया तो मेरी चारपाई के स्थान पर नीचे मेरा बिस्तर लगा था। अन्य बिस्तरे भी लगे थे। किन्तु उर्मिला के बिस्तर का कहीं पता नहीं था। वह दूसरी खिड़की के सामने दूसरी तरफ मुँह करके बोरे पर बैठी पढ़ रही थी।

पता नहीं मुझे कब नींद आ गई और जब आँख खुली तो रात बाकी थी। चारों ओर सन्नाटा था। कभी-कभी उर्मिला की माँ की नाक से खर्र-खों की आवाज

निकलती। कभी-कभी दो-एक मच्छरों के भनभनाने के भी शब्द सुनाई पड़ जाते। दोनों खिड़कियाँ खुली थीं, किन्तु कृष्णपक्ष की रात होने के कारण कमरे में लगभग पूरा अन्धकार था। दरवाजे पर मद्धिम करके रखी गई पुरानी लालटेन की क्षीण रोशनी दुर्बल मनुष्य के शरीर पर छाए पीलिया की तरह कमरे में फैली थी।

जागते ही मैंने सबसे पहले अपना सिर घुमाकर उर्मिला के शयन-स्थान की ओर देखा—और जो कुछ देखा उससे मेरे हृदय में जबर्दस्त तूफान उठ खड़ा हुआ। तकिया पर जहाँ पर मेरा सिर था, उससे लगभग दो या ढाई हाथ की दूरी पर ही उसके बिस्तर का सिरहाना था। वह बाईं करवट कुछ वक्र होकर सेज के फूल के समान पड़ी बड़े कायदे और शान के साथ निःशब्द सो रही थी। उसकी साड़ी का निचला छोर उसकी एड़ी और पंजों तक को ढके हुए था। उसका आँचल उसके वक्ष-प्रदेश और पीठ से दृढ़ता से लिपटा हुआ था और लम्बी वेणी सिर के ऊपर लपेटकर गूँथ ली गई थी। उसका दाहिना हाथ उसके माथे को ढँकते हुए मेरे बिस्तर की दिशा में कुछ ही दूर पर अत्यन्त कोमलता के साथ फर्श पर पड़ा था।

मुझे बहुत अचम्भा हो रहा था। उसने कब बिस्तर बिछाया? चारपाइयाँ होने पर तो ऐसी निकटता नहीं रहती थी। क्या उसने जान-बूझकर मेरे अधिक निकट अपना बिछौना बिछाया था। मुझे लगा कि इसमें सत्यांश है। सम्भवतः इसीलिए जब सब जगे रहे थे तो लाज के मारे उसने अपना बिस्तर नहीं लगाया था और जब सभी सो गए तो उसको बिछाया। इतना सोचते ही एक मधुर उत्तेजना से मेरा शरीर ऐंठने लगा और साँस घुटने-सी लगी।

मैंने अपने मन को समझाने की कोशिश की कि ऐसा सोचना मेरे मन का भ्रम है, उसका बिस्तर उसकी चारपाई के ही स्थान पर बिछा है, और चारपाइयाँ रहने की वजह से दूरी अधिक लगती थी, वही फर्श पर बहुत कम लग रही थी। वह बेचारी आखिर जाए भी तो कहाँ जाए? एकदम अँधेरे में और कोने में चली जाए क्या?

पर जितना ही मैं ऐसी दलीलें देता, उतना ही मेरे हृदय में इनके ठीक विपरीत विश्वास बढ़ता जाता और शीघ्र ही मेरे मन की स्थिति ऐसी हो गई कि उस विश्वास के प्रति सन्देह करना असम्भव हो गया।

उस कमरे के अन्धकार में मुझे ऐसा लगा कि उर्मिला मुझको अत्यधिक प्यार करती है। आरम्भ से ही वह मेरी ओर आकर्षित हुई थी और सरल संकेतों द्वारा उसने अपने मन के भावों को प्रकट भी किया था। पर मैं ऐसा मूर्ख हूँ कि उनको समझ न सका। वह बार-बार पढ़ने मेरे पास क्यों आती रही? उस दिन वह क्यों मुस्करा उठी थी? और केवल पेटीकोट तथा ब्लाउज में मेरे सामने से गुजरने के बाद भी उस दिन मेरे सिरहाने झुककर वैसी मृदुल दृष्टि से मेरी आँखों में क्यों झाँका था? उस दृष्टि में स्नेह था—सरल, पूर्ण स्नेह, जिसको मैं समझ नहीं सका था। वह

आखिर किस तरह अपने मन की बात को व्यक्त करे ? वह अच्छी तरह जानती है कि मैं उसको प्यार करता हूँ और वह मुझे यदि नापसन्द करती तो उस दिन क्यों ऐसी सहानुभूति और चिन्ता प्रकट करती ? मैंने शुरू से आखिर तक रोज के उसके व्यवहार पर गौर करना आरम्भ किया और मुझे ऐसा प्रतीत होने लगा कि मेरे छोटे-से-छोटे दुख और परेशानी से वह दुखी और परेशान होती रही है और मेरी हल्की-सी खुशी से अत्यधिक खुशी। वह मुझसे प्यार करती है—प्यार! और यह कोई नामुमकिन बात भी नहीं, क्योंकि मैं लम्बा, तगड़ा और देखने में बुरा नहीं था।

मेरे मन का तूफान बढ़ता गया और मुझमें तीव्र आकांक्षा उत्पन्न हुई कि हाथ बढ़ाकर मैं फर्श पर पड़े उसके हाथ को छू लूँ। इस विचार से मुझे कँपकँपी-सी छूटने लगी।

मेरा मन एकदम बेकाबू हो गया था और अपनी उस स्थिति से मैं कुछ डर भी गया। उसके हाथ को छूना कितना आसान था ? और यदि यह सत्य हो कि वह मुझे प्यार करती है तो मेरी यह छोटी-सी हरकत कैसे अदम्य आह्लाद का रूप धारण कर सकती है ? मेरा हृदय जोरों से धड़क रहा था और उसकी आवाज मानो मैं साफ-साफ सुन रहा था।

और इसके फौरन बाद ही मेरी समस्त ज्ञान-शक्ति लुप्त हो गई। मेरे सामने उर्मिला थी और था मेरा प्रेम। मैं उठकर बैठ गया और सिर उचकाकर उर्मिला की माँ की ओर देखा। वह दीवार की ओर मुँह करके खर्राटे भर रही थी। अपने तकिए को मैंने कुछ आगे बढ़ाया और उस पर सिर रखकर लेट गया। कुछ देर तक मैं अपने हृदय की तेज एवं शक्तिशाली धड़कन को सुनता रहा, फिर अपने बाएँ हाथ को उर्मिला के हाथ की ओर धीरे-धीरे बढ़ाना शुरू किया। और असीम उत्सुकता एवं स्नेहोद्वेग के बीच जब मेरी बिचली अँगुली उसके हाथ की किसी कोमल अँगुली से छू गई तो मेरे हृदय की गति रुक गई, आँखें मुँद गईं और दाँत किटकिटाने-से लगे। मेरे भाग्य में ऐसा भी सुख लिखा था। मेरे स्नेहाकुल प्राण मेरी अँगुली के उस स्पर्श-बिन्दु पर आकर सिर धुन रहे थे। मेरे मन में न मालूम कैसी मिठास भरती जा रही थी! एक अपूर्व और मधुर सुगन्ध से मेरी साँस रुक-रुक-सी रही थी और एक हाहाकारी उत्तेजना और व्याकुलता से मेरा कलेजा फट-सा रहा था।

पता नहीं कब तक मेरी अँगुली उसकी अँगुली से मिली रही—एक क्षण, दो क्षण, तीन क्षण, शायद चार क्षण भी...और तब जैसे सपने में चिहुँक उठे, उसने झटके-से अपना हाथ खींच लिया।

मैं आसमान से नीचे गिर गया और उस अँधेरे में एक अपरिसीम लज्जा, भय और निराशा ने मुझे जकड़ लिया। क्या वह जगी थी ? मैं कितना ओछा हूँ ? वह मुझे कितना नीच और गिरा हुआ व्यक्ति समझती होगी ? जिसको मैं दिल से प्यार करता था, जिसका मैं दिल से सम्मान करता था, उसी के औदार्य को प्रेम समझकर मैंने

उसका अपमान कर दिया था। मेरे लिए मुँह छिपाने की जगह नहीं रह गई थी। उसके दिल में मेरे लिए जो भी सद्भावना रही होगी, वह अब समाप्त हो गई होगी। अब वह मुझको घृणा करती होगी। कल मैं उसको अपना मुँह कैसे दिखाऊँगा? क्या ही अच्छा हो, यदि नींद में चौंककर उसने अपना हाथ खींचा हो!

पश्चात्ताप, ग्लानि और दुख से मुझे रात-भर नींद नहीं आई। सुबह होने पर भी सोया रहा, उठने की हिम्मत नहीं पड़ी। उर्मिला तो अपने स्वभावानुसार बहुत तड़के उठ गई थी। धीरे-धीरे सभी उठकर चले गए, कमरे में धूप आ गई और तब भी मैं पड़ा रहा। लग रहा था कि इस दुनिया में मेरे लिए कोई स्थान नहीं है। मैं कितना बेसहारा और बेचारा हो गया था?

कुछ देर बाद उर्मिला कमरे में आई। मैंने अपनी बाँहों के बीच से धीरे-से आँखें खोलकर उसकी ओर देखा। उसके मुख पर दीनता, क्षोभ और सम्भवत: पश्चात्ताप के ऐसे भाव थे, जो मैंने पहले कभी नहीं देखे थे और जिनको देखकर मेरी आँखों के सामने अँधेरा छाने लगा। वह उस समय जगी थी—इसमें सन्देह करने की कोई गुंजाइश नहीं रह गई थी। यह स्पष्ट था कि मेरी हरकत से उसके हृदय को आघात पहुँचा था। मेरे शरीर में एक अजीब दहशत, निष्क्रियता और दुर्बलता छाने लगी।

वह कमरे में इधर-उधर घूमकर खटपट करती रही और फिर अचानक मेरे निकट आकर बोली, ''उठिए, बहुत देर हो गई है।''

उसके स्वर में स्वाभाविक मिठास नहीं थी, बल्कि एक अलगाव, एक खिंचाव—यहाँ तक कि एक किस्म का अस्पष्ट विरोध—भी था। लेकिन उतने से ही मेरे प्राण वापस लौट आए। मेरी तबीयत भर आई। यह उसी के लिए सम्भव था कि मुझे भ्रष्ट समझते हुए भी मेरी चिन्ता करे। मैं उसका कितना कृतज्ञ था! मैं फौरन उठ खड़ा हुआ, उसकी ओर देखकर मुस्कराया—एक रूखी मुस्कराहट। पर वह इतनी ही देर में धीरे-से खिसककर अलमारी साफ करने लगी थी।

दिन में मैंने उसको जब-जब देखा, उसकी मुद्रा खिंची-खिंची पाई? खिंचाव के अलावा उसमें एक ऐसी बेचारगी थी, जिसका मैं वर्णन नहीं कर सकता। उससे मुझे बहुत क्लेश हुआ और मैं अपनी ही नजर में बहुत गिर गया था। मैंने निश्चय कर लिया कि उससे क्षमा माँग लूँगा।

दिन बीता और फिर रात आई। और जब मैं सोने आया तो मेरा बिस्तर ठीक उसी स्थान पर बिछा था। उर्मिला का बिस्तर आज भी नहीं बिछा और कल की तरह आज भी वह बोरे पर बैठी चुपचाप पढ़ रही थी। मैं अपने बिछौने पर लम्बा तो हो गया, पर बावजूद हर निश्चय और कोशिश के, मुझे नींद नहीं आई।

धीरे-धीरे सभी लोग सो गए। सारा घर नि:शब्द हो गया। और तब उर्मिला उठी तथा बोरे और किताबों को यथास्थान रखने के पश्चात् अपना बिस्तर उसी स्थान

पर—उसके और मेरे बिस्तर के बीच की दूरी दो-ढाई हाथ होगी—लगाया। इसके बाद उसने लालटेन को काफी मद्धिम करके दरवाजे के पास रख दिया, कमरे के पश्चिमी कोने में जाकर अपनी वेणी को सर्प की कुंडली की तरह बाँधा और अन्त में बिस्तर पर आकर चुपचाप सो गई।

मैं अधखुली आँखों से उसको देख रहा था, और जब वह सो गई तो मेरे कलेजे की धड़कन अकस्मात् अत्यधिक तेज हो गई। मेरा मन एक अभूतपूर्व मधुर संगीत की ताल पर नृत्य करने लगा। मैंने सोचा था कि वह अपना बिछौना कुछ दूर खिसकाकर बिछाएगी। पर ऐसा नहीं हुआ। ठीक उसी स्थान पर बिछौना लगाने का क्या अर्थ था? इसका यही अर्थ था कि कल रात जब मैंने उसकी अँगुली स्पर्श की थी तो वह जगी अवश्य थी, किन्तु उसने बुरा नहीं माना।...उर्मिला मेरी है, और उसका जीवन मेरे जीवन से बँधा है। वह मुझको प्यार करती है, यह सत्य है और इस सत्य को वह चाहकर भी छिपा नहीं सकती। उसका सारा व्यवहार और सारी चेष्टाएँ इस बात की गवाह हैं, और यदि मैं उसके वास्तविक अर्थ को न समझूँ तो यह मेरी मूर्खता है।

मैं तूफान में बह चला था। मैं पूरी तरह उर्मिला के वश में हो गया था। क्या वह आज भी हाथ बढ़ाएगी? यदि उसने ऐसा किया तो मेरे लिए सन्देह की कोई गुंजाइश नहीं रहेगी। तब मैं उसके हाथ को पकड़कर अपनी पलकों से दबा लूँगा और रो पड़ूँगा। उर्मिला मेरी जिन्दगी है, मेरी जिन्दगी!

धीरे-धीरे रात गुजरने लगी। प्रतीक्षा में मेरी साँस रुक-रुककर चल रही थी और शरीर ऐंठ रहा था। कभी-कभी मैं निराश हो जाता और लगता कि यह सब मेरे मन का भ्रम है। उर्मिला ने स्वप्न में भी कभी मेरे बारे में नहीं सोचा होगा। वह सो गई है। फिर आशा निखर उठती, उसी तरह जैसे बार-बार छीलने पर भी घास उग आती है। इसी आशा और निराशा में डूबते-उतराते बहुत समय बीत गया।

अन्त में उसका हाथ आया। वह करवट बदलकर बाईं ओर हो आई थी और कल ही की तरह अपने दाहिने हाथ को माथे पर से ले जाते हुए फर्श पर रख दिया था। प्रेमावेग से काँपने लगा। ऐसा लगा कि उर्मिला मुझे बुला रही है और उसने जान-बूझकर अपना हाथ इधर बढ़ाया है।...उर्मिला, मैं यह नहीं जानता कि तुम्हारे दिल में क्या है, पर आज तुम्हारे लिए मेरा हृदय जितना व्याकुल हो उठा है, उतना कभी नहीं हुआ था। मैं अपने हृदय की समस्त शक्ति से तुमको प्यार करता हूँ। मधुर सम्भावनाओं से पूर्ण इस कमरे के अन्धकार में मेरे निकट सोने में तुम्हारा जो भी उद्देश्य हो, पर उसने मुझे अत्यधिक दुर्बल बना दिया है। इस दुर्बलता से ही मेरी सारी शक्ति, सारा उद्देश्य और सारी जीवन-प्रेरणा बँधी है...मेरी उर्मिला...।

मेरी हालत पागलों जैसी हो गई। अब मुझसे कुछ भी नहीं सहा जाता। आज या तो उर्मिला मेरी हो जाएगी या सदा के लिए उससे मेरा सम्बन्ध टूट जाएगा। मैंने

अपना हाथ धीरे-धीरे बढ़ाकर अत्यन्त कोमलता से उसके हाथ पर रख दिया। कितना नरम हाथ था उसका! मुझ पर मदहोशी-सी छा गई और मैंने उसका हाथ धीरे-से दबाया। कितनी कोमल और महान अनुभूति थी! यह मेरे सक्रिय प्रेम का प्रथम अनुभव था। मेरे रुद्ध प्रेम को जैसे गति मिल गई थी। इससे मेरे दिल का तूफान बहुत बढ़ गया, परिणामस्वरूप साहस भी। और बाँध टूटने पर जल जिस वेग से दौड़ पड़ता है, उसी उद्वेग से मेरा मन उर्मिला को अपने आलिंगन में समेटने के लिए व्याकुल हो उठा।

इसी समय बाहर पट-पट-पटर बूँदें पड़ने लगीं और मेरा सारा शरीर एक मधुरतम कामना की अग्नि में जलने और ऐंठने लगा। उर्मिला का हाथ एकदम शान्त पड़ा था।—क्या वह सोई है? नहीं, वह अवश्य जगी है और मेरे आन्दोलित हृदय की समस्त आकांक्षाओं को चुपचाप स्वीकार कर रही है।

मेरी व्याकुलता और मेरा तूफान इतना बढ़ गया था कि उसके सोए रहने की कल्पना बहुत ही अस्वाभाविक प्रतीत हुई। मेरे हाथ के कोमल दबाव के नीचे पड़ा उसका हाथ बिल्कुल स्थिर था, और ऐसी स्थिरता उसी समय उत्पन्न हो सकती थी जब उसमें सजगता हो और उसके हृदय में कोई मधुर, और रहस्यमयी इच्छा बेकरार मचल रही हो। मैंने सोचा—उर्मिला मुझे चाहती है, और इस समय इसी चाह में वह भी जल रही है।

और तब मैंने धीरे-से उसके हाथ को उठाकर अपनी हथेली पर रख लिया और साँस रोककर प्रतीक्षा करने लगा। उसके हाथ को इस शक्ल में रखकर मैं उसको अवसर देना चाहता था कि वह मेरे हाथ को दबाए या उसकी अँगुलियाँ कुछ हरकत करें। उसके हाथ का हल्का-से-हल्का कम्पन भी मेरी इस आशा की पुष्टि के लिए पर्याप्त था कि वह जगी है और मेरे स्नेह को अधिकतम रुचि से ग्रहण कर रही है।

कुछ देर तक मैंने अपने हाथ को उसी हालत में पड़े रहने दिया। एक-एक क्षण जैसे एक-एक युग की तरह बीत रहा था। मेरे हृदय की धड़कनें उठ-उठकर मेरे गले में अटक रही थीं। काश, वह मेरे हाथ को दबाती। ऐसी स्थिति में पता नहीं मेरी क्या हालत हो। मैं अपनी खुशी को सम्हाल नहीं सकूँगा। शायद मैं पागल हो जाऊँ या मेरे हृदय की गति बन्द हो जाए...।

अकस्मात् विद्युत-गति से उसने अपना हाथ खींच लिया। और तब मुझको कल की ही तरह बल्कि उससे भी अधिक, एक जबर्दस्त दहशत, निराशा तथा ग्लानि ने दबोच लिया। अब मेरे लिए कोई रास्ता नहीं रह गया था। अपने ही हाथों से मैंने अपनी समस्त आशा और सुख की हत्या कर दी थी। कल मैंने उसकी अँगुली का ही स्पर्श किया था; उसमें इस भ्रम की गुंजाइश थी कि वैसा नींद या

अनजाने में हो गया होगा, पर आज तो मैंने एक निश्चित हरकत की थी और उसमें सन्देह या भ्रम की किंचित् भी सम्भावना नहीं थी। वह जगी नहीं बल्कि सोई थी और जब उसकी नींद खुली तो उसने अपने हाथ को मेरे हाथ में पड़ा देखकर फौरन खींच लिया।

मुझमें यह तीव्र आकांक्षा उत्पन्न हुई कि मैं कहीं भाग जाऊँ या कोई ऐसी दुर्घटना हो, जिससे मेरे इस पतित जीवन का अन्त हो जाए। उर्मिला को नाराज करके जीने की मेरी जरा भी इच्छा नहीं थी। मेरा आधारहीन प्यार किसी निरवलम्ब प्राणी की तरह आशा और निराशा में झूलता रहा। मेरे प्यार का कोई भूत नहीं था, न ही उसका कोई भविष्य था। वह अपनी ही गर्मी से समुद्र से उठे बादलों की तरह ऊँचाई में जाकर भटकता रहा है और किसी के वांछित स्नेह और शीतलता के अवरोध के अभाव में बिना बरसे ही रह जाएगा—निरुद्देश्य, शुष्क और जीवन की व्यर्थता का प्रतीक। मेरी स्थिति उस व्यक्ति के समान हो गई थी, जो बड़ी नदी में तैर रहा हो और बीच में पहुँचने पर जिसकी शक्ति अचानक जवाब दे जाए।

मुझे अपने से घृणा होने लगी। लगा कि मैं बहुत छोटा और घिनौना हो गया हूँ। मेरी तरह नीच इनसान इस दुनिया में कोई नहीं। मुझमें कभी कोई गुण नहीं था और जिनको मैं गुण समझता था, वे दरअसल अवगुण थे। यदि मुझमें कोई गुण रहता तो मैंने ऐसा नीच कार्य कभी भी नहीं किया होता। मैं पश्चात्ताप की आग में जलने लगा।

मैं बहुत ही तड़के उठकर बाहर चला गया। उर्मिला से बचता रहा। उसके सामने जाने का साहस न होता था। पर स्कूल जाते समय जब मैंने उसके मुख को देखा तो ऐसा महसूस हुआ जैसे कोई मेरे दिल को अपनी मुट्ठी में पकड़कर जोर से ऐंठ रहा हो। उसके मुख पर अत्यधिक गहरी बेचारगी, बेसहारापन और आत्मिक क्लेश के भाव अंकित थे, जैसे उसने कोई बड़ा अपराध किया हो और दुनिया में उसका कोई ठिकाना न हो।

स्कूल से आने पर भी मैंने उसके मुख पर वैसे ही भाव देखे। ऐसा क्यों है, यह मैं जानता था। मैंने उसकी भावनाओं की कद्र नहीं की। कंजूस के धन के समान रक्षित उसकी पवित्रता पर मैंने हमला किया था। इसी से उसके हृदय को आघात पहुँचा। और चूँकि वह मेरे घर में रहती है, इसीलिए शिष्टाचारवश मुझ पर क्रोध व्यक्त नहीं कर पाती। अथवा वह इतनी सुकुमार, भोली और पवित्र है कि अपने हृदय में एक क्षण भी क्रोध धारण नहीं कर सकती और अपनी इस असमर्थता के कारण इतनी निस्सहाय और दुखी हो उठी है। उसने स्वप्न में भी नहीं सोचा होगा कि क्रान्ति और आदर्श की डींग मारनेवाला मैं ऐसा भी आचरण कर सकता हूँ। मेरा

प्यार कैसा है ? जिसकी याद मेरे जीवन की आवश्यक एवं स्वादिष्ट खुराक बन गई है, जो मेरी साँसों में बस गई है, जिसके लिए मैं रोया हूँ और जिसके मुख की उदासी और बेचारगी मेरे हृदय में अन्तहीन बेचैनी उत्पन्न करती रही है, उसके साथ मैंने ऐसा निर्लज्ज व्यवहार क्यों किया ? यह सोचकर मुझे अपने से घृणा हो गई और जिन्दगी अभिशाप-सी लगने लगी। मैं नीच हूँ, स्वार्थी हूँ, व्यभिचारी हूँ...मैं एकदम जानवर हूँ।

सायंकाल रिश्तेदार चले गए तो हम दोनों की चारपाइयाँ वापस मिल गईं। रात को हम चारपाइयों पर सोए। दूसरे दिन सबेरे मैंने उर्मिला के मुख पर वैसे ही भाव पाए—बल्कि उनमें और भी गहराई थी। मुझे ऐसा लगा जैसे कोई मेरे प्राण खींच रहा हो। मेरे हृदय में ऐसी पीड़ा उत्पन्न हुई कि मुझे प्रतीत हुआ कि अब मैं पागल हो जाऊँगा।

वह मुझसे बचती, मैं उससे बचता; और उसकी जो हालत थी, उसको मैं समझ नहीं पाता था। लेकिन मेरी भी हालत कम दयनीय नहीं थी। मुझे अपना जीवन दूभर हो गया था। मेरे जीवन का कोई तात्पर्य नहीं था। मुझे जिन्दगी इसलिए प्यारी लगी थी कि मैंने उसे सदा ईमानदारी से जीने का प्रयास किया, लेकिन उस ईमान का अब मैंने गला घोंट दिया था। अब मुझे जीने का कोई हक नहीं था। मैं स्वयं अपना गला घोंटना चाह रहा था।

कुछ ही दिन बाद उसमें मैंने एक अभूतपूर्व परिवर्तन देखा। उसके मुख की बेचारगी ने एक सीमाहीन, गहरी और निर्दय व्यथा का रूप धारण कर लिया था। उसका चेहरा सूखकर पतला पड़ गया था। लगता, एक दुस्सह पीड़ा भीतर-ही-भीतर उसको खा रही है।

उसकी व्यथा दिन-पर-दिन बढ़ती गई, साथ ही आत्महत्या करने की मेरी इच्छा भी। उन व्यथापूर्ण आँखों और सूखे मुख को मैं नहीं देख सकता था। मैंने अपने जीवन और प्यार को कलंकित किया था जिसको सिर्फ एक ही चीज धो सकती थी—वह थी मेरी मौत। मैं चाहे जितना भी नीच होऊँ, पर उर्मिला की खुशी के लिए हँस-हँसकर मर सकता था। जीवन में अपने प्रेम की जिस अखंडता को मैं सिद्ध नहीं कर सका, उसको अपनी मौत से प्रमाणित करूँगा।

मेरा यह निश्चय दृढ़तर होता गया। मेरा सारा सुख-चैन समाप्त हो गया था। मेरी भूख-प्यास समाप्त हो गई थी। मैं चुपचाप एकान्त में बैठकर अपने जीवन का अन्त करने की योजनाएँ बनाया करता। मुझे कुछ भी अच्छा न लगता। मरना बहुत आसान मालूम होने लगा था। और इसी दौरान में एक अजीब आकांक्षा उत्पन्न हुई, और वह यह कि मरने के पूर्व मैं उर्मिला से क्षमा माँग लूँ। यही उचित था। माफी माँगकर मैं अपने जीवन को समाप्त कर दूँगा।

एक दिन जब सब कुछ असह्य हो गया तो बहुत हिम्मत करके मैं उर्मिला के सामने गया।

सायंकाल। ऊपर के कमरे में वह थी। मैं कमरे में जाकर खड़ा हो गया। कुछ ही दिनों में वह कैसी हो गई थी! पतझड़ में उजड़े वृक्ष की तरह सूनी और उदास--बिल्कुल उजड़ी हुई।

''उर्मिला।'' ...न मालूम कैसा स्वर था मेरा!

मेरे आगमन से अनभिज्ञ वह अलमारी पर से कोई चीज उठा रही थी। मेरी आवाज सुनकर तेजी से घूमकर उसने मेरी ओर देखा। मुझे देखते ही उसके सूखे मुख पर पीलापन छा गया; होंठ काँप उठे।

एक असह्य वेदना से विह्वल होकर मैं बोला, ''उर्मिला, अगर तुमसे क्षमा माँगने की इच्छा न पैदा हुई होती तो मैं तुमको अपना मुँह न दिखाता। मैं बहुत ही नीच किस्म का आदमी हूँ। जानवर से भी बदतर हूँ। मैं अपने से घृणा करता हूँ। इस संसार में जीने का मुझे कोई हक नहीं। मैं यही कहने आया हूँ कि अब अपना मुँह दिखाकर तुमको कभी परेशान नहीं करूँगा। तुमको दुख पहुँचाना मेरा उद्‌देश्य कभी नहीं रहा। मैंने स्वप्न में भी नहीं सोचा था कि तुम्हारा अपमान करूँगा। तुम मेरी नजर में बहुत ऊँची हो। मुझे क्षमा कर दो।''

मैंने महसूस किया कि मेरे स्वर में मेरे अन्तर की सारी पीड़ा उमड़ आई है। बात समाप्त होने पर मैंने उर्मिला की ओर गौर से देखा। उसका चेहरा न मालूम कैसा हो गया था। पहले उसके होंठ बिचके, फिर मुख पर रुदन की असंख्य रेखाएँ उभर आईं। अन्त में वह दूसरी ओर घूमकर अपने दोनों हाथों में मुँह छिपाकर काँप-काँपकर रोने लगी।

मैं हक्का-बक्का उसकी ओर देखता रह गया, फिर पता नहीं मुझको क्या हो गया कि आगे बढ़कर उसके पास खड़ा हो गया और उसके बालों को हाथ से सहलाते हुए अशक्त वाणी में बोला, ''उर्मिला!'' मेरे स्पर्श करते ही उसने घूमकर अपनी अश्रु-प्लावित आँखों से मुझे देखा, फिर आगे बढ़कर मेरी छाती पर सिर रखकर फफकने लगी।

मैंने अत्यन्त ही कोमलता से उसको अपनी बाँहों में समेट लिया, और उसके सिर पर अपना मुँह दबा-दबाकर बुरी तरह रोने लगा।

पता नहीं कब तक हम दोनों अस्फुट स्वर में बुदबुदाते और रोते रहे, और जब आँसू थमे तो मैंने उसका मुँह ऊपर उठाकर उसको देखा। उसकी आँखें लाल हो गई थीं और उसका मुँह आँसुओं से भीग गया था। बड़े स्नेह से मैंने उसका मुँह रूमाल से पोंछा और उसके अस्त-व्यस्त बालों को ठीक किया। फिर हम एक-दूसरे को असीम प्रेम और करुणा से देखने लगे, और फिर पता नहीं किस रहस्यमय,

कोमल भावावेश से एक साथ ही परिचालित होकर एक-दूसरे से जोर से लिपट गए। मैंने झुककर उसको चूम लिया। हमारे अछूते यौवन का यह प्रथम चुम्बन कितना मधुर, सशक्त और आह्लादकारी था।

हम अपने को भूलते गए। हम लोग एक-दूसरे को क्षण-भर देखते, फिर असीम विह्वलता से लिपट जाते, एक-दूसरे का चुम्बन करते, अपने कपोलों को रगड़ते और एक-दूसरे की पलकों पर अपने मुँह को दबाते। अक्सर उर्मिला मेरे मुँह पर हाथ फेरती, और जब मैं आवेश में आकर उसको अपने आलिंगन में और जकड़ लेता तो वह स्नेहाकुल होकर आगे झुककर अपने होंठों या कपोल को मेरे होंठों के एकदम समीप कर देती, और जब मैं उनको चूमने लगता तो अत्यधिक क्षीण और अस्फुट स्वर में वह प्रतिवाद कर उठती। हमारी स्थिति पास-ही-पास उगे फूल के उन दो पौधों के समान थी, जो वर्षा के पश्चात् वायु के तेज झोंकों से सरसरा-सरसराकर बार-बार एक-दूसरे से सटते और विलग होते हैं।

6

कभी-कभी यह सोचकर अचम्भा होता है कि प्यार में मैं कैसे अपना सब कुछ भूल गया था। राजनीति, मित्र, किसी से मेरा खास सम्पर्क नहीं रह गया था। कृपाशंकर कभी-कभी आता, पास बैठता और चला जाता। कभी-कभी लगता कि वह मुझसे कुछ कहना चाहता है, पर पता नहीं क्या सोचकर चुप रह जाता। मैंने उसको कुछ नहीं बताया था।

उर्मिला ने मुझको जो प्यार दिया उसका स्मरण कर आज भी आँखों में आँसू भर आते हैं। उसकी जैसी रूपवती और गुणवती लड़की का प्यार प्राप्त कर मैं जिस कद्र गर्वान्वित और आह्लादित हो उठा था, उसको शब्दों में बाँधूँ तो कैसे बाँधूँ?

वसन्त की वायु की कोमल थपकियों से झूमते गुलाब के फूलों की तरह हम एक-दूसरे को देखकर खिल उठते और हमारा मन नाच उठता। सदा बेकली के साथ प्रतीक्षा करते कि कब एकान्त पाकर हम मिलें। सायंकाल छत सूनी हो जाती, क्योंकि औरतें नीचे काम करती होतीं और बच्चे खेलने गए होते। बाहर घूमना-घामना छोड़कर मैं इस समय चुपचाप छत पर खड़ा रहता या टहलने लगता—इस आशा से कि उर्मिला किसी-न-किसी काम से ऊपर आएगी ही। वह आती भी। अक्सर ऐसा होता कि वह तेजी से आकर कमरे में घुस जाती और अत्यधिक व्यस्तता के साथ कोई चीज ढूँढ़ने-ढाँढ़ने के बाद बाहर निकलकर इस तरह जाने लगती, जैसे उसने मुझे देखा ही न हो या यहाँ मेरे उपस्थित रहने की उसे आशा न हो।

"उर्मिला!" मैं धीरे से पुकारता।

वह ठिठककर खड़ी हो जाती और चौंककर मेरी ओर देखती। फिर डरी-डरी-सी शीघ्रता से आकर मुझसे सट जाती, भावावेग में मेरी कमीज को अपनी दोनों मुट्ठियों में जोर से पकड़कर अपने मुँह को मेरे गले में रगड़ती, मेरे मुँह और बालों पर जल्दी-जल्दी हाथ फेरती और अन्त में स्नेहयुक्त दृष्टि से देखती हुई कहती, "जाऊँगी। कोई आ जाएगा...।"

मैं उसको स्थिर दृष्टि से देखता रहता। उसके प्रति मेरा आकर्षण इतना अधिक था कि मेरी सारी शक्ति, मेरी सारी सुध-बुध तथा मेरा सारा प्यार मेरी आँखों में आ सिमटता। उसकी बात से मैं चौंक उठता और फिर झुककर उसको चूम लेता। चुम्बन से वह बहुत डर जाती, जीने की तरफ भीत दृष्टि से देखती और मैं अपना आलिंगन-पाश ढीला करते हुए पूछता, "आओगी?"

"नहीं।" वह अपने मुँह को मेरे मुँह के पास ले जाकर स्नेह-विह्वल स्वर में उत्तर देती। फिर अपने आँचल से मुँह को पोंछती हुई चली जाती। किन्तु, कोई-न-कोई बहाना करके वह फिर अवश्य आती।

कभी-कभी ऐसा होता कि मेरे बुलाने पर भी वह न रुकती, जीने की ओर बढ़ जाती, पर फिर पता नहीं क्या हो जाता कि ठिठककर मेरी ओर देखती। मैं उदासी से उसका जाना देखता रहता। वह शीघ्रता से मेरे पास आती, न रुक सकने का कारण बताती, पर मैं न मानता, उसको अपनी बाँहों में समेट लेता और तब हम एक-दूसरे का चुम्बन करते। चुम्बन के विज्ञान में हम निरे अबोध थे और इस सम्बन्ध में प्राय: हास्यजनक मौलिकता से काम लेते। ऐसी जल्दबाजी के वक्त हमारे होंठ इस तरह बेढंगे बैठते कि तृप्ति के लिए आतुर प्राण छटपटाते रह जाते। जल्दी से अपने को छुड़ाकर उर्मिला ढाढ़स के लिए मेरे गाल को स्पर्श करती या मेरे बढ़े हाथ की एक-दो अँगुलियों को शीघ्रता में जोर से दबाती—फिर भाग जाती।

मैं चाहता था कि वह सदा निकट रहे। जितना मैं उसको स्पर्श करता उतनी ही मेरी अतृप्ति बढ़ती जाती। उसको छूने, उसके हर भाव एवं स्थिति को जानने और महसूस करने तथा उससे अपनी शेष दूरी का अन्त करने की कामना आम के बौरों की तरह मेरे मन पर छा गई थी। मैं चाहता था कि उसके लिए मैं जिस तरह बेचैन हूँ, उसी तरह वह भी मेरे लिए रहे। कभी-कभी उसकी किंचित् अनजान लापरवाही से भी मेरा हृदय ऐसी वेदना से भर उठता जो असह्य लगने लगती। विशेषकर स्कूल जाने की तैयारी करते समय वह इतनी व्यस्त हो जाती कि मुझे लगता कि वह मुझसे बहुत दूर है और मैं उसके खयालों में नहीं हूँ। एक क्षण के लिए भी मैं उसके खयाल से दूर हो जाता हूँ—इसकी कल्पना भी, जो कभी-कभी निर्दय विश्वास का रूप ग्रहण कर लेती, मुझको अनन्त निराशा और दुख के अन्धकार से आवृत कर देती।

दिन-भर मैं बहुत ही दुखी रहता। शाम को कॉलेज से आने के बाद बाहर कुर्सी पर बैठकर उसका इन्तजार करता। उसकी गाड़ी आकर जब दरवाजे के सामने रुकती तो मैं उठ खड़ा होता, किसी कार्य में व्यस्त होने का झूठ-मूठ प्रदर्शन करता और गलियारे में से ठीक उसी समय गुजरती जब वह प्रवेश करती। उसका मुँह मुरझाया होता, किन्तु मैं महसूस करता कि मुझे देखकर उसका चेहरा खिल उठता और आँखें चमक उठतीं। मेरा सारा दुख भाग जाता। मैं उसकी ओर लपकता। वह डर जाती और दृष्टि के संकेत से मना करती कि मैं उसके पास न आऊँ। पर जब मैं न मानता तो वह सिर नीचे गाड़कर फुर्ती से निकल जाने की कोशिश करती और मैं सिर्फ इतना ही कर पाता कि बढ़कर कभी बस्ते पर पड़े उसके हाथ को स्पर्श कर लूँ, या उसकी वेणी पर हाथ फेर दूँ या कभी उसकी साड़ी के किनारे को चुटकी में पकड़ूँ और छोड़ दूँ।

सायंकाल पढ़ने का प्रपंच चलता। मैं छत पर पढ़ने बैठ जाता और बहुधा उर्मिला कंचन के साथ आ उपस्थित होती। मैंने उससे दो-एक बार कहा भी कि वह कंचन के साथ क्यों आती है, पर वह न मानती। और कभी-कभी कंचन बीच में उठकर चला जाता तो पठन-पाठन में गत्यावरोध उत्पन्न हो जाता। हम या तो विह्वल दृष्टि से एक-दूसरे को देखा करते, या चारपाई पर हाथ रखकर एक-दूसरे की अँगुलियों को कोमलता के साथ दबाया करते या दो-चार बेतुकी बातें कर लेते। मैं इतना भरा रहता कि उससे यह कहना कि 'तुम बहुत सुन्दर हो' या 'तुमको मैं अपनी जान से भी बढ़कर प्यार करता हूँ', बहुत हल्का लगता। उसके लिए तो खैर बातें बहुत महँगी थीं। हाँ, प्रेम के इजहार के लिए सिर्फ उसकी दो बड़ी-बड़ी आँखें थीं, जो क्षण में स्नेह से चमकने और क्षण में आँसू बरसाने लगतीं। कभी मैं अकारण ही पूछ लेता, 'नाराज हो?' और उत्तर वह देती, 'नहीं।' कभी-कभी वह पूछती, 'कॉलेज से लेट क्यों आए?' या 'इतवार कब पड़ेगा?' या ऐसी ही कोई बात। मैं उत्तर देता; फिर हम चुप हो जाते। बातें करने से उसको चुपचाप देखना या उसकी निकटता को महसूस करना या उसको स्पर्श करना अधिक सुखद लगता।

एक दिन मुझे पाँच रुपए की जरूरत पड़ी। मेरा एक गरीब सहपाठी कुछ रुपयों की कमी से महीने की फीस नहीं दे पा रहा था। उसका नाम कटनेवाला था। सायंकाल बाबूजी के कचहरी से आने के बाद मैंने माँ से इसका जिक्र किया।

"हाय रे बेटा, पाँच की कौन कहे, एक भी मुश्किल है। कचहरी पर बज्जर पड़ गया है, इधर रुपए बहुत कम मिल रहे हैं।" माँ ने मजबूरी जाहिर की।

"तेरे पैरों पड़ता हूँ। कहीं से इन्तजाम कर दे, माँ, नहीं तो कल उसका नाम कट जाएगा।" मैंने विनती की।

"कैसी बात करता है, कृष्ण? होता तो मैं दे न देती? इन सबों को विश्वास नहीं होता। सोचते हैं माँ ने छिपाकर ट्रंक में दो-चार हजार रुपए रख छोड़े हैं। अरे

बाबू, माँ का ही कलेजा जानता है! आज कोई बात पड़ जाए तो दो रुपए अपने पास से निकालकर माँ खर्च नहीं कर सकती, उधार लेने पड़ेंगे। जाओ, कल लेना।''

पास ही चाची, उर्मिला की माँ, और उर्मिला बैठी हुई थीं, और इस आशंका से कि माँ पचड़ा सुनाने लगेगी, मैं चुपचाप वहाँ से खिसक गया। किन्तु, मैं बहुत ही निराश हो गया था। मैंने उस मित्र से वायदा किया था कि उसका नाम नहीं कटने पाएगा। अब रुपए कहाँ से लाऊँ? इसी उधेड़बुन में कुछ देर तक बाहर टहलता रहा, और जल्दी कोई हल न निकलने पर अन्त में कृपाशंकर से उधार लेने का निश्चय किया। इसीलिए ऊपर गया, कपड़े बदले और फिर नीचे उतर आया। किन्तु घर से बाहर आने पर मुँह पोंछने के लिए कमीज की जेब से जब रूमाल निकाला तो उसके साथ पाँच रुपए का एक हरा नोट भी बाहर निकलकर नीचे गिर पड़ा। मैं आश्चर्य-स्तम्भित रह गया। नोट किसने रखा? माँ रख नहीं सकती। इस तरह मेरे अनजाने में मेरी जेब में कौन नोट रख सकता था?...और उर्मिला? उसका खयाल आते ही मेरा हृदय पता नहीं क्यों एक अज्ञात खुशी से उद्वेलित होने लगा।

मैंने माँ से रुपए की बात फिर चलाकर और उसकी नाराजगी प्राप्त कर इस बात की पुष्टि कर ली कि नोट उसने नहीं रखा था। अब सन्देह की कोई गुंजाइश नहीं थी। उर्मिला को छोड़कर और कोई ऐसा कार्य करने की स्थिति में नहीं था। वह कब गई और कब उसने रुपए रखे, यह मैं जान ही न पाया। मेरी कठिनाई का वह इतना खयाल रखती है, यह सोचकर न मालूम मैं कैसी मिठास से भर उठा।

मैंने भीतर जाकर उसको देखा। वह अब भी माँ के पास बैठी थी। उसका मुख अत्यधिक गम्भीर था। मैं एकान्त में उससे मिलने के लिए बेचैन हो उठा। ऊपर जाकर टहलने लगा। बहुत देर बाद वह जल्दी-जल्दी आई और मेरी ओर देखे बिना कमरे में घुस गई। मैं भी पीछे-पीछे गया और दरवाजे पर खड़ा होकर उसको चुपचाप देखने लगा।

उसने अपना काम किया, उड़ती नजर से मेरी ओर देखा और फिर सिर नीचा करके दरवाजे की ओर बढ़ी। मैं पूरे दरवाजे को घेरकर खड़ा था, इसलिए मेरे हटे बिना उसका बाहर निकलना असम्भव था।

''हटिए, मुझे जाने दीजिए।'' मेरे पास पहुँचकर उसने गम्भीर स्वर में कहा, जिसका बनावटीपन उसकी आँखों की शोखी से प्रकट था।

''नहीं हटूँगा!'' मेरा मन वायु-प्रकम्पित नव-पल्लव के समान खुशी की लहरों में झूम रहा था।

''सचमुच, हटिए न। अम्मा से कहा है, अभी सरौता लेकर आती हूँ।''

इतना कहकर वह आगे बढ़ी। मैंने दरवाजे से हटकर उसको अपने बगल से निकलने दिया। किन्तु वह कुछ ही दूर आगे बढ़ी थी कि मैंने हाथ बढ़ाकर उसका

आँचल पकड़ लिया, जिसके परिणामस्वरूप उसके सिर और कन्धे पर से साड़ी हट गई। उसने डरकर जीने की ओर देखा, फिर आँचल से खिंचकर मेरे पास सट आई, और मेरे मुँह के पास अपना मुँह लाकर अनुनयपूर्ण स्वर में बोली, "नहीं।"

"चली जाना, पर तुमने मेरी जेब में पाँच रुपए का नोट क्यों रखा था?" मैं बहुत ही मृदु हो गया था और प्रेमावेग के कारण मेरा स्वर गले से बाहर बड़ी कठिनाई से निकला।

"झूठ। मैं क्या जानूँ नोट-वोट! मुझसे कोई मतलब नहीं। छोड़िए, जाने दीजिए।" तेजी से उसने प्रतिवाद किया, पर शर्म से उसका मुँह ईंगुर की तरह लाल हो गया था।

"एक तो जुल्म करती हो, ऊपर से मुझी को झूठा बनाती हो? मुझे नोट नहीं चाहिए, इसे लौटाने ही यहाँ आया हूँ," पता नहीं क्यों उसे दुखी करने की एक अज्ञात इच्छा ने अचानक मुझे किंचित् गम्भीर बना दिया था। मैंने जेब से नोट निकालकर उसकी ओर बढ़ा दिया।

इसकी उस पर तत्काल प्रतिक्रिया हुई। वह बहुत उदास हो उठी। उसका चेहरा लटक आया। हाथ बढाकर बोली, "लाइए।"

उस उदासी में वह कितनी सुन्दर लग रही थी! मैंने नोट अपनी जेब के हवाले करते हुए उसको हाथों में समेटकर चूम लिया, फिर मुँह चिढ़ाकर, "लो..." कहते हुए उसे मुक्त कर दिया। वह खिल उठी और मुझे तिरछी दृष्टि से देखती हुई चली गई—ऐसी दृष्टि, जिसकी तेजी और चमक में प्यार, आह्लाद, उलाहना और कृतज्ञता के भाव एकीकृत थे।

इस घटना ने मेरे हृदय के न मालूम किस तार को स्पर्श कर दिया कि मेरा मन मधुरतम संगीत की तरंगों पर झूमने लगा। रात को नींद नहीं आई।

...आसमान में काले बादलों के दल बेचैन घूम रहे हैं। बाहर और भीतर घोर अन्धकार है। दरवाजे पर मन्द करके रखी लालटेन हवा के झोंके से कभी-कभी भभक उठती है—बुझेगी। कभी-कभी बिजली जोर से चमक-कड़क उठती है। कमरे में सभी सो रहे हैं, उर्मिला की माँ खर्राटे भर रही है। लगता है, सो नहीं सकूँगा! उर्मिला ने मुझ पर कौन-सी मस्ती का गुलाल झोंक दिया है! वह पास सोई है और उसकी निकटता रजनीगन्धा की सुगन्धि जैसी लग रही है, पर उससे अतृप्ति बढ़ रही है और दम घुट-सा रहा है।

पट-पट-पट-पट...पानी पड़ने लगा, जैसे घर पर तेजी से असंख्य ढेले फेंके जा रहे हों। लालटेन भभककर बुझ गई! खिड़की के रास्ते से पानी की शीतल बूँदें मेरी चारपाई को भिगोने लगीं। उठकर खिड़की बन्द कर दी। फिर खयाल आया कि उर्मिला का बिस्तर भी भीग रहा होगा। जाकर उसकी भी खिड़की बन्द कर दी। इसके बाद दरवाजे के पास जाकर लालटेन को उठाकर भीतर किया और किवाड़ों

को ओढँगा दिया। अन्त में अन्धकारवृत कमरे के मध्य में आकर इस तरह खड़ा हो गया, जैसे कोई काम बाकी रह गया हो।

आसमान फट पड़ा था। पानी पीट रहा था। झम-झम-झम-झम-झम-झम-झम-झम! कभी-कभी जोर से बिजली कड़क उठती। उर्मिला की माँ की नाक अब भी खर्र-खरर-खों कर रही है। क्या उर्मिला भी सोई है? शायद जगी हो! बिजली की कड़क से कहीं डर न रही हो! उसका हृदय अत्यधिक कोमल है...एकदम बच्ची है। उसके नरम-नरम हाथों और उसके कोमल कपोलों और गुलाब की पँखुड़ियों जैसी पलकों को हल्की-हल्की थपकियों की जरूरत है...लगा, मेरे सारे शरीर और मन को किसी ने रंगीन धागों से कस-कसकर बाँधा और तान दिया हो। मेरे भीतर कैसी कोमलता, कैसी अकुलाहट, कैसी गरमी और कैसी शक्ति भरती जा रही है? मेरी उर्मिला मेरे बिना बेसहारा पड़ी है...।

बेकली असह्य हो जाने पर मैं धीरे-धीरे बढ़कर उसके सिरहाने खड़ा हो गया और फिर उसके कान पर झुककर अथाह स्नेह से सायँ-सायँ आवाज में पुकारा, "उर्मिला!"

वह जगी थी। मेरी आवाज सुनकर उसने मेरी ओर मुँह घुमाया। उसका सिर मेरे कपोल से सट गया। इसके बाद उसने मेरे होंठों, पलकों, माथे और बालों पर स्नेहपूर्वक हाथ फेरा, मेरे गाल को थपथपाया और अन्त में मेरे झुके कन्धे को अपने हाथ से दो-तीन बार कोमलतापूर्वक दूर ठेलकर, यह संकेत करते हुए कि मैं अब वहाँ से चला जाऊँ, स्वयं जिस करवट लेटी थी उसी करवट सो गई।

उसके स्पर्श ने पागल बना दिया। पहले आशंका हुई कि शायद उसकी माँ जगी है, इसलिए उसने जाने का इशारा किया है। पर यह भय निर्मूल था। उसकी माँ उसी तरह खर्राटे भर रही थी। उनकी ओर से निश्चिन्त होकर मैं धीरे से उर्मिला के सिरहाने चारपाई पर बैठ गया और फिर झुककर उसके मुँह और बालों पर हाथ फेरने लगा।

उसने फिर जाने का संकेत किया। किन्तु जब मैं नहीं माना तो मेरे हाथ को पकड़कर अपने गाल के नीचे दबाकर चुपचाप पड़ी रही। कुछ देर तक वह उसी तरह रही, फिर मेरे हाथ को गाल के नीचे से निकालकर अपने पलकों पर दबाया, फिर उसको हृदय से लगाया, और आखिर उसको धीरे-से चूमकर मेरी गोद में रख दिया। इसके बाद फिर मेरे शरीर को ठेलकर जाने का इशारा किया।

मेरे मन में असंख्य कलियाँ फूट रही थीं। मुझ पर नशा-सा छाया था। मैं असीम प्यार से भरकर उस पर झुक पड़ा, उसके कपोल पर अपने माथे और आँखों को रगड़ा, फिर उसके कान के पास अपना मुँह ले जाकर पागल की तरह मन्द, उच्छ्वसित स्वर में बोल उठा, "उर्मिला, मेरी रानी...।" आगे न बोल सका, क्योंकि उसने मेरे मुँह पर हाथ रख दिया। इसके बाद उसने अपने सिर को पीछे घुमाकर अपनी माँ की चारपाई की ओर देखा। उसकी माँ सोने के सम्बन्ध में अर्जित अपनी

ख्याति के अनुरूप ही आचरण कर रही थी। उधर से निश्चिन्त होकर उर्मिला ने मेरे सिर को अपने दोनों हाथों के बीच पकड़कर अपने हृदय पर दबा लिया और बाएँ हाथ से मेरे बालों को अत्यधिक नरमी से सहलाने लगी।

पानी अब भी झम-झमाझम बरस रहा था। उसका शरीर कितना मुलायम था और उसमें कितनी सुखकर गर्मी थी! मैं उसके दिल की तेज धड़कन सुन रहा था और उसकी ताल पर मेरा मन पागल होकर नाच रहा था। मुझे लगा कि मैं बहुत हल्का और बेसहारा हो गया हूँ—एक छोटे बच्चे की तरह और उर्मिला के स्नेह के बगैर एक क्षण के लिए भी जिन्दा नहीं रह सकता। उसके मुलायम हाथ, उसके गरम होंठ, उसके रेशम की तरह कोमल बाल...उसका सारा शरीर मेरी जिन्दगी के लिए आवश्यक है। वह मेरी जादूगरनी है, वह मेरी शक्ति है।...

अकस्मात् उसने मेरे सिर को उठाकर अपने कपोल को मेरे होंठों से रगड़ा, फिर मुझे हाथ के सहारे धीरे-से ठेलकर बैठा दिया और स्वयं दूसरी ओर मुँह करके सो गई। उसकी इच्छा थी कि मैं अब जाकर अपनी चारपाई पर सो रहूँ।

किन्तु मैं वहीं बैठा रह गया—सुन्न। फिर मुझे पता नहीं क्या हो क्या कि उसको हाथ से पकड़कर अपनी ओर खींचने लगा। इस पर उसने अपने शरीर को और वक्र कर लिया और अपने मुँह को चारपाई में गाड़ लिया। वह आने को तैयार नहीं थी। पर मैं तो पागल हो गया था। मैं उसको पकड़कर खींचने की कोशिश करता, और वह कभी मेरे हाथ को जबर्दस्ती छुड़ा देती, कभी पीठ सिकोड़ लेती और कभी मेरे किसी हाथ को गाल के नीचे दबा लेती। अन्त में तंग आकर उसने दोनों हाथों से चारपाई की पाटी पकड़ ली। मुझ पर पता नहीं कौन-सी जिद सवार हो गई थी और मैंने उसके हाथ को पाटी से हटाने की कोशिश शुरू कर दी, जिससे चारपाई चर्र-चर्र बोल उठी।

चारपाई के बोलते ही उर्मिला ने सम्भवतः डरकर अपने हाथ पाटी से हटा लिये। मैं भी कुछ भभका, अँधेरे में एक क्षण देखा, पर उर्मिला की माँ उसी तरह सो रही थी। अन्त में उर्मिला को अपने दोनों हाथों में समेट अपनी ओर खींचने लगा। किन्तु इस बार उसने जरा भी विरोध नहीं किया, अत्यधिक सरलता से मेरी गोद में खिंच आई। मैं उसको हृदय से चिपटाकर पागल की तरह चूमने लगा। वह मेरी गोद में निश्चेष्ट एवं शान्त पड़ी थी। उसने मेरा किंचित् भी विरोध नहीं किया।

जब मेरा आवेग कुछ शान्त हुआ तो मैं उसके बालों को सहलाने लगा। और तब उसने अपने दोनों हाथों से मेरे हाथ को पकड़ लिया तथा उसको अपनी गर्दन के बीच घाँटी पर रखकर ऊपर से जोर से दबाया। मैंने अपना हाथ खींच लिया। इसके बाद फिर उसने मेरा हाथ पकड़ा और उसको उठाकर अपनी आँखों पर रख लिया। कुछ ही देर में मेरा हाथ आँसुओं से भीग गया। वह रो रही थी।

मेरे हृदय को आघात लगा। मैं पशु हूँ। मैंने धीरे से उसको हाथों में उठाकर चारपाई पर रख दिया और चुपचाप नीचे उतर आया।

आकर जब अपनी चारपाई पर लेटा तो मेरा अन्तर पश्चात्ताप और दुख से भर गया था। पता नहीं मुझे क्या हो गया था? मैं अपने अन्दर एक अपूर्व निस्सहायता का अनुभव करने लगा। इस दुनिया में मेरा कोई नहीं। मैं बहुत अकेला हूँ और उर्मिला मुझसे बहुत दूर है—इसी मानसिक प्रतिक्रिया में कब सो गया, पता तक न लगा।

दूसरे दिन वह बहुत गम्भीर और खिंची-खिंची-सी दिखाई पड़ी। स्पष्ट था कि रात की बात का उसने बुरा मान लिया था। कुछ ही देर बाद ऊपर ही उसको अकेले पाकर उसके पास पहुँचकर मैंने प्रश्न किया, ''नाराज हो?''

उसने सिर घुमाकर अपनी बड़ी-बड़ी आँखों से एक क्षण मुझको देखा, फिर फूट पड़ी, ''नहीं, कहे देती हूँ, मैं जान दे दूँगी।''

''क्यों?'' मैं स्थिर दृष्टि से उसे देख रहा था।

''नहीं, मैं गले में फाँसी लगा लूँगी।'' जो बात क्रोध में आरम्भ हुई थी, वह रुदन में समाप्त होनेवाली है, यह स्पष्ट था।

किन्तु, न मालूम क्यों उसकी बात से मेरा हृदय दुस्सह वेदना और अभिमान से भर गया। गम्भीर स्वर में बोला, ''मुझको बहुत गिरा हुआ समझती हो, इसीलिए ऐसा कह रही हो न? आगे मुझसे तुमको कोई भी कष्ट नहीं होने पाएगा। गलती की माफी चाहता हूँ।''

इतना कहकर मैं शीघ्रता से मुड़कर वहाँ से चला आया।

इसके बाद कई दिनों तक हम नहीं बोले। हम सामने से गुजरते, कई बार एकान्त में भी पड़ जाते, किन्तु एक-दूसरे की ओर न देखते, मुँह फुलाए रहते। लेकिन कभी-कभी दृष्टि बचाकर मैं उर्मिला को देखता। वह बहुत ही दुखित प्रतीत होती। उसका दुख गाढ़ा होता गया। सारा दोष मेरा था। मैं अब चाहने लगा कि उससे बोलचाल हो जाए और सच्चे दिल से मैं माफी माँग लूँ।

कई बार मैं यह निश्चय करके गया कि उससे आज बोलूँगा, पर पास पहुँचकर न मालूम क्यों जबान में ताला लग जाता।

एक दिन मैं अपनी छत की चारदीवारी पर पीठ टेके चुपचाप खड़ा था कि उर्मिला धीरे-से आकर मेरे पास खड़ी हो गई। एक क्षण तक वह सिर नीचा करके चुपचाप खड़ी रही, फिर दूसरे ही क्षण अपनी बड़ी-बड़ी आँखों से मेरी ओर देखा। वह कितनी उदास थी? उसकी दृष्टि में कितनी पीड़ा थी? वह एक अजीब दृष्टि से मुझे देख रही थी और देखते-ही-देखते उसकी आँखों की पुतलियाँ आँसू की दो बड़ी-बड़ी बूँदों में तैरने लगीं।

यह बर्दाश्त के बाहर था। मैंने विद्युत गति से आगे बढ़कर उसकी ठोड़ी पकड़ ली और उसके मुँह को उठाते हुए बोला, "उर्मिला, मुझे माफ करो। सचमुच मैं बहुत तुच्छ हूँ। मैं तुम्हारे काबिल नहीं। मैं तुम्हारी भावनाओं की कद्र करना नहीं जानता। सोचता हूँ तुम्हारे काबिल बनूँ, पर कभी-कभी बहुत कमजोर हो उठता हूँ। इस दुनिया में तुम मेरे लिए सबसे अधिक प्रिय हो और तुम्हारा हल्का-सा भी दुख मुझे बर्दाश्त नहीं हो सकता। अगर मैं कोई गलती करता हूँ तो तुमको अपना ही समझकर...इसीलिए?"

वह मुझसे सट गई और तेजी से उसकी आँखों से आँसू गिरने लगे। मैंने उसकी आँखों पर अपना हाथ रख दिया, उसने असीम भावावेग से उसे अपने मुँह पर दबाया और वह काँप-काँपकर सिसकने लगी। मैं उसके सिर को चुपचाप थपथपाता रहा।

कुछ देर बाद वह चुप हो गई। देर तक हम चुपचाप उसी तरह खड़े रहे। वह भी चुप थी, मैं भी चुप था। मेरे मन में एक अपूर्व मधुर संगीत का स्वर भर रहा था जिससे मेरा शरीर सुन्न-सा होता जा रहा था। अचानक चौंककर मैं बोला, "उर्मिला..." मेरे स्वर में कम्पन था।

मेरे हाथ ढीले पड़ गए। उर्मिला ने स्नेह-उत्सुक आँखों से मेरी ओर देखा।

"उर्मिला, मुझसे विवाह करोगी?" मैंने एक अजीब अस्वाभाविक स्वर में मूर्ख की तरह उससे पूछा।

इस प्रश्न से उर्मिला ने अपनी दृष्टि नीची कर ली, उसके मुख पर गम्भीरता फैल गई और वह अपने को मेरे ढीले हाथों से मुक्त कर दूसरी ओर मुँह करके खड़ी हो गई।

मुझे लगा, मेरी आँखों में कोई ज्योति जल उठी है। भावुक एवं करुण स्वर में बोला, "बोलो उर्मिला! लगता है, मैं तुम्हारे बिना जीवित नहीं रह सकता। तुमको मैं अपनी जान से भी ज्यादा प्यार करता हूँ। बोलो उर्मिला..." मैंने हाथ बढ़ाकर उसके आँचल के एक छोर को छू लिया।

"मैं क्या जानूँ?" उसके स्वर में एक अजीब अनजानापन था।

उसकी बात ने मुझे अत्यधिक उत्तेजित और दुखित कर दिया। व्यथित स्वर में बोला, "क्यों नहीं जानती, उर्मिला? तुम्हारे सिवाय कौन जान सकता है? यह सही है कि हम एक जाति के नहीं हैं, पर हमारे दिल एक हैं। सच कहता हूँ उर्मिला, मैं जातिवाद को अपनी सारी शक्ति से घृणा करता हूँ। तुम स्वीकार कर लो, मैं सारे समाज से लड़ूँगा और अगर वे नहीं मानेंगे तो हम समाज से अलग होकर रहेंगे। बोलो, उर्मिला।" मैंने मचलकर उसके आँचल को हल्के से खींचा।

आँचल खिंचते ही उसने सिर घुमाकर मेरी आँखों में एक क्षण देखा। उसकी आँखों में एक रहस्यमय चमक थी। आखिर मुँह दूसरी ओर करके उसने धीरे-धीरे कहा, "आपने उस रात को मेरा हाथ पकड़ लिया था, तो मैं कुछ भी नहीं बोली थी।

इस हाथ को पकड़कर आप जब और जहाँ भी ले जाना चाहेंगे, मैं कुछ भी आपत्ति नहीं करूँगी।'' उसके स्वर में संयमित उत्तेजना की असंख्य घंटियाँ टुनटुना रही थीं।

उसका मुख अत्यधिक कोमल हो गया था। वह स्थिर दृष्टि से अपने सामने देख रही थी। मेरी प्रसन्नता अपनी चरम स्थिति पर थी। मेरा हृदय एक ही साथ खुशी, गर्व, उत्साह एवं मधुर पीड़ा से भर उठा।

7

मेरे सुख और खुशी का बहुत जल्दी अन्त हो गया। उर्मिला की माँ को एक रोज हमारे प्रेम का पता लग गया।

सायंकाल छत पर मैं उर्मिला के पीछे उसके सिर पर मुँह रखकर चुपचाप खड़ा था। हमें उम्मीद नहीं थी कि उसकी माँ जीने पर हल्के-हल्के कदम रखकर अचानक ऊपर आएगी। जब वह ऊपर पहुँच गईं तो हमें आहट मालूम हुई। हमने बिजली की गति से अलग होकर जीने की ओर देखा। उर्मिला के मुख पर रक्त नहीं था, और मुझको अकस्मात् एक ऐसी कायरता और दहशत ने जकड़ लिया कि मैं आगे बढ़कर जीने से नीचे उतरने लगा।

''क्यों रे हरामजादी! यहाँ क्या कर रही थी?'' मुझे उर्मिला की माँ की आवाज सुनाई पड़ी, ''इसलिए तू पैदा हुई थी? पाल-पोसकर तुझे इसीलिए बड़ा किया था कि तू यहाँ आकर अपनी नाक कटाएगी? पैदा होते ही तेरा गला क्यों नहीं दबा दिया? कुलबोरनी, कलमुँही...।''

इसके बाद चट-चट की आवाज और उर्मिला की चीख सुनाई पड़ी।

''चीखते शर्म नहीं आती? हरजाई कहीं की! तुझ पर बहुत जवानी छाई है। चल घर, मैं तेरी जवानी में आग लगाती हूँ। तू समझती है कि इस घर में रहकर तुझे गुलछर्रे उड़ाने दूँगी? मैं तेरी छाती पर मूँग दलूँगी...एक बूँद पानी भी इस घर में नहीं पिऊँगी। हरामजादी, सब लाज धोकर पी गई है? मैं क्या जानती थी कि इस पर गर्मी छाई हुई है, नहीं तो सड़क पर रहती, पर यहाँ नहीं आती। चल चुड़ैल, मैं तेरी सारी गर्मी झाड़कर रख दूँगी...।''

अचानक मेरे लिए सब कुछ असह्य हो उठा। कुछ देर पूर्व मुझको जिस भय ने ग्रस लिया था, वह पता नहीं कहाँ गायब हो गया और मुझे ऐसा लगा जैसे कोई चुनौती दे रहा हो। जिस उर्मिला को मैं इतना प्यार करता था और जिसके किंचित् भी दुख और अवसाद की कल्पना मेरे लिए असह्य थी, उसको इस तरह गालियाँ दी जाएँ और मारा जाए और मैं निःसहाय छोड़ दूँ—यह असम्भव था। अब इस दुनिया में मुझको छोड़कर उर्मिला का दूसरा कोई नहीं था। वह मुझ पर कितना

विश्वास करती थी, और मैं भागकर उस विश्वास का अपमान कर रहा था! वह यही सोचती होगी कि जब जिम्मेदारी का समय आया तो में कायर की तरह भाग रहा हूँ। मैं कायर नहीं...।

मैं ऊपर लौट पड़ा और उनके पास आकर बोला, "चाचीजी...!"

उर्मिला की माँ का चेहरा क्रोध से विकृत हो गया था। मेरी आवाज सुनकर उन्होंने घूरकर मुझको देखा, फिर दोनों हाथों में मुँह छिपाकर रोती हुई उर्मिला की ओर मुँह करके चिल्ला पड़ीं, "यहाँ क्या खड़ी-खड़ी रो रही है बेशर्म...चल यहाँ से...।"

"चाचीजी, मेरी बात सुन लीजिए," मैं अपने निश्चय पर अडिग था।

"किस मुँह से बात सुनाने आए हो बाबू?" वह क्रोधपूर्ण दृष्टि से घूरकर मुझको देखती हुई बोलीं, "क्या तुम लोगों के खानदान का यही कायदा है कि किसी को अपने यहाँ बुलाकर इस तरह बेइज्जत करो? अब तुमने सुनने-सुनाने लायक रख ही क्या छोड़ा है? हमारी मजबूरी का तुमने अच्छा फायदा उठाया! बेटा होने का अगर यही मतलब है कि वह दूसरे की बहू-बेटियों की इज्जत खराब किया करे तो ऐसा बेटा भगवान किसी को न दे...चल रे कलमुँही यहाँ से...।"

"आप गलती पर हैं, चाचीजी।" मेरा शरीर न मालूम किस तरह अकड़ गया था और मुट्ठियाँ तन-सी गई थीं, "मैंने किसी की बेइज्जती नहीं की है। उर्मिला और मैंने एक-दूसरे को प्यार किया है और हम शादी करना चाहते हैं। यही बात मैं पिछले कई दिनों से आप लोगों से कहना चाहता था। चाचीजी, अब जमाना तेजी से आगे बढ़ रहा है। लड़के और लड़कियाँ एक-दूसरे को पसन्द कर शादी कर लेते हैं। यह जाति का बन्धन एक ढकोसला है, चाचीजी। इससे बुरी चीज कोई नहीं। यह इनसान को इनसान से अलग कर देती है। मैंने और उर्मिला ने शादी करने का निश्चय किया है और मैं आपके पैरों पर पड़कर प्रार्थना करता हूँ कि आप हमको अपना आशीर्वाद दें। उर्मिला एकदम निर्दोष है, गंगा की तरह पवित्र चाचीजी, मैं मर जाऊँगा पर उर्मिला को नहीं छोड़ूँगा। अगर उसको बहुत तंग किया गया तो आप उसकी और मेरी लाश ही पाएँगी।" इतना कहकर मैं चला आया। उस समय उर्मिला की माँ हक्का-बक्का होकर मुझे घूर रही थीं। स्वयं उर्मिला ने आँसुओं से तर अपनी लाल-लाल आँखों से मुझे ऐसे भय, बेचारगी और साथ ही विश्वास के साथ देखा कि मुझमें अपार साहस, शक्ति, जिद तथा क्रोध के भाव उत्पन्न हुए। जब मैं जीने के पास पहुँचा तो एक अस्वाभाविक उत्तेजना और शक्ति से मेरा शरीर काँप रहा था, मेरी आँखें जल रही थीं।

मैं घर से बाहर निकल गया। मुझ पर एक अजीब ज्वर-सा चढ़ आया था। लग रहा था कि सारी दुनिया मेरी दुश्मन है और सबसे मुझे लोहा लेना है। मैं सारे शहर

का निरुद्देश्य चक्कर काटता रहा। मैं अपने विचारों में इस तरह खोया रहा कि मालूम नहीं हुआ कि कब शाम बीती और रात चढ़ आई।

कई घंटे घूमने के बाद जब वापस लौटा तो घर कुछ अजीब सुनसान लगा। आँगन में माँ चारपाई पर गाल पर हाथ रखे चुपचाप बैठी थीं। मुझको देखकर चौंककर बोलीं, "कौन? कृष्ण?"

मैं बिना कुछ बोले आगे बढ़कर चारपाई पर उसकी बगल में बैठ गया तो उसने पूछा, "कहाँ रहे अब तक?"

"एक जगह गया था।"

"तूने तो अच्छा किया न बेटा?"

"क्या?" मेरा स्वर आश्चर्यजनक रूप से उदासीन था।

"क्यों अनजान बनता है, पूता? तूने आज हमें कहीं का नहीं रखा। मैं पैर पर गिरती-गिरती थक गई, पर वह तुल गई थी, सबको ले-देकर चली गई। क्या-क्या नहीं उसने सुनाया?...इस घर में एक मिनट भी रहना हराम है...ऐसा लड़का मेरा रहता तो जहर दे देती...दुनिया-भर का तिरिया चरित्तर पढ़कर गई है। यह सब तेरे कारण सुनना पड़ा है। यह तूने क्या किया, बेटा?"

जो आशंका थी वही हुआ। गंगाधारी बाबू का मकान तेजी से बन रहा था। वह लगभग तैयार हो गया था। निस्सन्देह वे एक दिन यहाँ से चले जाते। किन्तु इस तरह जाने की बात मैंने सपने में भी नहीं सोची थी। समाचार को सुनकर रही-सही ताकत भी समाप्त हो गई और मैं कटे वृक्ष की तरह वहीं चुपचाप पड़ा रहा।

"मैं जानती हूँ, इसमें तेरा दोष नहीं होगा बेटा। वह लड़की ही ऐसी थी। उसके लक्षण अच्छे थोड़े थे? मैंने तो पहले ही समझ लिया था कि यह लड़की जो न कर दे, थोड़ा है। बाप रे, पूरी मीठी छुरी थी। मैं क्या जानती थी कि मेरे बेटे की मति-हरने के लिए यह सब परपंच रच रही है। जाते वक्त कैसी हत्यारिनी लगती थी!"

"माँ!" मैंने विरोध करना चाहा, किन्तु बात मेरे भीतर जम-सी गई।

वह कितना दुख और अपमान सहकर यहाँ से गई है, सिर्फ मेरे कारण मेरा कलेजा हौड़ने लगा, जैसे कोई करछुला घुमा रहा हो।

"कौन है?" इसी समय बाबूजी ने भीतर प्रवेश कर ओसारे में खड़े होकर पूछा। माँ ने माथे पर का पल्ला आगे की ओर खींचते हुए कहा, "कृष्ण है।"

"कृष्ण? आ गए? कहाँ थे बेटा अब तक?" बाबूजी के स्वर में व्यंग्य उभर आया था।

"एक दोस्त के यहाँ गया था।" मैं झूठ बोल गया।

"खूब घूमो बेटा," बाबूजी का स्वर चढ़ गया, "अच्छे लड़के मिले हो! तुम्हारी वजह से तुम्हारे बाप का नाम पूरा उजागर हो रहा है। तुमको पाल-पोसकर बड़ा किया

गया, पढ़ा-लिखा दिया गया, तुम ऐसा न करोगे तो कौन करेगा? उम्मीद तो यह थी कि पढ़-लिखकर आदमी बनोगे, पर तुम्हारी रहन बनती जा रही है। बेटा, अब यही बाकी रह गया है कि छुरा लाओ और अपने माँ-बाप के गले को रेत डालो।''

मैंने कोई उत्तर नहीं दिया किन्तु भीतर-ही-भीतर मुझमें एक अस्पष्ट क्रोध उभरता आ रहा था। मेरे कुछ न बोलने पर बाबूजी और उत्तेजित हो गए। डपटकर बोले, ''मुँह से बकार क्यों नहीं निकालते जी? तुमको बहुत इश्क चर्राया है? लाज-हया कुछ नहीं रह गई है? तुम मुझको यही बता दो कि जिस आदमी को मैंने बहुत शौक से अपने यहाँ लाकर रखा, उसकी इज्जत-आबरू लूटने की तुम्हारी हिम्मत कैसे हुई?''

मैंने अपने क्रोध और उत्तेजना को दबाते हुए शान्त स्वर में उत्तर दिया, ''मैंने किसी की इज्जत-आबरू नहीं लूटी है, बाबूजी।''

''जबान लड़ाते हो?'' बाबूजी का सारा संयम टूट गया था, ''एक तो ऐसा काम करते हो, दूसरे जबान लड़ाते हो? क्या वह झूठ कहती थी? इज्जत-आबरू लूटना अब कैसा होता है? एक मेरे शरीफ दोस्त हैं, कुछ दिनों के लिए आकर मेरे यहाँ रहते हैं, आप उनकी लड़की से रब्त-जब्त बढ़ा लेते हैं और उल्टे कहते हैं कि मैंने कुछ नहीं किया। मानता हूँ कि आप इक्कीस-बाईस साल के हो गए और आपकी रगों में जवानी मचल रही है। आपको औरत ही चाहिए न? फिर आपको यह बात मुझसे कहनी चाहिए थी न कि शहर-भर की बहू-बेटियों को खराब करने का जिम्मा उठा लेना चाहिए था।''

एक दुस्सह शर्म, क्रोध और अपमान से मेरा हृदय भर आया। बाबूजी कैसे ऐसी बातें कह सकते हैं? मैंने अत्यन्त ही कठिनता से अपने को जब्त किया—''हाँ, आकर कहते कि बाबूजी मेरी शादी कर दीजिए, तो मैं भी समझता कि लड़का जवाँ, मर्द है। हिन्दू धर्म में शादी की व्यवस्था है। जहाँ लड़के और लड़कियाँ बड़े होते हैं, उनकी शादी कर दी जाती है। इसी से सोसाइटी चलती है, इसी से धर्म चलता है, इसी से जाति चलती है। इसमें शर्म किस बात की? सभी जवान होते हैं, सभी चाहते हैं कि उनकी शादी हो, उनको स्त्री मिले और उनके बाल-बच्चे हों—फिर तुम्हीं ने चाहा तो कौन-सी गलती कर दी? अगर तुम आकर मुझसे कहते तो मैं सच कहता हूँ बहुत खुश होता। और अगर यह लड़की अपनी जाति की होती तो मैं फौरन उससे तुम्हारी शादी कर देता। मुझे दान-दहेज और रुपए-पैसे की जरूरत नहीं। इससे ज्यादा मुझे क्या चाहिए कि लड़के आनन्द से रहें। पर तुम्हीं बताओ, यह कैसे मुमकिन है कि अपने बेटे की शादी दूसरी जाति की लड़की से कर दूँ? भगवान ने आखिर अलग-अलग जातियाँ ही क्यों बनाईं, मुझे यही बता दो।''

उनका स्वर काफी उतर गया था। बाबूजी का क्रोध समाप्त होने पर मेरा भी क्रोध समाप्त हो गया किन्तु इसके बाद मुझमें एक अपूर्व साहस और शक्ति भर गई। मैं

धीरे-से उठ खड़ा हुआ और शान्त स्वर में बोला, "बाबूजी, आज तक मैंने आपकी किसी बात का जवाब नहीं दिया। आज भी नहीं देना चाहता था। पर ऐसी बात उठ खड़ी हुई है कि कुछ कहे बगैर काम नहीं चल सकता। मैंने किसी की भी इज्जत-आबरू नहीं बिगाड़ी है। मैं ऐसा कमीना भी नहीं कि सारे शहर की बहू-बेटियों पर नजर रखूँ। इस चीज को मैंने घृणित समझा और आज भी समझता हूँ। मेरी गलती इतनी ही है कि मैंने एक सीधी-सादी और शरीफ लड़की से शादी करने का निश्चय कर लिया है। इससे इज्जत-आबरू कैसे लुटती है? पुराने-जमाने में भी स्वयंवर होते थे और स्त्री-पुरुष एक-दूसरे को पसन्द करके शादियाँ कर लेते थे...।"

"तो स्वयंवर अपनी जाति की किसी लड़की से क्यों नहीं करते? अगर मैंने उससे तुम्हारी शादी नहीं की तो हरामी का पिल्ला...!" बाबूजी ने चुनौती के स्वर में कहा।

"जाति को मैं नहीं मानता," मैं किंचित् उत्तेजित स्वर में बोला, "जाति एक सामाजिक ढकोसला है, अपने झूठे अहंकार का कमजोर किला। कुछ साधन-सम्पन्न लोगों ने कमजोरों को दबाना चाहा और इसके लिए उनकी सीमाएँ निश्चित कर दीं। इस संसार में दो ही जातियाँ हैं, एक अच्छे लोगों की और दूसरी बुरे लोगों की, एक साधन-सम्पन्न लोगों की और दूसरी साधन-विहीन लोगों की। क्या ब्राह्मण जाति में एक-से-एक कमीने बदमाश, व्यभिचारी और लुच्चे नहीं भरे हैं? क्या और दूसरी जातियों में अच्छे लोग नहीं हैं? क्या यह सच नहीं है कि ऊँची कही जानेवाली जातियों के लोग छिपकर कुकर्म करते हैं और फिर भी अपने को श्रेष्ठ समझते हैं? जाति के विभाजन...।"

"बस-बस! यह लेक्चरबाजी रहने दो। ऐसा लेक्चर मैंने बहुत सुना है। साफ बात यह है कि उस लड़की से तुम्हारी शादी नहीं हो सकती।" बाबूजी पुनः उत्तेजित हो गए।

"ठीक है, पर मैंने भी निश्चय कर लिया है कि शादी करूँगा तो उर्मिला से ही। मैंने वचन दिया है और उससे विचलित होना नामुमकिन है। अपने वचन के अनुसार कार्य करना मैं सबसे बड़ा धर्म समझता हूँ। यह मुझे उस दिन मालूम हुआ जब मैं जेल में था और आपने खबर भिजवाई थी कि मैं किसी भी हालत में माफी नहीं माँगू। आदमी वादा करे और तोड़ दे, बेईमानी और धोखेबाजी का रास्ता पकड़े, तो वही शर्म की बात है, बेइज्जती की बात है। मैंने कोई बुरा काम नहीं किया और जिस चीज को मैं अच्छा समझता हूँ, उसके लिए जान तक दे दूँगा।"

इतना कहकर मैं चुप हो गया। मैं उत्तेजित था। किन्तु, आश्चर्य था कि बाबूजी कुछ भी नहीं बोले। अब माँ की बारी थी। उसने बाबूजी को झिड़का, "आपने भी क्या बिना समय की शहनाई छेड़ दी? लड़का है, दोपहर से इसके मुँह में कुछ भी नहीं गया है, कैसी तबीयत करती होगी इसकी? चलो बेटा, खाना खा लो।" खाने

की जरा भी इच्छा नहीं थी, लेकिन माँ गिलगिलाएगी, इसी भय से कुछ खाया और फिर ऊपर छत पर जाकर सो रहा।

वही कमरा था और वही छत, जहाँ मेरे जीवन के मधुरतम क्षण बीते थे। मुझे शुरू से आखिर तक उर्मिला की एक-एक बात याद आने लगी। इसी छत पर न जाने हम कितनी बार मिले थे, यहीं वह मेरी छाती पर सिर रख कई बार हँसी और कई बार रोई थी। यहीं उसने मेरे बाल, मुँह तथा गले पर स्नेह से व्याकुल होकर अपने नरम-नरम हाथ फेरे थे। लगा कि उर्मिला को अब नहीं देख पाऊँगा। वह मुझसे सदा के लिए छीन ली गई है। मैं चारपाई पर छटपटाने लगा...।

"बेटा, सिर सीधा करो, तेल लगा दूँ।" माँ की आवाज थी। पता नहीं वह कब हाथ में तेल की बोतल लेकर कमरे में दाखिल हो गई थीं।

यह मेरी माँ है। मेरे किंचित् भी उदास होने पर बेचैन हो उठती है... "माँ, आज मैं इतना दुखी हूँ कि मुझको अपने ऊपर दया आ रही है...।"

और जब वह सिर में तेल लगाने मेरे सिरहाने आई तो चारपाई पर मुँह रखकर यह कहते हुए मैं रो पड़ा, "उर्मिला को खोकर मैं अपनी जान दे दूँगा, माँ!"

8

रात-भर मैं अजीब-अजीब सपने देखकर कराहता रहा। सबेरे उठने पर मुझे कुछ भी याद न पड़ा। बस ऐसा लग रहा था कि मेरी सारी शक्ति किसी ने छीन ली है और मैं दुनिया में सर्वथा अकेला हूँ। मैं अपने में एक अजीब जड़ता महसूस कर रहा था।

फिर धीरे-धीरे सभी बातें याद पड़ने लगीं। उर्मिला मेरे घर से चली गई है, इस पर विश्वास नहीं हुआ। क्या सचमुच मेरी जिन्दगी इसलिए बनी थी कि अपने यौवन के जिस प्रथम सुख की ओर मैं आँख उठाकर देखूँ, वह सुख मुझसे छीन लिया जाए? नहीं, ऐसा नहीं हो सकता। मुझमें एक अपनी शक्ति है, और मैं जिस चीज की कामना करूँ, वह मुझे न मिले, यह असम्भव है। इस जीवन का यथार्थ चाहे जो कुछ हो, किन्तु मेरा मन कहता है कि जिस तरह सेही की पीठ पर लाठी का आक्रमण विफल हो जाता है, उसी तरह दुख मुझ पर हमला करके आहत होकर खंड-खंड हो जाएगा। मेरे इस जीवन का उद्देश्य है और मैं देश तथा समाज की सेवा के लिए बना हूँ, इसलिए मेरा कुछ नहीं बिगड़ सकता। यदि ऐसी बात न होती तो उर्मिला जैसी सर्वगुण-सम्पन्न लड़की से असाधारण परिस्थितियों में प्रेम कैसे होता?

इस दलील से मैंने अपने अन्दर अपार शक्ति का अनुभव किया। मैं किसी के आगे नहीं झुकूँगा। यदि मेरे तथा उर्मिला के माँ-बाप तैयार नहीं होंगे तो भी कोई

परवाह नहीं। मैं और उर्मिला सबसे अलग रहेंगे। मैं सबका मुकाबला करूँगा।

जलपान के पश्चात् सर्वप्रथम मैंने उर्मिला के पिताजी के नाम एक पत्र लिखा। पत्र इस प्रकार था :

पूज्य चाचाजी,

मैं उच्च कर्तव्य भाव से प्रेरित होकर यह पत्र आपके पास लिख रहा हूँ। यदि इसमें कोई धृष्टता की बात नजर आए तो मुझे क्षमा कीजिएगा।

चाचाजी, आप मेरे यहाँ से बहुत दुखित होकर गए हैं, जिसका मुझे स्वयं भी बहुत दुख है। किन्तु, इसमें किसी का चारा नहीं था और जो होनेवाली बात थी, वह हो गई। एक बात मैं कह दूँ कि उर्मिला गंगा की तरह पवित्र है। यह सच है कि हम दोनों ने शादी करने का निश्चय किया है पर यह कोई अपराध नहीं है। नहीं। एक तो यह होता कि हम बुरी नीयत से मिलते और अपने खानदान के नाम को कलंकित करते अथवा दूसरी बात यह होती कि हम सच्चाई से एक-दूसरे को प्यार करके शादी कर लेते। हमने दूसरा रास्ता अपनाया है।

यह जाति की सीमा बहुत ही तुच्छ सीमा है, चाचाजी। एक दिन यह नष्ट-भ्रष्ट हो जाएगी। मैं ब्राह्मण हूँ तो क्यों किसी से श्रेष्ठ हूँ और कोई शूद्र है तो क्यों मुझसे बड़ा नहीं है? इनसान इनसान बराबर है। सभी जातियों में अच्छे और बुरे लोग होते हैं और सभी के सुख और दुख एक ही किस्म के होते हैं। चाचाजी, मैंने और उर्मिला ने एक-दूसरे से शादी करने का निश्चय किया है। मैंने तो फैसला कर लिया है कि चाहे जान चली जाए, पर एक बार जिसका हाथ पकड़ लिया है, उसको किसी भी हालत में नहीं छोड़ूँगा। एक बात यह भी तय है कि यदि उर्मिला को मुझसे अलग करने की कोशिश की गई तो वह कभी सुखी नहीं रहेगी और घुल-घुलकर एक दिन प्राण त्याग देगी। चाचाजी, आप दो निर्दोष जिन्दगियों को बरबाद होने से रोक सकते हैं। मैं आपके पैर पड़कर प्रार्थना करता हूँ कि आप हमको अपना स्नेहाशीर्वाद दें।

आपका

—कृष्ण

पत्र को मैंने एक सादे लिफाफे में बन्द कर दिया और जब कचहरी जाने का समय हुआ तो उसको लेकर स्टेशन के चौराहे पर खड़ा हो गया। अधिक देर तक प्रतीक्षा न करनी पड़ी, क्योंकि शीघ्र ही उर्मिला के पिताजी वहाँ से गुजरे।

मैंने आगे बढ़कर उनको नमस्ते किया और फिर जेब में से चिट्ठी निकालकर उनकी ओर बढ़ाते हुए बोला, "चाचाजी, एक चिट्ठी देना चाहता हूँ।"

उन्होंने भय से अनमने होकर अपनी छोटी-छोटी आँखों से मुझे देखा, फिर चिट्ठी लेकर उसको अपनी जेब के हवाले करने के बाद सिर छाती में गाड़कर आगे घिसटने लगे।

इधर से निश्चिन्त होकर मुझे यह चिन्ता सवार हुई कि उर्मिला कैसी होगी। मुझे आश्चर्य हुआ कि मैंने उसकी कोई खोज-खबर नहीं ली। मैं कर ही क्या सकता था? मेरी व्याकुलता बहुत बढ़ गई।

कॉलेज जाते समय समस्या हल हो गई। रास्ते में उर्मिला की सबसे छोटी बहन निर्मला मिली, जो पाँच-छह वर्ष की थी। वह मुझसे काफी हिल-मिल गई थी।

"कहो भाई, क्या हाल-चाल है?" मैंने उसको रोककर उसकी ठोड़ी छूते हुए पूछा।

"दादाजी, मैं गुब्बारा लूँगी," उसने पास से गुजरते हुए एक गुब्बारेवाले की ओर देखकर अपनी आकांक्षा प्रकट की।

गुब्बारा खरीदकर उसके हवाले करते हुए मैंने उससे फिर पूछा, "तुम्हारी दीदी उर्मिला क्या कर रही है, निर्मला?"

"दीदी बीमार हैं दादाजी, हमेशा रोती रहती हैं। अम्माँ उनको बहुत डाँटती हैं।" उसने उत्तर दिया, पर उसका ध्यान गुब्बारे की ओर था।

"तू अपनी दीदी को एक कागज दे देगी, मुन्नी? मैं तो इस समय कॉलेज जा रहा हूँ, मुझे फुरसत नहीं है, नहीं तो मैं खुद दे आता।" मैंने अचानक उर्मिला को एक सान्त्वना का खत लिखने का निश्चय कर लिया। मैंने अपनी फाइल में से कागज का एक टुकड़ा फाड़ डाला और उस पर लिखा :

मेरी उर्मिला,

निर्मला से मालूम हुआ कि तुम बहुत बीमार हो और रोती हो। तुम मेरी जिन्दगी के लिए कितनी आवश्यक हो, यह सोचकर उर्मिला, तुम अपनी तन्दुरुस्ती का खयाल रखना। इतना समझ लो कि मेरे जीते-जी तुमको मुझसे कोई अलग नहीं कर सकता। इसके लिए मैंने संघर्ष शुरू कर दिया है। तुमसे अलग मेरा कोई अस्तित्व नहीं। शाम को मैं कालेज से आऊँगा। अगर हो सके तो उसी समय निर्मला के हाथ अपने बारे में कोई सूचना भिजवा देना। मैं बाहर ही टहलता रहूँगा।

सदा तुम्हारा

—कृष्ण

पत्र को निर्मला की मुट्ठी में बाँधते हुए मैं बोला, "मुन्नी, इसे चुपके से अकेले में अपनी दीदी को दे देना। अगर किसी को मालूम हो जाएगा तो फिर कभी तुम्हारे लिए गुब्बारे नहीं खरीदूँगा।" उसने हामी भरी और दौड़ती हुई चली गई।

सायंकाल निर्मला के जरिए उसका खत मिला। मैं कमरे में जाकर खत को पढ़ने लगा, जो इस प्रकार था :

मेरे देवता,

आपका खत पाकर मैं बहुत रोई। पता नहीं क्यों ऐसा विश्वास हो चला था कि अब आपसे सारा नाता टूट जाएगा। जब से आपके पास से आई हूँ, ऐसा लग रहा है कि आपसे अलग होकर मैं जिन्दा नहीं रह सकती। मेरी हालत बिना जल की मछली की तरह हो गई है। आपने कौन-सा जादू कर दिया है? हमेशा आपका चेहरा आँखों के सामने नाचा करता है। सभी बातें याद करके कलेजा टुकड़े-टुकड़े हो जाता है। आप अपना मन थोड़ा न करें, मैं अब से खुश रहूँगी। आपके सिवाय अब मेरा कोई नहीं। आप भी अपने स्वास्थ्य का ध्यान रखिएगा। आप खाने-पीने में बहुत लापरवाही करते हैं, मेरी कसम इसे छोड़ दीजिएगा। जो भूल-चूक हो गई हो, उसको क्षमा कीजिए।

सदा आपकी,

—उर्मिला

मैंने पत्र को बार-बार पढ़ा और अन्त में उसको दोनों मुट्ठियों में जकड़कर हृदय से सटा लिया। मेरी आँखें डबडबा आई थीं।

दूसरे ही दिन उर्मिला का एक और पत्र मिला, जिसमें लिखा था—

मेरे देवता,

पत्र बहुत जल्दी-जल्दी में लिख रही हूँ। आप जरा सँभलकर रहिए। जो खत आपने बाबूजी को दिया था, उससे वह बहुत नाराज हैं। तब से मुझ पर बड़ी कड़ाई की जा रही है। पर आप इसकी चिन्ता मत कीजिएगा, मैं आपकी खातिर सब कुछ सह लूँगी। आप जरा होशियार रहा कीजिए। बात यह है कि हमारे एक फूफा हैं जो इसी मोहल्ले में रहते हैं। उनका नाम संकटाप्रसाद है। वह कचहरी में मुहर्रिर हैं। बड़े पहलवान हैं। सुनने में आता है कि उन्होंने एक-दो खून भी किए हैं। वही आज आए थे। वह कह रहे थे, 'ऐसे लौंडों का भूत तो मैं मिनटों में उतार दूँगा।' आप उनसे बचकर रहिएगा। जब से मैंने यह बात सुनी है, मुझे बहुत डर लग रहा है। मैं आपके पैरों पड़ती हूँ, आप आगे-पीछे देखकर चलिएगा और रात-बिरात अकेले बाहर न निकलिए।

सिर्फ आपकी,

—उर्मिला

पत्र को पढ़कर मुझे बहुत क्रोध आया। मुंशी संकटाप्रसाद को मैं अच्छी तरह जानता था। वह लम्बे और तगड़े थे, किन्तु उनकी लंठई ऐसी घटिया किस्म की थी, जिसके

सम्बन्ध में कुछ न कहना ही उचित होगा। उनके नैतिक साहस से मुझे उस समय परिचित होने का अवसर प्राप्त हुआ, जब उन्होंने फरार लड़के को अपने यहाँ ठहराया और बाद में धोखे से उसे गिरफ्तार करवा दिया। उनके शारीरिक बल की भी आजमाइश मैं कर चुका था। जब मनमोहन का साथ था तो मुंशीजी के यहाँ कभी-कभी बैठक होती थी। उनमें ताकत चाहे जितनी हो, पर पंजा उनका मैं बिना अधिक कठिनाई के ऐंठ देता था। उस समय उनके मुख पर एक घिनौनी निर्लज्जता फैल जाती, जिससे मैं मन-ही-मन घृणा करता। मैं उनसे मिलने और उनको फटकारने के लिए व्यग्र हो उठा।

उन्होंने स्वयं इसका अवसर दिया। वह एक क्वार्टर में अकेले रहते थे और एक दिन शाम को जब मैं उसी रास्ते से गुजरा तो उन्होंने मुझे बुलाया। मैं वहाँ गया, किन्तु उनके पास उर्मिला के पिताजी भी बैठे थे, जिनको देखकर मेरा कलेजा धक-धक कर उठा। मैं चुपचाप जाकर खड़ा हो गया। उर्मिला के पिताजी सिर नीचा करके खिसियानी मुद्रा में बैठे थे और मुंशी संकटाप्रसाद भेड़िए जैसे घृणित मसूड़ोंवाले अपने बड़े-बड़े दाँत खोलकर छोटी-छोटी आँखों से मुझे घूर रहे थे।

''कहो पंडितजी महाराज, सुनता हूँ आजकल लंठई का बहुत शौक चर्राया है? बहुत जोर फट रहा है तो कहो उसका इलाज कर दिया जाए।'' मुंशीजी व्यंग्य से बोले।

अगर उर्मिला के पिताजी न रहते तो मैं निश्चित रूप से उनका गला पकड़ लेता। बहुत ही कठिनता से अपने क्रोध पर संयम करके बोला, ''इसके लिए आप ही मशहूर रहे हैं। आप अपना मतलब साफ कीजिए।''

''मेरा मतलब तो बहुत साफ है, बचऊ!'' उन्होंने अपनी व्यंग्यधार को और तेज करते हुए कहा, ''अपनी हरकत से बाज आ जाओ। ऐसा न हो कि तुम्हारे माँ-बाप को रोना पड़े।''

''मैंने कोई ऐसी हरकत नहीं की है, जिससे बाज आने की जरूरत पड़े।''

''क्यों अधिक कहलवाते हो, कृष्ण? तुम पढ़े-लिखे और समझदार हो। तुमको तो मैं बहुत शरीफ समझता था। गंगाधारी बाबू मेरे साले होते हैं। इनको सीधा समझकर ही तुम इनको तंग-परेशान कर रहे हो। तुम समझते हो कि मैं इनकी ओर किसी को अँगुली उठाने दूँगा? इसीलिए मैं तुमसे कहता हूँ कि उर्मिला से शादी करने का खयाल दिमाग से निकालकर चुपचाप पढ़ो-लिखो।'' वह अब ढंग से समझा रहे थे।

मैंने भी शान्त स्वर में उत्तर दिया, ''किसी को तंग-परेशान करने की नीयत से मैंने आज तक कुछ नहीं किया। आप लोगों के समझने का दृष्टिकोण ही दूसरा

है। उर्मिला से मैं शादी करना चाहता हूँ, इसको आप अपने कुटुम्ब की प्रतिष्ठा के खिलाफ समझते हैं। दो स्त्री-पुरुष ईमानदारी से एक-दूसरे को पसन्द करके शादी करने का निश्चय कर लें और आप उसको लंठई समझें, इससे अधिक गलत बात क्या हो सकती है ? मैं सदाचरण को अच्छी तरह समझता हूँ। दुनिया में इससे बड़े सदाचरण की कोई बात नहीं हो सकती कि जिस लड़की को मैंने पसन्द किया है और जिसको मैंने शादी करने का वचन दिया है, उसको कभी न छोड़ूँगा, चाहे इसके लिए जान भी क्यों न देनी पड़े!''

''तो यह तुम्हारा आखिरी फैसला है ?'' मुंशीजी तैश में आ गए।

''बिल्कुल आखिरी फैसला है।''

''तो तुम भी सुन लो,'' उन्होंने हाथ को हवा में फेंकते हुए कुछ चिल्लाकर कहा, ''आगे मैंने यह सुना कि तुम अब भी उस लड़की के पीछे पड़े हो तो मैं खुलेआम तुम्हारा लाद चीर दूँगा। बस मेरा भी यही आखिरी फैसला है।''

मेरा हृदय घृणा और क्रोध से भर उठा। सीधे तनकर उत्तेजित स्वर में बोला, ''आपसे मुझे ऐसी ही आशा थी। पर सच समझिए, मैं इससे जरा भी डरनेवाला नहीं। जहाँ तक आपके नैतिक साहस का प्रश्न है, कोई जाने या न जाने, मैं जानता हूँ कि आपने ही बनवारीलाल को यहाँ ठहराकर धोखे से गिरफ्तार करवाया था। अपनी पत्नी को अपने गाँव छोड़कर आप छोटे-छोटे लड़कों और गरीब घर की लड़कियों को किस कद्र परेशान करते हैं, इसको सारा शहर जानता है। आपके शारीरिक बल का जहाँ तक सम्बन्ध है, मैं यहीं पर कई बार आपका पंजा ऐंठ चुका हूँ। लेकिन मुझको इसका घमंड नहीं। घमंड मुझे इस बात का है कि उम्र में छोटा होते हुए भी मैं आपसे नैतिक रूप से श्रेष्ठ हूँ और जान जाने पर भी मैं अपने निश्चय से नहीं डिगूँगा।''

अपनी बात समाप्त करने के बाद तेजी से घूमकर मैं बाहर निकल गया। उत्तेजना से मैं काँप रहा था। सन्तोष यही था कि मेरी बात से मुंशी संकटाप्रसाद का मुँह सूखकर छोटा हो गया था।

किन्तु, घर आकर मुझे एक निर्दय हाहाकारी निराशा ने जकड़ लिया। ऐसा लगा, जैसे उर्मिला मुझको नहीं मिलेगी। सारी परिस्थितियाँ मेरे प्रतिकूल हो गई थीं। क्या मैं उनसे लड़ सकूँगा ? लगा, मैं बहुत दुर्बल हूँ। मैंने घबराकर उर्मिला के पास निम्नलिखित पत्र लिखा :

मेरी उर्मिला

मुंशी संकटाप्रसाद से मेरी भेंट हुई थी। मैंने उनको ऐसी सुनाई कि उनका मुँह छोटा पड़ गया। तुम कोई चिन्ता न करना। उन्होंने मेरी हत्या करने की धमकी दी है, पर उनके लिए मैं अकेला ही काफी हूँ। अगर

उन्होंने कोई गुंडई करने की कोशिश की तो ऐसा जवाब दिया जाएगा कि जिन्दगीभर याद करेंगे।

लेकिन, उर्मिला, एक दूसरी ही बात के लिए मैं यह खत लिख रहा हूँ। अब यह साफ होता जा रहा है कि तुम्हारे पिताजी हम लोगों की शादी के लिए तैयार न होंगे। इस हालत में क्या हो, यह तुम्हीं बताओ। मेरे सामने अँधेरा-ही-अँधेरा है। मैं यह कभी नहीं जानता था कि तुम मेरी जिन्दगी पर इस तरह छा जाओगी। तुम्हारे सिवाय मेरी किसी चीज में दिलचस्पी नहीं है। मेरी हर साँस में तुम्हीं बसी हो। तुम्हारा मुख, तुम्हारी भोली आँखें, तुम्हारी प्यारी अँगुलियाँ, तुम्हारी हँसी, तुम्हारे आँसू—तुम्हारी सभी बातें याद आ-आकर मेरे ह्रदय को मसोसा करती हैं। मैं क्या करूँ, उर्मिला? तुम्हीं मुझे शक्ति दे सकती हो। बताओ मैं क्या करूँ? तुम मेरी रोशनी हो, आज मुझे रास्ता दिखाओ, यही तुमसे प्रार्थना है। तुम्हारे लिए मेरा असीम प्यार।

सदा तुम्हारा,

—कृष्ण

निर्मला के ही जरिए मैंने यह खत भिजवाया, लेकिन उसका उत्तर आया दो दिन बाद। इस बार जवाब निर्मला नहीं, बल्कि कलवतिया महरिन की सात-आठ वर्षीया छोटी लड़की लाई। कलवतिया उर्मिला के यहाँ भी बर्तन माँजती थी। खत इस प्रकार था :

मेरे देवता,

अब आप मेरे पास कोई खत न भेजिए। आपने जो पत्र भेजा था, वह मेरी ही गलती से अम्माँ के हाथ में पड़ गया। वह बहुत बिगड़ीं और दोनों छोटी बहनों से खोद-खोदकर पूछने लगीं कि कौन खत लाया। निर्मला ने बता दिया। उस पत्र के कारण मेरी जो फजीहत हुई और हो रही है, उसकी मैं परवाह नहीं करती। मैं आपकी खातिर सब सह लूँगी। दुख इस बात का हुआ कि निर्मला पर बहुत मार पड़ी।

आपने जो कुछ किया वह अच्छा किया, फिर भी बचकर रहिए, दुष्टों से बचना ही ठीक है। वह मेरे दूर के फूफा होते हैं। इस बात को लेकर वे समझाने के बहाने मुझसे एकान्त में मिलने की कोशिश करते हैं। न मालूम किस तरह हँसते और घूरते हैं। उनका आचरण ठीक नहीं है। मैंने उनसे साफ-साफ कह दिया है कि आपको जो कुछ करना है, जाकर कीजिए, मुझसे कभी कुछ मत कहिए। वह सोचते हैं कि मैं बुरे आचरण की लड़की हूँ और उनके पंजे में आ सकती हूँ। जिस शरीर को आपने छुआ

है, वह सिर्फ आप ही का है। आगे उन्होंने कोई बात की तो उनका मुँह नोंच लूँगी। मेरी कसम, आप उनसे मत उलझिएगा।

आप ऐसी बातें लिखकर मुझे क्यों रुलाते हैं? कमरा बन्द करके खूब-खूब रोई हूँ। लगता है, कलेजा टुकड़े-टुकड़े हो जाएगा। मालूम पड़ता है, आपको देखे बरसों गुजर गए। आपको कब देखूँगी? यह घर तो काटता है, कोई एक शब्द भी ठीक से नहीं बोलता। पर, अब यह कष्ट सहने में भी सुख मालूम होने लगा है। आप जी छोटा न कीजिए। मैं केवल आपकी हूँ। आप जब भी कहेंगे, मैं सब कुछ छोड़कर आपके पास आ जाऊँगी। आपके चरणों के सिवाय और कहीं मेरी गति नहीं है। आप मेरे कृष्ण हैं, आपकी राधा सदा आपकी ही रहेगी।

सिर्फ आपकी

—उर्मिला

पत्र पढ़कर मुझ पर एक ही साथ कई किस्म की प्रतिक्रियाएँ हुईं। पहले तो मुझे बहुत ढाढ़स प्राप्त हुआ, एक अभूतपूर्व, अपार आत्मिक शक्ति का अनुभव होने लगा; जब वह मेरा साथ देने को तैयार है तो मैं कुछ भी कर सकता था। परन्तु, साथ ही मुझे बहुत दुख भी हुआ। न मालूम कितना अपमान, लांछन, दुख और अन्याय बर्दाश्त करके रह रही है। उसको शीघ्रातिशीघ्र किस तरह इस स्थिति से मुक्त करूँ, इसके लिए बेहद बेचैन हो उठा। संकटाप्रसाद पर तो मुझे अत्यधिक क्रोध आया। इच्छा हुई कि फौरन जाकर उस व्यक्ति का गला घोंट दूँ। वह नीच है, यह मैं जानता था, पर इतना नीच हो सकता है, यह नहीं समझ सका था।

इस पत्र ने एक बात और साफ कर दी, और वह यह कि मुझे अब सारे समाज और सम्बन्धियों से नाता तोड़कर उर्मिला के साथ शादी करनी होगी। मैं इसके लिए तैयार था। मैं नौजवान, तगड़ा और पढ़ा-लिखा था। मैं अपने पैरों पर अच्छी तरह खड़ा हो सकता था। मेरे सामने यही रास्ता था कि परीक्षा देने के बाद कोई नौकरी ढूँढ़ लूँ और फिर उर्मिला से विवाह कर लूँ। मैं पढ़ने-लिखने में तेज था और मुझे विश्वास था कि कुछ नहीं तो मास्टरी अवश्य मिल जाएगी। स्कूल में अध्यापन-काल ही में मैं बी.ए. और एम.ए. कर लूँगा और इसी लाइन में आगे बढ़ने की कोशिश करूँगा। बस यही ठीक था और ऐसा ही मैंने निश्चय किया। यह निश्चय मैंने एक पत्र के जरिए उर्मिला को भी बता दिया।

इसके बाद मैंने कठिन परिश्रम आरम्भ कर दिया। ऐसा कठिन परिश्रम मैंने अपने जीवन में कभी नहीं किया था। अट्ठारह-अट्ठारह, उन्नीस-उन्नीस घंटे तक परिश्रम करता, फिर भी तृप्ति न होती। न मालूम कहाँ का उत्साह आ गया था। मैं अच्छे-से-अच्छे नम्बरों से पास होना चाहता था, जिससे परीक्षा

के बाद नौकरी आसानी से मिल जाए। किन्तु ऐसी पढ़ाई पन्द्रह-बीस दिन तक ही चल सकी।

उस रोज सायंकाल अपने कमरे में बैठा पढ़ रहा था कि मुंशी संकटाप्रसाद के नौकर ने कहा, "बाबू, चलिए, आपको पेशकार साहब बुला रहे हैं।"

"कौन पेशकार साहब?" मैंने चौंककर पूछा।

"वही जो गली में रहते हैं।"

"कहाँ हैं इस समय?"

"मुंशीजी के यहाँ।"

आखिर उन्होंने क्यों बुलाया है? वह मुझसे क्या कह सकते हैं? जहाँ तक उनके विचार का प्रश्न है, मैं अच्छी तरह जानता हूँ कि वह उर्मिला की शादी मुझसे नहीं करना चाहते। क्या उन्होंने अपना विचार बदल दिया और उर्मिला की हालत देखकर उसकी शादी कर देने को तैयार हो गए? ऐसा सोचने का कोई कारण नहीं था, फिर भी यह विचार आते ही मेरा हृदय जोरों से धड़कने लगा। बार-बार यही विचार दिमाग में आने लगा और जितना मैं इस सम्बन्ध में सोचता, मेरा विश्वास पक्का होता जाता।

"आपने बुलाया है?" मैंने मुंशी संकटाप्रसाद के कमरे में प्रवेश कर उर्मिला के पिताजी से पूछा।

"हाँ बेटा, बैठो।" उन्होंने मेरी ओर देखकर धीरे से कहा।

कमरे में वह अकेले थे। कचहरी की वेश-भूषा में वह थे—पाजामा, पुराना पारसी कोट और पुराने जूते। मुख पर एक गहरा दैन्य-भाव अंकित था। वह उर्मिला के पिता थे; अलावा इसके बहुत सीधे-सादे इनसान थे, इसलिए मैं उनका बहुत आदर करता था। क्या उन पर कोई मुसीबत आई है? यदि ऐसी बात है तो वह कह भर दें, मैं जान देकर भी उनके कुछ काम आ सका तो अपने जीवन को धन्य समझूँगा। यह सोचते हुए मैं कमरे में पड़ी एक कुर्सी पर बैठकर उनकी ओर चुपचाप देखने लगा।

"बेटा, मैं तुमसे आज एक प्रार्थना करने आया हूँ।" अपना मुँह बढ़ाकर वह इस बेचारगी से बोले, जैसे रो देंगे।

पता नहीं क्यों मेरा मन एक भारी आशंका से भर उठा, और अकस्मात् मेरे सारे शरीर का रक्त जैसे सूख गया। वह मुझसे क्या प्रार्थना करना चाहते हैं? मेरे उत्तर की प्रतीक्षा न कर वह करुणाजनक स्वर में बोले, "बेटा, मैं चारों ओर से हारकर तुम्हारे पास आया हूँ। तुम्हीं मुझको और मेरे खानदान को बचा सकते हो। तुम्हारी बुद्धि और हिम्मत पर मैं विश्वास करता हूँ। अगर तुम्हारे जैसा मेरा बेटा होता तो मैं घमंड में फूला न समाता।"

मैं चुप रहा। पता नहीं कैसी खीझ मुझमें भरती जा रही थी। उन्होंने अपना कथन जारी रखा, "बेटा, हम बहुत पिछड़े हुए लोग हैं, बहुत गिरे हुए। हम जमाने के साथ नहीं चल सकते। हम लोगों में ढकोसला ही ढकोसला है। दुनिया सुधर जाएगी, पर हम लोग नहीं सुधर सकते...।"

मेरी खीझ बहुत बढ़ गई। वह फौरन अपनी बात पर क्यों नहीं आते?

"आप मुझसे क्या चाहते हैं?" मैंने अत्यन्त कठिनता से अपने को संयत कर प्रश्न किया।

"उसी बात पर आ रहा हूँ, बेटा। कृष्ण, मैं तुमसे यह प्रार्थना करने आया हूँ कि उर्मिला से शादी करने का खयाल छोड़ दो। मैं जनम-जनम तक तुम्हारा अहसानमन्द रहूँगा।"

मेरी आशंका सच निकली। मेरी खीझ विस्फोट कर उठी। उनकी बात समाप्त होते ही मैं सिर को हिलाते हुए लगभग चिल्लाकर बोल उठा, "नहीं! यह असम्भव है। आप कोई दूसरा काम कहें, मैं कर दूँगा। पर यह मुझसे नहीं होगा।"

उन्होंने गिड़गिड़ाकर कहा, "कृष्ण बेटा, सोच देखो, इससे मेरा सारा खानदान चौपट हो जाएगा। मैंने कई बार सोचा कि अगर उर्मिला के साथ तुम्हारी शादी कर दें तो क्या हर्ज है? पर मैं नहीं कर सकता। मैं जानता हूँ कि यह बुरा है, लेकिन बुराइयों से इस तरह जकड़ गया हूँ कि..." कहते-कहते उनका गला रुँधने लगा।

मेरा गुस्सा बेहद बढ़ गया। किसी के मरने और जिन्दा रहने की जिम्मेदारी मेरी नहीं है। इन हथकंडों से मैं उर्मिला को नहीं छोड़ सकता।

"चाचाजी, आप यह नहीं देखते कि इससे उर्मिला और मेरी जिन्दगी बरबाद हो जाएगी। उर्मिला तो किसी भी हालत में जिन्दा नहीं बचेगी।" सारी कोशिश के बावजूद मेरा स्वर रूखा और कड़ा हो गया था।

"हाँ बेटा, वह जिन्दा नहीं बचेगी, ऐसा मुझे भी मालूम होता है। उसकी माँ उसको रोज कोसती है और मैं कुछ भी नहीं कर सकता। मेरी समझ में कुछ नहीं आता है। इसीलिए डर के मारे तुम्हारे पास चला आया हूँ। तुम्हीं उसकी रक्षा कर सकते हो। शादी करना मुमकिन होता तो मैं उससे तुम्हारी शादी कर देता। मेरे कोई बेटा नहीं है और हमने उसको अपने बेटे की तरह पाला-पोसा है। वह इतनी सुशील और गुणवती है कि मैं यह सपने में भी नहीं सोच सकता कि कोई बुरा काम कर सकती है। दूसरी जाति के लड़के को पसन्द करना बुरा काम नहीं, यह पहली बार तब विश्वास हुआ जब मेरी बेटी ने ऐसा किया। वह चुपचाप जो दुख बर्दाश्त कर रही है, उसको मुझसे अधिक कोई नहीं समझ सकता, कृष्ण।"

उनका स्वर भर्रा उठा था। उर्मिला की प्रशंसा और दुख की बात सुनकर मेरी आँखें भर आईं।

"पर, यह शादी नहीं हो सकती, कृष्ण," वह बोले, "इसका मुझे सबसे बड़ा दुख रहेगा। मैं समाज को नहीं छोड़ सकता...इससे लड़ने की अभी मुझमें ताकत नहीं है।"

"चाचाजी, इनसान के आगे समाज कुछ नहीं है। हम समाज को बदल डालेंगे।"

"बेटा, जब समाज बदलेगा, तब बदलेगा। आज नामुमकिन है। मैं खुद आज इससे नफरत करने लगा हूँ। जिस समाज में मेरी बेटी इतनी दुखी है, उसको मैं कतई प्यार नहीं कर सकता। पर यह तुमसे कहता हूँ, बाहर यह बात नहीं कहूँगा। मान लो, उर्मिला से तुम्हारी शादी कर भी देता हूँ तो जानते हो मेरी दो छोटी लड़कियों की क्या हालत होगी? उनको कोई नहीं पूछेगा, और उनका भविष्य कैसा होगा, यह सोचकर मैं काँप उठता हूँ। अगर मेरे पास पैसे होते, तो भी एक बात थी। तब मैं न डरता। रुपए के जोर से सबका मुँह बन्द कर देता। लेकिन, मेरे पास यह भी नहीं। फिर उन लड़कियों का क्या करूँगा? सिर्फ एक ही रास्ता बच रहेगा कि हम सभी जहर खाकर खुदकुशी कर लें। इससे मैं तुमसे त्याग करने की प्रार्थना करने आया हूँ, बेटा।"

उनकी दलील का क्या उत्तर दूँ, यह मेरी समझ में नहीं आया। अपनी इस असमर्थता में मेरा क्रोध अत्यधिक बढ़ गया। मुझे लगा, जैसे वह मेरे दुश्मन हों, और मैंने शत्रुतापूर्ण स्वर में ही उत्तर दिया, "यह नामुमकिन है। मेरी बोटी-बोटी कट जाए, पर मैं उर्मिला को नहीं छोड़ूँगा।"

"कृष्ण बेटा, सोच लो। तुम अपने सुख की खातिर मेरे सारे खानदान को बरबाद कर दोगे। इस बूढ़े पर दया करो, बेटा। आज मैं जितना दुखी हूँ उतना कोई नहीं। क्या तुम समझते हो कि उर्मिला की दूसरे से शादी करके मैं सुखी रह सकूँगा? जिन्दगी-भर यह बात मेरे दिल में काँटे की तरह चुभती रहेगी कि मैंने अपनी बेटी की जिन्दगी बरबाद कर दी। पर इसके सिवाय कोई चारा नहीं। इस समाज में तुम्हारे जैसे बहादुर लड़के कितने हैं, कृष्ण? मेरी दो छोटी लड़कियाँ नरक में पड़ जाएँगी। इसीलिए तुमसे त्याग करने को कहता हूँ। मुझको पूरा विश्वास है कि अगर तुम उर्मिला को समझा दोगे तो वह मान जाएगी। मैं तुम्हारे पैरों पड़ता हूँ, कृष्ण बेटा।"

"मेरी बोटी-बोटी कट जाए, पर मैं उर्मिला को नहीं छोड़ूँगा।" मैंने अपनी बात दोहराई। मेरी सारी शक्ति जैसे जवाब दे रही थी।

किन्तु मेरी बात समाप्त होते-होते उन्होंने नीचे बैठकर मेरे पाँव पकड़ लिये और पैरों पर सिर पटक-पटककर 'बेटा-बेटा' कहकर बच्चों की तरह रो पड़े।

मेरा शरीर ऐंठने लगा। यह मेरे प्रति भारी अन्याय था।...मैं इस रुलाई पर विश्वास नहीं करता। यह ढकोसला है। मैं इतना अच्छा नहीं जितना वह समझ रहे

हैं। मैं साहसी नहीं, मैं बुद्धिमान नहीं, मुझमें अवगुण ही अवगुण हैं। मैं इतना महान नहीं कि त्याग कर सकूँ। मैं उनकी बात नहीं मानूँगा। मैं अपनी उर्मिला को नहीं छोड़ सकता। मैं इस वृद्ध व्यक्ति का गला दबा दूँगा।...

और सचमुच मेरी इच्छा करने लगी कि हाथ बढ़ाकर उनका गला दबोच दूँ। फिर पता नहीं क्यों मेरा सारा शरीर ढीला पड़ने लगा। मुझ पर एक अजीब-सी सुस्ती-सी छाने लगी और अपने पैर हटाते हुए अनजाने स्वर में बोल उठा, ''अच्छी बात है।''

9

गोधूलि बेला थी। मैं अपने दरवाजे पर बैठा था कि उर्मिला की बहन गीता ने आकर कहा, ''दादाजी, चलिए बाबूजी ने बुलाया है।''

जिस रोज गंगाधारी बाबू से शाम को मिला था, उसके दो रोज बाद की बात थी। उस दिन मैं उर्मिला से सारे सम्बन्ध तोड़ लेने का वायदा करके चला आया था। मैं नहीं बता सकता कि यह सब कैसे हो गया। मेरी सारी चेतना शून्य हो गई थी। मैं अपने हाथ अपना सब कुछ लुटा बैठा था। मैं रो नहीं सकता था, न पीड़ा से छटपटा सकता था। जैसे कोई चिता भीतर-ही-भीतर जले और लपट ऊपर न पहुँचे, वैसी ही मेरी स्थिति थी। मैं उठकर गीता के पीछे चल दिया। वह अपने घर ले गई और मुझे बाहर की बैठक में पहुँचाकर अपने घर के भीतर गायब हो गई। कमरे में अँधेरा हो रहा था। मैं चुपचाप खड़ा था। यह वही कमरा था जहाँ उर्मिला को मैंने प्रथम बार देखा था। मैं यहाँ क्यों आया था? मुझे इस कमरे में क्या लेना है?

ऐसा लगा कि किसी ने भीतर से झाँका। क्या वह उर्मिला थी? हाँ, वही थी। फिर वह अन्दर दाखिल हुई। कुछ देर तक खड़ी होकर चुपचाप मुझे निहारती रही। भावावेश में उसके होंठ काँप रहे थे, नासापुट फड़क रहे थे। और तब वह दौड़कर मुझसे लिपट गई।

उसने मेरे बाल और मुह पर कोमलतापूर्वक हाथ फेरा, स्नेहाकुल होकर मेरा दो-तीन बार चुम्बन किया, फिर अपने कपोल को मेरे होंठों से दबा दिया कि मैं भी चुम्बन करूँ, किन्तु जब मैं निश्चेष्ट रहा तो मेरे मुँह पर अत्यन्त ही स्नेह से हाथ फेरते तथा मेरी आँखों में आँखें डालकर मचलते हुए बोली, ''क्यों चुप हैं? कैसे हो गए हैं? मुझे सपने में भी उम्मीद नहीं थी कि आपसे भेंट होगी। बाबूजी अभी-अभी बाहर गए हैं। अम्मा ने कहा कि 'बाहर देखो कौन है' तो आई। मैं क्या जानती थी कि आप हैं। बहुत दिनों बाद खोज-खबर ली। चिट्ठी क्यों नहीं भेजते थे? मुझे आप यहाँ से कब ले चलेंगे? आपके बिना मुझे एक क्षण भी अच्छा नहीं लगता।

अब अपने पास से आपको जाने नहीं दूँगी। मेरी याद नहीं आती क्या? बोलो। ऐसे क्यों हो गए हो?'' अन्त में उसने अपने कोमल आवेश में अपने गाल को मेरे गाल से बार-बार दबाया।

मैं स्थिर दृष्टि से उसको देख रहा था। उसकी बात की मुझ पर कोई प्रतिक्रिया नहीं हो रही थी। निर्दय और बेवफा होना आसान है। वह बहुत दुबली हो गई थी। पर इससे उसकी सुन्दरता बढ़ गई थी—घी के चिराग की लौ की तरह। वह मुझको पाकर बहुत खुश थी। उसको पता नहीं था कि मैं यहाँ इसलिए बुलाया गया हूँ कि उसको समझाऊँ। कितनी आसानी से यह सब हो रहा था। मैं समझाऊँगा। मैं समझाना चाहता हूँ।...उर्मिला, दरअसल मैंने तुमको कभी प्यार नहीं किया। वह सब धोखा था। मुझे तुम भूल जाओ...।

पर मेरे मुँह से आवाज क्यों नहीं निकली?

वह मेरे मुँह के पास अपना मुँह लगाकर मतवाले की तरह बुदबुदाने लगी, ''क्यों चुप हो? अपनी उर्मिला से नहीं बोलोगे? तुम्हारे बिना इस दुनिया में मुझे कुछ भी अच्छा नहीं लगता। मुझे इतना प्यार क्यों किया था? उस रात को मेरा हाथ क्यों पकड़ा था? तुमने मेरे मन को बंसी में फँसी मछली की तरह बाँध लिया है। मैं चाहूँ भी तो तुम्हारे प्यार को अपने दिल से मिटा नहीं सकती। कोई गलती हुई है? मैं चिट्ठी भेजना चाहती थी। पर क्या करूँ, हमेशा अम्माँ सिर पर मौजूद रहती हैं। मुझसे कोई भूल-चूक हुई हो तो माफ कर दो। मैं सिर्फ तुम्हारी हूँ, मुझे यहाँ से ले चलो।''

अन्त में बेचैनी से अपने सिर को मेरी छाती पर रगड़ने लगी।

''उर्मिला...!'' मेरा स्वर अनजान-सा लग रहा था।

मेरी आवाज सुनकर उसने सिर उठाकर मेरी ओर देखा। उसके होंठ काँपने लगे, फिर 'क्या-क्या' कहकर रोने लगी। वह अपनी खुशी को सम्हाल नहीं पा रही थी।

''उर्मिला, मैंने फैसला कर लिया है कि आगे से हमारे-तुम्हारे बीच कोई सम्बन्ध नहीं रहेगा।'' मैं उससे कह रहा था।

''क्या?'' वह चीखकर इस तरह दूर हो गई, जैसे बिच्छू ने डंक मार दिया हो।

''यह सच है। यही अच्छा है कि हम अलग-अलग रहें। यदि हम समाज का बन्धन तोड़कर मिलेंगे तो तुम्हारा खानदान चौपट हो जाएगा। छोटी बहनों को पूछनेवाला कोई न रहेगा। तुम्हारे पिताजी ने मुझे ऐसा ही समझाया है। मुझसे वचन ले लिया है।'' मेरा स्वर कड़ा हो गया।

''नहीं! नहीं!'' कहकर वह फर्श पर बैठकर अपने हाथों में मुँह छिपाकर रोने लगी, फिर जमीन पर लोटकर छटपटाने लगी।

''नहीं, उर्मिला, यही ठीक है। मैं तुमको समझाने आया हूँ। तुम अपने सारे गम छोड़कर खुशी-खशी तुम्हारे माँ-बाप जिससे तुम्हारी शादी करना चाहें, कर लेना। तुम मुझको भूल जाना।'' मेरा स्वर और कड़ा हो गया।

वह अचानक उठी और दौड़कर 'नहीं-नहीं' करती हुई मुझसे फिर लिपट गई। उसकी आँखों से लगातार आँसू बह रहे थे और वह 'नहीं-नहीं' करती जा रही थी।

''नहीं उर्मिला, तुमसे यही प्रार्थना है कि तुम मुझे भूल जाओ। तुम्हारे माता-पिता जैसा कहें वैसा ही करो। तुम्हारे खानदान और तुम्हारी बहनों की इसी में भलाई है। मैंने आखिरी फैसला कर लिया है। यह तुम मेरी प्रार्थना समझो या आज्ञा। मैं तुमसे यही कहने आया था।'' मैं क्रोध से बोल रहा था। मैं अपने से लड़ रहा था।

मेरी बात समाप्त होते ही उर्मिला फफक-फफककर रोती हुई घर के अन्दर भाग गई।

मैं एक क्षण उस कमरे में खड़ा रहा, फिर धीरे से बाहर निकल आया। गली के मोड़ पर म्युनिसिपैलिटी का लैम्प जल रहा था। गली निर्जन थी। मैं अपने जीवन के कोमलतम, मधुरतम, सुन्दरतम अरमानों की चिता जलाकर लौट रहा था।

10

उर्मिला से सारा नाता तोड़ने के पश्चात् मेरे दिन कैसे बीते, यह मैं नहीं बता सकता। मैं एक चलती-फिरती लाश बन गया था। मुझमें कोई इच्छा नहीं रह गई थी। सारा घर मुझे काटता, सारा बलिया मुझे काटता। किसी से बोलने की मेरी इच्छा न होती। खाने-पीने, घूमने-टहलने और हँसने-रोने को भी मेरी तबीयत न करती।

मेरे घरवाले मेरी हालत से बहुत चिन्तित थे। बाबूजी मुझे गौर से देखते रह जाते और कभी-कभी मेरे पास आकर 'बेटा' कहकर लौट जाते। माँ अक्सर मेरी दशा देखकर रोया करतीं। रात को वह चुपके से आतीं, मेरे मुँह पर झुककर मुझे देर तक देखतीं। मेरे बालों पर हाथ फेरतीं और माथे पर तेल लगा देतीं। हमेशा अच्छी-से-अच्छी चीजें बनाकर मेरे सामने खाने के लिए लातीं। बाबूजी के घबराकर पत्र लिखने पर इलाहाबाद से भैया आए। उन्होंने मुझे बहुत समझाया, फिर वापस लौट गए, पर मेरी हालत में कोई परिवर्तन नहीं हुआ।

इतनी चिन्ता के बावजूद घर के लोग मुझसे बहुत कम बोलते। माँ कभी-कभी कुछ पूछतीं तो मैं बिना उत्तर दिए चला जाता। मैं बदमाश नहीं था, मैं तुच्छ नहीं था, इसलिए सम्भवतः वे समझते थे कि मेरा दुख गहरा है। वे मुझसे डरते थे।

इस तरह लगभग दो मास बीत गए। और तब वह दिन आया, जब उर्मिला वहाँ से चली गई...

रात के करीब नौ बजे थे। स्टेशन की ओर से आ रहा था कि अचानक मेरा सारा शरीर सुन्न-सा हो गया। उर्मिला, उर्मिला की माँ, गीता और निर्मला स्टेशन जा रही थीं। स्थिर दृष्टि से मैं उर्मिला को देखने लगा। कैसी हो गई थी वह? पत्थर की तरह स्थिर और पतझड़ के पत्ते की तरह सूखी और पीली। उसको मैंने प्यार किया था और इसी प्यार के अधिकार का निर्दय उपयोग करके मैंने उसकी सारी खुशी का गला घोंट दिया था। पूर्ण रूप से पुष्पित और फलवती होने के पूर्व वह मुरझा गई थी। उन लोगों ने मेरी ओर देखा नहीं। जब वे कुछ दूर निकल गए तो मैं भी उनके पीछे चल पड़ा। स्टेशन के प्लेटफॉर्म पर मैं आकर चुपचाप खड़ा हो गया। गाड़ी पीछे आई, खुल भी गई और तब वापस लौट पड़ा।

घर आकर ओसारे में बैठ गया। कुछ देर बाद बाबूजी बाहर से घूमकर आए। आते ही उन्होंने माँ से कहा, ''कृष्ण की माँ, गंगाधारी बाबू आज गाँव चले गए। उर्मिला की शादी तय हो गई।''

मैं चुपचाप बैठा रहा। मैं रोता क्यों नहीं? मुझमें दुख क्यों नहीं पैदा होता?

इसके बाद बाबूजी मेरी ओर मुँह करके मृदु स्वर में बोले, ''बेटा कृष्ण, आज तक मैं चुप रहा, पर आज तुमसे एक प्रार्थना करता हूँ। तुम समझते होगे कि बाबूजी बड़े निर्दयी हैं, पर मेरा ही जी जानता है कि मेरी क्या हालत है। तुम मेरे खून हो। जब तुम्हीं खुश न रहोगे तो मैं कैसे रह सकता हूँ? कृष्ण, मैं यह नहीं कह सकता कि आज तुम पर कितना गर्व कर रहा हूँ। बेटा, सच मानो, अगर मेरी जरा भी चलती तो मैं तुम्हारी शादी उर्मिला से अवश्य कर देता। मैंने इसका गंगाधारी बाबू से तजकिरा चलाया था, पर वह किसी हालत में तैयार नहीं थे। उसी समय मुझे मालूम हुआ कि गंगाधारी बाबू के कहने पर तुम जान-बूझकर त्याग करने को तैयार हो गए। मुझे इस समाज की परवाह नहीं है कृष्ण, मैं तुम्हारी शादी किसी भी जाति में कर सकता हूँ। पर अब चारा ही क्या है, बेटा?'' मुझमें न मालूम कैसी पीड़ा जाग रही थी!

वह चुप हो गए और कुछ देर बाद फिर बोले, ''उर्मिला को मैं नजदीक से जानता हूँ, बेटा। वह साक्षात् लक्ष्मी है। वैसी बहू पाकर मुझे बहुत खुशी होती। वैसा रूप और वैसा गुण एक साथ कहाँ मिलता है, उसमें कितना सदाचार था! उसकी माँ ने उस पर बहुत अन्याय किया, पर वह जरा भी नहीं डिगी। यह सब मैं जानता हूँ। पर इतना सब होते हुए भी कुछ नहीं हो सका बेटा, तो क्या किया जाए? भगवान को यही मंजूर था। इस तरह कब तक दुख करते रहोगे? तुम बहादुर हो और तुम पर जो आ पड़ा है उसको हिम्मत के साथ बर्दाश्त करो। यही मेरी प्रार्थना है। अब तुम्हीं लोग हो जो इस घर को सँभालोगे। मैं तेजी से बूढ़ा हो रहा हूँ। तुम्हारे छोटे भाई और बहनें हैं, उनको पढ़ाना-लिखाना और उनकी शादी करनी है। मर्द इनसान

वही है जो अपना दुख पी जाता है और उसकी आँच किसी पर लगने नहीं देता। मुझे तुम्हारे और उर्मिला बेटी के लिए बहुत ही दुख है। पर यही होना था। इसमें हमारा वश नहीं। अब अफसोस करने से कुछ लाभ भी नहीं। सब कुछ भूलकर मन लगाकर पढ़ो। तुम्हीं दोनों बड़े लड़के हो। जब तुम्हीं लोग नहीं देखोगे तो सब चौपट हो जाएगा। इस दुनिया में अपना कर्तव्य सबसे बड़ी चीज है।''

उफ्, अब सहा नहीं जाता था। मैं धीरे से उठा और चुपचाप बाहर निकल गया।

उर्मिला सचमुच चली गई है। वह बहुत भारी दुख और अन्याय सहकर चली गई। वह अपनी सारी शक्ति से मुझे प्यार करती थी। वह मेरे लिए सब कुछ करने को तैयार थी, फिर भी मेरी एक बात से वह जिन्दा है। मेरा और उसका इतना बड़ा प्यार कैसे इतनी जल्दी छिन्न-भिन्न हो गया? इतने बड़े सत्य का उतनी आसानी से कैसे गला घोंटा जा सका? मैं क्यों नहीं मर गया? यह सब देखने से पहले क्यों नहीं मर गया?

मैं बहादुर हूँ? मैं त्यागी हूँ? सब झूठ है। गंगाधारी बाबू और मेरे पिताजी ने मेरी और उर्मिला की जो सराहना की, वह सब झूठ है। सब मुँहदेखी बात है। मैंने उनकी बात मान ली, इससे वह बेहद खुश हैं और इसीलिए वे मुझको बहादुर कह रहे हैं। मैंने गंगाधारी बाबू की प्रार्थना अस्वीकार क्यों न कर दी? वह आत्महत्या कर लेते, कर लेते! उनकी छोटी लड़कियाँ विपथगामिनी हो जातीं, हो जातीं! मैं दुनिया की इन सारी बातों के लिए कैसे जिम्मेदार हूँ?

मुझको देखकर कितनी खुश थी? खुशी से पागल हो गई थी। मुझसे इस तरह लिपट गई थी जैसे मेरे शरीर का अंग हो। और किस निर्दयता से मैंने उससे वह बात कही? मैं बहादुर नहीं, मैं त्यागी नहीं, मैं कायर हूँ, मैं धोखेबाज हूँ। मैंने उर्मिला को धोखा दिया। मेरे जैसा तुच्छ और बुजदिल ढूँढ़े नहीं मिलेगा।

मैं चलते-चलते उर्मिला के दरवाजे पर आकर खड़ा हो गया।

...गली निर्जन और उदास है। रात दुख से जैसे सिसक रही है। सामने वह बैठक है। उसी में उसको प्रथम बार देखा और वहीं उसके निर्दोष प्यार का गला घोंटा। वह दुख भोगने के लिए नहीं बनी थी। तो भी मैंने उसको भारी दुख दिया। यह सब सिर्फ मेरे ही कारण हुआ। मैंने झूठे आदर्श में आकर उसके साथ अन्याय किया है। उर्मिला, मैं कायर हूँ, मैंने तुम्हारे साथ धोखा किया है। मेरा प्यार सच्चा नहीं था।...

मैं वहीं बुदबुदाने लगा। मेरा शरीर काँपने लगा, मेरे होंठ बिचकने लगे और मेरी आँखों से जोरों से आँसू बह निकले।

उपसंहार

कृपाशंकर

उर्मिला से बिछुड़ने के बाद करीब तीन वर्ष गुजर गए और लगता, यह समय मैंने नहीं किसी दूसरे ने जिया है। यह कैसी अविश्वसनीय स्थिति थी? क्या सचमुच मैंने प्यार किया था और उस प्यार में पागल हो गया था? परन्तु वह कैसा दूर-दूर अछूता-सा लगता है। मुझे कभी-कभी आश्चर्य होता कि जो दुख भारी बोझ की तरह पड़ा और बढ़ता रहा, वह कैसे छूमन्तर हो गया!

उर्मिला के जाने के बाद मैंने कैसी उन्मादपूर्ण निराशा की जिन्दगी बिताई, उसका स्मरण कर आज भी काँप उठता हूँ। घूमने-फिरने, खाने-पीने, बोलने-बतियाने, कसरत करने—किसी भी चीज में मेरी दिलचस्पी नहीं रह गई थी। मैं रात-भर जागता और छटपटाता रहता। दिन में अकेले चुपचाप बैठा रहता। मेरा स्वास्थ्य तेजी से गिरने लगा था। बाबूची मेरी हालत से बहुत ही चिन्तित थे। इतने कि उन्होंने मुझे समझाना-बुझाना बन्द कर दिया था, जैसे उन्हें डर हो कि ऐसा करने से पता नहीं मुझ पर क्या प्रतिक्रिया हो। माँ मेरा चेहरा चुपचाप निहारा करतीं और आँसू बहाया करतीं। वह तरसकर रह जातीं कि मैं कोई अच्छी चीज खाने की फरमाइश करूँ और वह बनाकर खिलाएँ।

कभी-कभी कृपाशंकर पास आकर बैठता। वह देर तक बैठा रहता, परन्तु वह भी कुछ नहीं बोलता, जैसे वह सोच नहीं पा रहा हो कि अपनी मित्रता कैसे निभाए या जैसे इस स्थिति में सहानुभूति प्रकट करने का मौन के अलावा कोई उपाय न हो। दरअसल, मुझे उस समय कुछ नहीं सूझता था, मुझे किसी की सहानुभूति की जरूरत नहीं थी, मुझे सिर्फ चाहिए था अपना एकान्त, असीम दुख—जिस पर मैं गर्व करता और जो घुला-घुलाकर एक दिन मेरा अस्तित्व समाप्त कर देता।

इंटरमीडिएट का मैंने पता नहीं कैसे इम्तहान दिया। तीसरे दर्जे में पास भी हो गया। बाबूजी ने राय दी, चूँकि मेरी सेहत खराब हो गई है, इसलिए मैं एक साल तक न पढ़ूँ और भैया के पास, जो केन्द्रीय सचिवालय में हाल ही में नौकरी करने लगे थे, जाकर रहूँ; तबीयत बदल जाएगी। इस पर मुझे क्या आपत्ति हो सकती

थी? दरअसल अब मैं पढ़ना नहीं चाहता था। पढ़ना ही क्या, मुझे क्या करना चाहिए और क्या नहीं, यह समझने की मेरी मानसिक स्थिति नहीं थी।

दिल्ली में मैं करीब छह महीने रहा। परन्तु बलिया और उसमें क्या अन्तर था? भैया मुझे सदा समझाते रहे, मेरे हर आराम का खयाल रखते रहे। उन्होंने नए-नए कपड़े बनवा दिए, पुस्तकालय से मनोरंजक पुस्तकें लाकर रख देते, सदा अपने साथ घूमने-टहलने और सिनेमा ले जाते। परन्तु इन सबका मेरे दिमाग पर कोई असर नहीं होता।...

और एक दिन मैं बिना किसी से कहे-सुने वहाँ से भाग आया।

मैं फिर बलिया आ गया। यहाँ आकर मुझमें कुछ अजीब परिवर्तन हुए, जैसा मेरा दुख सक्रिय होने लगा था, या दिल्ली में भैया के लिहाज से जो कुछ अच्छा खा-पहन लेता था, उसकी प्रतिक्रियास्वरूप ऐसा हुआ हो; मैंने बाल मुँड़वा दिए, जान-बूझकर गन्दे कपड़े पहनने लगा, अत्यधिक रूखा-सूखा भोजन करने लगा। एक दिन एक अजब झोंक में आकर हाईस्कूल और इंटरमीडिएट के सर्टिफिकेट फाड़ दिए। इन सर्टिफिकेटों का मेरे लिए कोई महत्त्व नहीं था, क्योंकि न मुझे आगे पढ़ना था, न ही नौकरी करनी थी। पता नहीं मैं क्या चाहता था। मैं अक्सर सोता या पड़ा रहता। मैंने एक लड़की को प्यार किया, उसको धोखा दिया और उससे जो गहरी पीड़ा मेरे अन्दर पैदा हो गई, उसकी वजह से मुझे यह सब करने का जैसे अधिकार मिल गया हो, जैसे मेरे लिए यही पूर्ण सन्तोष की बात हो। मैं जो कुछ हो गया हूँ, वही रहूँ। मैं नहीं चाहता था कि मुझे कोई जगाए, या छेड़े, या स्नेह से बोले और मेरे प्रति विशेष चिन्ता का प्रदर्शन करे।

यह साल भी बीत गया और नए साल में स्कूल-कॉलेज खुलने के समय मैं घर से भाग निकला। कुछ दिन तक गाँव रहा और कुछ दिन तक इधर-उधर भटकता रहा कि एक रोज छपरा स्टेशन पर पिताजी के एक मित्र ने मुझे देखा और पकड़कर अपने साथ बलिया लेते गए। बाबूजी बहुत चिन्तित थे। उन्होंने इस बार डाँटा-डपटा, समझाया-बुझाया पर इसका मुझ पर कोई असर नहीं हुआ। लेकिन मेरे लिए परेशानी की बात एक और थी; इधर कुछ समय से ऐसा लग रहा था कि मेरी स्मृति में उर्मिला का चित्र धुँधला पड़ने लगा है और उसकी बातें सोचने से इतना गहरा दर्द नहीं पैदा होता जो मुझे अभिभूत किए रहे।

इस अहसास से मैं एक अकल्पनीय निराशापूर्ण उद्देश्यहीनता का शिकार हो गया। उर्मिला को मैंने धोखा दिया, यह स्वीकार करते हुए भी मैं मन-ही-मन गर्व करता कि मैंने जी-जान से उसको प्यार किया और मेरे प्यार की तरह मेरा दुख भी गहरा और महान है। परन्तु अब किस पर गर्व कर सकूँगा? मेरा दुख दुर्बल था, इसलिए मेरा प्रेम भी दुर्बल, झूठा और धोखा भरा था।

और इस दौरान में पहली बार मैंने आत्महत्या की बात सोची। जब तक मेरे दुख में शक्ति थी, अपने को घुला-घुलाकर बरबाद करने में कैसी शान और महानता थी परन्तु उसी शक्ति के क्षीण होने पर इस जीवन का कोई अर्थ नहीं रह गया था। मेरे जीवन का अब एक ही उद्देश्य रह गया था और वह भी मुझसे दूर हटता जा रहा था। मेरे लिए कोई उपाय नहीं था। मैंने बढ़ निश्चय कर लिया था कि मैं आत्महत्या कर लूँगा।

इस नए निश्चय से मुझे बहुत सन्तोष हुआ, यहाँ तक कि हृदय उत्साह से भर उठा, जैसे किसी भटके हुए यात्री को अचानक रास्ता सूझ जाए। अपनी निराशा, बेचैनी और आत्म-घृणा से बचने का कैसा अच्छा उपाय था यह? मेरे जीवन का दरअसल अब कोई उपयोग नहीं था। अब यह सिद्ध हो गया था कि मेरे भीतर ही कुछ दोष हैं जो किसी भाव-स्थिति और विचार के प्रति मुझे ईमानदार नहीं बनने देते। ऐसे जीवन को जीने से लाभ ही क्या?

आत्महत्या की योजनाएँ बाकायदा बनने लगीं। सब कुछ बहुत आसान लगता। चाहे नदी में कूदकर, ट्रेन से कटकर और चाहे गले में फाँसी लगाकर—किसी में मुझे कठिनाई न दीखती थी। काफी दिन तो उत्साह के साथ इस सम्बन्ध में सोचने में ही निकल गए। और इस बीच धीरे-धीरे मैं लोगों से मिलने-जुलने, बोलने-बतियाने लगा था...एक अजीब विश्वास के साथ, जैसे यह दिखाना चाहता था कि मुझे एक दिन आत्महत्या तो करनी ही है, इसलिए। मैं क्या करता हूँ, और क्या नहीं, इसका कुछ भी महत्त्व नहीं।...फिर तिथियाँ निश्चित होने लगीं, किन्तु वह तिथि आते ही मन में न मालूम कहाँ का आलस्य भर आता और वह तिथि भी टल जाती...फिर नई तिथि निश्चित होती।

इस तरह बहुत समय गुजर गया। धीरे-धीरे यह साल भी बीत गया और गर्मी आ गई। कभी-कभी ऐसा लगता कि मैं कुछ नहीं कर सकता, आत्महत्या भी नहीं। परन्तु, यह स्थिति बहुत देर तक न रहती और आत्महत्या का उत्साह पुनः ज्वर की तरह उठने लगता।

और एक दिन कृपाशंकर आया। बहुत दिनों के बाद उससे भेंट हुई थी। इंटरमीडिएट पास करने के बाद दूसरे साल इसी तरह गर्मी की छुट्टियों में कुछ ही देर के लिए आया। उसका जीवन एकदम बदल गया था। राजनीति उस पर हावी हो गई थी। वह प्रान्त के छात्र संघ का एक नेता और कम्युनिस्ट पार्टी का सदस्य बन गया था। अभी-अभी जेल से छूटकर आया था।

उसको देखकर इस बार मुझे बहुत आश्चर्य हुआ। वह कुछ दुबला हो गया था किन्तु उसकी आँखों में अदमनीय खुशी, उत्साह और बुद्धिमत्ता की चमक छलक रही थी। वह सबसे बहुत प्रेम से मिला और मुझे घूमने के लिए बाहर खींच ले गया।

रास्ते-भर वह अपने और जेल के अनुभवों के सम्बन्ध में बातें करता रहा, मुझसे न पूछा कि तुम्हारा क्या हाल है। उसका यह व्यवहार मुझको बुरा लगा।...कभी-कभी अजीब कुतूहल से मैं उसके मुख की ओर देखता। क्या यह वही कृपाशंकर है, जिसकी योग्यता और बुद्धि पर हम सबको सन्देह होता था?

हम स्टेशन के पुल पर पैर नीचे लटकाकर बैठ गए। सभी गाड़ियाँ निकल गई थीं। टहलते हुए एक-दो लोगों के अलावा प्लेटफॉर्म वीरान और शान्त था।

"कृष्ण, यह तुमने क्या हालत बना रखी है?" कुछ देर तक चुपचाप बैठे रहने के बाद कृपाशंकर ने अचानक पूछा, जैसे वह इसी के सम्बन्ध में सोचता रहा हो।

"क्या?" मैंने देखा, उसकी आँखों में स्नेह झलक आया था।

"नहीं, कृष्ण, यह ठीक नहीं," उसने जैसे किसी झोंक में कहा, "अपनी कीमती जिन्दगी और समय को तुम्हें नष्ट नहीं करना चाहिए। यह ठीक है कि तुमको भारी मानसिक दुख झेलना पड़ा, पर क्या सिर्फ इसी कारण तुम अपने जीवन को इसी तरह गुजार दोगे? तुमको इस तरह अफसोस करने की जरूरत ही क्या है? तुमने अपना कर्तव्यपालन किया, उर्मिला के सामने ही जाकर तुमने उसे प्रेम को भूल जाने की सलाह दी, यह क्या कम बहादुरी की बात है...यह चीज दूसरी है कि तुमने गलत किया या सही। मैं तो कभी-कभी अचम्भा करता हूँ कि दूसरों की इच्छा रखने के लिए तुमने अपने सुख और आनन्द का गला कैसे घोंट दिया? तुम्हारा दोष इसमें कहाँ है? दोष समाज-रचना का है, जिसमें प्रेम फल-फूल ही नहीं सकता। इस समाज में और भी दुख और पीड़ा है, उसके सामने अपनी पीड़ा का कोई महत्त्व नहीं, अपने को उसमे घुला-घुलाकर मारना तो कायरता है...खासकर उस आदमी के लिए जो पढ़ा-लिखा और समझदार हो।" वह रुका जैसे कुछ सोच रहा हो, फिर धीमी आवाज में बोला, "तुम शायद नहीं जानते, पर मेरे जीवन में तुम्हारी वजह से ही परिवर्तन आया। शुरू-शुरू में मुझे राजनीति में कोई दिलचस्पी नहीं थी, जो कुछ थी तुम्हारे कारण। जब मैं पहली बार जेल गया और मुझ पर मार पड़ी तो मुझे बहुत डर लगा था। इसमें सन्देह नहीं कि मैं शायद माफी भी माँग लेता... लेकिन जानते हो मैं कैसे सह गया? पुलिस तुम्हारा और अन्य लोगों का नाम पूछ रही थी...तुम्हारे नाम की वजह से चुपचाप सब कुछ बर्दाश्त कर गया...सोचा, मैं झुक गया तो तुम क्या कहोगे!"

मैं घुटनों पर मुँह रखे आँखें नीची किए उसकी बातें सुन रहा था। मेरे शरीर में एक उत्तेजना भरती जा रही थी, एक नशा, जो ब्रांडी पीने से आता है...जैसे जीवन का नया अर्थ खुलता जा रहा हो।

वह कहता गया, "लेकिन जेल से निकलने के बाद ही न मालूम कैसी जिद सवार हो गई। पुलिस और गुलामी के लिए भारी नफरत पैदा हो गई। मैंने बहुत कुछ पढ़ा, देखा और तब मुझे मालूम हुआ कि इस देश में इतनी अशिक्षा और गरीबी है कि उसको मिटाने के लिए अपना सब कुछ कुर्बान कर देना चाहिए... अपना दुख क्या चीज! मैं राजनीति में पड़ता गया। कुछ लोग अपने स्वार्थों को सिद्ध करने के लिए राजनीति का सहारा लेते हैं इसलिए उनसे लड़ना बहुत जरूरी होता है।...देखो, मैं असली बात से अलग जा रहा हूँ। यह सब कहने का मेरा मतलब यही है कि तुम पढ़ने-लिखने में तेज, बहादुर और स्वाभिमानी थे, तुम्हें यह सब शोभा नहीं देता। मैं सच कहता हूँ कि यदि तुम अपनी शक्ति का इस्तेमाल करो तो काफी आगे बढ़ सकते हो, अपने पुरुषार्थ और योग्यता से देश और समाज का भला कर सकते हो।...इसको तुम उपदेश मत समझना, मैं बहुत दिनों से सोच रहा था, लेकिन, एक तो संकोच होता था, दूसरे मौका भी..." वह चुप हो गया।

"सोचूँगा।" मैंने जवाब दिया।

मैं नहीं जानता, कृपाशंकर की बातों में क्या खास चीज थी जिसने मेरे मन में अदम्य स्फूर्ति और उत्साह फूँक दिया। उसके जाने के बाद मैं घंटों सोचता रहा और मुझे ऐसा लगने लगा जैसे कृपाशंकर ने जो विचार व्यक्त किए थे, वे उसके नहीं बल्कि मेरे ही हों और मैं सालों से वैसा ही सोचता रहा हूँ। यह सब कैसे हो गया? मैंने जो प्रेम किया और दुख सहा, वह क्या असह्य था? यह कैसे सम्भव हुआ कि मेरी आत्मघाती निराशा और पीड़ा ने मेरे साथ दगा की और आज यह दुनिया मुझे एकदम नई लग रही है।

मैं कई दिनों तक इसी तरह सोचता रहा। मुझे लगा कि मेरे जन्म का निश्चित उद्देश्य है, इसीलिए मैंने इतना महान प्रेम किया, इतना महान दुख बर्दाश्त किया, आत्महत्या नहीं की और आज सारी दुनिया से टक्कर लेने की शक्ति मैं अपने में महसूस कर रहा हूँ। मैं आगे पढ़ूँगा, अपनी शारीरिक और मानसिक शक्ति बढ़ाऊँगा। इसके अलावा मेरे जीवन की कोई गति नहीं। अपनी पीड़ा के लिए अपनी जिन्दगी को बरबाद किया जाए, यह आत्म-सम्मान के प्रतिकूल है, यह मैं अब अच्छी तरह समझ गया हूँ। इस दुनिया में किसको दुख नहीं होता है किन्तु उसमें तड़पना और उससे दूसरों पर रोब गाँठना सभ्यता और संस्कृति का घटिया रूप है, ऐसा मैं महसूस कर रहा हूँ। कर्तव्य और त्याग मुझे आकर्षित कर रहे हैं। करोड़ों लोग आज जानवरों की जिन्दगी व्यतीत कर रहे हैं—उसको बर्दाश्त करने की स्थिति में मैं आज अपने को नहीं पा रहा हूँ।

लेकिन, मेरा यह उत्साह पहले की तरह व्यर्थ तो नहीं जाएगा? बार-बार कृपाशंकर और उसका जीवन मेरे सामने नाच उठता। वह उस वृक्ष की तरह था, जिसकी जड़ें गहरी होती हैं और जो आँधी-बवंडर में भी नहीं उखड़ता; पत्तों और फलों से भरी उसकी डालियाँ सबकी सेवा को उत्सुक हो मानो फैली रहती हैं। कृपाशंकर सूखे पत्ते की तरह कभी नहीं था, जो जैसी हवा बहे उसी में उड़ जाता है; हवा बन्द होने पर धराशायी, व्यर्थ और बेकाम! मैं अब तक सूखा पत्ता ही तो रहा हूँ।

ooo